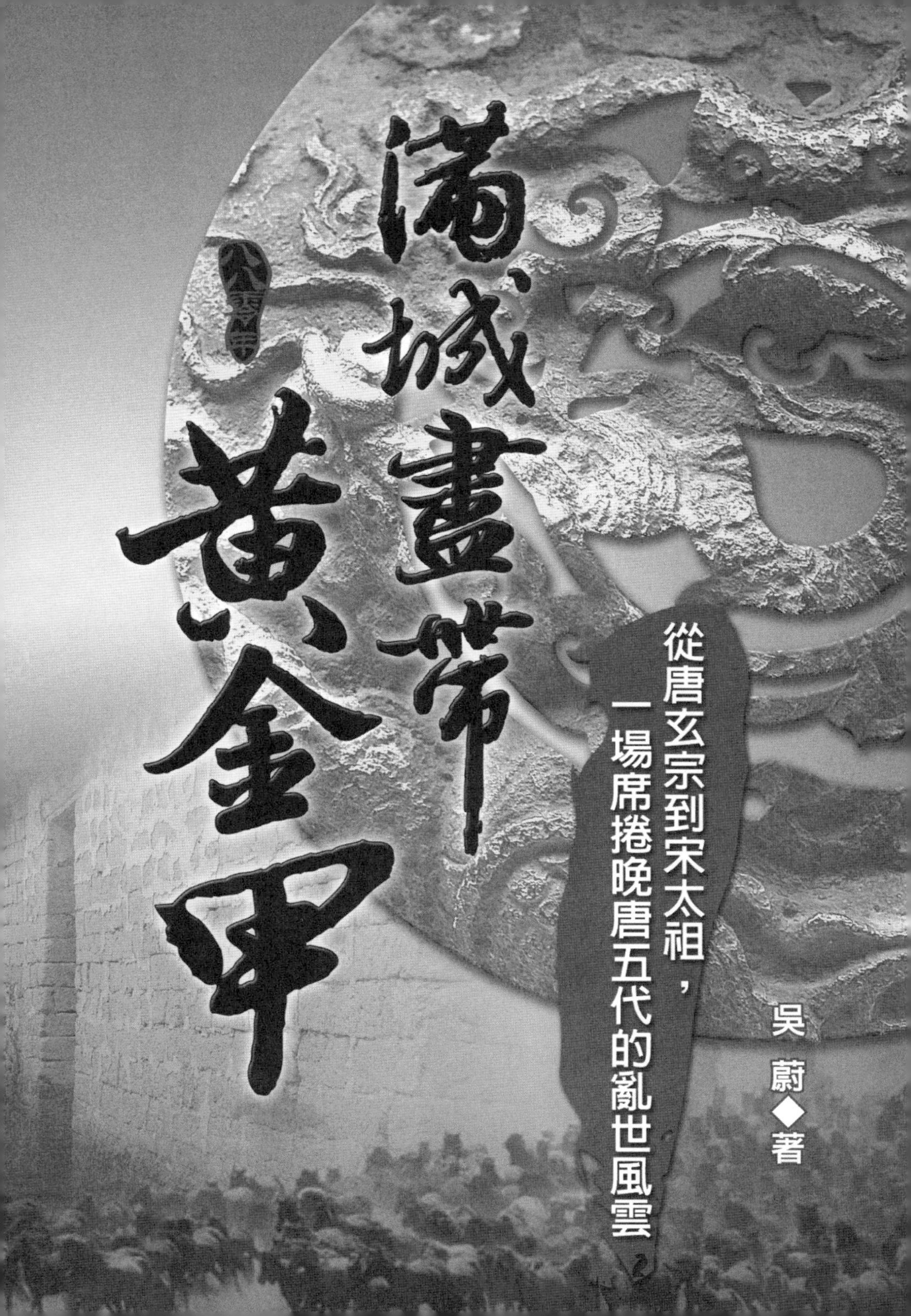
滿城盡帶黃金甲
從唐玄宗到宋太祖，
一場席捲晚唐五代的亂世風雲
吳蔚◆著

序

在川流不息的歷史長河中，各個時期在整個歷史過程中所處的地位及作用是有所不同的。唐朝歷時二百八十九年，是中國歷史上一個長久而又特別重要的朝代，它對之後中國的歷史產生過深遠的影響。歷史學者黃仁宇認為，唐朝連同宋朝，是繼秦漢之後的中國第二帝國時期。

唐玄宗開元年間，唐朝國力達到了最頂峰，出現了歷史上著名的「開元盛世」。「開元初，上勵精理道，鏟革訛弊，不六七年，天下大治，河清海晏，物殷俗阜。安西諸國，悉平為郡縣。自開遠門西行，亙地萬餘里，入河湟之賦稅。左右藏庫，財物山積，不可勝較。四方豐稔，百姓殷富，管戶一千餘萬，米一斗三四文，丁壯之人，不識兵器。路不拾遺，行者不囊糧。」百官各有職守，諸事各有儀程，唐玄宗每日臨朝審斷是非曲直，如同流水一樣順暢。天下大治，海內歌舞昇平。

唐朝是當時世界上最強大的帝國，在文化、政治、經濟、外交等方面都有輝煌的成就。絲綢之路可通往中亞、西亞和南亞；由四川、西藏、雲南可進入南亞；由河北經遼東可到達朝鮮。廣州和泉州則是溝通日本、馬來半島、阿曼灣和波斯灣的兩大港口。亞洲各國的商人、僧侶和學者不斷來到中國學習，當時的長安成了亞洲各國經濟文化交流的樞紐。東亞鄰國，包括新羅、渤海國和日本，政治體制、文化等方面無不受到唐朝的深刻影響。可以說，開元盛世不僅在唐朝，甚至在古代中國，都是公認的黃金鼎盛的時代。

然而，好景不長。唐玄宗天寶年間，人君德消政易，宰相專權誤國，邊將包藏禍心。西元七

五五年，安史之亂爆發，持續達八年之久。唐朝的政治與經濟境況因之而急轉直下，從此一蹶不振。

安史之亂後，地方藩鎮割據，內廷宦官專權，朝中朋黨相爭，邊疆報警不已。唐憲宗重振皇權、削弱藩鎮，出現短暫的「中興」。然而，在紛繁的矛盾中，藩鎮連兵可使朝廷流亡，宦官弄權能夠廢立皇帝，強盛的唐帝國沒有能夠再度輝煌起來。自唐懿宗起，「國有九破，民有八苦」的狀況愈演愈烈，民眾的反抗鬥爭此起彼伏，唐朝廷步入了名存實亡的絕境。各地節鎮相互兼併，形成新的瓜分格局。

唐朝末年，局面日益惡化，以致民變蜂起。西元八八〇年，黃巢率農民起義軍殺入唐朝京師長安，即所謂「沖天香陣透長安，滿城盡帶黃金甲」。而「黃金甲」過後，長安這個曾經包容萬千的城市，已經變得支離破碎，人心也在惶恐不安中變得游離。西元八八四年，黃巢兵敗身死，大業未成。然而，他的「黃金甲」卻引發了一系列的動亂與戰爭，中國陷入歷史上又一次劇烈的社會大動盪中，各路藩鎮軍閥混戰，暴力決定一切，黑暗不見天日。等到一切重新安定下來的時候，唐朝已步入日落黃昏。

當唐帝國國力鼎盛時，連西方羅馬帝國也無法望其項背。羅馬帝國覆滅後，就再也沒有羅馬。而唐帝國滅亡後，中國還在，後面還有宋朝、元朝、明朝、清朝。這現象無疑值得思考，正如錢穆先生所言：「這是中國歷史最有價值最堪研尋的一個大題目。」

本書並非唐朝的帝王將相史，而是以西元八八〇年黃巢進入長安為引子，選擇相關的人和事，來真實地還原唐朝衰落直至滅亡的歷史。人始終是歷史的主體。本書並非從常見的描述重大歷史事件的視角來直接展示唐王朝的波瀾壯闊和風雲變幻，而是選擇了唐朝末年農民大起義和藩鎮割據混戰作為大背景，選擇了大背景下有代表性和關聯性的人物，以這些歷史人物的命運發展為主線，通過講述在動盪的局勢下人物的喜與悲，來展示唐朝滅亡的前因後果，從而折射出歷史長河中那些不能湮滅的時代特色。

值得強調的是，本書的側重點是還原唐帝國覆亡的經過。在日薄西山的唐朝末世，在那個危機四伏的時代，各種各樣的人物都登臺亮相，為了達到各自的目的，無所不用其極。然而，他們最後無一不是以失敗的命運收場。讀者看到的內容可以說是一本人物大失敗的總結，悲而不壯，只有悲劇、悲哀、悲涼和悲愴。這些必然與偶然因素結合下導致的失敗，不僅僅是個人命運的失敗，還折射出大時代的氣息，個體無不成為大背景下的犧牲品。

生動通俗的語言，華麗流暢的文筆，富有情感的描述，大氣恢弘的氣度，是本書的幾大特色。其中既有精采的故事，又有作者對歷史的思考，對人性的剖析，使讀者在好讀的同時，不知不覺地步入中國歷史的長河。

特別要提到的是，後世史書始終只是冰山一角。為了更好地還原歷史，本書有大量作者自己的推敲，包括歷史人物的心理變化、當時局勢戲劇性演變的內因等。本書的定位是介於正史與歷史小說之間的小品文，作者在完全尊重正史的前提下，力圖通過更人性化的角度來講述一段人的歷史，借此來引發讀者更深層次的思考。

徐江

二〇〇六年八月於北京

目錄

滿城盡帶黃金甲

目錄

第一編

風雨之飄搖

楔　子

唐朝是封建時代最鼎盛的朝代，唐帝國國力鼎盛時，連羅馬帝國也無法望其項背。羅馬帝國覆滅後，就再也沒有羅馬。而唐帝國滅亡後，中國還在，後面還有宋朝、明朝、元朝、清朝。這現象無疑值得思考，正如錢穆先生所言：「這是中國歷史最有價值最堪研尋的一個大題目。」

第一章　腳底抹油的天子

無能的皇帝，囂張的宦官，腐敗的朝廷，跋扈的藩鎮。大唐晚年所面臨的，始終是一個無可奈何的局面。直到五年後，西元八八五年三月，僖宗才得以返回長安。此時，黃巢已經兵敗身死，然而，黃金甲過後的長安，已經成為一座荒涼破敗的廢城，再也無法承載一個帝國京師的使命，而唐王朝也接近滅亡的尾聲。實際上，在西元八八〇這一年，在僖宗僅攜宦官逃離長安的時候，大唐帝國最後的命運就已經決定了。

1 僖宗出逃：黃巢起義

西元八八〇年，唐僖宗廣明元年正月十五，整個長安城籠罩在凜冽的北風之下。時逢佳節，長安又是當時世界上最繁華的城市，卻不見絲毫節日的喜慶氣氛，反而呈現出一派蕭疏蒼涼的景象。顯然，這是相當反常的一件事。

正月十五是上元節，亦稱燈節。唐朝自立國以來，京師長安一直有個習俗：正月十五前後三夜，解除夜行之禁，整個長安的大街小巷，燈明如晝。百姓們無不夜遊，車馬塞路。後來，唐宮廷也加入了觀燈的行列，由官方所引導的上元燈火極盛。唐玄宗李隆基登基後的第二年，在正月十五、十六、十七日三夜，於京城安福門外設置高二十丈的燈輪，燈輪披掛錦綺，飾以金銀，錯雜五萬盞燈，燈輪如萬花開放的巨樹。宮女上千人，衣羅綺，曳錦繡，耀珠翠，施香粉，又從長安、萬年兩縣少女、少婦中挑選千餘人，在燈輪下踏歌，三夜縱歡。這在古代是非常罕見的狂歡盛景。為了裝飾京師盛大的場面，唐朝廷甚至不惜耗費巨資。一花冠，一中帔，價值萬錢，場中每一個女藝人的服裝首飾費就達三百貫。民間少女少婦的衣服、花釵、媚子也都由朝廷支出。

顯然，唐玄宗的開元盛世被人懷念為唐代最光輝的時期，是有充分理由的。然而，僅僅隔了一百六十年，盛唐氣概已風光不再，就連京師的上元燈火也成為了陳年舊跡。

就在十四天前的正月初一，唐朝天子僖宗李儇（音ㄒㄩㄢ，同喧。唐朝的皇帝愛改名字，李儇原名李儼）下制書，改乾符七年為廣明元年，制書中說：「自古繼業守文之主，握圖御宇之君，必自正月吉辰，發號施令。所以垂千年之懿範，固萬代之洪基，莫不由斯道也。」（《舊唐書・卷十九下・僖宗本紀》）其實，這不過是唐朝廷一種冠冕堂皇的說法而已。僖宗選擇在內憂外患的時候更改年號（年號起源於漢武帝，後成為皇帝當政的時代標誌），無非是希望通過改元，結束先前倒楣的年頭，重頭有個新的開始。

〈值得注意的是，僖宗在此之後還有三次改元。一年後，僖宗改年號廣明為中和，之後又先後改成光啟、文德。〉

此時，天下確實很不太平。關東（指潼關以東）民變蜂起，尤其以黃巢勢力最大，實力最強。民間有「金色蛤蟆爭努眼，翻卻曹州天下反」的歌謠廣為流傳，朝野上下都是人心浮動。正因為是多事之秋，所以長安才一派淒涼氣氛，沒有多少過年的喜慶氣氛。絕大多數人都小心翼翼地待在自己的家裏，圍在火爐旁，有些膽戰，有些心驚，只是期待早些度過這個實在不平靜的寒冬。

幾乎所有的長安人都在擔心未來，有能力有門路的人則暗中開始為自己謀取後路。可當今天子僖宗卻是個例外，他一大早就起了床，興致高昂，冒著嚴寒出了大明宮，趕去兄弟們的王府。不過，十九歲的僖宗急忙趕去王府並非為了什麼軍國大事，而是要去與諸王蹴鞠、擊馬球、鬥雞、賭鵝。

歷史上有「洛陽紙貴」的佳話，說的是西晉太康年間左思做《三都賦》，描繪三國時魏都鄴城、蜀都成都、吳都南京的景貌，因文辭華麗，氣魄宏大，在洛陽廣為流傳。人們嘖嘖稱讚，競相傳抄，一下子使洛陽的紙昂貴了好幾倍，原來每刀千文的紙一下子漲到兩千文、三千文。即便如此，洛陽紙還是傾銷一空，不少人只好到外地買紙，以抄寫這篇千古名賦。而在僖宗身上，竟然也發生了「長安鵝貴」的笑談。因為大唐天子性喜賭鵝，長安的鵝價也跟著水漲船高，甚至叫賣到五十緡一頭。緡為古代貨幣單位，一緡為一串銅錢，一串一千文。這鵝的價格，已經遠遠超過了最貴的洛陽紙。

縱觀中國歷史，皇帝荒廢朝政、只顧享樂者並不少見，否則就不會有那麼多朝代興亡更替的事發生，也不會出現厚厚的二十四史。所謂二十四史，實際上就是二十四個姓氏家族的統治史。只是僖宗的玩性遠於異常人，甚至已經到了孜孜不倦、廢寢忘食的地步。

僖宗李儇為懿宗李漼的第五子，最開始受封為晉王。在懿宗的八個兒子中，李儇毫無出眾之處：既非長子，也非嫡子（懿宗在位十年，未曾立后，獨寵淑妃郭氏及淑妃所生女同昌公主，同昌公主之死還造成了唐朝的一樁大冤獄，此事後面再提）；相貌既不英俊，才幹也不突出。按理來說，皇位無論如何都不會落到這樣一個人身上，史書卻記載說，懿宗病危之際，下詔立李儇為太子。制書中特意強調說，李儇「孝敬溫恭，寬和博厚，日新令德，天假英姿，言皆中規，動必由禮」（《舊唐書・卷十九下・僖宗本紀》）。表面上看來，李儇得以繼承皇位，是因為其人才出眾而為其父皇懿宗所賞識。而實際上，他是在懿宗病歿後，為宦官神策軍左軍中尉劉行深和右軍中尉韓文約所立。神策軍是一支朝廷禁軍，創立於天寶年間。

劉行深等人之所以要立李儇為帝，首要的原因就是他年紀小，性情貪玩，便於宦官控制；第二個重要原因則是因為李儇生母王氏的母族微賤，且王氏早已經病逝。這樣，即使李儇長成，也成不了氣候，朝政依舊在宦官的掌控之中。

導致唐朝滅亡的有兩大痼疾，一是宦官，二是藩鎮。唐朝一度軍事極盛，開邊不已，因此藩鎮之疾有一定的歷史背景，而宦官專政擅權則是在朝廷中央集權與藩鎮鬥爭的夾縫中滋長起來的另一大腫瘤。唐朝自玄宗李隆基始，宦官的地位和官品大大得以提高。而安史之亂後，自肅宗李亨開始，宦官開始正式登上大唐的政治舞臺。之後與藩鎮一樣，宦官成為尾大不掉的一大股勢力，不僅左右朝政，甚至還操縱皇帝廢立大事。僖宗李儇並非宦官所立的第一個唐朝皇帝，也並非最後一個。關於宦官和藩鎮，後面還有專門的篇章論述。

李儇即位當日，封定鼎功臣劉行深、韓文約為國公，並由他們在宮中執行政務。其時，僖宗只有十二歲，年紀幼小，不能主政，一切朝廷政務都把握在宦官手中。

大宦官仇士良曾指點他的弟子們說：「皇帝不能讓他閒著，要經常用美女歌舞和錦衣美食麻醉他，而且要天天變花樣，這樣他就沒功夫想別的事了，我們就可以放心大膽地去做事了。同時盡量不讓他讀書，更不能給他接近書生的機會，那樣他會看到前朝的滅亡，心中一旦憂慮國家前途，我們這些人就要被疏遠遭斥責了。」少年繼位的僖宗就在這樣「天天變花樣」的環境中長大，只知道一味貪玩，與宮中宦官、優人狎昵。與僖宗最親近的宦官是田令孜。僖宗還是晉王時，田令孜為晉王府小馬坊使宦官，二人關係親密，已經開始共同起臥。僖宗即位後，擢升田令孜為神策軍中尉，把政事悉數委付給他，還親切地稱他為「阿父」。

對於一個突然擁有了巨大權力的宦官而言，權勢只能激發他更大的欲望。田令孜恃寵而驕，為了徹底把持朝政大權，他極力慫恿僖宗玩樂。比如僖宗賞賜無度，動不動就賜給樂工和伎人錢財，而且數目巨大，多以萬計，因而導致國用匱乏。國庫沒錢了，入不敷出，田令孜便勸僖宗採取沒收長安富商（包括外國和本國商人）財產的辦法，商人有反抗者立即送到京兆府打死。這時候的皇帝比土匪強盜還要厲害，不僅是公開明搶，被搶人稍微不願意還要送命。整個長安一片混亂，人人自危。然而，「宰相以下，鉗口莫敢言」。這樣，靠田令孜的餿主意弄來不少錢，好糊弄僖宗繼續玩耍。

京師的富商被搜刮光了，田令孜又想打京外富戶及胡商的貨財。這時候，與田令孜私交甚好的鹽鐵轉運使高駢急忙上書阻止，說：「天下『盜賊』（指黃巢等起義軍）蜂起，皆出於饑寒，獨富戶胡商未耳。」田令孜聽了覺得有理，這才停止了強取豪奪的行為。

自懿宗時起，唐朝廷的政治已經開始腐爛。懿宗咸通十年（八六九年）六月，陝州（治陝縣，今河南陝縣）大旱，百姓無法生活，選出代表向朝廷派來的觀察使崔蕘「訴旱」，要求減少賦稅。崔蕘為人「以器韻自矜，不親政事」，他滿不在乎地指著院子中的大樹說：「此尚有葉，何旱之有？」（《資治通鑑・卷二百五十一》）並下令杖責前來「訴旱」的百姓代表。陝州百姓得知消息後大怒，群起圍攻衙門。民情洶洶，崔蕘被迫逃走，半路上因口渴，到民舍求水喝。主人聽說他就是崔蕘，立即端來了一瓢尿給他喝。官民間關係的緊張程度，由此可見一斑。這還只是冰山下的一角。懿宗時期擔任翰林學士的劉允章在《直諫書》中已用「國有九破」描繪過當時緊迫的局勢：「終年聚兵，一破也。蠻夷熾興，二破也。權豪奢僭，三破也。大將不朝，四破也。廣造佛寺，五破也。賂賄公行，六破也。長吏殘暴，七破也。賦役不等，八破也。食祿人多，輸稅人少，九破也。」可見唐帝國的形勢已經是岌岌可危。

僖宗的即位不但沒有絲毫改變，反而令政局更加混亂。僖宗乾符二年（八七五年）七月，飛蝗自東而西，所過食草木葉及五穀皆盡。而京兆尹楊知至卻當殿向皇帝撒謊說：「蝗入京畿，不食稼，皆抱荊棘而死。」（《資治通鑑・卷二百五十二》）如此滑天下之大稽的謊言，僖宗竟然信以為真，於是，朝廷上下，「宰相皆賀」。

而這時候天下的實際情況是，「奢侈日甚，用兵不息，賦斂愈急。關東連年水旱，州縣不以實聞，上下相蒙，百姓流殍（死屍），無所控訴，相聚為盜，所在蜂起」。這裏所謂「相聚為盜，所在蜂起」，是指農民起義在全國此起彼伏，雖然規模都不大，但卻已經是暗流洶湧。

顯然，情況已經十分危急，而田令孜和朝廷官員卻瞞著僖宗，使皇帝安心玩樂，田令孜自己更加胡作非為，「用權亂天下」，賣官鬻爵，都不告訴僖宗，便逕直矯旨去辦。史稱田令孜有回天之力，中外為之側目。當時的宰相盧攜依附田令孜，凡事都聽從田令孜，朝政一片混亂。在這樣的狀況下，火山終於爆發了。

僖宗即位後不久，濮州王仙芝領導的大規模農民起義爆發。曹州人黃巢也積極響應，加入了王仙芝的隊伍，並逐漸崛起，成為農民起義軍的領袖，聲望甚至超過了王仙芝。天下大亂之時，各地紛傳狼煙，而朝廷內部各將領大都擁兵自重，與中央矛盾不斷，可謂內憂外患，處境堪憂。

而僖宗卻對此不聞不問，只顧沉浸在各項遊戲運動中。他好騎射、劍槊、法算、音律，精通賭博，喜蹴鞠、鬥雞、賭鵝，興趣愛好不少，樂此不疲，甚至有時一練起蹴鞠就是二三個時辰，連飯都忘了吃，急得身邊的太監侍女們團團轉。

皇帝在盡情玩樂的時候，帝國的大廈卻日益傾斜，搖搖欲墜。廣明元年（八八〇年）秋七月，黃巢率十五萬農民軍自采石（今安徽馬鞍山市東）渡過長江，唐軍不戰而潰，黃巢未損一兵一卒，便佔領了和（今安徽和縣）、滁（今安徽滁縣）二州，從而進圍天長（今安徽天長）、六合（今江蘇六合），兵勢極盛。當時唐朝廷負責指揮各路兵馬聯合進攻黃巢軍的是諸道行營都統高駢（祖父為憲宗朝平定西川的名將高崇文）。淮南將領畢師鐸（原為黃巢麾下將領，後投降高駢）勸高駢主動出戰。高駢尚在猶豫，他身邊的術士呂用之生怕畢師鐸立功受寵，力勸高駢避開黃巢兵鋒，堅守不戰。高駢好神仙之術，對術士呂用之極為信任，於是不肯出戰黃巢，只是派人向朝廷上表告急，奏稱黃巢軍六十萬，距離揚州已經不足五十里。

高駢的上表送到長安，唐朝廷上下人情大駭。一向貪玩的僖宗也暴怒了，下詔切責高駢，說他遣散諸道兵，使致唐軍無備，黃巢乘機渡江。僖宗嚴厲斥責的本意，是要督促高駢盡快出兵。

高駢卻乾脆稱病不出，擁兵觀望。中央皇權衰落已久，高駢這樣的人大有人在，朝廷對其也無可奈何。

這時候，宦官田令孜意識到情況不妙，便打起了腳底抹油的小算盤。他先向僖宗推薦自己的親弟弟陳敬瑄（田令孜本姓陳，後拜田姓宦官為義父，冒姓田）和私黨楊師立、牛勖、羅元杲四人出鎮蜀中（四川），想學當年的玄宗，一旦有任何風吹草動，便可以挾持皇帝，逃往蜀中避難。僖宗同意了。

十分可笑的是，僖宗讓這四個人用擊馬球來決勝負，以三川為賭，用輸贏來決定所授的官銜。陳敬瑄等四人在球場上馳騁奔突，縱馬角逐。結果，陳敬瑄得第一籌，因西川最富庶，當即被任命為西川節度使。楊師立其次，為東川節度使；牛勖第三，為山南西道節度使；而羅元杲是最後一名，則不得遷擢。這就是僖宗創下的「擊球賭三川」，曠古奇聞。諸道行營都統高駢和鎮海節度使周寶還未發跡之前，均在右神策軍任職，沒沒無聞，卻因為善於擊馬球，而意外被僖宗賞識，竟然破格擢升為將軍，後來二人均成為顯赫一時的封疆大使。

在農民軍北渡淮河之前，唐宰相豆盧瑑曾想出一招緩兵之計，主張封黃巢為天平（今山東東平北）節度使（黃巢曾一再向唐朝廷請求妥協，想做天平節度使或廣州節度使），等到黃巢到天平就藩時，朝廷再發兵除掉他。另外一名宰相盧攜卻是主戰派，堅決不同意，認為只要發兵守住泗州，農民軍便會被阻在潼關之外不能入關，不會有什麼作為。僖宗惶然無主，採納了盧攜的建議。然而不久後，農民軍北上，淮北告急。盧攜生怕皇帝降罪，惶恐不安，乾脆躲在家裏稱病不出。隨著前線唐軍的敗報不斷傳來，京師也開始人心惶惶，長安充滿了恐怖氣氛，大有「山雨欲來風滿樓」之勢。

廣明元年（八八〇年）十一月中，黃巢率農民軍攻克汝州（今河南臨汝）。黃巢自稱「天補平均大將軍」（黃巢一直很想當天平節度使，幾次以此為條件與唐朝廷講和），不及休師整頓，便馬不停蹄地揮師北進，並傳檄唐官軍說：「各宜守壘，勿犯吾鋒！吾將入東都，即至京邑，自欲問罪，無預眾人。」（《資治通鑑・卷二百五十四》）震懾於農民軍強大的聲勢，一些唐地方官軍勢力果然只擺出觀望的姿態，不敢輕易撩撥黃巢的兵鋒。

唐朝廷聽到黃巢進師的消息後，急忙調河東（駐太原府）、天平等藩鎮兵進剿。然而，農民軍勢如破竹，如風捲殘雲，攻克了東都洛陽。唐東都留守劉允章率百官迎降，坊市晏然。其時，農民軍號稱六十萬，勢力極盛，大有探取天下於唐朝廷囊中之意。

唐朝廷聽聞東都洛陽失陷，農民軍即將大舉西進入關，君臣束手無策，竟然只能相對而泣。十一月十二日，僖宗急召群臣在延英殿奏對。田令孜拋出了預謀已久的方案，提議僖宗奔西蜀避難。這是公然倡議逃跑，僖宗雖然年輕貪玩，但還是知道這是件丟臉的事，不但丟了自己的臉，也丟了祖宗的臉，因此相當不悅，但又不好直接反對「阿父」。剛好這時候，潼關守將齊克讓派來求援的使者到來，僖宗便請田令孜發兵守潼關。

就在同一天，僖宗來到左右神策軍中，這是他生平第一次親自檢閱將士。田令孜被任命為左右神策軍內外八鎮及諸道兵馬都指揮制置招討使，楊復恭為副使，張承範為兵馬先鋒使兼把截潼關制置使。之後，田令孜急發神策軍弩手二千八百人，由張承範率領，趕赴潼關拒守。田令孜雖然名義上是諸道兵馬都指揮制置招討使，負責率神策、博野等軍十萬守潼關，但他只是遙領。

神策軍士多為長安富室子弟，這些人當初並非真的想當兵，而是靠賄賂宦官掛名軍籍，借此厚得廩賜。平時，這些富家子弟出身的神策軍士平時都是華衣怒馬，怡然自得，很少操練，更談不上經歷過戰陣。一聽說要出征，嚇得父子抱頭痛哭。不少神策軍士暗中用金帛雇長安的商販和貧窮百姓代自己出征。這樣的一支軍隊，自然談不上有任何戰鬥力。

大軍臨行前，僖宗親自到章信門送行。張承範已經預料此行不妙，提醒僖宗說：「聽說黃巢有賊兵數十萬，而潼關外只有齊克讓饑卒萬人死守，現為臣僅以兩千多人屯兵關上，後無繼糧草支援。以此來拒賊，實在令我寒心！願陛下催促諸道精兵早來增援。」中心意思就兩件大事，一是速運糧草，二是速搬救兵。對此，僖宗含糊應承道：「愛卿先去，援兵不久即至。」事實證明，後來潼關迅速失守，就是敗在內缺糧草、外無援兵這兩件事上。

張承範率軍路過華州（今陝西華縣）。正值華州刺史裴虔餘遷任宣歙觀察使，城中無主，華州軍民全部都逃入了華山，城中空蕩蕩的，「州庫唯塵埃鼠跡」。幸運的是，華州的人雖然跑光了，但糧倉中還有千餘斛米，張承範便讓軍士們帶上三天的糧食再行。到達潼關後，唐軍在青草茂密處搜得隱匿的村民一百來人。張承範便讓這些村民運石汲水，做好守城的準備。

潼關因水得名。據《水經注》記載：「河在關內南流潼激關山，因謂之潼關。」潼浪洶洶，故取潼關關名，又稱衝關。這裏南有秦嶺屏障，北有黃河天塹，東有年頭原踞高臨下，中有禁坑、原望溝、滿洛川等橫斷東西的天然防線，勢成「關門扼九州，飛鳥不能逾」。自東漢以來，潼關便是易守難攻的要塞，元人張養浩寫盡了潼關地勢的險峻：「峰巒如聚，波濤如怒，山河表裏潼關路。」山河表裏還有個典故。《左傳》僖公二十八年，晉楚之戰前，子犯勸晉文公決戰，說即使打了敗仗，晉國「山河表裏，必無害也」。這裏用此成語，意為潼關形勢異常險要。

十二月初一，黃巢軍前鋒自洛陽經陝（今河南陝縣）、虢（今河南靈寶）直指潼關。農民軍聲勢極其浩大，「白旗滿野，不見其際」。唐潼關守將齊克讓和張承範不但兵少，而且已經斷糧幾日。唐軍將士吃都吃不飽，哪裏還談得上保家衛國，因而士氣極為低落。齊克讓為了鼓舞士氣，率先出戰，黃巢軍小敗。但不久後，黃巢大軍趕到，農民軍大聲吶喊助威，聲震華山和黃河，地動山搖，令唐軍膽戰心驚。齊克讓拼命督軍死戰，唐軍總算不至於潰敗。從午時一直到酉時，雙方奮戰了大半天，眼見天色已暗，這才停戰，各自收兵回營。

齊克讓剛剛鬆了口氣，唐軍士卒卻突然自亂了起來。唐士卒們因為多日不食，已經餓極了，狂怒之下開始呼喊喧鬧。一發不可收拾之下，士卒們放火燒毀了營寨，自行潰散，各自去謀生路去了。齊克讓身為唐軍主帥，只能眼睜睜地望著，無力阻止。

當時潼關左側有一個山谷，平日禁止人往來，以便榷徵商稅，所以人們稱其為「禁坑」。農民軍兵臨關下時，唐潼關守將倉促間沒有派兵到禁坑防守。齊克讓部下潰軍亂哄哄闖入禁坑，禁坑山谷中長滿了荊棘、灌木和長藤，茂密交織，猶如蜘蛛網，行人難以通過。然而，唐潰軍一哄而上，一夕之間，便踏成了一條平坦的大道。

張承範見大敵當前，情勢危急，派人向唐朝廷告急：「臣離京六日，甲卒未增一人，饋餉未聞影響。到關之日，巨寇已來，以二千餘人拒六十萬眾，外軍饑潰，蹋開禁坑。臣之失守，鼎鑊甘心。朝廷謀臣，愧顏何寄！或聞陛下已議西巡，苟鑾輿一動，則上下土崩。臣敢以猶生之軀奮冒死之語，願與近密及宰臣熟議，未可輕動，急徵兵以救關防，則高祖、太宗之業庶幾猶可扶持，使黃巢繼安祿山之亡，微臣勝哥舒翰之死！」（《資治通鑒・卷二百五十四》）言語之間頗有氣勢。關於安祿山和哥舒翰，後面提及安史之亂時會有詳述。

張承範生怕唐軍再發生兵變，將輜重和自己的私囊都拿了出來，全部散發給士卒，同時勉勵將士說：「諸君勉報國，救且至。」（《新唐書・卷二百二十五下・逆臣下》）將士們十分感動，決定奮力拒戰。

此時，唐朝廷已經知道潼關部分唐軍將士因斷糧潰散的消息。僖宗匆忙任命前京兆尹蕭廩為東道轉運糧料使。蕭廩畏死，不願意臨危受命，竟然上書稱病，請求退休，結果惹怒了僖宗，當即被貶為賀州司戶。

十二月初二凌晨，黃巢軍開始猛攻潼關，張承範竭力率軍抵抗。戰鬥十分激烈，一直從寅時打到申時。潼關上的唐軍弓箭用盡，無矢可射，只得用石頭投向黃巢軍。

黃巢見唐軍無箭可射了，便派人抓來一千多平民百姓，讓這些人掘土填潼關外的壕溝。不久，壕溝被填平，黃巢軍順利通過了壕溝，並在當晚放火，將唐軍關樓燒得一乾二淨。在準備正面進攻的同時，黃巢還派部下尚讓從禁坑的谷中小道迂迴到關後，預備前後夾擊。

張承範在關前防守的壕溝被黃巢軍填平後，才想起來派部將王師會率八百士兵去守禁坑，但還是晚了一步。當王師會率軍趕到禁坑時，黃巢大軍已經通過。

十二月初三凌晨，黃巢與尚讓開始前後夾攻潼關，關上唐軍饑餓不堪，剛一交戰，便全線潰散，王師會自殺。張承範見大勢已去，換上便服，率領殘餘士兵倉皇逃走。

張承範一行退到野狐泉時，才遇到增援前來潼關的奉天援兵二千人。張承範喟然長歎，說：

「你們來晚了！」

黃巢攻克潼關後，留成令環據守，繼續東進。潼關為京師長安的門戶，雄關天險一開，長安再無險可守，陷落已經是早晚的事。

十二月初三，黃巢陷華州，留部將喬鈐據守，自己親率大軍，直指長安。

來自博野和鳳翔的增援唐軍聽到潼關失守的消息後，退到了渭橋一帶。在渭橋駐守的還有田令孜所召募的新軍。博野軍遠道而來，個個都是風塵僕僕，看見新軍都穿著新衣皮裘，異常華麗，自然十分憤怒，說：「這些傢伙有什麼功勞能穿上這樣好的衣服，我們殊死拼戰反倒受凍挨餓！」於是大肆搶劫新軍的衣服，並由此而嘩變，倒戈相向，為黃巢軍作嚮導，往長安進發。

田令孜聽說黃巢率大軍已進入關中，恐怕天下人追究自己的責任，於是歸罪於宰相盧攜。僖宗昏庸，不由分說，貶盧攜為太子賓客，分司東都。盧攜申訴無門，只得喝毒藥自殺身亡。

十二月初四，唐朝廷發布詔書，任命黃巢為天平節度使，令他即日蒞鎮。這其實就是宰相豆盧瑑曾經提議的那一招緩兵之計。不過事過境遷，如今這一招，只是唐朝廷一廂情願的妄想。黃巢已經今非昔比，長安就在眼前，他已經勝券在握，絕不會因為一個小小的節度使封號便就此退兵。

十二月初五清晨，文武百官退出朝堂，聽到博野軍作亂、已經逼近長安的消息，立即各自分路躲藏。田令孜聽說亂兵已入長安城，驚慌失措，立即率神策兵五百人，擁僖宗出逃。事出倉促，僖宗身邊只帶了三名妃嬪和福、穆、澤、壽四王，壽王即後來的昭宗。宰相和文武百官都不知道僖宗西行，自然也沒有跟隨。身邊沒有良將忠臣，這也成為後來僖宗完全受制於田令孜的原因之一。

當時神策軍中有十幾名士卒，不願意如此狼狽地離開長安，竟然天真地攔住僖宗，說黃巢是來幫助皇帝清除田令孜等奸臣的。田令孜大怒，當即殺了這些軍士，帶著僖宗繼續往四川逃跑。安史之亂時，玄宗也是在蜀中避難。田令孜步此後塵，除四川的地理因素外，還因為田令孜的弟弟陳敬瑄此時正擔任西川節度使（即靠擊球第一贏得節度使位置的那位）。這樣，僖宗一旦入川，依舊在田令孜的控制之中。

僖宗一行人倉皇經金光門離開長安，重新上演了一百二十四年前（七五六年）玄宗為躲避安史之亂而西逃入蜀的一幕。大唐天子不知去向的消息很快傳開了，長安城一片大亂，軍士及百姓爭先恐後地闖入皇家府庫盜取金帛。

十二月初五，僖宗逃走當天，黃巢軍前鋒柴存兵不血刃地進入長安。唐金吾大將軍張直方率文武大臣數十人於灞上迎接，表示歸順黃巢之意。不久，黃巢乘金裝肩輿，進入長安，從而實現了他年輕時的雄偉大志：「沖天香陣透長安，滿城盡帶黃金甲。」只是，這黃金甲給長安百姓帶來的不是希望，而是巨大的災難。實際上，自從一百二十五年前，唐玄宗為了躲避安史之亂而倉促逃離京師後，長安就此開始了它多災多難的歷史。正是從那個時候開始，大唐由極盛轉入衰敗。

僖宗西逃入蜀後，各地節度使不思進取，要麼隔山觀火，要麼趁火打劫，整個中原陷入巨大的混亂和災難之中。當時自稱為「天地最窮人」的詩人杜荀鶴有《旅泊遇郡中叛亂示同志》一詩，記載了當時百姓水深火熱的苦難：

握手相看誰敢言，軍家刀劍在腰邊。遍搜寶貨無藏處，亂殺平人不怕天。
古寺拆為修寨木，荒墳開作甃城磚。郡侯逐出渾閒事，正是鑾輿幸蜀年。

〈杜荀鶴為唐末詩人，本人有著撲朔迷離的身世。傳說他本為著名詩人杜牧之庶子。杜牧當時受宰相李德裕排擠，於會昌末年出為池州刺史。杜牧妾程氏當時已經有孕，杜妻嫉妒程氏，趁杜牧在外地為官，將程氏趕出了家門。程氏身懷六甲，無依無靠，不得不改嫁長林鄉士杜筠為妻。之後，程氏生杜荀鶴。杜荀鶴名為杜筠子，實為杜牧子。事見周必大《二老堂詩話》及計有功《唐詩紀事》。杜荀鶴早年讀書於九華山，與顧雲、殷文圭等為友，十七歲時已嶄露頭角。曾數次上長安應考，不第還山。當黃巢率農民軍席捲山東、河南一帶時，他又從長安回家，從此「一入煙蘿十五年」，過著「文章甘世薄，耕種喜山肥」的生活，頗有隱士之風。然而，他並不是真正的隱士，不甘心就此寂寞而終。唐亡後，杜荀鶴遊大梁（今河南開封），獻《時世行》十首於朱溫，希望他省徭役，薄賦斂。因不合朱溫的心意，未被見用。杜荀鶴貧困無依，不得不旅寄僧寺中。朱溫部下敬翔點撥杜荀鶴說：「稍削古風，即可進身。」因此，杜荀鶴上頌德詩三十章，以取悅於朱溫。朱溫授杜荀鶴為翰林學士。十分戲劇性的是，杜荀鶴儘管最終在政治上得志，卻還來不及施展自己的政治抱負，只當了五天翰林學士，便病死了。而時人因為他屈節討好依附朱溫，「壯志清名，中道而廢」（《鑒誡錄》），對他頗有微詞。杜荀鶴生逢末世，一生窮困潦倒，飄蕩無依，代表了當時的一類文人。〉

西元八八〇年，對於僖宗而言，是他一生中最難忘的一年。就在這一年，他成為唐朝開國以來第四位逃離京師的皇帝（第一位是玄宗，第二位是代宗，第三位是德宗）。唐末詩人羅隱有《帝幸蜀》詩詠僖宗西逃一事：

馬嵬煙柳正依依，又見鑾輿幸蜀歸。泉下阿蠻應有語，這回休更冤楊妃。

「阿蠻」即「阿瞞」的通假，是玄宗的小名。「楊妃」指楊貴妃。意思是說當年玄宗逃難，天下人都怪在楊貴妃頭上，認為紅顏禍水。如今對於僖宗而言，卻是怪不到女人頭上了。號稱「秦婦吟秀才」的唐末詩人韋莊也有《立春日作》一詩：

九重天子去蒙塵，御柳無情依舊春。今日不關妃妾事，始知辜負馬嵬人。

無能的皇帝，囂張的宦官，腐敗的朝廷，跋扈的藩鎮。大唐所面臨的，始終是一個無可奈何的局面。直到五年後，西元八八五年三月，僖宗才得以返回長安。此時，黃巢已經兵敗身死，然而，黃金甲過後的長安，已經成為一座荒涼破敗的廢城，再也無法承載一個帝國京師的使命，而唐王朝也接近滅亡的尾聲。實際上，在西元八八〇年這一年，在僖宗僅攜宦官逃離長安的時候，大唐帝國最後的命運就已經決定了。

僖宗回到京師後不久，屁股在寶座上還沒有坐穩，還對五年的動盪生涯驚魂未定時，便因為動亂再一次腳底抹油，被迫逃離了長安。而他的繼位者昭宗（僖宗同母弟）也有數次逃跑的經歷，這兩節到後面再行敘述。

2 玄宗出逃：安史之亂

唐僖宗並不是唐朝歷史第一個逃離京師的皇帝，也不是最後一個。而第一個腳底抹油的唐天子就是創造了「開元盛世」的唐玄宗。

人們習慣將一個美好的時代稱為「黃金」時代，因為黃金是貴重之物。這種黃金時代在中國歷史上曾經出現過幾次，最為人稱道的就是唐玄宗的「開元盛世」。這的確是一個閃耀著黃金般光輝的時代，一個政績彪炳、安定繁榮的時代，甚至可以說是一個光芒萬丈的時代。無論是內政、外交、軍事，還是文化、藝術，都取得了輝煌的成就。

開元時期，土地開闢，許多「高山絕壑，耒耜亦滿」。由於開源節流，國家財政日益豐裕，全國的糧倉充實，致使物價十分廉宜。據杜佑《通典》所記：「至（開元）十三年封泰山，米斗至十三文，青齊穀斗至五文。自後天下無貴物，兩京米斗不至二十文，麵三十二文，絹一匹二百一十文。」可見當時糧食布帛產量豐富，物價低廉，商業繁茂。有杜甫詩為佐證：「憶昔開元全盛日，小邑尤藏萬家室，稻米流脂粟米白，公私倉廩俱豐實，九州四道無豺虎，遠行不勞求吉日，齊紈魯縞車班班，男耕女桑不相失。」一直到中唐以前，中國一直是世界上唯一擁有紙的國家。中國的絲綢沿著絲綢之路到了西方，馬上就成為羅馬貴族們手裏比黃金還珍貴的奢侈品。當時的百姓，不僅在家安居樂業，出外旅行也很舒適，道路暢通，行旅安全。《通典》記載：開元時東至洛陽、汴梁，西至關中歧州，夾路列店肆待客，酒肆豐溢，每個驛站都出賃驢馬供客人騎乘。南詣荊襄，北至太原、范陽，西至蜀川淳府，皆有驛站和店鋪。杜甫描寫從秦州（今甘肅天水）通西域（今新疆）的驛舍有池、有沼；有林、有竹。還有一個數據，很能說明社會的安定和太平，即：官民犯罪的人很少。據說開元十八年（七三〇年），全國犯罪入獄的僅二十四人。

國力強盛是開元之治的另一重要標誌。自唐高宗以後，吐蕃強大，成為唐朝西境的嚴重威脅。武后時期，東突厥復興於漠北，契丹崛起於東北，又造成唐朝北方形勢的緊張。許多在貞觀、永徽年間歸屬唐朝的地區重又脫離控制。玄宗即位後，加強鄰接地區的軍隊，開立屯田，大大充實了防務，又從東北到西北和南方設立了平盧、范陽、河東、朔方、隴右、河西、安西四鎮（龜茲、于闐、疏勒、碎葉）、伊西北庭、劍南等九個節度使和一個嶺南五府經略使，以統一指揮戰守軍事。對外戰爭也取得了輝煌的戰果。開元五年（七一七年），唐朝從契丹手中收復了遼西二十一州，重置營州都督府，漠北拔也古、同羅、回紇等都重新歸順唐朝。在西北，唐朝收復了碎葉城，並打敗了強悍的吐蕃、小勃律。通往中亞的道路由此重新被打開，唐朝對西域的主權恢復，唐朝的聲威遠播西亞。日本、朝鮮半島同唐朝的聯繫頻繁，南亞各國同唐朝交往不斷。各國的使者和商人來往不絕。

許多來華的胡人（唐人對各國人士一律統稱為「胡人」，外國商販稱之為「胡商」「胡賈」，外國僧人統稱為「胡僧」，外國女子統稱為「胡姬」）見識了唐朝舉世無雙的繁榮，樂不思蜀，以至不想回國，乾脆就留在了中國。當時西域少數民族普遍嚮往東方樂土，都城長安更是眾望所歸的聖地，所以這裏雲集著數量驚人的西域胡人，有時可達二十萬之眾。長安獻藝的歌、舞、百戲、幻術（雜技）等高手，以及與他們相伴而來的是在長安開設飯鋪酒肆、歌樓舞榭的胡商胡姬，他們很快就成為唐朝文化大視野中的一道新奇風景。

社會經濟的繁榮必然推動文化的發展，盛唐在文學藝術方面取得的成就也是碩果累累。唐詩最為後世稱道，大詩人李白、杜甫、王維、孟浩然等均為空前絕後的文學奇才。大書法家張旭、顏真卿，大畫家吳道子、大音樂家李龜年的藝術成果也是前無古人，後無來者。其他舞蹈、雕刻、塑造等藝術，也無不創造了輝煌成就。

在一個封建朝代，集中出現了如此多足以垂範千古的傑才俊士，是玄宗統治前期文治武功的最好寫照。

整個開元年間，唐朝的君臣和百姓就在歌舞昇平中度過，還有什麼比生活在這樣的盛世更令人心滿意足呢?唐朝，成為東方的傳奇。長安，成為傳奇的樂土。

然而，好景不長。西漢史學家司馬遷說過：「物盛而衰，固其變也。」（《史記・平准書》）又提出要「見盛觀衰」。遺憾的是，玄宗沒有借鑒歷史經驗，他看到了繁榮強盛的表面，卻沒有看到背後更深刻的政治危機。天寶年間，人君德消政易，宰相專權誤國，邊將包藏禍心，唐朝的政治與經濟境況急轉直下，一場歷史上罕見的社會大動亂就此爆發了。

天寶十四年（七五五年）十一月初九，平盧節度使兼范陽節度使又兼河東節度使的安祿山稱

「奉命討伐楊國忠」，發所部三鎮兵及同羅、奚、契丹、室韋兵共十五萬，號稱二十萬，起於范陽（今北京西南），大張旗鼓，南下直趨兩京。而此時此刻，大唐天子玄宗皇帝正在華清宮與楊貴妃縱酒放歌，過著世外桃源般的生活。

叛軍所到郡縣，唐朝軍隊幾乎沒有抵禦。從貞觀年間打敗東突厥以後，中原一百餘年沒有戰爭，現在突然見安祿山叛軍氣勢洶洶過境，沿途百姓都驚恐萬分。各個州郡打開武器庫應戰，發現大部器械已腐朽敗壞，不能使用。唐軍士卒不得不手持棍棒參戰。這就是史書中所講的「所謂天下雖安，忘戰必危」。安祿山部下均是唐軍精銳，能征善戰，郡縣守軍遠不及叛軍那樣訓練有素。既然無力抵擋，各郡縣便都紛紛打開城門，延納敵人。有些地方官吏逃走，有些被叛軍俘獲殺害，有些自殺在路旁，投降的也不可勝計。北京（太原）副留守被劫持，陳留、榮陽等郡連連失陷。整個大唐陷入極大的混亂之中。大動盪的來臨，注定要改變很多人的一生。

唐朝廷倉促應戰，封安西節度使封常清為范陽、平盧節度使，東討平叛。封常清為沙場老將，足智多謀，有著豐富的作戰經驗，但所率皆為沒有經過訓練的新兵。而叛軍卻是訓練有素的精兵勁旅，史稱「祿山精兵，天下莫及」。封常清屢遭敗績後，洛陽失守，封常清與高仙芝退保潼關，安祿山大軍隨即逼近潼關。

玄宗聽說封常清兵敗，便削其官爵，讓他以白衣在高仙芝軍中效力。高仙芝任命封常清巡監左右廂諸軍，以助自己。正當封高二人忙於加固防衛之時，悲劇發生了。

高仙芝率軍東征時，監軍邊令誠曾向高仙芝建議數事。邊令誠平日寸步不出宮門，哪裏懂得軍事。高仙芝自然沒有聽從，邊令誠卻因此懷恨在心。高仙芝退守潼關後，邊令誠入朝奏事，向玄宗反映了高仙芝、封常清敗退之事，並說：「常清以賊搖眾，而仙芝棄陝地數百里，又盜減軍士糧賜。」（《資治通鑒・卷第二百一十七》）意思是封常清誇大賊勢，動搖軍心；高仙芝擅離陝州，私吞軍糧，都不堪重任。

玄宗此時已經是一個老人，長年的酒色麻醉了他的思維，加上受安祿山造反的刺激，對將帥開始極度不信任，尤其高仙芝還是高麗人，聽了邊令誠的一面之辭後，登時大怒，不假思索地派邊令誠赴軍中斬高仙芝與封常清。

大敵當前，潼關卻冤氣沖天，大將未死敵手，這是歷史上最可悲最可歎的地方。封常清和高仙芝都是當朝名將，長年擔任邊關主帥，有著豐富的作戰經驗，最後卻死非其罪。玄宗擅殺大將，不僅自毀長城，使唐廷喪失了兩員具有作戰經驗的大將，還引起了軍心的動搖。當時潼關將士相繼呼冤，只因敕命煌煌，不敢反抗，但心中憤憤不平者大有人在。也就是從這個時候開始，民心和軍心開始背離，大唐失去了最寶貴的財富。

玄宗不問青紅皂白地殺了封常清和高仙芝後，各地的援軍不斷趕至京師，玄宗任命安祿山的死敵哥舒翰為兵馬副元帥負責守潼關。哥舒翰率軍進駐潼關後，立即加固城防，利用潼關險要的有利地形，深溝高壘，閉關固守。天寶十五年（七五六年）正月十一日，安祿山派兒子安慶緒率兵攻打潼關，被哥舒翰擊退。初戰大捷後，哥舒翰立即將矛頭指向了長安的死敵安思順。

安思順此為安祿山族弟，在安祿山謀反前，他曾經多次向玄宗奏報族兄安祿山將要謀反。安祿山起兵反叛後，玄宗因為安思順先已奏報，所以不加問罪，但還是將其解除了節度使的兵權，改任戶部尚書。安思順也樂得在長安享清福，然而，哥舒翰卻不想放過他。哥舒翰素來與安思順有矛盾，此時又大權在握，於是就故意偽造了一封安祿山給安思順的信，讓人假裝送信，然後在潼關城門口抓住此人，獻給朝廷。同時還列舉了安思順的七條罪狀，請求玄宗處死安思順。

玄宗對哥舒翰與安思順的舊怨相當清楚，甚至還充當過和事佬出力和解過。此時，他不是不明白安思順是被哥舒翰誣陷，但正值要借助哥舒翰之時，就不得不犧牲安思順了。安思順自然也不甘心坐以待斃，派人賄賂巴結宰相楊國忠（楊貴妃堂兄），請楊國忠出面求情。然而，玄宗為了籠絡哥舒翰，已經下定了決心。天寶十五年（七五六年）三月初三，安思順和他的弟弟太僕卿安元貞都被處死，家人流放到嶺南。

哥舒翰受命於危難之間，卻利用國家的危難來對付政敵。如此胸襟之人任唐軍主帥，唐軍不免危矣！後世史學家評論說：「哥舒翰廢疾於家，起專兵柄，二十萬眾拒賊關門，軍中之務不親，委任又非其所。及遇羯賊，旋致敗亡，天子以之播遷，自身以之拘執，此皆命帥而不得其人也。」（《舊唐書・卷一百零四・哥舒翰傳》）

楊國忠出力營救安思順不成，開始意識到哥舒翰已經對自己構成了極大的威脅，從此開始畏懼哥舒翰。

當時天下人都認為安祿山叛亂是因為楊國忠驕橫放縱所致，無不對楊國忠切齒痛恨。哥舒翰部將王思禮曾經暗中勸哥舒翰說：「祿山阻兵，以誅楊國忠為名。公若留兵三萬守關，悉以精銳回誅國忠，此漢挫七國之計也，公以為何如？」哥舒翰搖頭不應。王思禮又道：「若是上表，未必便如所請，僕願以三十騎，劫取楊國忠至潼關斬之。」哥舒翰愕然道：「若如此，真是哥舒翰反，不是安祿山反了。此言何可出諸君口？」王思禮不敢再說。

不久，王思禮與哥舒翰密謀一事便傳到楊國忠的耳朵裏，有人對他說：「今朝廷重兵盡在哥舒翰之手，哥舒翰若援旗西指，於公豈不危哉！」楊國忠聞言後大駭，急思對策，然後對玄宗說：「兵法『安不忘危』，今潼關兵眾雖盛，而無後殿，萬一不利，京師得無恐乎！請選監牧小兒三千人訓練於苑中。」玄宗覺得這話有理，立即讓楊國忠去辦此事。楊國忠迅速招募三千精兵，日夜訓練，由他的親信劍南軍將李福、劉光庭分別統領。楊國忠還是不放心，又奏請招募一萬人屯兵於灞上，由心腹將領杜乾運統領，名義上是抵禦叛軍，實際上卻是為了防備哥舒翰。

哥舒翰得到消息後，知道楊國忠的部署都是針對自己，怕遭暗算，背後受敵，決定先下手為強。於是上表，奏請將駐紮在灞上的軍隊歸潼關軍隊統一指揮。天寶十五年（七五六年）六月初一，哥舒翰以商討軍情為由，將杜乾運召到潼關，隨後藉故將其斬首，由此吞併了灞上軍隊。

經歷這次事件，哥舒翰和楊國忠二人的矛盾已經公開化了，由暗鬥發展到明爭。楊國忠得到這一消息，愈發恐慌，對兒子說：「吾無死所矣！」近在咫尺的哥舒翰的存在，使他有如芒刺在背。而哥舒翰同樣終日不安，一直無法下定決心，誅殺楊國忠。後世有句著名的話：「自古未有權臣在內，大將能立功於外者。」（《續資治通鑑・卷一百二十三》）哥舒翰的遲疑不決不但害了他自己，也害了大唐的天下。

前線主帥與後方宰相的內訌，消耗了寶貴的精力和時間。哥舒翰憂心忡忡，「恐為國忠所圖」（《資治通鑑・卷二百一十八》），病情加重。他心有餘而力不足，難以處理日常軍務，只好把軍事大權交給了行軍司馬田良丘，田良丘不敢專斷。哥舒翰又讓部將王思禮主管騎兵，李承光主管步兵。王思禮、李承光二人爭執不和，難以配合，全軍號令不一。加上哥舒翰到了晚年，因位高權重，軍紀雖然一如既往，但卻不關心士卒疾苦。監軍李大宜在軍中時，不但不管事，還整日以與將官賭博、飲酒、彈琴為樂，而普通士兵卻連飯都吃不飽。玄宗派人慰勞軍隊時，士兵反映缺少衣服，玄宗特意做了十萬戰袍賜予軍隊，但哥舒翰卻壓住不發，以至兵敗之後，衣服仍藏在庫中。士兵冒著生命危險征戰，卻連最根本的溫飽問題都得不到解決，自然心中充滿怨恨，由此導致了上下離心。這就是史書上所說的哥舒翰統兵「用法嚴而不恤，士卒皆懈弛，無鬥志」。有威無恩，正是哥舒翰後來失敗的原因之一。

就在哥舒翰固守潼關、與楊國忠明爭暗鬥的這段時間，戰場的形勢已發生了極大的變化。由於叛軍所到之處，燒殺搶掠，激起當地百姓的無比憤怒，大失人心。平原太守顏真卿、常山太守顏杲卿等率軍民奮起抗擊叛軍，河北多郡相繼回應。河東節度使李光弼與朔方節度使郭子儀先後率軍出井陘，入河北，在九門、嘉山等地，接連大敗史思明部，切斷了叛軍前線與范陽老巢之間的交通線。叛軍東進、南下又被張巡、魯炅阻於雍丘和南陽。安祿山前進不得，後方又受到威脅，軍心動搖，打算放棄洛陽撤回范陽。戰爭形勢出現了明顯有利於唐軍的轉機。十分可惜的是，政治陰謀決定了事態朝相反的方向發展。唐軍因為內訌，自己為進退兩難的安祿山打開了潼關的大門。

哥舒翰在潼關始終採取了固守的策略，據守天險，阻叛軍於潼關之下。叛軍主力徘徊潼關之下，長達半年之久，卻始終無法逾越天險，成為令人難堪的膠著狀態。哥舒翰擔心玄宗怪他不肯出戰，之前多次向玄宗上言，強調自己固守的策略：「祿山雖竊河朔，而不得人心，請持重以弊之，彼自離心，因而翦滅之，可不傷兵擒茲寇矣。」

安祿山見強攻不靈，便命部下崔乾祐事先將精銳部隊隱蔽起來，率四千名老弱病殘的部隊屯於陝郡，想誘使哥舒翰棄險出戰。但哥舒翰不為所動。他心中非常清楚，儘管他手握所謂的二十萬大軍，但都是臨時拼湊起來的隊伍，人多而不精，且全無鬥志，所以他堅持閉城。但哥舒翰忘記了，在他背後，還有一雙虎視眈眈的眼睛在盯著他，正尋找機會除掉他。

天寶十五年（七五六年）五月，玄宗接到叛將崔乾祐在陝郡「兵不滿四千，皆羸弱無備」的情報，此時滿朝文武正為郭子儀、李光弼在河北取得的大捷而興奮，玄宗樂觀地估計了戰局，求勝心切，下令哥舒翰轉守為攻，立即出兵，收復陝郡、洛陽一帶。為此，玄宗還特意卜了一卦，卦相顯示說：「賊無備，可圖也」。

哥舒翰聞訊大驚，立即上書玄宗，認為：「賊既始為凶逆，祿山久習用兵，必不肯無備，是陰計也。且賊兵遠來，利在速戰。今王師自戰其地，利在堅守，不利輕出；若輕出關，是入其算。乞更觀事勢。」從奏表上看，哥舒翰與當初高仙芝、封常清二人守潼關時的觀點完全是一樣的，都是主張堅守潼關，然後派朔方軍北取范陽，佔領叛軍老巢，促使叛軍內部潰散。這一據守險要、持久疲敵、伺機出擊的策略在當時是切實可行的，不僅是哥舒翰，就連身處河東前線的朔方軍主將郭子儀、李光弼也持相同的觀點。二人在奏書中說：「翰病且耄，賊素知之，諸軍烏合不足戰。今賊悉銳兵南破宛、洛，而以餘眾守幽州，吾直搗之，覆其巢窟，質叛族以招逆徒，祿山之首可致。若師出潼關，變生京師，天下怠矣。」顏真卿也上言：「潼關險要之地，屏障長安，固守為尚。賊羸師以誘我，幸勿為閒言所惑。」反對哥舒翰出戰的奏章紛紛而上。

就在玄宗遲疑不決的關鍵時刻，楊國忠卻懷疑哥舒翰不肯出兵是意在謀己，為了調虎離山，立即對玄宗說：「賊方無備，而翰逗留，將失機會。」玄宗久處太平盛世，不懂軍事，於是輕信了楊國忠的讒言，連續派遣中使催促哥舒翰出戰，以至往來使者「項背相望」（《新唐書・卷一百三十五・哥舒翰傳》）。不久，又下手敕切責哥舒翰：「卿擁重兵，不乘賊無備，急圖恢復要地，而欲待賊自潰，按兵不戰，坐失事機，卿之心計，朕所未解。倘曠日持久，使無備者轉為有備，我軍遷延，或無成功之績，國法具在，朕自不敢徇也。」並派宦官邊令誠前去督戰。玄宗已經完全失去了年青時的精明頭腦，急於求成，對敵我力量對比作了錯誤的判斷，加之聽信讒言，剛愎自用，驅使唐軍自尋死路。

備受壓力的哥舒翰見皇帝降旨嚴厲切責，知道勢不可止，於天寶十五年（七五六年）六月初四領兵出潼關。出關前，哥舒翰似乎已經預料到此戰必然失敗，不禁撫膺慟哭。兵法云：「將能而君不馭者勝。」而現在哥舒翰處處受到朝廷的牽制，明知不該輕易出關，卻因被詔命所迫，不得不出戰。可以說，他是懷著視死如歸的悲痛心情踏上了征程。從根本上說，失敗將不可避免。唐軍主帥的陣前痛哭，昭示了一個王朝無可奈何的沒落。

六月初八，哥舒翰率軍出靈寶縣西（在今河南省西部），與崔乾祐部交戰。靈寶南面靠山，峰巒陡峭；北臨黃河，波濤洶湧；而中間是一條七十里長的狹窄山道，可謂是用兵的絕險之地。崔乾祐預先把精兵埋伏在南面山上，領弱兵與唐軍交戰，且戰且走。

哥舒翰與行軍司馬田良丘乘船在黃河中觀察軍情，看見崔乾祐兵少，就命令大軍前進。王思禮等率精兵五萬在前，龐忠等率十萬大軍繼後，另派三萬人在黃河北岸高處擊鼓助攻。兩軍一交戰，叛軍偃旗息鼓假裝敗逃。

王思禮見四周地勢險要，不敢貿然前進，只是步步為營，節節推進。叛將崔乾祐竟帶著羸兵前來挑戰。他們佇列不整，東一堆，西一簇，三三五五的簡直就像從未習過佇列的百姓。唐軍士兵見此境況，不由地發起笑來。不待王思禮發令，士兵就搶先突進。眼看追及叛軍，叛軍卻馬上偃旗退避。王思禮於是揮兵直追，龐忠等接應部隊亦隨後跟進。於是兩軍爭先恐後地擁入山峽，只見兩旁都是懸崖峭壁，中間只有一條越來越窄的隘路，令人毛骨悚然。王思禮感到不妙，停下觀望。

哥舒翰一見地形，便立即發現中了崔乾祐的奸計，想要擺脫困境，卻已經來不及了。於是，他乘浮船在黃河中流指揮戰鬥。當時制高點為叛軍所佔領，情況十分危急，唯一的出路只有奮勇向前，衝破前面叛軍的堵截，殺出一條血路。哥舒翰見崔乾祐兵馬不多，便督促將士奮勇前進。由於山道狹窄，唐軍如同滾竹筒中裝滿的豆子，只能一個挨一個前擠後擁地向前滾。

此時，叛軍伏兵突起，居高臨下，從山上投下滾木擂石，唐軍將士全部擁擠在隘道，兵力難以展開，死傷甚眾。哥舒翰急令用氈車在前面衝擊，試圖打開一條通路。為了活命，唐軍將士開始奪路衝鋒，隊伍一下子全亂了套。哥舒翰指揮失靈，人心渙散，士無鬥志。

到了下午，天氣驟變，東風勁吹。崔乾祐眼見時機到了，急令部下將幾十輛裝滿乾草的大車縱火焚燒，堵塞通道，使唐軍無法前進。頓時烈焰騰空而起，濃煙瀰漫，唐軍被煙焰迷目，看不清目標，還以為叛軍在濃煙中，便亂發弩箭，直到日落矢盡，才知中計。

這時，崔乾祐命精騎從南面山谷迂迴到唐軍背後殺出，唐軍腹背受敵，亂作一團，互相排擠踐踏。有的棄甲逃入山谷，有的被擠入黃河淹死，號叫之聲驚天動地，一片淒慘之狀。唐後軍見前軍大敗，不戰自潰。而守在黃河北岸的唐軍見勢不利，也紛紛潰散。哥舒翰只帶數百騎得以逃脫，從首陽山西面渡過黃河，進入潼關。潼關城外有三條塹壕，均寬二丈，深一丈，逃回的人馬墜落溝中，很快就將溝填滿，後面的人踏著他們得以通過。

靈寶一戰，唐軍出關將近二十萬軍隊，逃回潼關的只有八千餘人。到了此刻，即便有潼關天險，唐軍也無足夠的兵力可守。六月初九，崔乾祐率兵攻陷潼關。此時，離哥舒翰痛哭出關不到五天時間。

潼關失守後，京師無險可據。天寶十五年（七五六年）六月十二夜半時分，長安城尚在一片寂靜之中，玄宗率同楊貴妃並楊國忠兄妹、太子李亨等皇子皇孫、同平章事韋見素、御史大夫魏方進、龍武大將軍陳玄禮、宮監將軍高力士等重要人物，暗中潛出延秋門，向西逃去。除了六軍士兵外，隨行的官員、親友不過百餘人。大部分臣僚和皇族都被遺棄在京師，棄而不顧，甚至包括住在宮外的皇妃、公主及皇子、皇孫等。玄宗因此成為唐朝歷史上第一個逃離京師長安的皇帝。當時，文武百官都不知道皇帝去向。

大唐天子竟然要如做賊一般悄然離去，生怕被人發現。當年玄宗東封泰山時，文武百官、皇親國戚、四夷酋長扈駕從行，車馬列隊，延續百里，盛極一時。如今落魄至此，可歎！盛唐已經成為了歷史，歷史卻是如此無情。

一行人路過左藏大盈庫的時候，楊國忠請求將庫藏燒毀，以免大批庫存布帛為叛軍所得。玄宗心情淒慘，長歎道：「叛軍來了沒有錢財，一定會向百姓徵收，還不如留給他們，以減輕百姓們的苦難。」過了便橋，楊國忠又命人將橋燒毀，以阻擋叛軍的追擊。玄宗知道後，說：「官吏百姓都在避難求生，為何要斷絕他們的生路呢！」立即派高力士帶人將火撲滅，留著橋樑給後面的士民逃命之用。

玄宗事先已經派太監王洛卿先到沿路各地，要官員準備接待。到了咸陽，派出的太監王洛卿和咸陽縣令都已經逃走了。再派太監去徵召，官吏與民眾都沒有人來。逃難的皇帝饑餓不堪，只得以楊國忠臨時買來的胡餅充饑。隨行太監好不容易找到當地百姓，向他們說明了情況。百姓們送來了一些粗飯，其中摻雜有麥豆。皇子皇孫們平時養尊處優，哪裏吃過這樣的飯，但是實在餓得慌，也顧不得什麼體面，沒有碗筷，便用手撈著吃，一下子就吃得精光，還沒有吃飽。

快半夜時，逃難的一行人到達金城（今陝西興平），縣令和縣民也早逃走，但食物和器物都在，士卒才能夠吃飯。當時跟隨玄宗身邊的官吏中，借機逃跑的人很多，宦吏內侍監袁思藝就趁夜色逃走了。金城驛站中沒有燈火，人們互相枕藉而睡，也不管身分貴賤地混睡一起，皇室貴族的威風掃地已盡。

玄宗一行逃跑到馬嵬驛（今陝西興平西北）時，唐禁軍將士因饑餓疲勞而十分憤怒，並認為楊國忠是罪魁禍首。禁軍將領陳玄禮想殺掉楊國忠以平民憤，並請東宮宦官李輔國轉告太子李亨，想取得太子的支持。太子猶豫，沒有明確表態。

剛好這時候，有吐蕃使者二十多人攔住楊國忠的馬，訴說沒有東西吃。楊國忠未及回答，士兵就喊道：「國忠跟胡虜謀反！」楊國忠爭走，被士兵擒殺。士兵們又殺了楊國忠的兒子戶部侍郎楊暄以及韓國夫人、秦國夫人。

玄宗得知楊國忠被殺後，只得親自走出驛門，慰勞軍士，命令他們撤走，但軍士不答應。玄宗又讓高力士去問原因。陳玄禮出面回答說：「楊國忠謀反被誅，楊貴妃不應該再侍奉陛下，願陛下能夠割愛，把楊貴妃處死。」玄宗開始還不同意，但軍士鼓噪不已。玄宗深知大勢已去，無論如何都無法保住楊貴妃的性命，這才流淚賜楊貴妃自盡。這就是歷史上著名的「馬嵬驛事變」。正如白居易在《長恨歌》中所云：

九重城闕煙塵生，千乘萬騎西南行。翠華搖搖行復止，西出都門百餘里。
六軍不發無奈何，宛轉蛾眉馬前死。

馬嵬驛事變以後，玄宗繼續西逃。太子李亨卻被當地的百姓留住，主持抗叛大局。從此，太子李亨的身分地位發生了重大變化，他從馬嵬坡一路收拾殘兵北上，臣民爭相前來歸附。天寶十五年（七五六年）七月，太子李亨在靈武（今寧夏靈武縣西南）即位稱帝，改元至德，是為唐肅宗，遙尊玄宗為太上皇。至此，玄宗以淒涼謝幕的方式退出了帝國的政治舞臺，唐朝最漫長和最光輝的玄宗時代到此結束了。

九月，肅宗以廣平王李俶（後改名李豫）為天下兵馬元帥，開始了反攻。至德二年（七五七年）正月，正當郭子儀、李光弼等奉命收復洛陽、長安兩京之際，叛軍內訌，安祿山被其子安慶緒等所殺。唐軍乘機反攻，又借來回紇兵助援，於九月收復長安，十月收復洛陽。安慶緒退保鄴郡（今河南安陽）。史思明投降，肅宗以其為歸義王、范陽節度使，河北復為朝廷所有。十二月，太上皇玄宗還京。至此，玄宗離開長安已經一年有餘。

鎮守於太原的李光弼認為史思明終究還要叛亂，就勸肅宗任命烏承恩為范陽節度副使，使之與阿史那承慶共圖史思明。但此事被史思明查出，殺死了烏承恩，並積極籌畫，等待時機再次起兵。

乾元元年（七五八年）九月，肅宗命令九個節度使出兵，圍攻盤據相州的安慶緒。但這次出兵不設主帥，只以宦官魚朝恩任觀軍容宣慰處置使，監視各軍將領。史書上對此解釋是，「上以子儀、光弼皆元勳，難相統屬，故不置元帥，但以宦官開府儀同三司魚朝恩為觀軍容宣慰處置使」。其實並不是郭子儀、李光弼等元勳誰不好統領誰這麼簡單，而是由於安祿山叛亂的事實，使得肅宗心有餘悸。他既想利用節度使來平定叛亂，又不能完全相信他們，更不放心將幾十萬唐軍單獨交給某一個威信與實力都很強的節度使。這樣，造成的結果卻是：唐方軍令不一，各節度使又互不為謀，矛盾重重。而更為嚴重的是，在朝廷與節度使的矛盾中，宦官勢力乘機滋長，致使宦官專政成為唐中後期最嚴重的問題。

唐軍各路人馬共六十萬，共圍相州鄴城（今河南安陽市）。郭子儀命部隊引漳河水淹鄴城，城中糧盡。困守在城中的安慶緒日子相當不好過，鄴城中開始缺糧，一斗糧食需要七萬錢，而米價最便宜的時候不過幾文錢。糧食吃完了，連鄴城的老鼠都值錢起來，一隻要數千錢。而且也出現了「人相食」的情況。鄴城中有人想要暗中投降，卻因為城中被淹，水太深，無法輕易出去。

此時的局面對唐軍極為有利，然而唐軍沒有主帥，沒有統一的指揮，彼此牽制，貽誤了戰機。安慶緒派人向史思明求救。史思明發兵五萬南下，在鄴城外與唐軍相遇。唐軍中李光弼、王思禮、許叔冀、魯炅四部率先與史思明激戰，雙方各有死傷。

郭子儀率軍趕到，預備從背後襲擊史思明，形成前後夾擊之勢。然而，形勢突然起了戲劇性的變化，郭子儀剛要布陣，突然狂風大作，剎那間天昏地暗，飛沙走石，對面不見人。史書中記載說：「吹沙拔木，天地晝晦，咫尺不相辨。」飛揚的塵土中，只見人影幢幢，來回移動奔跑。交戰雙方都大驚失色，均以為是對手追來，紛紛逃散，潰不可止。唐軍往南逃跑，史軍則往北逃跑。甲仗、輜重委棄於路。唐軍九路人馬，大多潰逃，只有李光弼、王思禮兩支部隊全軍而歸。由此可見當時天氣之惡劣，著實令人膽戰心驚，聲威絕不亞於今日的沙塵暴。

唐軍潰敗後，史思明屯駐鄴郡，殺安慶緒及其心腹等。安慶緒先前所據有的州縣及兵眾，至此盡歸史思明。乾元二年（七五九年）四月，史思明自稱大燕皇帝，改元順天，改范陽為燕京。不久後，史思明攻入洛陽。此時的洛陽已經成為一座空城，但因其政治意義，史思明還是以洛陽作為自己的中心據點。

十月，河陽一戰，李光弼軍大敗史思明。上元元年（七六〇年）九月，肅宗下詔：「郭子儀統諸道兵自朔方直取范陽，還定河北。」由於宦官魚朝恩從中作梗，事竟不能行。二年二月，李光弼與史思明戰於邙山，官軍敗績，河陽、懷州再陷。三月，史思明被其長子史朝義所殺。史朝義洛陽即皇帝位，改元顯聖，密使人至范陽殺其異母弟史朝清及不附己者。其部自相攻殺，數月范陽方定。

寶應元年（七六二年）四月，太上皇玄宗、肅宗相繼去世，宦官李輔國擁立太子李豫即皇帝位，為代宗。代宗任命長子李适（音ㄎㄨㄛˋ，同擴）為天下兵馬元帥，會諸道節度使及回紇於陝州，共同進討史朝義，史朝義兵敗後北逃。而中原百姓的苦難並沒有結束，因為唐朝廷向回紇借兵，事先與回紇有約定，答應收回洛陽後，財寶皆歸回紇所有。「回紇入東京，肆行殺略，死者萬計，火累旬不滅。朔方、神策軍亦以東京、鄭、汴、汝州皆為賊境，所過虜掠，三月乃已。比屋蕩盡，士民皆衣紙」。之前，士民很多次對勝利抱有希望，現在「勝利」已經來臨，結果反而更加失望。

史朝義逃回老巢范陽後，其得力部將薛嵩、張志忠、田承嗣、李懷仙相繼歸順唐朝廷。史朝義見大勢已去，打算離開中原，投奔奚和契丹，結果被李懷仙追殺。

至此，自玄宗天寶十四年（七五五年）安祿山范陽起兵，中經肅宗乾元元年（七五八年）史思明再起范陽，到代宗廣德元年（七六三年）結束戰亂，前後共歷七年又三個月，史稱「安史之亂」。戰亂過後，皇權低落，盛世不復再來。節度使勢力形成的藩鎮自河北、山東擴展到河南、江淮，此起彼伏，形成割據局面，直接導致後來唐朝的滅亡。

西元六二六年，歷史上著名的英主唐太宗李世民剛剛即位，東突厥頡利可汗趁此時唐朝國力還不十分強大，預謀進擾內地，掠奪人口和財富，率兵二十萬直逼長安。東突厥大軍駐紮在城外渭水便橋之北，距長安城僅四十里，京師大震。有人勸太宗離開京師避難，太宗卻鎮定自若，設疑兵之計，親率將士，隔渭水與頡利對話。頡利見唐軍軍容威嚴，又見太宗許以金帛財物，便與唐結盟，領兵而退。

到了太宗的曾孫玄宗這裏，則開了一有動靜就率先逃跑的先例。回想當年太宗的英姿，真令人生出「英雄一去豪華盡，惟有青山似洛中」的感慨。

玄宗在位的前期，社會呈現出前所未有的盛世；他在位的後期，一場歷史上罕見的社會大動亂導致唐朝由盛轉衰。在同一個皇帝手中達到了盛極，又在同一個皇帝手中而衰，在玄宗的身上，充分表現出一個歷史人物的複雜性。他以勝利者的姿態走上了政治舞臺，卻以失敗者的形象降下了最後的帷幕。這真是人間最大的悲喜劇。

3 代宗出逃：吐蕃入侵

玄宗是唐朝歷史上第一個逃離長安的皇帝。之後，先後逃離京師長安的還有代宗（玄宗孫）和德宗（代宗子）。而這兩位皇帝的逃跑，都直接跟安史之亂有關，而究安史之亂的根源，則跟唐朝的兵制有直接的關聯。

唐朝自建國以來，一直加強邊防駐軍，以防範突厥和後來崛起的吐蕃。尤其是玄宗即位後，好大喜功，熱衷於對外擴張，即史書中所說的「開邊意未已，精兵皆戍北邊，使天下之勢偏重」。

玄宗後期，府兵制度遭到了破壞。府兵自備兵甲衣糧，成為士兵的沉重負擔。府兵原來是三年輪換，但因為邊防戰事頻繁，戍期延長。邊將不僅侵吞士兵財物，而且強迫士兵服苦役。這樣，沒有人願意當府兵。在這樣的情況下，唐朝廷只好停止徵發府兵，實行募兵制。招募來的士兵，軍器、衣糧由政府發給，長期服兵役，大大增加了國家的軍費開支。

實行府兵制的時候，地方兵力分散，中央握有重兵。而在募兵制下，中央招募的多為市井無賴，不堪一擊。地方團結兵裝備差、數量少，也很虛弱。只有邊鎮軍力強大，至「猛將精兵，皆聚於西、北，中國無武備」。邊防的駐軍日益增多，形成了外重內輕的局面。節度使制就是在這種情況下形成的。玄宗先後緣邊設置安西、北庭、河東、河西、朔方、范陽、平盧、隴右，劍南節度使和嶺南五府經略使，建立了一個完整的防禦體系。

玄宗設置的這一防禦體系在對外防禦上是較為嚴密的，它們之間可以相互配合，互為犄角，同時，又可以彼此牽制，互相防範，不至由於兵力過重而導致邊將作亂。但制度是一回事，具體執行起來又是另外一回事。最大的問題就是將帥久任，不按時換防。由於府兵制的廢止和募兵制的實行，當兵在當時已經成為了一種職業（類似當今的雇傭兵）。而邊兵在邊地長期駐守一地，久不更調，便逐漸變成了地方節度使的私人勢力。兵士只知將帥，不知有皇帝。這無疑就增加了邊將擁兵自重的可能性，為其作亂提供了必要的條件。到後來，更演變出了一人身兼數鎮節度使的情況，危機更加嚴重。

節度使的權力也愈來愈大，他們不僅統兵，而且逐漸掌握了當地的民政、財賦、刑法權力，「既有其土地，又有其人民，又有其甲兵，又有其財賦」，這無疑是地方割據勢力產生的最適宜的土壤和溫床。這些節度使表面上聽命於朝廷，實際上陽奉陰違。為了拉攏部下，常向朝廷要求大量授以其部下官爵。官多俸祿多，朝廷的軍費開支因此大大增加。

天寶年間，大唐的危機已經不是來自於外部敵人的威脅，而是自身邊防的勢力，「邊將日重」。天寶元年，全國軍隊五十七萬人，四十九萬都駐守在邊鎮，京城內外駐兵僅及邊軍的六分之一。此時的局勢，兵力的分布內重外輕，精兵強將集中在北方的邊境，不免養虎成患，貽患無窮。在眾多邊鎮蕃將之中，以安祿山最為飛揚跋扈，身兼三處節度使，十餘年不遷徙，最終釀成了安史之亂。

自從唐朝立國以來，安史之亂無疑是唐王朝史中最重大的事件，安史之亂也被認為是唐朝的轉捩點——一個本來富饒、穩定和遼闊的集權帝國，經過安史之亂後，演變成一個鬥爭不休、不安全和分裂的國家。甚至安史之亂被認為是整個中國史的一個大轉捩點，它不但對社會和經濟造成了巨大的破壞，而且充當了強烈的催化劑，產生了嚴重和深遠的後果。

安史之亂前，玄宗還只是緣邊設置節度使，一切都是為了邊防的需要。而安史之亂時，唐朝廷為了平叛的需要，開始在內地也設置節度使（多為掌兵的刺史），凡是叛軍南下必經之處，均設節度使或者觀察使。結果，各地節度使甚至職位稍低的觀察使乘機擴大勢力，逐漸形成藩鎮（又稱方鎮）林立的局面。安史之亂後，藩鎮的危機不但沒有絲毫改善，反而越來越嚴重。

代宗即位之初，正是唐朝廷平定安史之亂的最後關鍵時刻。為了早日平定叛亂，結束動盪的局面，代宗不得不對安史方面投降的將領實行姑息和安撫的政策，以致形成了河北藩鎮割據的局面。不過，安史之亂最終是在代宗時平定的，這是代宗最為得意的事。

叛亂平定後，唐朝廷已經精疲力竭，加上屢屢進犯的吐蕃已經成為一個邊境的巨大威脅，所以史朝義自殺後，唐廷並沒有追究其他的安史舊部，反而就地委任他們為節度使。這些從前的叛將和唐朝廷在平叛過程中任命的節度使治下領地，即所謂「藩鎮」，大的有十餘州之地，小的也有三四州。節度使們強迫轄區內所有壯丁從軍，僅留老弱耕作，所以一般都能擁兵數萬，自己任命文官武將，不繳納貢賦，儼然獨立王國。還締結婚姻，互相表裏。一些強藩，如河北、山東等鎮節度使，擁兵自大，父死子襲，演變成割據勢力。內地節度使也程度不同的與朝廷保持著離心狀態。至此，藩鎮雄據一方，割據的局面逐步形成，朝廷中央集權大大被削弱。史稱「河北藩鎮，自此強傲不可制矣」。

經歷了八年動盪的大唐帝國，元氣大傷，再無法達到開元天寶時期的太平治世。而在平定安史之亂的數年間，邊兵精銳者大都徵調入內，稱為「行營」。吐蕃乘機步步深入，盡佔河西、隴右之地。代宗廣德元年（七六三年）九月，安史之亂平定不久，唐河北副元帥僕固懷恩叛唐，引吐蕃軍東進。

〈僕固懷恩，鐵勒族人。西元六四六年，鐵勒九姓大首領率眾降唐，唐朝廷分置瀚海、燕然、金微、幽陵等九都督府，以僕骨歌濫拔延為右武衛大將軍、金微都督，後訛傳為僕固氏。僕固懷恩是其孫，世襲金微都督，自幼驍勇果敢。安史之亂爆發，他任朔方左武鋒使，跟隨名將郭子儀開始了平叛的戰鬥生涯。僕固懷恩在平叛中立下赫赫戰功，「一門死王事者四十六人，女嫁絕域，說諭回紇，再收兩京，平定河南、北，功無與比」，但卻一直不滿意朝廷的封賞。尤其是河東節度使辛雲京與僕固懷恩有隙，經常找機會陷害他。僕固懷恩一怒之下，調兵攻太原辛雲京。辛雲京趁機上奏說僕固懷恩反叛。代宗調郭子儀去河東鎮撫僕固懷恩。僕固懷恩所領將士多為郭子儀朔方軍舊部。郭子儀人還沒到，僕固懷恩的部下聽說郭子儀要來，立即發生了分化，互相攻殺。僕固懷恩無奈，只率三百親兵逃往靈州。郭子儀人一到達汾州，僕固懷恩的部下紛紛投歸，河東局勢不戰而定。〉

唐邊境邊防空虛、兵力不濟，連連向朝廷告急。驃騎大將軍、元帥行軍司馬程元振竟聞報不奏。十月，吐蕃、黨項已進至邠州、鳳翔一線，長安告急。代宗急忙請老將郭子儀出任副元帥。

郭子儀早先被皇帝猜忌，解除了兵權，因久不帶兵，部下早已散去，只帶身邊二十餘騎趕往咸陽禦敵。到咸陽以後，郭子儀派人去朝廷發兵增援，程元振卻拒不召見。吐蕃率領吐谷渾、黨項、氐、羌將領二十多萬人，隊伍浩浩蕩蕩數十里一路殺來，渭北行營兵馬使呂月將帶領兩千精兵迎戰，打了一個勝仗。但畢竟寡不敵眾，最後兵盡被擒。

看到吐蕃軍隊越來越近，代宗無計可施，倉猝間離京出逃，文武百官也都作鳥獸散，六軍奔散，長安城大亂。

吐蕃軍隊殺入長安，擁立金城公主之侄廣武王李承宏為帝，改元大赦，設置百官，任命原翰林學士于可封等為宰相，攝理朝政。隨即開始在長安大肆劫掠，洗劫府庫和市民財物，焚毀房舍。士民們紛紛避亂逃入山谷，長安幾乎成了一座空城。

〈金城公主為唐宗室雍王李守禮之女，她的祖父是武則天的第二個兒子李賢。李賢文武雙全，是武則天四個兒子中天賦最高的一個。西元六七五年，李賢被立為太子。然而，李賢的才幹和在朝臣中的威望成為武則天的極大威脅，她不能容忍任何人與自己爭權，哪怕是自己的親生兒子。李賢當了五年太子後，武則天以謀反的罪名廢李賢太子位，幽禁在巴州。李賢被廢三年後，唐高宗去世，武則天的第三個兒子李顯只當了兩個月皇帝就被廢除。第四子李旦即位，也是傀儡，實權依舊掌握在武則天的手中。為免除後患，武則天派人賜死了年僅三十一歲的李賢。李賢的三個兒子也被幽禁在宮中，並被太監按時杖打。李守禮的哥哥和弟弟都在杖打下死去，只有李守禮幸運地活了下來。唐中宗李顯復位後，有感於哥哥李賢的悲慘命運，特意收養了李守禮的一個女兒在宮中。這個女兒就是金城公主。神龍三年（七〇七年），吐蕃贊普赤德祖贊遣使請求通婚。之前，唐太宗曾派人護送文成公主到吐蕃，與贊普松贊干布結婚。唐中宗許嫁金城公主。景龍四年（七一〇年）春，吐蕃遣使迎娶公主。唐中宗親自送公主到始平縣（今陝西興平）。金城公主及唐蕃使臣沿當年文成公主入蕃路線西行，吐蕃派專人為金城公主鑿石通車，修築「迎公主之道」。金城公主抵達吐蕃後，贊普赤德祖贊與其舉行了盛大的完婚典禮。開元二十七年（七三九年），金城公主病死於邏娑。唐玄宗聽到消息後，特意在長安光順門外為公主舉哀，輟朝三日。唐朝外嫁的公主很少能真正起到和親的作用，金城公主入蕃三十年，此間唐蕃之間進行了多次戰爭。甚至有的唐朝公主還因為兩國開戰而有生命危險。天寶四年（七四五年），奚王與契丹王反叛，就分別殺掉了各自所娶的唐朝固安公主和永安公主。唐朝公主出塞和親對歷史影響深遠，用「和親」作為兩國間王室通婚的專詞，也始自唐代。唐人陳陶在《隴西行》中說：「自從貴主和親後，一半胡風似漢家。」〉

幸好郭子儀從商州到武關一路收集了四千人馬，派左羽林大將軍長孫全緒率兵出發，白天敲鑼打鼓搖旗吶喊，夜晚又燃起許多火堆，一路上作出聲勢浩大的樣子，讓吐蕃起了疑心，不知道郭子儀究竟帶來多少人。當地百姓也虛張聲勢，傳呼說：「郭令公從商州調集大軍，來攻長安了。」長孫全緒派人混進長安，暗中召集數百長安少年，半夜裏在朱雀街上敲鑼打鼓地大喊。吐蕃軍隊不知底細，還以為郭子儀的軍隊已經進城，不戰而走，連夜撤出長安西逃。陷落十五天的長安被唐軍收復。

代宗聞報後，命郭子儀為西京留守。郭子儀入京，派將分屯畿縣，表請代宗回朝。郭子儀伏地請罪，代宗慰勞郭子儀說：「朕沒有及早用卿，所以才到這種地步。」便賜給他鐵券（相當於免死牌），在凌煙閣為他畫像，以表彰他的興唐之功。長孫全緒等也被加官進爵。

代宗能夠在很短的時間內重新回到京師，完全是郭子儀的功勞。此後，唐將領僕固懷恩叛，連年引回紇、吐蕃、黨項等族兵威脅關中，京師長安一再戒嚴。代宗不忘當年被迫逃離長安之恥，一度欲親征。

當時，郭子儀防守涇陽，手下只有一萬兵力。回紇和吐蕃人多勢眾，將涇陽合圍起來。郭子儀便命令將士加強防禦，不許出戰。這時候，僕固懷恩病死，吐蕃和回紇都搶著要做統帥，爭執不下，於是就分營駐紮。

郭子儀知道後，立即派人去見回紇首領，說要與他們聯合攻擊吐蕃。回紇人一向很尊敬郭子儀，但由於事先聽了僕固懷恩的謊言，不相信郭子儀還活著，一定要親眼見了才肯相信。於是，郭子儀帶上幾個隨從，準備去回紇軍營。郭子儀之子郭晞擔心父親的安全，拉著父親的馬不讓走。郭子儀大怒，用馬鞭抽過去。郭晞一縮手，郭子儀已經提馬衝了出去。郭子儀到回紇營前，卸下盔甲走進營去。回紇首領們認出老將軍，紛紛下馬參拜。郭子儀向回紇大帥藥葛羅說明情況，曉以大義。藥葛羅本以為郭子儀和代宗都已經死去，現在親眼看見郭子儀還活著，才知道上了僕固懷恩的當，於是與郭子儀當場歃血盟誓。吐蕃得知消息後，擔心受到唐朝與回紇的聯手攻擊，連夜撤退。郭子儀派精騎追至靈台（今甘肅靈台縣）西原，大敗吐蕃，西部邊境暫告安定。

代宗時期，勢力最大、為患最烈的是成德、魏博和盧龍三鎮，時稱「河朔三鎮」。成德鎮（治恆州，河北正定），自七六二年李寶臣開始割據；魏博（治魏州，河北大名東），自七六三年田承嗣開始割據；盧龍鎮（治幽州），自七六三年李懷仙開始割據。他們各自擁兵，表面上尊奉朝廷，但法令、官爵都自創一套，賦稅不入中央。甚至節度使的職位也往往父死子繼，或由部下擁立，唐中央只能加以承認，不能更改。除河朔三鎮外，實力雄厚的還有六州節度使薛嵩（唐高宗朝名將薛仁貴之孫）。

各藩鎮為了維護統治，除拼命擴充軍隊外，還挑選精勇組成親信「牙兵」。牙兵多「父子相襲，親黨膠固」，有著共同一致的利益。節度使對牙兵供給豐厚，往往能得他們的死力，但這也使牙兵十分驕橫，只要節度使對他們稍不如意，他們就或殺或逐，另立新主，遂形成了「變易主帥，如同兒戲」的局面。眾藩鎮中，尤其以田承嗣最為跋扈難制。

田承嗣，平州盧龍人，世事盧龍軍，以豪俠聞名天下。開元末年，田承嗣任安祿山盧龍軍前鋒兵馬使，在和奚、契丹人的戰鬥中屢立戰功，升至武衛將軍。田承嗣善於治軍，在任兵馬使時，安祿山曾在一個大雪天巡視各軍營，初走進田承嗣軍營，營內寂靜無聲，彷佛一個人都沒有，但進入營內檢閱士籍，又無一人不在營內。安祿山大為稱奇，從此開始器重田承嗣。

田承嗣一直是安祿山的心腹死黨，後來雖然歸順唐朝，竟然還公然為安祿山、史思明父子立祠堂，稱之為「四聖堂」。唐朝廷卻對其無可奈何。代宗還將自己的女兒永樂公主嫁給田承嗣的兒子田華，著意籠絡，「意欲固結其心」。但田承嗣本性凶頑、反覆無常，皇帝的恩寵只能適得其反，使他驕橫傲慢，更加肆意妄為。

不過，田承嗣雖然飛揚跋扈，卻對老將郭子儀極為敬重。郭子儀曾派遣自己的部將去魏博。田承嗣對來者十分客氣，還向郭子儀所在的方向遙望叩拜，並指著自己的膝蓋對使者說：「我這雙膝蓋，不向別人下跪已有多年了，現在要為郭公下跪。」

田承嗣對另一節度使薛嵩的地盤一直虎視眈眈，有心爭奪攻伐。薛嵩也絕非善輩，對田承嗣甚為警惕，暗中有所防範。

一些傳奇小說中記載薛嵩有侍女紅線，「善彈阮咸，又通經史」。阮咸就是琵琶。薛嵩對其極為寵愛，讓她管理各種文書，稱「內記室」。不僅如此，紅線還身懷絕技，她聽說田承嗣準備攻打薛嵩後，於半夜施展輕功趕到田承嗣所在的魏城，並潛入有重兵把守的田府，從田承嗣的枕邊盜走了裝有官印的金盒，沒有驚動任何人。事後，薛嵩派人將金盒原封不動地還給了田承嗣。還附上了一封信，信上說：「昨晚有人從魏城來，從您床頭上拿了一個金盒，我不敢留下，特派專使連夜送還。」此時，田承嗣正派人大肆搜捕金盒的下落，接到薛嵩的信後，大驚失色，知道對方身邊有能人，自此不敢小覷薛嵩。而消弭了一場兵禍的紅線卻功成身退，向薛嵩辭行。薛嵩挽留不住，便設宴為紅線餞行。當時有個叫冷朝陽的書生也在宴席中，當場填了一首歌詞：「採菱歌怨木蘭舟，送客魂消百尺樓。還似洛妃乘霧去，碧天無際水空流。」一曲唱罷，薛嵩不勝其悲，紅線也黯然淚下，隨後藉口酒醉離席。自此，這個充滿傳奇色彩的女子不知所終。事見《太平廣記・卷一百九十五・豪俠三》。順便提一句，《太平廣記》中用不少篇幅描寫紅線的本領，據說這是中國書籍中最早正式描寫輕功的文字。

代宗見田承嗣忌憚薛嵩，乾脆用薛嵩來制衡田承嗣。薛嵩尚有名將遺風，被委以重任後，「感恩奉職」。但薛嵩一死，田承嗣便立即發難，慫恿昭義軍兵馬使裴志清作亂，趕走薛嵩的弟弟薛㟧，薛氏部眾皆歸田承嗣所有。薛㟧無處可去，只好逃到京師長安，「素服於銀台門待罪」（《舊唐書・卷一百二十四・薛嵩傳》）。唐朝廷一直對田承嗣無可奈何，自然也不好怪罪薛㟧，只能「詔釋之」。

這時候，成德節度使李寶臣之弟李寶正（田承嗣女婿）在魏州打馬球時，馬突然受驚，意外撞死了田承嗣之子田維。田承嗣怒而杖殺李寶正，由此惹得李寶臣大怒，兩鎮關係立即惡化。李寶臣又聯絡與田承嗣素來不和的淄青節度使李正己，兩人一起向朝廷上表，陳述田承嗣的累累罪狀，請求討伐。剛好代宗也想利用各節度使之間的矛盾，削弱藩鎮的實力，便下令河東、成德、幽州、淄青、淮西、永平、汴宋、河陽、澤潞諸道發兵，共同討伐田承嗣。

當時諸道一心要削弱田承嗣的實力，瓜分地盤，開始倒也能齊心協力，各道合兵，勢力頗大。田承嗣手下一些趨炎附勢之徒感到害怕，暗中有投降的意思。田承嗣生怕落個眾叛親離的下場，便派遣使者向朝廷上表，表示要「束身歸朝」，意思是打算交出兵權，親自到長安向朝廷請罪。唐朝廷竟然相信了田承嗣的話，下令諸道暫時停止進攻。田承嗣用一招拙劣的緩兵之計，輕而易舉地贏得了寶貴的時間。隨後，田承嗣採取挑撥、分化、拉攏等種種手段，充分利用諸道之間的矛盾和各自的利益，順利地瓦解了諸道聯盟。

剛好這時候汴宋留後病死，都虞候李靈曜暗中結納田承嗣，仗著田承嗣的勢力，自任為汴宋留後。唐朝廷得知後大怒，下令討伐李靈曜。李靈曜勢單力孤，田承嗣急忙派兒子田悅救援，結果兵敗。李靈曜被俘虜，押送京師斬首。之後，代宗再次下令討伐田承嗣，諸道卻相互觀望，再沒有一人肯主動出擊。唐朝廷也無可奈何，只好就坡下驢，下令恢復田承嗣的官爵，不必入朝。這時，田承嗣已經佔據魏、博、相、衛、洺、貝、澶七州之地，擁有軍隊十多萬人，成為藩鎮中的最強者。

到了這個時候，各藩鎮「雖在中國名藩臣，而實如蠻貊異域焉」，「相與根據蟠結，雖奉事朝廷而不用其法令，官爵、甲兵、租賦、刑殺皆自專之。上寬仁，一聽其所為」。代宗皇帝「聽其（藩鎮）所為」是事實，不過不是因為寬仁，而是無可奈何，只能聽之任之了。

4 德宗出逃：涇原兵變

代宗李豫死後，太子李适（音ㄎㄨㄛˋ，同擴）即位，就是唐德宗。

德宗的母親為沈后。安史之亂時，唐玄宗匆忙出逃，當時還是廣平王的代宗李俶（後易名為李豫）未及帶上沈氏。沈氏淪入叛軍之手，被押送到洛陽。後來唐軍收復洛陽，廣平王李俶在東都掖廷中重遇沈氏，本打算迎歸長安，卻因廣平王準備北上破賊事宜，依舊把沈氏留在洛陽。不久，史思明再度舉兵叛亂，重陷東都洛陽，沈氏重新落入叛軍之手，且從此下落不明。代宗即位後，派人四處尋訪生死不明的沈氏，並立沈氏之子李适為太子。李适登基為德宗後，立即尊沈氏為皇太后，繼續派人尋訪母親的下落。

宦官高力士有個養女高氏對皇宮舊事非常了解。女官李真一曾經伺候沈氏，記得沈氏容貌。有一次，李真一看到高力士養女高氏，發現她的年紀和容貌跟沈氏很像，又熟知宮中典故，因而懷疑她就是沈氏。高氏自己也含糊不清。李真一向德宗報告後，德宗以為找到了母親，欣喜若狂，立即派人隆重地迎接高氏回上陽宮。高力士養子知道真相，怕惹禍上身，告訴德宗高氏並非沈氏。德宗大失所望，但仍然好好對待高氏，讓她回家，還對身邊的大臣說：「我被欺騙一百次也無悔，為的是找到我的親娘。」

當時至少有四名女子自稱沈氏，但都被人識破是屬假冒之人。德宗雖多次受騙，卻始終不願放棄追查沈氏的下落。直至德宗之孫憲宗李純在位之時，才徹底放棄希望，正式為沈氏舉哀，以禕衣一副下葬。

母親淪陷於藩鎮叛軍之手，一直是德宗心頭恨事。所以德宗即位之初，即銳意改變藩鎮專權的局面。他接受了宰相楊炎的建議，實行兩稅法，以增加財政收入，同時也為討伐藩鎮提供必要的軍費。結果，引起了一場新的殊死較量。

德宗即位前，魏博節度使田承嗣已經病死，時年七十五歲。田承嗣有十一個兒子，但他最喜愛侄子田悅，臨終時命田悅為留後，讓諸子輔佐。這時候的藩鎮，基本上已經造成子孫世襲的事實，唐朝廷的任命不過成了形式。德宗即位後，急切地想改變這種狀況。剛好成德節度使李寶臣病死，其子李惟岳自任為留後。李惟岳接管了成德的所有事務後，還需要朝廷形式上的那一紙同意他繼襲的詔書。但德宗新皇帝上任三把火，說什麼也不同意給李惟岳正式任命的詔書。

〈自田承嗣專擅魏博鎮以後，四世傳襲，四十九年不奉朝廷號令。直到田承嗣之侄田興於八一二年掌握魏博大權後，才不顧其他鎮屢次阻撓，堅持親附中央。田興本人入朝留住長安，又命兄弟子侄在中央任職，以防他們繼襲節度使與中央對抗。但好景不常，史憲誠在八二二年的一次兵變後，掌握了魏博的軍權，魏博再次脫離中央統治，直至唐朝滅亡。〉

在這樣的情況下，魏博田悅、淄青李正己、山南東道梁崇義各派使者，與成德李惟岳暗中勾結，「潛謀勒兵拒命」。於是，成德、淄青、魏博、山南東道「遙相應助」，四鎮連兵，公然與唐朝廷叫板較量，這就是歷史上所謂的「四鎮之亂」。

四鎮之亂開始後，田悅先派遣兵搶攻邢、磁二州及臨洺，率先挑起了戰端；李正己派兵扼守徐州甬橋、渦口；梁崇義阻兵襄陽，切斷了唐朝廷江淮和江漢的糧道。

德宗大怒，決意平藩，先派使者與吐蕃、回紇講和，以免陷入內憂外患的境地。邊境暫時安定後，唐朝廷從西京抽調防秋兵（**防止吐蕃秋季入侵搶糧的軍隊**）一萬兩千人，同時調集朔方、關中、太原，西至蜀漢，南盡江、淮、閩、越諸道兵，打算一舉殲滅抗命的四鎮。

一開始，唐官軍勢大，四鎮接連吃了敗仗。山南東道梁崇義被淮南節度使李希烈所殺。成德李惟岳先被幽州留後朱滔打敗，後為成德兵馬使王武俊所殺，首級被送到京師。淄青李正己急怒下病死，其子李納擅領軍務。四鎮中去了二鎮，田悅和李納頓時勢孤力單，不得不各自困守一角。局勢對剩下的二鎮極為不利，唐朝廷也認為天下不日可平。

長安的德宗非常得意，輕率地下詔三分成德鎮（**被殺的李惟岳的地盤**），由此招致幽州留後朱滔和成德兵馬使王武俊不滿，認為皇帝不是論戰功行事，因而對朝廷生怨。這便給了田悅可乘之機，田悅趁機派人與朱滔和王武俊聯絡，曉以利害，許以重利。朱滔和王武俊竟然倒戈相向，發兵援救被唐軍圍困的田悅。

德宗命朔方節度使李懷光討伐田悅、朱滔、王武俊三鎮。結果，李懷光率領的唐官軍大敗，朱滔、王武俊與田悅、李納四鎮重新結盟：朱滔為盟主，自立為冀王，稱「孤」；田悅立為魏王，王武俊立為趙王，李納立為齊王，均稱「寡人」。

令唐朝廷無比頭痛的四鎮稱王問題還沒有解決，又出了淮南節度使李希烈的叛亂。

李希烈先前曾協助唐朝廷平定四鎮之亂。宰相楊炎曾經勸諫德宗，指出李希烈其人「無功猶倔強不法，使平崇義，何以制之」。李希烈為人薄情寡義，心狠手辣，曾為董秦（李忠臣）養子，董秦對他信任有加，而他最終卻驅逐了董秦取而代之。但德宗沒有聽從勸告，反而授予李希烈南平郡王的爵位，加任為漢南、漢北兵馬招討使，統領各道兵，討伐梁崇義。李希烈殺死梁崇義後，自認為有大功，因此攻佔了山南東道治所襄陽後，據為己有。唐朝廷另派節度使接管，李希烈相當不滿。稱王的四鎮充分利用李希烈對唐朝廷的不滿，對李希烈稱臣勸進。在巨大的權勢和名利的誘惑下，李希烈心動了，他自稱天下都元帥，公然與唐朝廷對抗，開始向唐境進攻。

叛亂的五鎮中，以李希烈兵強糧足，勢力最強。唐朝廷大為震驚。德宗找宰相盧杞商量，盧杞嫉恨顏真卿，為了借刀殺人，竟然向德宗建議派顏真卿去安撫李希烈。

顏真卿不但是歷史上著名的書法家，還是當時一個很有威望的老臣。安史之亂前，他擔任平原太守。安祿山發動叛亂後，河北各郡大都被叛軍佔領，只有平原城因為顏真卿堅決抵抗，沒有陷落。後來，他的堂兄顏杲卿在藁城起兵，河北十七郡回應，並公推顏真卿做盟主。在抗擊安史叛軍中，立了大功。代宗即位後，顏真卿被封為魯郡公。所以，人們又稱他顏魯公。

這時顏真卿已經七十多歲，年老體衰，同僚們都勸他向皇帝辭職不去，但他毅然領命前往。顏真卿到達淮南汝州（今河南臨汝）後，對李希烈曉以大義，勸其息兵罷戰，讓人民免受戰禍之苦。李希烈不聽勸告，反而要脅顏真卿協助他反唐。顏真卿自然不肯屈服，李希烈便將他扣押起來。

〈建中四年（七八四）十二月，李希烈攻陷汴州後稱王，有叛將提議要顏真卿任李希烈的宰相，顏真卿厲色說道：「爾等可知顏杲卿否，是吾兄也。安祿山反，首舉義兵，及被害，詬罵不絕於口。吾今年向八十，官至太師，守吾兄之節，死而後已，豈受汝輩誘脅耶！」叛將不敢再勸降。李希烈便把顏真卿拘押起來，還在他住的院子中挖了一個大坑，聲言要坑殺他。顏真卿毫無懼色。不久，唐軍征討李希烈的戰爭取得了決定性的勝利。李希烈在失敗前夕，派人在顏真卿的住處堆上柴草，潑上油，對顏真卿說：「不能屈節，當自燒。」顏真卿毫不遲疑，投身赴火，被人攔住。事隔不久，顏真卿最終被李希烈縊殺於汝州，終年七十七歲。顏真卿是中唐時期的書法創新代表人物，他的祖輩三代皆工書法，其母親也寫得一手好字。顏真卿自幼受家學薰陶，熱愛書法。一方面接受家傳，一方面學習前代書法名家的藝術特點，初師褚遂良的筆法，後來又接受張旭的指導。經過長期的辛勤磨練和精心研究，他創造了獨具一格的「顏體」書法。楷書端莊雄偉，氣勢開張。行書遒勁舒和，神彩飛動。他的書法，既有以往書風中的氣韻法度，又不為古法所束縛，突破了唐初的墨守成規，自成一幅，稱為「顏體」。宋代大文學家蘇軾曾有詩讚顏真卿的書法造詣：「顏公變法出新意，細筋入骨如秋鷹。」五代的楊凝式、宋代的蘇軾、米芾、黃庭堅、蔡襄等名家都是學顏體。〉

德宗建中四年（七八三年）八月，李希烈發兵三萬，圍攻襄城（今河南襄城）。淮西招討使李勉為救襄城，採用了圍魏救趙之計，派兵乘李希烈後方空虛，直搗李希烈巢穴許州（今河南許昌）。李勉本是一心為國，不料德宗竟不理解，以為李勉也是想趁機撈一把，為自己謀取利益，立即派遣宦官指責李勉違詔。李勉被迫從許州撤兵，半途中李勉軍遭到李希烈軍伏擊，大敗，襄城因而更加危急。

襄城一旦陷落，東都洛陽便將吃緊。德宗急忙從西北抽調涇原（治所在今甘肅涇川縣北）的兵馬去救援襄城。涇原節度使姚令言帶了五千人馬途經京城長安。適逢天降大雨，涇原兵士全身都濕透了，凍得發抖。而唐朝廷派京兆尹王翃犒賞軍隊。王翃帶給軍隊的盡是粗米鹹菜。涇原兵士大怒，產生了嘩變，鼓噪攻入長安城。姚令言正要入朝辭行，聽說部下嘩變後，急忙趕來勸解士兵說：「諸君失計！東征立功，何患不富貴，乃為族滅之計乎！」（《資治通鑒．卷第二百二十八》）

德宗也急忙派宦官帶著二十車錢帛去慰勞兵士，想亡羊補牢，穩定局勢。然而，激怒的涇原兵士已經完全失去了理智，不但殺死了宦官，還用兵器脅迫姚令言向西進兵。亂軍入城後，立即開始衝擊皇宮。皇宮的禁衛軍無法抵抗，德宗倉促下無法可想，只好帶著太子、諸王、公主從宮苑北門倉惶出走。

自從代宗朝宦官魚朝恩因擅權被殺後，皇帝有所警惕，不再任用宦官掌管軍隊。所以，此時德宗身邊只有宦官及隨從一百多人。司農卿郭曙正帶著家兵數十人在禁苑中打獵，聽說德宗出走，也立即趕來扈從。而右龍武軍使令狐建正在軍中教練射箭，得知消息後也率領部下四百人迅速趕來。

尤其值得一提的是，翰林學士姜公輔極有遠見，攔在德宗馬前，特意提醒說：「朱泚（音ㄘˇ，同此）嘗為涇原帥，得士心，昨以朱滔叛，坐奪兵權，泚常憂憤不得志。不如使人捕之，使陪鑾駕，忽群凶立之，必貽國患。臣頃曾陳奏，陛下苟不能坦懷待之，則殺之，養獸自貽其患，悔且無益。」（《舊唐書．卷一百三十八．姜公輔傳》）

朱泚為前任涇原節度使，因弟弟朱滔（即自立為冀王的幽州留後）反叛唐朝，牽連到他，被德宗解除了兵權，留住在長安私第，掛著太尉的名。姜公輔這話的主要用意是：即便德宗要走，也應該帶上朱泚，否則後患無窮。

然而，此時德宗已經完全喪失了天子的氣度，只顧自己逃命要緊，根本聽不進姜公輔的話。德宗一行出宮苑北門，預備逃去奉天（今陝西乾縣）避難。如果說德宗的老子代宗逃難還是因為外患的話，德宗逃離長安，則完全是因為內憂。而他自己在平藩中舉措不當，也是重要原因。

涇原兵士衝進了宮，發現皇帝已經跑了，就強行打開官庫，大肆搶掠，一直鬧了一夜。第二天，涇原兵士也搶累了，心滿意足了，卻不知道該如何收場。眾人便去找節度使姚令言。姚令言自知事已至此，他無法再置身事外，唐朝廷必定會將一起罪責攤到他頭上，但他有心無膽，知道自己不能堪大任，便出主意擁戴朱泚為主。

朱泚本來是個野心勃勃的人，如今天賜良機，立即趁機接管了長安兵權，與河北諸鎮割據勢力遙相呼應。翰林學士姜公輔的擔憂不幸應驗。

這一事件就是歷史上有名的「涇原之變」，由此直接造成德宗成為唐朝歷史上第三個逃離長安的皇帝。

逃跑的皇帝一行經咸陽到達奉天。德宗還來不及喘口氣，便急忙下詔徵發附近各道的兵馬入援。左金吾大將軍渾瑊（音ㄐㄧㄢ，同堅）率先來到奉天護駕。

渾瑊，鐵勒族渾部人。曾任中郎將、左廂兵馬使、大都護、節度使、左金吾衛大將軍等職。善騎射，屢立戰功，以忠勇著稱。在唐朝廷平定安史之亂中，渾瑊先後隨名將李光弼、郭子儀、僕固懷恩出戰河北，收復兩京。唐永泰年間，吐蕃十萬大軍攻唐。渾瑊戍奉天（今陝西乾縣），臨危不懼，親率兩百驍騎，衝入吐蕃營，生擒蕃將，因此而勇冠諸軍。之後，渾瑊又屢破吐蕃兵進擾，在唐軍和朝廷中很有威望。眾人看到他的到來，心裏才逐漸安定。

此時，長安又發生了段秀實被殺事件。

段秀實，原名顏，字成公，陝西千陽人。幼讀經史，稍長習武，言辭謙恭，樸實穩重。玄宗時舉為明經，隨後拋棄功名從軍，積功至涇州刺史兼涇原鄭潁節度使。段秀實總攬西北軍政四年，吐蕃不敢犯境，百姓安居樂業。後來，宰相楊炎嫉恨段秀實，削去了他的兵權，召到京師任司農卿（官名，九卿之一，掌錢穀）。朱泚認為段秀實一定怨恨朝廷，有心拉攏。不料段秀實卻是心向朝廷，他見無法推脫，就假意留在朱泚身邊，暗中聯絡將軍劉海賓等人，準備找機會殺掉朱泚。

朱泚隨後派涇原將領韓旻（音ㄇㄧㄣˊ，同民，韓旻亦工花鳥畫）率三千騎兵，前去奉天。名義上是去接德宗回京，實際上是去攻打奉天。段秀實得知消息後，十分著急，他擔心奉天德宗沒有足夠的兵力守衛，便想暗中盜取姚令言的官印，但沒有得手。於是段秀實在偽造的假公文上倒蓋上司農卿印，派人持假公文去騙韓旻回師。終於及時在駱谷驛截下韓旻，以姚令言之令命他返防。

段秀實自知韓旻一旦回到京師，假公文一事必然敗露，便與將軍劉海賓商議，計畫殺死朱泚。當天，朱泚召段秀實議事。段秀實戎裝入見。聽說朱泚打算稱帝，段秀實勃然大怒，用手中的象牙笏擊打朱泚。朱泚頭破血流而逃。但劉海賓等人遲遲未至，段秀實當即被殺。之後，與段秀實暗中相結的將軍劉海賓等人都被殺。

消息傳到奉天，德宗非常懊悔過去聽信讒言，貶黜了段秀實，並為之流淚不已。時朝野上下讚歎：「自古歿身以衛社稷者，無有如秀實之賢。」（《舊唐書・卷一百二十八・段秀實傳》）

朱泚隨後即位稱帝，自稱為「大秦皇帝」，改元「應天」。稱帝以後，朱泚殺死滯留在長安來不及逃跑的唐皇族七十多人，親自帶了兵馬，前去攻打奉天。當時，朱泚叛軍有數萬人，而唐守軍僅有數千人，兵力對比懸殊，奉天一度十分危急。

左金吾大將軍渾瑊率唐軍浴血苦戰，堅守危城。為了攻城，朱泚派人造了特別大的雲梯。渾瑊得知後，事先在城牆邊掘通了地道，地道裏堆滿了乾柴，還在城頭準備好大批松脂火把。叛軍攻城時，箭如雨點般密集，唐軍根本無法還擊。叛軍兵士便開始攀援雲梯，打算攻入城中。不料雲梯一架架都陷進了地道，城頭上的唐軍又往下扔火把，點燃了地道裏的乾柴，燒著了雲梯。大火熊熊中，雲梯上的叛軍被燒得焦頭爛額，紛紛掉了下去。渾瑊趁機率唐軍從城門殺出，朱泚叛軍大敗。

朱泚見強攻不行，便將奉天團團包圍，攻打了一個月。城中糧食全都吃光了，情況非常危急。關鍵的時刻，神策河北行營節度使李晟晝夜兼程，趕到奉天救援。奉命東討田悅的朔方節度使李懷光，此時也回師向西救援。朱泚一看形勢不妙，便撤了對奉天的包圍，退回長安固守。

〈李晟，字良器，洮州臨潭（今屬甘肅）人。祖父李思恭、父親李欽，都是隴右的裨將。李晟性強勁剛烈，善於騎射，喜歡讀孫子兵書。十八歲從軍，為河西節度使王忠嗣的部下。他勇敢超群，名聞河西，一次隨軍攻打吐蕃，有一吐蕃猛將守城抵抗，使唐軍傷亡很大，王忠嗣大怒，召軍中善射的人射他。李晟應召，引弓而射，一發而將蕃將射死，三軍為之歡呼、振奮。王忠嗣撫摸著他的後背稱他為「萬人敵」。後又跟隨鳳翔節度使攻打反叛的羌人，取得了勝利，提升為左羽林大將軍。在代宗廣德初年，因攻打黨項有功，授予特進、試太常卿。李晟作戰勇敢，很有謀略，在征戰中常常能以少勝多，出奇制勝。李晟的早年軍事生涯主要在河西、鳳翔一帶，他為抵禦吐蕃的進犯，保衛唐朝的西北邊防作出了貢獻。大曆年間，李晟入京朝見，代宗把他留在京城宿衛，任為右神策軍都將。德宗時，升任神策行營節度使。〉

奉天解圍後，朔方節度使李懷光自恃功高，認為德宗會親自召見厚賞。他性格粗疏，看不起宰相盧杞等人，經常對人說盧杞等人奸詐、諂媚，天下之亂，都是這些人造成的。盧杞得知後，心中恐懼，生怕李懷光會在德宗面前詆毀自己，便暗中阻止德宗召見李懷光，命李懷光立即引軍收復長安。

李懷光千里迢迢趕來奔赴國難，自認為竭心盡力，忠心耿耿，而皇帝近在咫尺，竟然不肯召見，自然非常不滿。於是領兵屯駐咸陽，不肯進兵。並多次上表揭露宰相盧杞、宦官翟文秀等人的罪惡。德宗身邊的大臣對盧杞這樣處置功臣也很不滿，議論紛紛。德宗不得已，貶宰相盧杞為遠州司馬，殺宦官翟文秀。

興元元年（七八四年）正月初一，德宗聽從翰林學士、考功郎中陸贄的建議，下詔「罪己」，即著名的《奉天改元大赦制》，宣布赦天下，除朱泚外，赦李希烈、田悅、王武俊、李納、朱滔之罪，並停間架、除陌之類。

這篇詔書由陸贄起草。陸贄以駢文擅名。他的駢文對偶齊整，語義流暢，氣勢極盛，在文學史上獨樹一幟。陸贄尤長於奏疏，以深摯的情感和雄暢的辭辯見長，史稱「有唐以來，未曾有之」。這篇《奉天改元大赦制》充分顯示了陸贄的文學才華。文中以痛切之辭，直書君過，文筆犀利，情感激烈。據說，詔書下達之日，「雖武人悍卒，無不揮涕激發」（權德輿《唐贈兵部尚書宣公陸贄翰苑集序》）。詔書的感染力由此可見一斑。王武俊、田悅、李納見到詔書的赦令後，都主動去除了王號，上表謝罪。這三人重新歸順朝廷，固然是因為考慮到自身的利害關係，但也有被詔書感動的因素在其中。

〈陸贄是德宗朝傑出的政治家，官至中書侍郎、同平章事（宰相）。他勇於指陳弊政，揭露兩稅法實行後的各種積弊，主張廢除兩稅以外的一切苛斂，直接以布帛為計稅標準。他還建議積穀邊境，改進防務。後陸贄被大臣裴延齡所讒，罷宰相職，次年貶為忠州別駕，居忠州十年而死。〉

李懷光以屯兵不進的方式脅迫德宗貶斥了盧杞等人後，心中也開始不自安，開始有背叛朝廷的想法，但心中尚猶豫不決。他在咸陽駐守了幾個月，停滯不前，始終不肯出兵收復長安。德宗多次派中使催促他。李懷光總是以士兵疲憊為藉口，不肯發兵。李懷光又暗中派人與長安城中的朱泚聯絡，預備互相勾結。

神策河北行營節度使李晟覺察到李懷光的異常，提醒德宗應該有所防備，並建議任命副將趙光銑等人為洋、利、劍三州刺史，各領兵五百人駐守，以防患於未然。德宗此時還是信任李懷光，因此沒有採納李晟的建議。

德宗預備親自帶領禁兵到咸陽，以勞軍為名，督促各將進兵征討，尤其是要督促李懷光。有些居心叵測的人趁機挑撥離間，告訴李懷光，說德宗用的是漢高祖偽遊雲夢的計謀，打算趁機擒獲各將。李懷光大為恐慌，至此，才下定了謀反的決心。

德宗出發前，還生怕李懷光猜疑，加封李懷光為太尉，並賜鐵券，以示信任有加。然而，使者到咸陽宣布聖旨時，李懷光更加懷疑，因而態度十分倨傲無禮，當著使者的面將鐵券扔在地上說：「聖人疑懷光邪？人臣反，賜鐵券，懷光不反，今賜鐵券，是使之反也！」（《資治通鑒・卷第二百三十》）

使者回報後，德宗這才相信李懷光起了反意，下令加強戒備，同時加任李晟為河中、同絳節度使，繼而又加任為同平章事，將挽救唐朝的危機全部寄託在他的身上。

李懷光公開謀反後，派他的部將趙升鸞悄悄進入奉天，約定晚間火燒乾陵，讓趙升鸞作內應，挾持德宗。趙升鸞將此事告訴了渾瑊。渾瑊急報唐朝廷，請德宗速離開奉天去梁州（今陝西漢中）。德宗命令渾瑊戒嚴。渾瑊從朝中出來，部署尚未停當，德宗已經慌慌張張地離開奉天西行。朝臣及將士隨德宗而行，情形非常狼狽。

李懷光的反叛使局勢更加惡化，不少唐大臣都投降了朱泚。在關鍵的時候，李晟力挽狂瀾。他在極其困難的情況下，以忠義激勵將士，保持了唐軍將士的士氣，長安附近的唐軍都自願接受李晟指揮。

當時叛軍內部也相當不穩定，李懷光的一些部下不願意跟隨叛亂，有些將士投奔了李晟。而長安城內的朱泚對李懷光也保持警惕，兩人產生了很深的隔閡。李懷光內憂部下兵變，外怕李晟襲擊，乾脆帶著人馬逃到河中去了。

李懷光一走，朱泚陷入孤立。渾瑊守住了奉天，也跟李晟彼此呼應。唐大軍進逼長安。興元元年（七八四年）五月，李晟收復了長安。朱泚和姚令言帶領殘兵敗將，向西奔逃，在途中都被部下殺死。河中守將紛紛投降，李懷光不知所為，自縊而死。這次歷時半年多的涇原兵變總算結束了。

〈朱泚敗亡後，著名才女李季蘭也受牽累而死。唐朝女詩人燦若群星，從皇后到嬪妃，從宮女到美人，從名門貴婦到書香仕女，從閨閣千金到娼優姬妾，從小家碧玉到青衣婢女，無不有才華橫溢的女才子。素負盛名的娼妓詩人有薛濤、張窈窕、徐月英、王福娘、薛仙姬等。與娼妓詩人媲美的是寺院、道觀的方外女詩人，主要人物包括：李季蘭、魚玄機。這些女詩人中，尤其以薛濤、李季蘭、魚玄機最負盛名。她們的詩句別具一格，影響著一代詩風。李季蘭，原名李紿，生於唐玄宗開元初年，小時候被父親認為性情不安寧，送入剡中玉真觀出家，改名李季蘭。李季蘭雖然當了女道士，但並沒有就此安寧下來，她常舉行文酒之會，即席賦詩，談笑風生，毫無禁忌，竟被一時傳為美談，有「女中詩豪」之稱。唐玄宗聞其詩才，特地下詔，召李季蘭進宮月餘，優賜甚厚。可見當時李季蘭名氣之大。李季蘭與當時名士陸羽、詩僧皎然、劉長卿等均有交往，其中，尤以陸羽與李季蘭交往最深。陸羽原是一個棄嬰，被一俗姓陸的僧人在河堤上撿回，在龍蓋寺中把他養大，因而隨僧人姓陸，取名羽，意指他像是一片被遺落的羽毛，隨風飄蕩，無以知其根源。陸羽曾經在育茶、製茶、品茶上下過一番工夫，寫成《茶經》三卷，被人譽為「茶神」，也是當時名士。可惜的是，陸羽相貌醜陋，又有口吃的毛病，面對姿容秀麗、神情瀟灑的方外女道士李季蘭，難免有自卑之感，只好浪跡天涯，終生未娶。而李季蘭對陸羽也始終抱著一份難以名狀的情懷。朱泚自立為帝後，李季蘭突然呈詩給朱泚，且有密切的書信來往。朱泚事敗後，李季蘭被德宗捕殺。李季蘭之舉誠然令人費解，到底是什麼原因促使她去與朱泚交往，如今已經不可考。李季蘭之死對陸羽打擊很大，之後他一直過著隱居的生活。在陸羽僅存的兩首詩中，有一題為《會稽東小山》的詩：「月色寒潮入剡溪，青猿叫斷綠林西。昔人已逐東流水，空見年年江草齊。」詩中的月色、寒潮、剡溪、青猿、叫斷、昔人、東流、空見、年年、江草等詞意，無一不充滿著淒涼、孤寂、哀惋、懷舊、悵惘之情，顯然是借懷古憑弔之名寄託難言之情。〉

此時，只有自稱「楚帝」的李希烈尚據淮西抗命。貞元二年（七八六年）初，李希烈部將連續進犯襄州、鄭州，均被唐軍擊退。四月，淮西大將陳仙奇毒死李希烈，殺其親眷，舉眾歸順朝廷，陳仙奇被授為淮西節度使。

至此，這場因討伐四鎮之亂而引出李希烈、朱泚、李懷光的更大兵禍，歷時五年，總算戰火平息了。然而，藩鎮世襲和自立統帥也成為不可更改的事實。事隔不久，淮西兵馬使吳少誠殺陳仙奇，自為留後，朝廷也只能承認。

唐末農民戰爭爆發後，節度使勢力進一步膨脹，唐朝廷對藩鎮的控制力也喪失殆盡。各藩鎮爭戰不已，兼併頻仍，遂演成北方五個朝代更迭、南方九國（北漢在北方）政權紛立的分裂割據局面。一直到北宋初，太祖趙匡胤杯酒釋兵權，節度使才失去實權，成為榮譽之職。

最後再提一下這場戰禍中最大功臣李晟和渾瑊。

德宗當太子時，曾受過回紇的侮辱，因此他一直痛恨回紇。德宗在位期間，一直是和吐蕃、戰回紇，企圖利用吐蕃來抑制回紇。然而，適得其反的是，吐蕃因此而輕視唐朝。貞元元年（七八五年），吐蕃入侵，卻被李晟打敗。吐蕃認為，唐朝良將不外是李晟、馬燧、渾瑊三人，尤其是李晟令人畏懼，於是打算採取離間計。貞元二年（七八六年），吐蕃派兵二萬到鳳翔城下，聲稱李晟叫我們來，為什麼不出來犒賞。到了第二天，吐蕃軍不戰而退。如此幼稚的伎倆，德宗竟然信以為真。宰相張延賞乘機毀謗李晟。李晟晝夜哭泣，請求出家為僧，德宗不許。

貞元三年（七八七年），吐蕃又派人向馬燧求和。李晟認為不可，堅決不同意。馬燧對李晟有嫌怨，便主動附和張延賞，力主講和。德宗削去了李晟兵權，派渾瑊為會使。

渾瑊受命到平涼與吐蕃相尚結贊會盟，吐蕃伏兵突起，唐軍毫無戒備，多數被殺，渾瑊奪馬隻身逃回，入朝請罪。德宗不予追究，令其還河中。吐蕃原想捉獲渾瑊，使馬燧因力主和議得罪，一舉再滅唐朝兩員大將，然後攻取長安。因渾瑊逃回，計畫因而停止。

會盟失敗後，唐朝廷上下震驚，宰相張延賞被迫辭職。德宗感覺到危機重重，坐立不安，於是起用傳奇人物李泌為宰相。李泌歷經肅宗、代宗、德宗三朝，一生不願意做官，這時候卻答應出山任職。李泌見德宗猜忌李晟和馬燧，極力保薦，這才保住了兩員大將。他又多方開導德宗，說服德宗同意與回紇和親，用回紇來牽制吐蕃。李泌對德宗貞元時期的內政外交產生了很大影響。在他的策劃下，唐朝廷說服南詔歸唐。這樣，本與吐蕃友好的回紇、南詔都歸順唐朝，吐蕃陷入孤立，處境困難，對唐朝的威脅得以解除。

〈李泌是唐朝一位相當特別的著名人物，他的一生極富傳奇色彩：不娶妻，不吃肉。喜歡談佛論道，經常以鬼神諷世，為當時的正派人士所不容。時人也將他視作另類。但李泌與肅宗、代宗、德宗三個皇帝都能很好地維持著一種亦師亦友的關係：與肅宗「出陪輿輦，同榻而寢」；李泌不葷不娶，代宗還強使其娶妻食肉；對德宗，則指其為桀紂而無妨。儘管李泌因遭權臣忌嫉，四次下野下放，但新帝每一即位，便立即徵召李泌。連為四帝所寵幸，史所罕見。李泌習儒工詩文，卻喜歡談論「神仙詭道」，在衡山也與僧人結交，留得有懶殘煨芋的佳話，可謂集三教於一身的奇人。他屢次推辭高官厚祿，除了德宗時當了宰相，一般都以皇帝的賓客自居，出入於朝廷與名山之間，既能對朝廷政治施加影響，又能明哲保身，「白衣蒼狗變浮雲，千古功名一聚塵」，他穿梭在山中隱士和帝師宰相的雙重身分之間，可謂進退自如。其思想性格、生平行事可以使人對中國的文化傳統、士人遭遇產生許多遐想。〉

幾經磨難後，德宗對統兵的將領始終不大信任，他最終還是沒有恢復李晟的神策軍（禁軍）兵權。不僅如此，還用宦官竇文場、王希遷監神策軍左右廂兵馬使。從此，宦官專典禁軍。藩鎮割據的問題還沒有解決，宦官的權力倒越來越大了。

尤其可悲的是，當德宗銳意削藩遭受嚴重挫折後，他的雄心竟然消失殆盡。他的統治又繼續了二十年，但一直沒有從最初的失敗中真正恢復過來，並開始對藩鎮姑息養奸。終德宗之世，藩鎮自為留後、彼此攻戰，不絕於史。而唐朝廷竟行「姑息之政，是使逆輩益橫，終唱患禍」。

德宗即位之初，本來對宦官預政十分警惕，但經歷了涇原兵變後，他又開始重用宦官。關於這一點，在後面講述宦官勢力的崛起時，還會詳細論述。德宗這種前後矛盾的性格，注定了他一生濃厚的悲劇色彩——皇帝有心無力，面對的始終是一個無可奈何的局面。這也從側面反映出唐帝國在中唐時期的政治面貌。

第二章　皇帝的寶座不好坐

僖宗與田令孜的關係，有兩個階段的變化。從做晉王到逃離長安到成都的時期，僖宗不理政事，專心玩耍。而田令孜一方面極力奉承皇帝，一方面把持朝政。二人並不衝突，所以相處融洽。僖宗因為對田令孜的依賴，尊稱其為「尚父」。到了成都後，僖宗在山河破碎的驚醒下，有心開始處理朝政。而田令孜依舊將皇帝視為手中玩物，甚至連表面的尊重都沒有了，從而導致僖宗對他不滿。

1 僖宗與田令孜：從阿父到對手

西元八八〇年十二月初五，僖宗逃離長安，完全喪失了帝國皇帝的尊嚴。而尤其可笑的是，一向養尊處優的僖宗跑得比誰都快，馬不停蹄，晝夜狂奔，絲毫不覺得疲憊。以致大多數隨從人員都跟不上，被皇帝遠遠拋下。當然，這並不是因為僖宗馬術特別好，而是因為他生怕黃巢軍追上來。堂堂大唐天子，驚恐到如此地步，內心的空虛由此可見一斑。

僖宗先是奔逃到駱谷。唐鳳翔節度使（鎮岐卅雍縣，今陝西鳳翔縣）鄭畋聞訊趕來拜謁，並請求僖宗留駐在鳳翔。僖宗此時猶如驚弓之鳥，總覺得鳳翔離長安太近，還是不夠安全，依舊堅持要去成都。僖宗臨行前，還不忘擺出皇帝的威風，勉勵鄭畋說：「你就留在這裏，東拒賊軍的兵鋒，西向招撫諸蕃族，糾合鄰道的軍隊，盡最大努力建立豐功偉業。」

鄭畋，字台文，滎陽（今屬河南）人。史載鄭畋「聰悟絕倫，文章秀發」，唐武宗會昌二年（八四二年）進士及第，當時鄭畋年僅十八，可謂是年輕有為。然而，此時朝廷政治混亂，黨爭不已，鄭畋一直在藩鎮任幕府，相當師爺之類的人物，鬱鬱不得志。咸通五年（八六四年），年近不惑的鄭畋入朝為虞部員外郎，算是當上了京官。過了五年，升為刑部員外郎。之後，鄭畋的運氣似乎開始好轉了，不久後就得到了宰相劉瞻的賞識，推薦他任翰林學士，從此得以親近天子。這時候的天子是懿宗李漼（僖宗之父）。鄭畋本來想好好大幹一場，施展才華，能夠建功立業，但很快就出了歷史上有名的同昌公主案。

同昌公主為懿宗愛女，嫁給韋保衡不久後病死。懿宗痛失愛女，遷怒於醫官，下令殺翰林院醫官韓宗劭等二十餘人。宰相劉瞻上書直諫，惹怒了懿宗，被罷去宰相，貶為荊南節度使。鄭畋一直認為劉瞻對自己有知遇之恩，因此替劉瞻大說好話，結果也同樣惹毛了懿宗，被貶為梧州刺史。

僖宗即位後，召回了鄭畋。不久，鄭畋以兵部侍郎同中書門下平章事，也就是當上了宰相。一生政治生涯達到了頂峰，鄭畋可算是揚眉吐氣。這時候，他有個女兒到了該出嫁的年齡。當時有餘杭人羅隱，擅長詠史作詩，不過非常自負，恃才傲物，為京城公卿所惡，所以六舉不第。鄭畋愛惜羅隱的才華，有時候也稍微接濟他一下。鄭畋之女很喜歡讀羅隱的詩，經常誦讀。鄭畋以為女兒愛慕羅隱，便想成全女兒的心意，為他們作媒，於是在府中宴請羅隱，讓女兒在簾後悄悄觀察。這一看，鄭畋之女的熱情全沒有了。原來羅隱長相十分醜陋，慘不忍睹。自此，鄭畋之女對羅隱深為厭惡，也不再念他的詩。鄭畋倒也開明，沒有勉強女兒。（事見《舊五代史・卷二十四・羅隱傳》）

鄭畋拜相後，並沒有當成太平宰相。他當上宰相一年後，即乾符二年（八七五年），王仙芝領導的大規模農民起義爆發。三年後，黃巢成長為農民軍中最大的勢力，一時間天下為之側目。唐朝廷在對農民軍是剿是撫的問題上一直有爭議，而鄭畋是堅決的主戰派，在用兵方略上與另一宰相盧攜（即潼關失守後喝毒藥自殺的那位）意見不同，二人經常吵得面紅耳赤。而鄭畋因為僖宗總是聽從盧攜的建議，很不高興，幾次提出要辭職，有點要脅皇帝的意思。不過，當時鄭畋在朝野上下名聲很好，器量弘恕，能以德報怨。加上儀表堂堂，風度翩翩，文學優深，神采如玉，極有宰相的氣質。何況此時天下多事，正是用人之際，僖宗雖然不滿意鄭畋動不動就以辭職相要脅，但也沒有同意。

乾符五年（八七八年）五月初一，兩位宰相又因為政見不同開始爭執。盧攜在內挾恃著宦官田令孜的勢力，在外倚靠高駢的軍事力量，專制朝政慣了，見不得不同意見。然而，鄭畋口才要好一些，言語中佔了上風。盧攜勃然大怒，拂衣而起，結果衣袖浸入桌上的硯臺，染上了墨汁。盧攜怒上加怒，當場將硯臺摔得粉碎，完全喪失了宰相的風度。僖宗知道後，很不高興地說：「大臣相詬，何以表儀四海？」（《舊唐書・卷一百七十八・鄭畋傳》）意思是說，大臣們互相吵架，怎麼能成為四海的表率呢？第二天，鄭畋、盧攜都被罷相。鄭畋之後當了鳳翔節度使，而盧攔因為推薦高駢出戰黃巢，打了幾場勝仗，算是有功之臣，又被召回來重新當了宰相。結果潼關失守後，盧攜成了當權宦官田令孜的替罪羊，被迫服毒自殺。

重新回到正題。僖宗繼續西逃後，鄭畋趕回鳳翔，召集部下將士，商議如何拒戰黃巢、收復京師。此時，黃巢軍勢力極大，望風披靡，所向無敵，天下為之震動，連帝國的皇帝都落荒而逃。將領們都感到害怕，不敢與黃巢軍對抗，於是勸鄭畋說：「黃巢賊眾的勢力正盛，我們應該做好充分的準備，等待各道勤王的軍隊到來後，再圖收復京師。」鄭畋聞言大怒，說：「你們是不是還想勸我投降黃巢呢?!」因為氣憤之極，鄭畋竟然當眾昏倒，結果臉撞到地上，因受傷而暫時不能說話。

剛好這時候，黃巢派使者到來，目的是威懾招降唐軍。唐監軍袁敬柔與眾唐將對黃巢使者畢恭畢敬，並草寫了投降書，瞞著鄭畋署上了他的名字。之後，唐監軍袁敬柔為了討好黃巢使者，還特意舉辦宴會。音樂聲奏起的時候，將佐以下級別的兵卒都為將領們的不戰而降感到心寒，因而失聲痛哭。黃巢使者驚問其故，唐節度使府幕客孫儲掩飾說：「這是因為軍府相公鄭畋因病不能來參加宴會，所以大家感到悲痛。」

鄭畋得知消息後，立即刺破手指，寫下血書，派親信送往成都給僖宗，以表明自己對唐朝廷的忠心。又召集部下，激以忠義，部分官兵表示願意聽命。於是，鄭畋再次刺血與大家盟誓，再「完城塹，繕器械，訓士卒」，預備與黃巢軍決一死戰。

當時，神策軍還有數萬人分鎮關中，聽說僖宗逃往西蜀後，一時無所歸從，茫然無措。鄭畋派人將這些軍隊都招到往鳳翔，並拿出自己的財產，分給諸軍，於是軍勢大振。（事見《資治通

鑒．卷第二百五十四》）

〈鄭畋散盡家財，傳檄天下，號召四方藩鎮合兵圍攻長安，為阻遏黃巢軍在關中的發展，竭盡氣力。但不久後，其部將李昌言發動兵變，趕走了鄭畋。鄭畋被罷為太子少傅，分司東都洛陽。僖宗後來又想起鄭畋的好處，召他到成都主持軍務。黃巢軍退出長安後，僖宗將要回到長安。皇帝身邊的人又開始了新的權力爭奪。宦官田令孜和其弟西川節度使陳敬瑄與鄭畋不和，擔心回到長安後鄭畋將要主持朝政。而李昌言又是因為趕走鄭畋才執掌了兵權，也不願意鄭畋繼續執政。三人合力排擠，導致鄭畋去位。當時，鄭畋的兒子鄭凝績在隴州（今屬四川）當刺史，鄭畋便去兒子那裏養病，之後死在那裏。〉

而僖宗一路歷經顛沛流離，先是到了興元。因為是逃難，準備不足，一路上連吃飯都成了問題。這時候，唐漢陰縣令李康突然不召自來，而且用騾子運來數百馱糧食，逃亡的皇帝一行才有了飯吃。僖宗非常驚訝，問李康說：「你不過是個小小的縣令，怎麼能想到主動運糧過來？」李康如實回答說：「我確實想不到，這是張浚教我的。」

張浚，河間（今屬河北）人。他為人豁達，自負才高，經常在大庭廣眾之下旁若無人地高談闊論。因此，和他同輩的士人大多不願與他交往，也沒有人給他找路子晉身仕途。長久以來鬱鬱不得志，張浚於是隱居金鳳山中，轉而學習縱橫術，後來為唐樞密使楊復恭所知，向僖宗舉薦其為太常博士，後來又當了度支員外郎的官職。黃巢率大軍進逼潼關時，張浚帶著母親避亂於商山。當他經過漢陰縣的時候，提醒和他有交情的縣令李康說：「你快點準備糧食，越多越好，一兩天內就能派上用場。」李康大為驚訝，追問原因。張浚回答說：「現在黃巢亂賊已攻到潼關，不日就會進入長安，到時候天子、朝臣倉卒出逃，一定來不及帶大量食物，你現在準備好糧食，那時必能救急，你也將因為這個功勞而獲得獎賞。」李康半信半疑地準備了數百馱乾糧。結果幾天之後皇帝西逃，果然沒帶糧食。李康獻上乾糧，及時解了天子一行人的燃眉之急。

僖宗聽了李康的回答後，認為張浚能夠深謀遠慮，是個人才，就派人去召張浚，拜為兵部郎中。一直到第二年的正月二十八日，僖宗的車駕才到達西川成都，得以在節度使府舍安歇。想想一年前的正月，帝國的皇帝還在忙著鬥鵝擊球，玩得不亦樂乎，真是恍若隔世。

而僖宗身邊的宮女因沒有閒暇梳理髮髻（以往唐宮中流行高髻，飄逸而浪漫，但需要很多時間），也一切從簡，只將頭髮繫至頭頂，用根絲帶繫住就算完事。這髮型很像囚犯的髮式，所以被戲稱為「囚髻」。囚髻本是宮女們的臨時應急措施，不想被成都的婦女們看到了，竟然也跟著學，一時流行起來，成為當地的時尚。

〈張浚後於僖宗光啟三年（八八七年）拜相，昭宗大順二年（八九一年）免相，在位五年。張浚致仕後，退隱在長水縣別墅。不過，他雄心不已，仍然關心朝政得失。朱全忠（朱溫）脅持昭宗到洛陽後，張浚料到唐朝大勢已去，歎道：「大事去矣！」這時，王師範在青州起兵，想請張浚為謀士。結果，被朱全忠事先知道了。朱全忠知道張浚是個人才，「懼（張）浚構亂四方，不欲顯誅，密諷張全義圖之。乃令牙將楊麟率健卒五十人，有如劫盜，圍其墅而殺之」。〉

此時的西川節度使即為靠擊馬球第一贏來的陳敬瑄（田令孜親弟弟）。陳敬瑄出身低微，最早靠賣麥餅為生。田令孜發跡後，陳敬瑄靠哥哥的裙帶關係混入了左神策軍。後來，在田令孜的暗中幫助下，沒有任何軍功的陳敬瑄通過打馬球贏得了西川節度使的職位。因為之前陳敬瑄不名一文，沒沒無聞，他的任命下達後，蜀中人士都感到驚訝，不知道陳敬瑄是誰。竟然有青城無名妖人到成都冒充他，且很長時間沒有被人識破，成為當地的一大奇聞。

前任西川節度使是崔安潛，其治下治安良好，百姓均能安居樂業。當初崔安潛新官上任的時候，蜀中盜賊橫行。而崔安潛到官上任後，卻不追捕盜賊。有人感到奇怪。崔安潛解釋說：「追捕盜賊勢必動用很多人，進行大搜捕只能是徒勞無功。」他命人在鬧市張榜，稱：「有能告發並捕獲一個盜賊者，賞錢五百緡。本來是盜賊的，只要告發同夥，便可以免罪，且一樣領賞。」告示貼出後不久，有個盜賊揭發了同夥。崔安潛立即給揭發人賞錢，同時當眾將被逮捕的盜賊處死。結果從此以後，盜賊之間互相猜疑不已，不得不逃離了四川。崔安潛不動用一兵一卒，就解決了前任頭疼的盜賊問題。

十分可惜的是，崔安潛費盡心力治理好的局面，很快被他的後任陳敬瑄給破壞了。陳敬瑄到任之後，搜刮極狠，還搞了一個新名堂，即讓一些親信當所謂的「尋事人」，派這些尋事人到各鎮各鄉詐取財物。四川無論是官還是民，都對陳敬瑄和尋事人痛恨不已。

有一次，有兩個尋事人到了資陽鎮（今四川資陽縣）。奇怪的是，這兩個人什麼都不要，轉了一圈就離開了。一向獅子大開口的尋事人，突然不索要錢財了，絕對是件奇怪的事。資陽鎮將謝弘讓越想越不明白，越想越害怕，最後乾脆棄官不做了，逃進深山。捕盜使楊遷詭計多端，想借機立功，便遊說謝弘讓出山自首，保證他無事。謝弘讓相信了楊遷的話。結果出山後，楊遷立即將謝弘讓捆送節度使府，還編了一番謊話，說他楊遷是如何英勇奮戰，好不容易才擒獲了謝弘讓。陳敬瑄也不問事情的來龍去脈，下令用酷刑殘酷折磨謝弘讓，將他釘在城西，長達十四天。

還將滾燙的油潑在謝弘讓身上，極其殘忍。

謝弘讓被折磨致死後，事情並沒有就此了結，反而引出一樁更大的事變。當時邛州（治臨邛，今四川邛崍縣）牙官阡能因為小事誤了期限，害怕被陳敬瑄杖責，乾脆棄官逃跑了。他聽說謝弘讓的事後，義憤填膺，大罵楊遷，決定集眾起義，回應者達萬人之多。陳敬瑄派牙將楊行遷率五千官軍平亂，結果官軍大敗。因為陳敬瑄喜怒無常，楊行遷擔心無功獲罪，便將普通老百姓抓起來，謊稱是阡能一黨，日數十百人。陳敬瑄不問青紅皂白，將這些無辜的人全部殺掉。義軍的聲勢越來越大，陳敬瑄不得不動用了勁旅，改派西川節度押牙高仁厚為都招討指揮使，鎮壓義軍，剿撫兼施。阡能最終失敗，被俘後慘遭殺害。

之後又有韓秀昇、屈行從起兵，都是因為陳敬瑄的惡毒統治所致。此人還反覆無常，西川節度押牙高仁厚平亂有功，卻遭到陳敬瑄的猜忌，莫名被殺。

僖宗逃到興元後，陳敬瑄聽到消息，派兵迎接。因為這個所謂的功勞，他又加官晉爵，被封為檢校左僕射同中書門下平章事，加檢校司徒兼侍中，封梁國公。不久，又被升官，進兼中書令，封潁川郡王，還被賜予鐵券，可以饒恕他十次不死。黃巢之亂後，更被封為潁川王，檢校太師，權勢日盛。陳敬瑄官位如此顯赫，深受僖宗信任，自然都是因為兄長田令孜的關係。

僖宗逃到成都後，田令孜因保駕之功，晉官爵為左金吾衛上將軍、晉國公。因為逃離長安的時候，隨從基本上都是宦官，到了成都，僖宗仍然「日夕專與宦官同處」，議論天下大事。

阿父田令孜依舊擅政，他大肆犒賞從駕諸軍，卻不給本土蜀軍的「黃頭軍」（該軍戴黃帽）。黃頭軍為此大為不滿，多有怨氣。有一次，田令孜設宴，用金杯行酒賞賜，諸將都接受，唯獨西川黃頭軍使郭琪不受賜。郭琪還站起來當眾批評田令孜賞賜不公。於是，田令孜用另外一個酒杯親自斟酒給郭琪。郭琪也是個精明人，知道酒中有毒，不得已，只好將毒酒飲下。郭琪回到家中後，殺死了一個婢女，靠吮吸她的血來解毒，吐出黑汁有好幾升。

之後，郭琪率黃頭軍作亂，焚燒和搶劫成都坊市，成都一片混亂。陳敬瑄率軍隊前來圍攻。郭琪於夜晚突圍而出，逃奔廣都，部下大多潰散，只有軍府廳吏一人跟從。郭琪於是對廳吏說：「你追隨我始終如一，今有一個辦法可以報答你。你可拿我的官印和佩劍去向陳敬瑄報告，就說：『郭琪渡江逃走，我用劍將他擊落於水中，屍體隨急流而下，繳得他的官印和劍。』陳敬瑄為了安定人心，必定會相信將你的話，將我的印和劍懸於成都坊市，張榜以安民心。你也必定能為此獲得豐厚的獎賞，我的家人也可因此得保而無恙。」於是將印和劍解下交給廳吏，然後自己逃走。廳吏將官印和劍獻給了陳敬瑄，果如郭琪所料，廳吏得到厚賞，郭家被赦免。

黃頭軍作亂失敗後，左拾遺孟昭圖上書，指出僖宗從長安出發時不帶朝廷百官的失誤，而此時依然只與親信宦官在一起，「天下，非北司（指宦官）之天下」，「天子，非北司之天子」，「北司未必盡可信，南司未必盡無用」；若「天子與宰相了無關涉，朝臣皆若路人」，則「收復之期，尚勞宸慮」。孟昭圖冒死上書，是希望皇帝罷黜宦官，信用朝臣。

十分可惜的是，言路被堵塞，這封奏疏沒有被送到僖宗手中，直接為田令孜扣押。田令孜又假傳僖宗聖旨，貶斥孟昭圖為嘉州司戶參軍。當孟昭圖前往嘉州赴任時，田令孜則秘密派人在半路上將他裝入麻袋，沉入蟇頤津。知道和聽說這件事的官員，為之義憤填膺，卻沒有一個人敢站出來揭發田令孜，即史書上說的「聞者氣塞而莫敢言」。

而黃巢攻佔長安後，宦官曹知慤（音ㄑㄩㄝˋ，同確）召集壯士據守嵯峨山（在今陝西三原西北），多次夜入京城襲擊黃巢軍營。僖宗聽說後，十分讚賞曹知慤的膽略，下制嘉獎，擢升其為內常侍。這樣，曹知慤就成了內侍省的副長官，可以與田令孜平起平坐了。田令孜非常不高興，竟然偽造僖宗詔書，派邠守節度使王行瑜襲殺曹知慤的壯士營。

從這個時候開始，僖宗才開始忌憚田令孜。只是皇帝身邊的神策兵都是田令孜心腹，僖宗對此也無可奈何。田令孜日益驕橫，竟然公開禁制天子，不得有所主斷。昔日的阿父已經成了可怕的對手，僖宗「患其（田令孜）專，時語左右而流涕」（《資治通鑒・卷第二百五十六》）。當皇帝當到這個份上，真夠窩囊的。

光啟元年（八八五年），黃巢失敗，僖宗終於回到京師。戰後的長安已經破壞不堪，「荊棘滿城，狐兔縱橫」。僖宗面對這樣的情形，真是百感交集。然而，還有更令他鬱悶的事在後頭。田令孜認為勝利是他運籌帷幄的結果，更加恣意妄為，僖宗已經無法自主發布號令了。對於這種情形，僖宗除了流淚不止外，沒有任何辦法可想。

田令孜開始掌管政事，登上唐朝廷的政治舞臺，不過是因為僖宗年齡小，任性貪玩，生活與政事依賴於田令孜安排，故稱其為「阿父」。在中國歷史上，兒皇帝即位，朝政大多要落入權臣或宦官之手，這樣的例子屢見不鮮，漢朝霍光輔佐昭帝（八歲登基）就是個典型的例子。這也充分說明，為什麼權臣或宦官在立皇帝的時候，經常有意識地選擇年紀幼小的嗣位者，比如漢朝王莽之立孺子嬰（兩歲即位）。

僖宗與田令孜的關係，有兩個階段的變化。從做晉王到逃離長安到成都的時期，僖宗不理政事，專心玩耍。而田令孜一方面極力奉承皇帝，一方面把持朝政。二人並不衝突，所以相處融洽。僖宗因為對田令孜的依賴，尊稱其為「尚父」。到了成都後，僖宗在山河破碎的驚醒下，有心開始處理朝政。而田令孜依舊將皇帝視為手中玩物，甚至連表面的尊重都沒有了，從而導致僖宗對他不滿。

另外一點需要提到就是宦官對兵權的掌控。安史之亂後，玄宗不再信任大將，認為身邊的宦官反而更可靠。為了防止大將起異心，他開了宦官監軍的先例。其時，宦官的權力甚至常常超出統軍的節度使。而德宗因為對涇原兵變的後怕，乾脆將把禁軍左右神策軍、天威軍交給宦官統帥，禁軍的護軍中尉、中護軍都是宦官。這樣，正如《新唐書》所言，「政在宦人，舉手伸縮，便有輕重」。宦官權力進一步加重，甚至可以把皇帝掌握在股掌之中，生殺廢立由之。

回到長安後，田令孜任左右神策十軍使，指揮的軍隊有新軍五十四都，每都一千人，分隸左右兩神策軍，總數在十萬人以上。可以說，他此時的實力不亞於任何一個藩鎮。

當時因為長安聚集了大批唐軍。養這麼多軍隊，錢是最必需的，否則很容易起兵變。田令孜感到財力不支，便想控制河東轄境內的安邑、解縣兩池的榷鹽專利。兩池的榷鹽專利油水相當豐厚。最早這兩塊大肥肉歸鹽鐵使管轄，黃巢起義時，唐朝把它交給河中節度使王重榮代管，並由王重榮每年向中央朝廷獻鹽三千車，以供國用。

為了撈到這兩塊肥肉，田令孜先派義子匡祐到河中，想說服王重榮主動交出兩池。然而，匡祐到了河中後，擺出一副欽差大臣的派頭，態度相當倨傲。王重榮身為坐鎮一方的節度使，很下不了台，自然，對匡祐也很不客氣。匡祐回到長安後，勸說田令孜削除王重榮。於是，田令孜奏請唐僖宗，收兩池鹽利歸中央，專門用來贍軍，並由他自己兼兩池榷鹽使。

為了打擊王重榮，田令孜還調王重榮改任泰寧節度使（鎮兗州）。然而，王重榮也不是個平庸貨色，自然不甘心被一個太監牽著鼻子走，於是聯絡河東節度使李克用沙陀部，一起起兵聲討田令孜。田令孜自恃手下有一支神策軍人馬，不甘示弱，也聯絡邠寧節度使（鎮邠州新平，今陝西彬縣）朱玫、鳳翔節度使（鎮岐州雍縣，今陝西鳳翔縣）李昌符來對抗李克用、王重榮。

雙方在沙苑大打了一場後，神策軍、朱玫、李昌符大敗。神策軍潰敗回長安後，開始作亂搶劫，並四處放火。田令孜乾脆帶著僖宗再度出逃長安，到了鳳翔。諸鎮節度使一齊上表，請殺田令孜，以「安慰群臣」。其實，這時候僖宗完全在田令孜掌握中，哪有能力殺田令孜。田令孜見犯了眾怒，打算逃往興元。僖宗不願意再走，田令孜便派兵挾持皇帝而行。

朱玫、李昌符也不願受田令孜利用，反而聯合李克用、王重榮一起反對田令孜。田令孜到了興元以後，自知不為藩鎮所容，便自任為西川監軍使，推說有病，到成都求醫，依靠他的弟弟西川節度使陳敬瑄去了。田令孜去位後，取代他的是另一個大宦官楊復恭。楊復恭在鎮壓黃巢起義中立有功勳，為田令孜所忌，一直遭到壓制。當田令孜為眾人所痛惡時，僖宗任用楊復恭為樞密使，兼任左神策中尉、觀軍容使。這樣，唐朝廷的權力就由田令孜轉移到楊復恭手裏。

在這場大混亂中，邠寧節度使朱玫又扮演了一個急急吼的角色。他為了控制天子，私立襄王李熅（**唐肅宗之子襄王李僙的曾孫**）為皇帝，同時尊僖宗為太上皇。朱玫挾天子以令諸侯，自任為宰相，以號令藩鎮。

但是，襄王李熅雖然也是姓李，卻是遠房宗室，沒有太大的號召力。朱玫的兵力又有限，當諸節度使聯合起來反對他的時候，他很快就失敗了。

田令孜走後，僖宗派遣使者籠絡王重榮。王重榮接受了僖宗的詔令，並與李克用聯合起來討伐朱玫。朱玫忙於應付外敵的時候，突然被部將王行瑜所殺，長安因此大亂。襄王李熅逃奔河中，被王重榮所殺。

光啟三年（八八七年）三月，僖宗由興元返至鳳翔，因長安破壞嚴重，宮室未完，便暫時留在鳳翔。文德元年（八八八年）二月，僖宗突然病重，他便從鳳翔回到長安，希望能死在長安。三月，僖宗病危，大宦官楊復恭請立僖宗弟壽王李傑，僖宗下詔立壽王李傑為太弟，監軍國事。僖宗旋即病死，年二十七。壽王李傑即皇帝位，改名李敏，是為唐昭宗。昭宗與楊復恭的關係，簡直有點像僖宗與田令孜關係的重演。

田令孜在成都依傍其弟西川節度使陳敬瑄。田令孜有義子王建，時任壁州刺史。王建野心勃勃，在四川大肆搶佔地盤。田令孜自恃為王建的養父，派人去召王建。王建來見田令孜的時候，陳敬瑄害怕王建暗使陰計，派兵阻截，於是雙方開戰，打得不可開交。

這時候，唐朝廷派宰相韋昭度出任西川節度使，陳敬瑄不肯讓出西川節度使的位子。唐朝廷派韋昭度討伐陳敬瑄，三年無功，因糧運不濟，決定息兵罷戰。一直坐山觀虎鬥的王建等到韋昭度走了，便以唐朝廷之命，繼續奮力進攻成都城中的陳敬瑄。成都糧食匱乏，餓殍狼籍，棄兒滿路，強弱相凌，慘不忍睹。王建急迫攻城，環繞成都城烽火塹壕綿延五十里。城中官吏百姓處境窘迫，不少人不願意與陳敬瑄送死，謀劃出城投降。陳敬瑄想扭轉危局，但每次派兵出戰都被王建打敗。陳敬瑄走投無路，讓田令孜攜帶西川官印符節，到王建軍營主動求和。到了這個時候，王建也不管什麼父子情分了，將田令孜囚禁起來，隨即進軍成都，殺了陳敬瑄。王建倒沒有直接殺死田令孜，大概是怕弒父不祥吧，只下令將田令孜囚禁。於是，不可一世的田令孜最終餓死在義子手中。

至此，田令孜和僖宗這一對曾經以父子相稱的臣君，終於又在黃泉下見面了。無論如何，在僖宗短短的一生中，對他影響最大的不是別人，正是田令孜。

2 玄宗與高力士：是君臣也是夥伴

唐朝宦官的崛起，始於唐玄宗。

玄宗前半生勵精圖治，取得了顯著的成就，正是在他手中開創了封建歷史上最輝煌的黃金時代——開元盛世。當時，唐朝國力達到了最巔峰，是當時世界上最強大的帝國，連中亞的沙漠地帶也受其支配。玄宗統治前期，文治武功極為突出，唐帝國在文化、政治、經濟、外交等方面都取得了輝煌的成就，出現了眾多足以垂範千古的傑才俊士。唐代文明空前闊大和繁榮，它眼界開闊，相容並蓄，又極富自信，因而成為歷代中國人民族自豪感的重要源泉。

玄宗所取得的成就，前無古人，後無來者，不但超過了歷史上任何一個皇帝，後來的帝王也再也沒人能夠超越他。開元，確實開出了一個嶄新的新紀元，開出了中國封建史上最鼎盛、最輝煌的豐碑。

這是一個充滿陽剛之氣的時代，振奮人心，蓬勃向上。因為自信、開放、寬宏、博大、發達，聲威撒播四海。

偉大的繁榮之後隱藏的危機卻往往為人所忽視。玄宗後半生開始了聲色犬馬的享樂生活，不理朝政，纏綿於和楊貴妃之間「在天願為比翼鳥，在地願為連理枝」的偉大愛情。奸相李林甫和楊國忠先後執政，導致整個大唐帝國的形勢急轉直下。玄宗在位的前期，社會呈現出前所未有的盛世；他在位的後期，一場歷史上罕見的社會大動亂導致唐朝由盛轉衰。在玄宗的身上，充分表現出一個歷史人物的複雜性。

安史之亂是整個唐朝的轉捩點，之後，唐朝的政治格局有了很大改變，除了前面提到的藩鎮外，還有宦官勢力的崛起。毫無疑問，宦官橫行在相當程度上左右了唐朝中後期的時局，甚至該為唐帝國最後的覆滅負最直接的責任。而宦官勢力崛起的起源者便是歷史上大名鼎鼎的唐玄宗。他手下還有個大名鼎鼎的宦官高力士，也是歷史上最著名的幾大宦官之一，聲名甚至遠在田令孜之上。當然，這並非什麼好聲名。

宦官是中國古代稱呼被閹割後失去性能力而專供皇帝、君主及其家族役使的官員。皇帝與宦官的主奴關係，在中國歷史上大多數的情況下是按法令和倫理規範實現的，也有例外的時候，就是主弱奴強，也即是人們通常所說的宦官擅權。

秦始皇統一六國後，宦官由少府管轄。秦始皇死後，宦官趙高勾結丞相李斯，篡詔改立胡亥為帝，直接導致了秦朝二世而亡。西漢初年，漢高祖劉邦鑒於秦亡教訓，間用文士充中常侍，以抑制宦官勢力。當時的人將處宮刑的地方稱為「蠶室」。處宮刑可以用來代替死罪，司馬遷便是因為替投降匈奴的李陵說好話被判了死罪，之後甘願受宮刑代替了死罪。西漢前中期，宦官受到抑制，沒有形成大的勢力。漢朝元帝以後，宦官勢力復萌。東漢時，侍從皇帝的中常侍專由宦官充任。他們傳達詔令，掌理文書，左右著皇帝的視聽，從而在很大程度上影響了政局。加上其時外戚勢大，皇帝想利用宦官牽制外戚，但結果卻往往造成了宦官專政的局面。

秦漢以後，宦官制度更加詳備。唐朝初期，唐太宗李世民曾定下制度，內侍省不置三品官，著黃色服，由官府給以糧食，所做之事僅看守門庭、傳遞詔命而已。中宗時，宦官受寵，官秩七品以上者有千餘人，但能夠穿紅色官服的還很少。唐制規定，文武官三品以上服紫，四品服深綠，五品服淺綠。唐玄宗因高力士平息太平公主叛亂有功，破格授予三品官階。此例一開，再也無法抑束，三品官階授予宦官，逐漸成為常事。以至於到了後來，宮中三千多個宦官中，擁有三品將軍稱號者極多，能夠穿戴紫色和紅色官服的竟達千餘人。他們如果當上將軍，權力比節度使還大，得到的賞賜禮品動不動就以千萬計。宦官的得勢也從此時開始。可以說，唐中後期宦官得以猖獗甚至把持朝綱，和他們受到皇帝太多的信任、擁有太高的官職有很大的關係。在這件事上，唐玄宗負有無法推卸的責任。而高力士就是歷史上宦官處理國家政務的第一人。

高力士，潘州（今廣東茂名）人，本姓馮，名元一，「馮盎曾孫也」（《新唐書・卷二百零七・高力士傳》）。馮盎因武略過人，被隋文帝楊堅授為金紫光祿大夫，官拜漢陽太守。隋亡之後，嶺南一帶地方勢力多被馮盎收伏，歸於其麾下。時有人向馮盎提出說，大唐初建，尚無力顧及避遠的嶺南地區，不如自封南越王，獨霸一方。這個建議即被馮盎拒絕了。唐高祖武德四年（六二一年），馮盎率自己的兵馬歸附唐朝。唐高祖李淵對馮盎甚為器重，讓他仍舊管轄當地事務，並授馮盎上柱國、高羅總管之職，晉封為吳國公，不久改封為越國公。他的兩個兒子也分別被授予春州刺史、東合州刺史。馮盎家族可謂顯赫一時。貞觀二十年（六四六年），馮盎去世，家道逐漸中落。嗣聖元年（六八四年），馮家誕生了一個新的生命，取名為馮元一，他就是後來的高力士，論輩分是馮盎的曾孫。

〈馮盎祖母就是歷史上著名的冼夫人。冼夫人本名阿英，廣東高涼冼氏之女。冼氏世為南越首領。冼夫人「幼賢明，多籌略，在父母家，撫循部眾，能行軍用師，壓服諸越」。梁大同元年（五三五年），冼夫人二十四歲，與高涼（今廣東陽江西）太守馮寶結為夫妻。馮寶原為北燕苗裔，不為高涼人所信服。夫人來到後，誡約本族尊重當地風俗習慣。她與馮寶處理訴訟案時，對本族犯法的人，也是依法辦事，不徇私情。這樣，馮寶在當地建立了威信，「自此政令有序，人莫敢違」。由於冼夫人的善識時務和軍事才智，嶺南一帶共奉冼夫人為「聖母」，以保境安民。隋朝統一全國後，冼夫人歸隋，孫子馮魂因被隋朝封為儀同三司，冼夫人被冊為宋康郡夫人。隋開皇十一年（五九一年），番禺將領王仲宣舉兵反隋，圍韋洸於廣州，駐軍衡嶺。冼夫人派另一個孫子馮暄前去救圍。馮暄因與王仲宣的部將、瀧水（今廣東羅定）豪門陳佛智關係親密，所以遲遲按兵不動，致使貽誤了軍機。冼夫人知道後，不徇私情，將馮暄逮捕下獄，改派另一孫子馮盎（高力士曾祖）出討叛軍。馮盎與隋朝官軍會師後，一起打敗了王仲宣。叛亂平息後，八十高齡的冼夫人親自披甲乘馬，護送隋招撫專使裴矩巡撫各州，於是嶺南人心安定。隋文帝為冼夫人的舉動深為讚歎，特降敕書慰勞。隋文帝皇后獨孤氏也贈送一批貴重服飾給冼夫人，表示尊重之意。冼夫人之孫馮盎因協助隋軍平叛有功，拜為高州刺史，次孫馮暄也被赦，拜為羅州刺史。馮寶已死，被追贈為廣州總管、譙國公，冼夫人則被冊封為譙國夫人。同時，「開譙國夫人幕府，置長史以下官屬，聽發部落六州兵馬，若有機急，便宜行事」。冼夫人歷經梁、陳、隋三朝，三朝皇帝都對她十分尊敬，贈有大批禮品。冼夫人將這些禮品分三庫保管，每逢過年過節，她總要取出展示在庭中。並對子孫們說：「汝等宜盡赤心向天子，我事三代主，唯用一好心。今賜物俱存，此忠孝之報也。願汝皆思念之！」（《隋書・卷八十・譙國夫人傳》）仁壽二年（六〇二年），冼夫人卒，享年九十一歲。〉

唐長壽三年（六九四年）二月，有人誣告嶺南流人謀反，武則天派司刑評事萬國俊以監察御史銜前去查處。萬國俊到廣州後，將流人三百多人驅至水濱全部斬殺。與流人有來往的也受株連。潘州刺史馮君衡（馮元一之父）因受此案牽連而被抄家。當時馮元一年僅十歲，免死被閹，改名力士，聖曆元年（六九八年）入宮。

力士年幼時行事聰慧、口齒伶俐，很得武則天賞識，讓他留在身邊，給事左右。後力士因犯小過，被鞭撻後逐出宮。老宦官高延福收養了他，作為螟蛉之子，從此，力士改姓高。高延福出自武三思門下，高力士因此也常往來於武三思家。通過武三思的關係，武則天將高力士重新召回了皇宮。

經過這一番挫折，高力士體會到宮廷生活的險惡。此後，他待人處事更加謹嚴、慎密，遇事三思而後行，果然再沒有出什麼紕漏，重新獲得了武則天的信任。此時高力士已經成年，身高六尺五寸，性格謹慎縝密，辦事精明幹練，善傳詔令，受任宮闈丞，掌管宮內的法紀制度，出入管鑰。

景龍二年（七〇八年），臨淄王李隆基在藩邸集才勇之士圖謀帝位，高力士料到李隆基將來大有作為，傾心巴結，李隆基也將他引為知己。自此，這二人開始了長達了五十年的共榮辱共進退的生涯。四年（七一〇年），李隆基發動宮廷政變，殺韋后、安樂公主和武氏黨羽，睿宗復帝位，立李隆基為皇太子。高力士參與謀劃有功，擢升為朝散大夫、內給事，掌管宮內百事，常侍太子左右。

太極元年（七一二年），高力士協助已經是玄宗皇帝的李隆基，再一次發動宮廷政變，誅殺了太平公主及其死黨。高力士因功遷銀青光祿大夫，行內侍正員。不久後一路高升，從右監門衛將軍開始，一直當到驃騎大將軍。至此，高力士的權力和地位達到了頂峰。

玄宗對宦官的倚重較前朝尤甚，高力士地位的上升就是明證。雖然高力士僅僅充當著皇帝心腹的角色，未曾越位擅權，但唐朝後期宦官專寵亂政的局面，卻正是因此而起。

玄宗寵信高力士，到了無以復加的地步。他說：「力士在，我寢乃安。」意思是有高力士管事，他才能睡得安穩。高力士權傾朝野後，常宿禁中。「四方奏請皆先省後進，小事即專決」。由此開宦官處理國家政務的先例。因高力士有能力一言興人，一言廢人，投機鑽營之徒皆投其門下。朝廷內外大臣也紛紛討好高力士，就連顯赫一時的李林甫、楊國忠、安祿山、高仙芝、宇文融、韋堅、楊慎矜、安思順等人也不例外，全部是因為巴結了高力士，才能爬上將相高位。

高力士身為宦官，已經不再是一個男人，但為了顯赫自己的權勢和地位，仍娶妻納妾。河間人呂玄晤在京師長安為小吏，有個女兒呂國姝頗有姿色，且躬行婦道，高力士遂娶來為妻。呂玄晤隨即升為少卿刺史，呂國姝的兄弟也都做了高官。後來呂玄晤的妻子去世，高力士為岳母操辦了隆重的葬禮。朝中的官員也爭相贈祭禮。從呂府到呂夫人墓地之間的道路上，送葬的官員車馬相接，相望不絕，排場絕不亞於王侯將相的葬禮。

高力士家產之富有非王侯能比，但他仍然利用機會大加斂財。他經常以為皇室採辦之名，派小宦官到各地掠取財貨，派出的人每次都是大獲而歸。高力士及其同黨的甲第池園，良田美產，幾乎佔去京城的十分之六七。

高力士還不滿足於既得的財富，想佔有得更多。有一年，高力士出錢在長安建造了寶壽佛寺，在興寧坊建造了一座道士祠，都是巧工雕鑿，鑲金掛玉，就連朝廷建造的寺觀也為之遜色。高力士特意在寶壽寺內鑄了一大鐘。鐘鑄成之日，廣宴賓客，京城的達官貴人、豪商富賈都應邀赴宴。在宴會上，高力士提出新鐘鑄成，每杵一下，需要納錢十萬作為禮錢。在坐的人為討得高力士的歡心，爭先納錢扣鐘。多的人擊至二十杵，少的也有十杵。僅這一次宴請賓客，高力士的收入就難以數計。他還攔河築壩，修建了五座水力推動的碾子，每天可磨三百斛麥子。真是生財有道！

高力士平素謹慎，善於觀察時勢，從不隨意開口講話。又因為在宮中時間已久，見到過各種危險和陰謀，所以就明哲保身。就是他自己親近的人，如果受到皇帝的斥責處分，他也不輕易相救。所以，玄宗始終保持了對他的信任，君臣二人的私人感情很好。加上高力士「性格淳和，處事周謹，少有大錯」，觀時俯仰，輕易不敢驕橫，於朝廷內外亦無大惡名，與諸王公大臣都能保持和諧的關係，當時朝中的大臣也並不討厭他。但他對玄宗晚年用人行政有頗大影響，尤其在李林甫任相上，高力士起了關鍵的作用。

天寶三年（七四四年）十二月的一天，玄宗一時高興，對高力士炫耀說：「自開元二十四年至今，朕不出長安近十年，天下無事。朕欲高居無為，清閒處之，把政事全委任於李林甫，你看如何？」高力士感到玄宗不理政事而任憑李林甫獨斷專行不正常，對朝廷不利，便善意地提醒道：「天子巡狩，古之制也，陛下應當堅持。再說，天下大柄，不可轉於他人。李林甫威勢既成，誰敢對他怎樣？誰能奈他何？」高力士對李林甫並無惡感，他一切的出發點只是要保護玄宗的地位，他已經機警地看到李林甫獨攬大權的潛在威脅。但玄宗卻不以為然，反而接受不了高力士對李林甫的評判。高力士一看，知道自己說話不合皇上的心思，得罪了皇上。他立即跪倒在地，自責道：「老臣狂癡，說出妄言，真是罪該萬死。」從這件事中，高力士接受了一個很深刻的教訓。從此之後，他再也不敢深言天下之事，不敢深言玄宗之得失。

天寶十三年（七五四年）秋，大雨成災，玄宗深為憂慮。楊國忠找到一穗飽滿的稻穀讓玄宗看，胡說道：「雨下得雖然很大，但絕不會影響收成。」時楊國忠權勢炙手可熱，無人敢站出來說真話。玄宗退朝回宮後，見左右無人，便問高力士：「這樣的氣侯一定會造成災害，你不妨據實告訴我真實情況。」高力士歎了口氣，說道：「自從陛下把朝政大權交給楊宰相後，法令不行，鬧得天災人禍不斷，天下怎麼還能太平呢？所以我也只好不再多說什麼了。」玄宗聽後默然無語。高力士表面上是不再多說什麼了，潛臺詞是明顯的。滿朝文武，無人敢揭露楊國忠的劣行，偏偏高力士說出了實話。但玄宗太過寵愛楊貴妃，對楊國忠也就聽之任之了。可見高力士確實得到玄宗的充分信任，也因此獲得了令人畏服的權力，但始終比較節制自己的言行。

天寶十四年（七五五年）十一月，安祿山、史思明發動叛亂，危及兩京。「漁陽鼙鼓動地來，驚破霓裳羽衣曲。九重城闕煙塵生，千乘萬騎西南行」。天寶十五年（七五六年）五月，玄宗倉皇避亂入蜀，高力士隨往，玄宗另一個貼身宦官轉而投奔了安祿山。行至馬嵬坡，將士嘩變，殺死楊國忠，並割下首級，掛在矛上，插於西門外示眾。隨後，眾軍士又殺了楊國忠的長子戶部侍郎楊暄與韓國夫人、秦國夫人。

御史大夫魏方進聽見外面吵鬧，跑出來一看，立即怒氣沖沖地說：「你們膽大妄為，竟敢謀害宰相！」魏方進顯然是個沒有眼光的人，到了眼前的形勢，竟然還要擺出御史的架子來。激憤的將士們立即上前殺死了他。宰相韋見素聽見外面大亂，也跑出驛門察看，立即被亂兵用鞭子抽打得頭破血流。幸好韋見素名聲還不算壞，有人高聲喊道：「不要傷了韋相公。」韋見素這才免於一死。

軍士們又包圍了玄宗和楊貴妃休息的驛站，喊殺聲震天。玄宗聽見外面的喧嘩之聲，就問出了什麼事。左右侍從沒有一個人回答說是將士嘩變，都說是楊國忠謀反。由此可見，楊國忠的不得人心，已經得罪盡了天下人。

玄宗得知楊國忠被殺後，只得親自走出驛門，慰勞軍士，命令他們撤走，但軍士不答應。玄宗又讓高力士去問原因。陳玄禮出面回答說：「楊國忠謀反被誅，楊貴妃不應該再侍奉陛下，願陛下能夠割愛，把楊貴妃處死。」高力士跟在玄宗身邊多年，深知貴妃對玄宗的重要性，當即為難地說：「這我不好去奏告。」四周軍士一聽大怒，大聲喧嚷說：「不殺貴妃，誓不護駕。」一面擁上前去，要痛打高力士。高力士見大勢不妙，慌忙逃回驛站奏告。

玄宗聽了，神情暗淡沉悶，說：「這件事由我自行處置。」然後進入驛站，拄著拐杖垂首而立，默不開口。十幾年來，楊貴妃是他最為寵幸的掌上明珠，兩人又曾在長生殿立過生死不離的山誓海盟。如今落到這般棄京流亡的地步，政治上的尊嚴早已喪失殆盡，唯有貴妃或許還能使他忘卻心靈上的傷痛。他怎麼能忍心處死楊貴妃呢？

這時候，外面喧嘩聲更響，局勢即將到不可控制的地步。韋見素的兒子韋諤任京兆司錄參軍，上前說道：「現在眾怒難犯，形勢十分危急，安危在片刻之間，希望陛下趕快作出決斷！」說著不斷地跪下叩頭，以至血流滿面。玄宗說：「楊貴妃居住在戒備森嚴的宮中，不與外人交結，怎麼能知道楊國忠謀反呢？」一直冷眼旁觀的高力士知道不殺楊貴妃，不能平息兵士的氣憤，萬一軍士衝了進來，楊貴妃照樣被殺，連玄宗自己也將處在危險之中，便勸說道：「楊貴妃確實是沒有罪，但將士們已經殺了楊國忠，而楊貴妃還在陛下的左右侍奉，他們怎麼能夠安心呢！希望陛下好好地考慮一下，將士安寧，陛下就會安全。」玄宗深知大勢已去，無論如何都無法保住楊貴妃的性命，這才流淚說道：「賜她自盡吧。」

貴為天子，坐擁天下，卻無法保住心愛女人的性命，玄宗此刻比以往任何時候都能體會到形勢比人強的道理。無奈呀，在歷史的長河中，再大的人物，也無力抗拒巨流的力量。隨波逐流也好，逆流而上也好，最終還是被捲入洪流中，抗爭只是徒然無功。

楊貴妃接到聖旨後，驚倒在地，良久，才哭著請求見玄宗一面。高力士引她來到玄宗面前。楊貴妃涕泣嗚咽，難以用語言表達自己的心情，便說：「願大家保重！妾實在有負國家對我的恩惠，死了也沒有什麼怨恨，只有乞求容允我禮拜神佛。」玄宗說道：「祝願妃子到善地，再得新生。」（《楊太真外傳》）說到「生」字，已是不能成語。不忍心看楊貴妃的慘容，只是以袖掩面哭泣。

高力士生怕玄宗一時心軟，另生枝節，導致士兵闖入，忙將楊貴妃帶到佛堂。楊貴妃朝北拜了幾拜說：「妾與陛下永別了！」隨後，高力士把她縊死在佛堂前的梨樹下。這正是白居易在《長恨歌》中所云：「九重城闕煙塵生，千乘萬騎西南行。翠華搖搖行復止，西出都門百餘里。六軍不發無奈何，宛轉蛾眉馬前死。」白居易《長恨歌》的高明就在於，它用絢麗的色彩淡化了悲劇的氣氛，讓美好的愛情掩蓋了政治的陰謀，這使得李楊之間的愛情格外美好，以至為後世所傳誦。

之後，高力士將楊貴妃的屍體抬到驛站的庭中，召陳玄禮等人入驛站察看，意有驗屍之意。驛站外的將士們聽到楊貴妃已經被處死，歡聲雷動。陳玄禮等人驗屍無誤後，這才脫去甲胄，去向玄宗叩頭謝罪。此時的玄宗尚且鎮定，好言好語安慰他們，並命告諭其他的軍士。陳玄禮等人都高喊萬歲，拜了兩拜而出，然後整頓軍隊繼續行進。最終以楊貴妃之死解決了馬嵬坡兵變。至成都後，高力士因護駕有功，受封齊國公。

高力士在歷史舞臺上演出最精采一齣戲，是他一手撮合了楊玉環和唐玄宗的曠世姻緣，是他成就了楊貴妃，也是他在馬嵬坡縊死了楊貴妃。楊貴妃成也力士，敗也力士。真是美人一笑媚千古，空留長恨在人間。

天寶十五年（七五六年）七月，肅宗稱帝，改年號為至德元年。之前，玄宗不知道太子李亨已經稱帝，曾在太子李亨稱帝三天前下制：任命太子李亨為天下兵馬元帥，但只統朔方、河東、河北、平盧四節度使兵馬；又詔永王李璘為江陵府都督，統山南東路、黔中、江南西路等節度大使的兵馬；此外，盛王李琦負責江南東路、淮南、河南等地的事務；豐王李珙負責河西、隴右、安西、北庭等地的事務。諸皇子皆封都督，各有地盤。這樣一番人事安排，是玄宗精心考慮後的結果，也充分表明玄宗入蜀後要親自遙控全國的舉措。這樣推斷下來，玄宗沒有任何要讓位給太子李亨的意思。然而，太子李亨心中早就打起了小算盤。玄宗的制書剛剛發出去後不久，肅宗的表奏就到了。轉眼間，他這個皇帝就成了有名無實的太上皇。

玄宗聽到肅宗即位的消息，心頭滋味複雜。他惆悵了半天，這才裝出高興的樣子對高力士說：「我兒應天順人，改元為『至德』，沒有辜負我的教導，我還有什麼可以憂煩的呢？」他知道兒子當了皇帝，一定就沒有老子什麼事了。當年，他不也是這樣對待他的父親睿宗的麼？即便他想「憂煩」，恐怕也沒有這個權力了。

一向了解皇帝心思的高力士這次卻沒有真正明白玄宗的意思，還以為玄宗認為天下已定，不用再擔心，當即反駁說：「現在兩京失守，生靈塗炭。黃河以南、漢江以北地區戰火紛飛，人們為之痛心疾首。可陛下卻以為萬事大吉了，我實在以為自己是聽錯了呢？」

玄宗自然不便明說，只有長長歎息幾聲。年邁的皇帝已經被楊貴妃之死折磨得筋疲力盡，面對支離破碎的山河，面對風雨如晦的政局，面對兒子僭越帝位的既成事實，他也只好順水推舟，接受尊號，交出了傳國玉璽。

之後，玄宗與高力士重返京都，形勢已發生了重大變化。玄宗已經退位為太上皇，高力士的地位也開始發生動搖。當時，宦官李輔國因擁立肅宗有功而倍受寵信。李輔國又勾結皇后張良娣，持權禁中，干預政事。高力士本是李輔國的老前輩，又自恃得太上皇寵信，故在李輔國面前常擺架子，甚至有不禮行為，因此高、李二人結怨，李輔國尋機打擊高力士，以固其寵。

興慶宮裏有座長慶樓，南靠宮外大道。玄宗常在樓上飲酒，有時也向樓下徘徊觀望，百姓經過這裏，看到垂垂老矣的玄宗皇帝都非常激動，歡呼「萬歲」。玄宗有時也在樓上宴請賓客。有一次，劍南道的奏事吏經過樓下，上樓拜見玄宗，玄宗置酒宴請了他。後又召見將軍郭子儀等，賞賜給他們禮物。這些事雖小，卻引起了肅宗的顧慮，他耽心太上皇復位，開始十分警惕。從此，興慶宮成了肅宗一直無法排遣的一塊心病。

李輔國此時深受肅宗寵信，由一個普通宦官一躍成為朝中暴貴，驕橫顯赫，霸持朝政。他猜出肅宗的心思，向肅宗進言道：「太上皇住在興慶宮，每日與外人接觸，陳玄禮、高力士給他出謀劃策，對陛下很不利。如今六軍的將士，都是在靈武護駕的有功之臣，都惴惴不安，臣不敢不讓陛下知道。」肅宗早就在擔心，李輔國的這番話使他疑竇更重，但他不好直接指責自己的父親，便故意流著淚說：「聖皇行事慈善仁愛，怎麼會允許發生這種事情呢？」李輔國答道：「太上皇固然沒有這個意思，但架不住手下人蠱惑。陛下應當為社稷大業著想，把禍亂消滅搖籃中，怎能效法平民百姓的孝心呢？更何況興慶宮太暴露，不是至尊的人所居住的，皇宮戒備森嚴，接他回來居住，有什麼不可以的呢？」他向肅宗獻計，將玄宗遷往西內，徹底隔絕太上皇同外界的聯繫。肅宗一時還下不了決心，當時沒有接受李輔國的這個建議，卻將原來興慶宮原有的三百匹馬減去二百九十匹。玄宗對此事無可奈何，只好對高力士說：「我兒受李輔國蒙惑，不能再盡孝了呀。」（《資治通鑒．卷二百二十一》）

上元元年（七六〇年）七月，李輔國為了立功以固其恩寵，乘肅宗患病之機，矯詔詐稱肅宗請太上皇遊西內。當玄宗一行途經夾城時，李輔國率五百射生手（唐肅宗至德二年，選拔善於騎射的人，成立衙前射生手千人，也稱供奉射生官、殿前射生手）攔住道路，亮出刀刃，氣勢洶洶地對玄宗說：「當今聖上因興慶宮地勢低窪，迎太上皇遷居西內。」玄宗見對方劍拔弩張，大有加害之意，不由得膽戰心驚，幾乎墜下馬來。這時，高力士挺身而出，急步上前，指斥在馬上耀武揚威的李輔國道：「太上皇是五十年太平天子，你李輔國想幹什麼，竟如此無禮！」李輔國見狀只得下馬。高力士又代玄宗宣諭眾將士：「諸將士好自為之。」眾將士紛紛收起兵器，翻身下拜，高呼萬歲。高力士又回頭對李輔國說：「李輔國可為太上皇牽馬。」李輔國無奈，只好與高力士一起將太上皇擁簇到太極宮甘露殿。

風波平息後，玄宗皇帝握著高力士的手說：「如果沒有將軍，我就成為亂兵刀下之鬼了！」李輔國在高力士面前出了個大醜，把高力士恨之入骨。

玄宗皇帝遷居甘露殿後，心情更加憂鬱。這時玄宗和高力士都已是七十多歲的垂垂老翁了，他們終日無所事事，鬱鬱寡歡。二人相伴幾十年，早已經超越了君臣的界限，更像是朝夕相處的夥伴了。

但肅宗和李輔國還不放心，將玄宗身邊的親信相繼貶黜。高力士以「潛通逆黨」的罪名，被流放於巫州。

此時，高力士正患瘧疾，接到謫制後，對李輔國說：「我早該死了，只是因為聖上仁慈憐憫才苟活至今。我請求再拜見一下太上皇的龍顏，那樣我即使死了也心無遺憾了。」李輔國當然沒有同意。高力士無可奈何，只得帶著滿腹的淒涼來到巫州。

巫地多薺，但不食。高力士感傷而賦詩云：「兩京作芹賣，五溪無人採，夷夏雖不同，氣味終不改。」這首詩既感慨了時世的巨大變化，又抒發他雖被貶流，但對玄宗的忠誠卻沒有絲毫改變的心意。

寶應元年（七六二年）三月，有詔書頒行天下：流人一律放還。隨即玄宗、肅宗相繼去世。太子李豫在宦官李輔國、程元振的擁立下登基，是為代宗。六月，「二聖」的遺詔傳至巫州，高力士聞知「二聖」的死訊，呼天叩地，哭得死去活來。他為「二聖」持喪，由於悲痛過度，憂傷成疾。他對身邊的人說：「我已年近八十，可謂長壽了，官至開府儀同三司，也可謂顯貴了，一切我都無遺憾。所恨的是『二聖』仙去，我竟無緣一見聖容。我這個孤苦遊魂，到何處尋找我的依靠呢？」言畢，淚如雨下。聞者無不心酸落淚。不久，高力士病死於朗州龍興寺，時年七十九歲。至此，盛唐這一段的興衰及其歷史人物的種種表演，在悲涼的氣氛中謝幕。開元盛世至此也落下了帷幕。

代宗因高力士乃數朝老臣，護衛先帝有功，詔令恢復高力士原有官職，追贈廣州都督，由皇家出面操辦喪禮，並陪葬於玄宗泰陵，「沒而不朽」。高力士生前未能見玄宗最後一面，死後卻得以長伴玄宗於地下，如果九泉有知，當也不會再有遺憾了。

安史之亂後，宦官勢力更加膨脹，有的甚至封王爵，位列三公。部分宦官還染指軍權。肅宗時，設觀軍容使，專以宦官中的掌權者充任，作為監視出征將帥的最高軍職。從德宗朝開始，宦官掌握了神策軍、天威軍等禁兵的兵權。軍中的護軍中尉、中護軍等要職均由宦官擔任。因軍政大權被宦官集團把持，不僅文武百官出於其下，甚至連皇帝的廢立也由他們決定。在憲宗到昭宗期間登基的九個皇帝中有七個是由宦官所擁立，兩個被他們所殺。宦官專政成為中、晚唐的一大痼疾。

3 代宗與李輔國：該用時用該殺時殺

唐朝的歷史就是一部宮廷政治鬥爭的歷史。從唐太宗李世民發動玄武門兵變，以「大義滅親」的政變方式將唐朝開國皇帝李淵逼下臺，到唐朝最後一個皇帝哀帝被殺，血腥的宮廷鬥爭和政治陰謀不斷。而為歷代王朝所採用的皇位嫡長制度，在唐朝執行的力度最弱。這自然是人為的原因居多。因此也有人說，唐朝是「家事」最多的一個朝代。

西周時期，周公創制了皇位嫡長子繼承制。它是要在君主多妻制的情況下，根據母親身分的貴賤尊卑將王子區分出嫡子和庶子，以確立王位繼承人的資格，並依照先嫡後庶、先長後幼的順序，把王位繼承人的資格限制、壓縮在一個人的範圍之內，來保證國家最高權力在一家一姓內部和平過渡。嫡長制確立後，為後來的封建王朝所繼承，延續為「百代不易之制」。秦漢以後，除了秦朝因短命而亡沒有來得及立太子、清朝採取秘密建儲制度外，大多數王朝都將嫡長制奉為「萬世上法」。

但嫡長制在執行過程中往往有人為干擾的因素，皇帝的喜好往往是嫡長制能否實行的重要因素。皇后嫡子即便被立為太子，當皇后年老色衰後失寵，不僅動搖皇后地位，勢必連帶危及太子地位。拿唐朝舉例來說，玄宗王皇后無子，趙麗妃所生長子李瑛被立為太子。後來，玄宗寵愛武惠妃，要廢除太子李瑛，立武惠妃之子為太子，李瑛太子位因而不保。歷史上還常常有各種權貴勢力，如干政的宦官、外戚后妃集團等，常常出於各自的利益，干擾嫡長制的實行。唐朝後期，宦官不僅把持朝政，而且出於政治鬥爭的需要，對皇帝廢立生殺，自然談不上嚴格實行嫡長子繼承制了。

代宗李豫（原名李俶）是唐朝歷史上第一個以長子身分即位的皇帝。李豫頗為玄宗鍾愛，立為嫡皇孫。安史之亂爆發後，肅宗即位後，封李豫為廣平王，又因為李泌和親信宦官李輔國的建議，封李豫為天下兵馬大元帥，負責平定安史之亂。可以說，這時候李豫和李輔國的關係是相當不錯的。李輔國一直是肅宗身邊的親信宦官，當肅宗李亨還是太子的時候，曾經多次被宰相李林甫陷害，處境危急，甚至被迫兩次離婚。在患難之中，李輔國給了太子李亨許多撫慰，還幫他做了許多太子不方便出面做的事。所以，李亨對李輔國一直相當信任。李亨登上皇位後，李輔國也一步登天。

李豫雖然當上了兵馬大元帥，但由於「外重內輕」的歷史原因，唐軍始終難敵安祿山的精兵。肅宗苦於唐兵力不足，無奈之下向回紇借師助剿。條件是收復兩京（東都洛陽和西京長安）後，土地和士人歸唐所有，金帛、女子則歸回紇。這實際上是一種變相的飲鴆止渴，同時將災難轉嫁到普通百姓身上。

不久後，唐、回紇聯軍收復長安，回紇軍統帥葉護便要履行前約，對長安實行大肆搶掠。李豫於心不忍，攔在葉護的馬前，說：「現在破了長安，如果任由搶掠，那麼百姓必然盡死力幫助叛軍守洛陽。等攻下洛陽再如約吧。」葉護同意了。長安的百姓因此對李豫感激涕零。

儘管李豫有心救長安和洛陽百姓，但緩兵之計只能拖得一時，最終回紇鐵騎還是對洛陽大肆搶掠，掠奪無數金帛、女子而去。洛陽因此又遭受了一場不亞於安史之亂的災難。

收復長安後，肅宗回到京師，立李豫為太子。肅宗太子李豫為肅宗當太子時的侍妾、如今早已亡故的吳氏所生。肅宗皇后張氏野心勃勃，她因肅宗太子李豫不是自己所生，一直有易儲的念頭，但她的親生兒子興王幼殤，定王還年幼，而李豫又平亂有功，所以一直沒有合適的機會。

寶應元年（七六二年），肅宗病危。張皇后恨李輔國專權，欲謀立越王李系為嗣君。張皇后召見太子李豫說：「李輔助國久掌禁兵，權柄過大，他心中所怕的只有我和你。眼下陛下病危，他正在勾結程元振等人陰謀作亂，必須馬上先誅殺他們。」太子李豫性格仁厚，流淚說：「父皇病情正重，此事不宜去向他奏告，如果我們自行誅殺李輔國，父皇一定震驚，於他貴體不利，我看此事暫緩再說吧。」張皇后送走太子後，馬上召肅宗次子越王李系入內宮商議。越王李系當即命令親信宦官段恆俊，從宦官中挑選了二百多名強健者，發給兵器，準備動手。有人將此事飛報李輔國。

李輔國和另一個大宦官程元振決定支持太子李豫登基，帶人到凌霄門探聽消息。剛好遇到太子李豫要進宮探望父皇。李輔國謊稱宮中有變，阻止太子李豫入宮，太子李豫堅持要進去。李輔國命令手下將太子李豫劫持進飛龍殿，監視起來，隨即假傳太子的命令，領禁軍將越王李系及親信段恆俊等人抓住，投入獄中。

張皇后聞變，慌忙逃入肅宗寢宮躲避。李輔國帶兵追入寢宮逼張皇后出宮。張皇后不從，哀求肅宗救命。肅宗受此驚嚇，一時說不過話來。李輔國乘機將張皇后拖出宮去。肅宗因受驚而病情陡然轉重，又無人過問，當天便死於長生殿。

太子李豫即位為代宗後，便將張皇后廢為庶人，不久後賜死，張后餘黨亦全數伏誅。李輔國因擁戴之功進為尚父、司空兼中書令，從此居功自傲，狂妄跋扈。代宗開始考慮到畢竟是李輔國幫助自己登上了皇位，還能容忍李輔國的胡作非為。到後來，李輔國越來越膽大妄為，甚至對代宗說：「陛下只要在宮裏待著就行，不管什麼事情都有我處理著呢。」

代宗對此很憤怒，但顧念到李輔國有誅殺張后、幫助自己即位的功勞，沒有明目張膽地對李輔國治罪，而是利用另一宦官程元振和李輔國之間的矛盾，挑撥二人相鬥，然後趁機免去了李輔國的職務。

本來事情到了這個地步，李輔國的好日子到頭了，也就沒有什麼威脅了。但在程元振的慫恿下，代宗還是不能釋懷，默許程元振派殺手在夜裏悄悄潛入李輔國臥室，將他殺死，並砍下腦袋和一隻胳膊。然後，代宗又出面痛悼，追贈李輔國為太傅。因此，後世有史學家說代宗是陰鷙之主。

然而，李輔國死後，先後有宦官程元振、魚朝恩掌握兵柄，專權用事，造成了宦官亂政的嚴重局面。

李輔國一死，程元振立即被提升為大將軍，接替李輔國統率禁軍。程元振得勢後，大力排擠有功之臣，以此來作為自己晉身的資本。而安史之亂後，唐中央朝廷對統兵的將領都是將信將疑，所以，程元振的讒言往往都能得逞。郭子儀是平定安史叛亂的有功之臣，肅宗即位後任副元帥，後升為中書令。程元振妒忌郭子儀功高位重，於是多次在代宗面前誣陷郭子儀。久經沙場的郭子儀在什麼危險境地都能冷靜沉著，卻被一小小的宦官程元振弄得整天坐臥不安，膽戰心驚，於是主動要求代宗解除了他的兵權。

廣德元年（七六三年），吐蕃向中原進攻，十月，到達奉天（今陝西乾縣）、武功，京師震駭。代宗下詔以雍王李适為關內元帥，郭子儀為副元帥，出鎮咸陽抵抗。郭子儀帶領少數人馬到了咸陽，吐蕃率領吐谷渾、黨項、氐、羌二十多萬人，瀰漫山野幾十里。因兵力懸殊甚大，郭子儀派中書舍人王延昌回長安請求救兵。可程元振不僅不召見，還百般阻止。結果，吐蕃攻進長安，代宗被迫出逃。幸虧郭子儀憑疑兵之計退敵。

這件事後，朝中大臣群起上書，要求懲治程元振。代宗也覺得程元振非常過分，竟然導致堂堂天子出逃，於是將程元振削官為民，放歸田里。然而，程元振卻不甘心就此消沉，他穿上女人的衣服，打扮成老婦模樣，從老家三原潛回京師，住在同黨司農卿陳景詮家裏，暗中有所圖謀。此事被御史大夫王升檢舉。代宗便將程元振長期流放冷州。到江陵時，程元振被一夥不明身分的人殺死。因為他得罪的人極多，其中包括不少手握重兵的節度使，世人也無法揣測到底是仇家殺了他，還是皇帝派人殺了他。

程元振倒臺後，魚朝恩又開始崛起。吐蕃攻進長安時，代宗倉促逃往陝州。當時禁軍大多離散，只有魚朝恩率領神策軍從陝郡奉迎代宗，軍心大振。從此，代宗對魚朝恩格外恩寵。代宗回到長安後，任魚朝恩為天下觀軍容宣慰處置使，專領神策軍，恩寵無比。

一次，魚朝恩去國子監視察，代宗特詔宰相、百官，六軍將領集合送行。京兆府置辦宴席，內教坊出音樂排優佐宴助興。大臣子弟二百餘人穿紅著紫充當學生，列於國子監廊廡之下。這盛大的場面，魚朝恩得意非凡。代宗還下令賜錢一萬貫作為本金，放債取息當作學生飲食的費用。這個先例一開，以後魚朝恩每次去國子監都要帶上數百名神策軍，前呼後擁以壯聲威。京兆府照例張羅酒食，一次耗費數十萬。

魚朝恩這個人挺奇怪的，郭子儀為人謹慎，從未與他結怨。他卻一直把郭子儀看成眼中釘，常想算計對方。大概他天生是那類與人鬥其樂無窮的人。郭子儀還沒有被免職前，一次立功回朝，魚朝恩邀請他遊章敬寺。有知情人事先告訴郭子儀說：「魚朝恩想加害於你，千萬別上他的當。」郭子儀不聽。將士們請求隨身護衛，郭子儀拒絕了，並且說：「我是國家的大臣，沒有皇帝的命令，魚朝恩不敢殺我。」只帶著家童數人去見魚朝恩。魚朝恩一見之下，大吃了一驚。郭子儀將旁人的話告訴了魚朝恩。魚朝恩聽了，羞愧難當，不但不感激郭子儀的大度，反而更加懷恨。

之後，有人掘了郭子儀父親的墳墓。整個長安城都鬧得沸沸揚揚，眾人都明白這肯定是魚朝恩暗中指使人幹的。滿朝的公卿大臣對此事都很憂慮，生怕郭子儀盛怒之下，鬧出事端。郭子儀入朝時，皇帝甚至主動問起此事，郭子儀哭奏道：「臣長期主持軍務，不能禁絕暴賊，軍士摧毀別人墳墓的事，也是有的。這是臣的不忠不孝，招致上天的譴責，不是人患所造成的。」盜墓之事才不了了之，朝廷內外惶恐不安的氣氛也消除了。天下人知道後，無不對郭子儀的坦蕩和寬厚欽佩有加。郭子儀始終不居功自傲，不以勢壓人，所以始終沒有因功致禍，得以在兇險的宦途中立於不敗之地。

魚朝恩小人得志後，不把滿朝文武放在眼裏。每次詔會群臣議事，他都好在大庭廣眾下侈談時政，欺壓大臣，而號稱強辯的宰相元載也只有洗耳恭聽的份兒。

一次，百官聚會朝堂，魚朝恩聲嚴色厲地說：「宰相的責任，在於調理好陰陽，安撫好百姓。現今陰陽不和，水旱頻生，屯駐京畿的軍隊有數十萬，給養缺乏，漕運艱難。皇帝為此臥不安席，食不甘味，這宰相是怎麼當的？還不讓賢，一聲不吭在那裏賴著幹什麼呢？」說得滿座皆驚，宰相低首，卻沒有一個人敢站出來說話。突然，禮部郎中相里造突然站了起來，不慌不忙地走到魚朝恩跟前，說：「陰陽不和，五穀騰貴，這是觀軍容使造成的，與宰相何干？現今京師無事，六軍足可維持安定了，卻又調來十萬大軍，軍糧因此而不足，百官供應也感困乏，宰相不過是行之文書而已，又有什麼罪過呢？」魚朝恩未想到會有人頂撞他，一時無言以對，拂袖而去，忿忿地說：「南衙（指朝官）官僚結成朋黨，想加害於我。」（事見《封氏聞見記．卷九》）

魚朝恩被相里造頂了一回之後，心中有一肚子氣，總想找機會發洩。適逢國子監堂室剛剛修復，要舉行慶典，朝臣們都要出席。魚朝恩來到國子監後，手執《易經》升於高座講學，面對著在座百官，他有意選擇「鼎折足，覆公餗」開講，用以譏諷宰相。宰相王縉聽了，不禁怒容滿面。而另一宰相元載聽了，卻恬然自樂。魚朝恩感覺元載心計非同一般，從此開始提防元載，對人說：「聽了我所講的話，惱怒者合乎人之常情，面帶笑容者實在是深不可測。」他後來果然是栽在了元載手中。

魚朝恩驕橫慣了後，開始目空一切，自以為天下非他莫屬，朝廷政事稍不如他的意，就發怒道：「天下事還能有離得了我的嘛！」代宗聽說後相當不悅。但此時魚朝恩手握禁兵，已經是難以禁制，代宗一時也沒有好的辦法來對付他，只能聽之任之。

真正促使代宗下定決心的是紫衣事件。魚朝恩有一個養子名叫令徽，年僅十四歲，在內侍省當內給使，代宗特賜綠服。有一次，黃門在殿前列隊，有一個位在令徽之上的黃門不慎碰了他一下，令徽馬上跑回向魚朝恩告狀，聲稱班次居下，受人欺負。第二天，魚朝恩就帶養子面見代宗，說：「臣的犬子官品卑下，被同僚經常凌辱，請陛下賜以紫衣。」這是公然向皇帝要官，態度已經十分不客氣了。尤其令人震驚的是，代宗還沒有開口表態，旁邊就有人將高級品官所穿的紫衣抱到了令徽面前。令徽趕緊將紫衣穿上，然後跪拜謝恩。事已至此，代宗也不便說什麼，只好順水推舟做個人情，勉強笑著說：「這孩子穿了紫衣，比原來好看多了。」口雖這麼說，心中卻十分生氣。不久，還把碰撞了令徽的黃門貶到嶺南。此時，代宗已經意識到魚朝恩的權勢薰天，已經快要到了只知道有朝恩，不知道有天子的地步了。

此後，代宗對魚朝恩產生了強烈的厭惡之情。雖然皇帝竭力掩飾，但有時候還是會有流露。宰相元載窺見代宗對魚朝恩心生惡感，便奏請將其除掉。代宗卻一時下不了決心，因為魚朝恩軍權在握，黨羽眾多。一旦事情不成，後果難以預料。元載卻胸有成竹，安慰代宗說：「只要陛下將此事全權交我辦理，必能辦妥。」於是代宗同意了，囑咐元載千萬要小心。

元載，字公輔，鳳翔岐山（今陝西岐山）人，出身寒微。肅宗時，累官至戶部侍郎、度支使及諸道轉運使，掌管國家財政。後勾結宦官李輔國，升任宰相。代宗即位後，仍為宰相，並賄賂宦官董秀，偵查皇帝的心意，因此奏對時總能對皇帝的胃口，由此受到代宗的寵信。他妻子王氏為開元年間河西節度使王忠嗣的女兒，一向以兇狠暴戾聞名。

元載絕非善類，也不是個正大光明的人物。他先用重金收買魚朝恩的心腹，以便掌握其動靜。魚朝恩每次上朝，總是射生將周皓率領一百多人護衛，又以陝州節度使皇甫溫握兵在外為援。元載千方百計地把二人收買了過來。接著，代宗將鳳翔節度使李抱玉徙為山南西道節度使，以皇甫溫為鳳翔節度使。表面上看是投魚朝恩所好，加重了其親信的地位，實質是麻痹他。魚朝恩還蒙在鼓裏，不知禍之將至。然而，魚朝恩在宮中的黨羽覺察到代宗意旨有異，便密報魚朝恩。魚朝恩將信將疑，試探著上朝時，卻發現代宗恩遇如常，就放了心。

大曆五年（七七〇年）三月初十，是傳統的寒食節。按照慣例，代宗置酒設宴與親貴近臣歡度節日。宴席結束後，代宗傳下聖旨，要魚朝恩留下議事。這有些不大尋常，但正值歡宴後，魚朝恩也沒多想，便坐車去見代宗（**魚朝恩是個大胖子，行動不便，每次上朝都坐四輪小車**）。大殿中的代宗一聽到車聲，臉了沉了下來。魚朝恩一進殿，代宗劈頭就問他為什麼大膽圖謀不軌。魚朝恩大出意外，一時呆住，但很快冷靜下來，為自己辯白。魚朝恩沒有意識到大限將至，態度十分強硬，根本沒有把代宗放在眼裏。這時早被元載收買的周皓與左右一擁而上，當即擒獲了魚朝恩，並當場勒死在地。前後時間很短，處理得乾淨俐落。魚朝恩時年四十九歲。

魚朝恩在禁中被秘密處死一事，除少數參與密謀的人，外面一無所知。為防不測，代宗暫時隱瞞真相，下詔罷免他的觀軍容使等職，增實封六百戶，通前共一千戶，保留內侍監如故。接著詐言魚朝恩受詔而自縊，傳出風聲後，才將他的屍體送回家，賜錢六百萬作安葬費。

魚朝恩弄權多年，結黨營私，形成了自己一股強有力的勢力，所以代宗仍擔心其黨羽鬧事，尤其是擔心引發禁軍的騷亂。於是，下令對其黨羽親信免於追究，將原來他的親信劉希暹、王駕鶴並擢為御史中丞，以安慰北軍之心，並赦免京畿囚犯，全部釋放魚朝恩黨羽，並下詔宣稱：

「你們均為朕之屬下，禁軍今後由朕統帥，勿有顧慮。」經過安撫，眾心稍安，基本上沒出現大的變故。唯獨劉希暹過去罪惡滿盈，常常自疑不安，又出言不遜，遂賜死。魚朝恩死後尚且讓代宗煞費苦心，可見其生前是何等的威風。

代宗依靠元載的幫助，才殺了魚朝恩。然而，殺死魚朝恩後，他又厭惡元載專權，一直尋機除滅他。西元七七七年，魚朝恩死後七年，代宗殺元載，元載妻子王氏和三個兒子均被賜死。元載還有個女兒，早已經在資敬寺出家為尼，也受到牽連，收入掖庭為奴。元載是唐朝宰相中比較少有的貪官，好聚斂財物，其家產被籍沒實，單是抄出的胡椒就有八百石，其他珍寶財物不可勝數。

魚朝恩死後，代宗總算汲取教訓，不再重用宦官。然而，他本人還有更深的煩惱，那就是藩鎮勢力大盛。此時，各節度使在轄區內擴充軍隊，委派官吏，徵收賦稅。節度使由軍士廢立，唐朝廷已無法控制。此外，各節度使為了爭權奪地，也互相攻殺，而代宗對此，只有採取姑息的態度。

西元七七九年五月，代宗病重，急忙詔令太京攝政，不久病死於長安宮中的紫宸內殿。在位十七年，享年五十三歲，死後葬於元陵。

而本來已經在代宗手中得到抑制的宦官勢力，到了他的兒子德宗手中，卻重新死灰復燃。

德宗將神策軍分為左右兩廂，同時以竇文場和霍仙鳴（一開始為另外一個宦官王希遷）為監神策軍左、右廂兵馬使，開啟了宦官分典禁軍的先河。神策軍自德宗重返長安以後，駐紮在京師四周和宮苑之內，成為比羽林軍、龍武軍更加重要的中央禁軍和精銳機動武裝部隊。貞元二年

（七八六年），唐德宗將神策軍左右廂擴建為左、右神策軍，竇文場等宦官仍然擔任監軍，稱為「監勾當左、右神策軍」，反映出對宦官的信賴和寵重。到貞元十二年（七九六年）六月，德宗又設立了左、右神策軍護軍中尉，分別由竇文場和霍仙鳴擔任，這一職務直接由皇帝授任，成為地位高於神策軍大將軍之上的實際統帥。從此，神策軍的統率權掌握在宦官手中。在貞元十一年（七九五年）五月，德宗還將宦官任各地藩鎮監軍的辦法固定下來，專門為擔任監軍使的宦官置印，不僅提高了監軍的地位，也使之制度化。

德宗對宦官態度的轉變，使宦官由刑餘之人而口含天憲，成為德宗以後政治中樞當中重要的力量。德宗以後的唐朝皇帝當中，像他的兒子順宗、孫子憲宗以及後來的敬宗、文宗等都是死於宦官之手。史學家往往把宦官專權稱為唐晚期政治腐敗和黑暗的表現之一，這一狀況的最終形成，與德宗對宦官態度的改變有直接的關係。

4 文宗與王守澄：是君臣也是仇人

縱觀中國歷史，宦官擅權的情形在東漢、唐朝和明朝最為嚴重。而唐朝尤有特點：連天子的廢立也常常由宦官來決定。從唐穆宗起，唐代有九個皇帝，其中穆宗（八二一—八二四年在位）、文宗（八二七—八四〇年在位）、武宗（八四一—八四六年在位）、宣宗（八四七—八五九年在位）、懿宗（八六〇—八七三年在位）、僖宗（八七四—八八八年在位）、昭宗（八八九—九〇三年在位）七個皇帝為宦官所立。只有敬宗（八二五—八二六年在位）是穆宗冊立的，最後的皇帝哀帝（九〇四—九〇七年在位）是藩鎮朱溫所立，不關宦官的事，然而只有四年唐朝就亡國了。所以可以說，唐朝後期八十年，皇帝是宦官所掌握的。

這些被宦官所掌握的皇帝中，並非所有的皇帝都任由宦官胡作非為。他們中還是有人想剷除宦官勢力，重振當年祖上的榮光，其中最著名的就是文宗所發動的甘露之變。

從文宗的父親穆宗開始，皇帝由宦官擁立。掌握唐朝廷政權的人，不是皇帝而是宦官。當時宦官梁守謙、王守澄等掌握朝政，穆宗在宦官手下當皇帝，只求奢侈放縱的生活得到滿足，根本不想參與朝政。穆宗希望長生不老，寵信方士，結果服用長生藥時中毒而死，只當了三年皇帝。太子李湛即位，就是唐敬宗。

敬宗倒是穆宗冊立的太子，但即位時才十五歲，不思進取，一味玩樂，還荒唐之極地創造了擊球將軍的官銜。敬宗性情暴躁，刻薄寡恩，稍有不如意，就拿左右的人出氣，因為左右都怨恨他。有一天，唐敬宗「打夜狐」還宮，興致盎然，與宦官劉克明、擊球將軍蘇佐明等二十八人飲酒作樂。酒酣之時，敬宗入室更衣。殿上燭火忽滅，劉克明等人合夥將敬宗殺死於室內。敬宗在位不足三年，死時才十八歲。

隨後，劉克明等假冒敬宗旨意，擁立絳王李悟（憲宗第六子）為皇帝。又開始謀奪其他宦官手中的權力，結果惹惱了被稱為「四貴」的四大宦官——內樞密使王守澄、楊承和以及神策軍左右護軍中尉魏從簡、中尉梁守謙。這四人是宦官中的實力派。為了自保，王守澄等人領禁兵迎立敬宗弟江王李涵為皇帝。此舉得到了以三朝元老大臣裴度為首的朝廷重臣的支持。結果，王守澄等派出的禁軍殺死了劉克明和蘇佐明一夥，絳王李悟也死於亂兵之手。江王李涵即位為文宗，即位後改名為李昂。

文宗雖然由宦官擁立，表面上對宦官示以恩寵，內心卻不堪忍受。他無法忘記擁立他的王守澄正是殺死憲宗（文宗祖父）的兇手，感到自身毫無保障，想利用朝臣來時抗宦官，南司（朝官）和北司（宦官）的鬥爭在文宗一朝時表面化了。

太和二年（八二八年），名士劉蕡（音ㄈㄣˊ，同焚）應試。他在時策中公開反對宦官，要求唐文宗摒退宦官，將朝政交還給宰相，兵權交還給將帥。劉蕡的對策很受主考官的讚賞，但因為懼怕宦官，沒有敢錄用劉蕡。結果，跟劉蕡一起來投考的二十二人都中了，劉蕡卻落了選。劉蕡是大家公認的傑出人才，這次因為說了些正直話落選，大家都覺得委屈了他。中選的舉人說：「劉蕡落選，我們倒中了榜，太叫人慚愧了。」

〈不過，劉蕡反而因此而名垂青史。歐陽修在《新唐書．劉蕡傳》中特意讚揚劉蕡「明春秋，能言古興亡事，沈健於謀，浩然有救世之意」。李商隱有《哭劉蕡》一詩：「上帝深宮閉九閽，巫咸不下問銜冤。黃陵別後春濤隔，湓浦書來秋雨翻。只有安仁能作誄，何曾宋玉解招魂。平生風義兼師友，不敢同君哭寢門。」就連後世偉人毛澤東也十分讚賞劉蕡的策論，在讀《舊唐書．劉蕡傳》時批注道：「起特奇。」一九五八年，毛澤東還特意寫下一首七絕詩：「千載長天起大云，中唐俊偉有劉蕡。孤鴻鎩羽悲鳴鏑，萬馬齊喑叫一聲。」詩中對劉蕡寄予了無限的同情。〉

文宗為了對付宦官，選用宋申錫為宰相，密謀誅滅宦官。但事不機密，宋申錫的計畫被宦官王守澄的親信鄭注發覺而敗露。王守澄派人誣告宋申錫謀立皇弟漳王李湊，文宗雖然半信半疑，但始終害怕危及自己的帝位，於是貶宋申錫為開州司馬。

鄭注是個極有傳奇色彩的人物。他貌不驚人，身材短小，雙目下視，不能看遠，但卻「敏悟過人，博通典藝，棋弈醫卜，尤臻於妙，人見之者，無不歡然」。早年時以行醫為生，周遊天下。

當時襄陽節度使李愬患有痿病，鄭注診治後，用偏方治好了李愬。李愬十分感激，厚待鄭注。鄭注也從此踏入了官場，在李愬麾下任節度衙推。之後，鄭注開始參與各種軍政之事，為李愬所倚重。由此引起了一些人的非議。許多人認為鄭注因為醫術高明而受到李愬重用，有點「專作威福」的意思。

宦官王守澄當時為監軍，聽說此事後也對鄭注相當不滿。他明白地告訴李愬，打算趕走鄭注。李愬回答說：「鄭注實在是天下的奇才。將軍可以試著與他交談，如果不稱將軍的意，再趕走他不遲。」隨即派人去叫鄭注來拜見監軍王守澄。開始，王守澄還有些勉強，感覺與鄭注交談會有失身分。不料鄭注一開口，「機辯縱橫」，頓時令王守澄刮目相看，馬上將他請入內室，「促膝投分，恨相見之晚」。

第二天，王守澄對李愬說：「果然如公所言，鄭注真是天下奇士。」從此，鄭注經常出入王守澄門下，關係異常親密。王守澄非常器重鄭注，將他引為心腹。

元和十五年（八〇二年），王守澄調回京師任內職，鄭注也一路跟隨。不久，王守澄與陳弘志為爭權奪利，謀害了憲宗，擅立李恆為帝，即穆宗。王守澄由此登上了樞密使的要職，並將鄭注引入禁中。而鄭注依靠王守澄的權勢，廣結朝臣，勢力越來越大，甚至「達僚權臣，爭湊其門」。

文宗即位後，王守澄有擁戴之功，升為驃騎大將軍，充右軍中尉，權傾朝野。鄭注也跟著水漲船高，「權勢薰灼」。侍御史李款不滿鄭注依附王守澄，上疏彈劾鄭注。王守澄為了保護鄭注，將他藏到自己統帥的禁軍右軍中。不料左軍中尉韋元素，樞密使楊承和、王踐言與王守澄不和，恨烏及屋，連帶恨上了鄭注。左軍將李弘楚與韋元素計畫詭稱中尉有病，召鄭注前來醫治，乘機擒而殺之。

一切都安排得妥妥當當，鄭注也按時應召而來。此時，他已經預料到針對自己的危機，所以一到場，就侃侃而談，口若懸河。韋元素「不覺執手款曲，諦聽忘倦」。李弘楚三番五次示意韋元素動手擒拿鄭注，韋元素均毫不理睬。最後的結果，韋元素為鄭注的風度大為傾倒，送給他大批金帛，隆重地把他送了回去。鄭注再一次用個人的魅力化險為夷，他的過人之處由此可見一斑。

而在王守澄的周旋下，宰相王涯也扣壓了李款的奏疏，還任命鄭注為侍御史，充右神策判官。

時隔不久，文宗突然患病，說不出話來。御醫多方診治，卻不見其效。於是王守澄引薦鄭注給文宗治病。文宗服了鄭注調製的藥後，非常見效。文宗大為稱讚，從此，鄭注得到了文宗的寵幸，文宗甚至任命這個江湖郎中出身的人為太僕卿，兼御史大夫。鄭注受命以後，還不計較個人恩怨，舉薦曾經彈劾過自己的李款接替自己原來的職務。

當時李宗閔為宰相，鄭注很不喜歡他。因為李宗閔這個宰相當得不是很光彩，他任吏部侍郎時，結納女學士宋若憲及知樞密使楊承和，由於二人的內助，才進為宰相。剛好此時京兆尹楊虞卿獲罪，被投入御史台獄，李宗閔極力營救。文宗很不高興，認為李宗閔朋比為奸，於是貶他為明州刺史，不久再貶為處州長史。

在這個時候，鄭注揭發了李宗閔與宋若憲和楊承和勾結一事，與王守澄不和的宦官楊承和、韋元素，以及宋若憲等，「姻黨坐貶者十餘人」。鄭注因此擢為工部尚書，充翰林學士，從此得以充任近侍，深受文宗倚重。誰也不會想到，身為王守澄心腹的鄭注，日後竟會成為甘露之變中的核心人物。

〈宋若憲，唐朝著名的宋氏五姐妹之一。父親宋廷芬，世為儒學。有五女，分別取名為若莘（《唐詩紀事》作若華）、若昭、若倫、若憲、若荀。五女都很聰明。宋廷芬親自教她們學習經史和詩賦。五個女兒均能詩能文，不尚紛華之飾。若莘、若昭的文章尤其清麗淡雅。五姐妹志向遠大，對父母表示：這輩子不嫁人，願以學問使父母得以揚名。貞元四年（七八八年），昭義節度使李抱真向德宗推薦宋氏五姐妹。德宗將她們召入宮內，試文章，並問經史大義，深為讚歎。自此，宋氏五姐妹留在皇宮，實際上成為德宗的侍妾。不過，德宗「高其風操，不以妾侍」，稱呼她們為學士、先生，時稱「五宋」。大姐若莘自貞元七年（七九一年）以後，一直掌管著宮中記注、簿籍。她去世後，穆宗又令若昭接管，並拜若昭為尚宮。宋家五姐妹中，若昭最通曉人事，憲宗、穆宗、敬宗三帝都稱她為先生，六宮嬪媛和諸王公主駙馬也都以禮相待，十分尊重她。若昭故世後，敬宗又令若憲代管宮籍。若憲不但善文章，且有論議奏對之能，因在敬宗後，又得文宗的重視。李宗閔一案後，若憲被賜死。五姐妹中，若倫、若荀早死，若昭、若憲的成就更高些。著名詩人王建寫《宋氏五女》詩，對五姐妹評價很高。五兄弟詩人的賓常，也寫《過宋氏五女舊居》：「謝庭風韻婕妤才，天縱斯文去不回。一宅柳花今似雪，鄉人擬築望仙台。」對宋氏五姐妹的文才華表示由衷的傾慕。唐代婦女著作傳世者，僅有兩種：一是女道士魚玄機的詩集，流傳也不廣。另一是宋若莘著、宋若昭注的《女論語》，這是一部流行較廣的書，長期成為女學童的教材，同班昭的《女誡》共為婦女書中的名作。〉

文宗與宋申錫謀除宦官失敗後，文宗處處受制於宦官。他想依靠朝臣剷除宦官勢力，而朝臣之間只忙於朋黨相爭。對此，文宗無可奈何地歎息說：「去河北賊（指藩鎮）易，去朝中朋黨難。」

但文宗並不甘心，仍在暗中物色合適的聯盟人選。有一次，文宗讀《春秋》，到「閽弒吳子餘祭」一段時，別有用心地問身邊翰林侍講學士許康佐：「閽何人耶？」許康懼怕宦官權勢，不敢回答。後來得知文宗欲謀除宦官的意圖後，生怕惹禍上身，於是假稱有病，罷為兵部侍郎。而當時的朝臣中絕大多數都像許康佐一樣，畏懼宦官，只求保身，不敢參與文宗的計畫。這就是史書中所說的，在位之臣「持祿取安，無伏節死難者」。身為大唐帝國的皇帝，竟然找不到一個有勇氣的人，文宗心中的苦悶可想而知。李訓就是在這個時候走進了文宗的視線。

李訓，字子垂，初名仲言，後改名為訓。他出身名門，為肅宗時宰相李揆的族孫。長得也是儀表堂堂，有大家風範，「儀狀秀偉，倜儻尚氣」，還「頗工文辭，有口辯，多權數」。李訓進士及第後，當了一陣子太學助教，後來又任河陽節度府幕僚。但不久就出了武昭一案。

敬宗寶曆元年（八二五年），李訓的從父李逢吉為宰相，與另一宰相李程不合。剛好石州刺史武昭被貶官，李程為了陷害李逢吉，就派人告訴武昭，說李程本來想給他官做，卻被李逢吉阻止了。武昭信以為真，遷怒李逢吉。有一天，武昭越想越生氣，告訴左金吾兵曹茅彙，說他打算刺殺李逢吉。結果，這句氣急敗壞的話被人告發，武昭被逮捕入獄。

本來事情到這裏就結束了，就算武昭還恨李逢吉入骨，也掀不起大浪了。李訓卻在這個時候冒了出來。他覺得有機可乘，要幫助從父李逢吉打擊一下李程。李訓去見曹茅彙，要他指證武昭是與宰相李程合謀。但李訓的計畫沒有得逞，武昭被杖殺，李訓也被流放於象州（今廣西象州東北）。從這件事上，可以看到李訓做事急功近利的風格，正是這種作派，導致了他後來在甘露之變中的失敗。

文宗即位後大赦天下，李訓遇赦北歸。當他得知朝政盡在宦官王守澄之手、而王守澄寵遇鄭注時，不禁歎息了一通，說：「當世操權力者皆齪齪，吾聞注好士，有中助，可與共事。」於是，準備了厚禮去拜見鄭注，其實就是投奔其門下的意思。二人都是善於辯論之人，一見如故。鄭注不但將李訓引薦給王守澄，還推薦給文宗。文宗見李訓相貌堂堂，口若懸河，又多權數，十分高興，「以為奇士，待遇日隆」。

當時的宰相李德裕認為李訓是個小人（指武昭一事），不應該得到重用。文宗卻說：「人誰無過，俟其悛改。」一不顧宰相的反對，拜李訓為翰林侍講學士。

文宗將想誅滅宦官的心事密告李訓、鄭注，當時李訓已任翰林學士、禮部侍郎同平章事（宰相），鄭注任翰林大學士、工部尚書。李、鄭都表示願意為文宗效力，積極地出謀劃策。可想而知，這對文宗是何等大的鼓舞。因為李訓、鄭注二人都是王守澄所引薦，尤其鄭注還是王守澄的親信，所以沒有引起任何人的懷疑。

這裏要特別提一下鄭注，他一直是以王守澄心腹的形象出現的，尤其在宋申錫一事中，正是他向王守澄揭發了宋申錫的計謀，從而導致文宗苦心策劃的計畫流產。那麼為什麼這個時候，他突然又開始支持文宗呢？此刻，他已經是位極人臣，為什麼要突然倒向處於弱勢的文宗呢？從前面鄭注幾番化險為夷的經歷可以看出，他絕對是個識時務、知大體的聰明人。這只能說明，鄭注突然倒向文宗，是想得到更大的利益。而對於李訓，毫無疑問，他是個典型的投機分子。李訓和鄭注都曾經為常人所不為，所以，在看到幫助皇帝取得成功後的巨大利益後，二人都甘心為之效命。

李訓任宰相後，緊鑼密鼓地開始了一系列對策。首先開始整頓吏治，消除朝中的朋黨之爭。水火不容的兩派首要李宗閔、李德裕等都被貶出朝廷，又大力提拔「新進孤立無黨之士」。

在對待宦官的策略上，李訓則利用宦官之間的矛盾，分化瓦解。他先擢升被一直王守澄抑制的宦官仇士良為中尉，分去王守澄的權勢。隨後將王守澄不喜歡的宦官全部貶到外地為官。其實，作為同一類人，王守澄生怕同類分自己的權力，因而少有喜歡的宦官。而與王守澄有仇的韋元素和楊承和等實力派大宦官都被處死，由此還博得了王守澄的歡心。

當時天下流言紛紛，都說憲宗為宦官陳弘志所害，文宗因此恨陳弘志入骨。當時陳弘志任山南東道監軍，李訓以文宗的名義將他召至青泥驛，「封杖殺之」，從而洩了文宗心頭大恨。文宗也因此更加信任李訓。

經過一系列有預謀的計畫後，王守澄被徹底孤立起來。李訓見時機成熟，便讓文宗逼王守澄喝毒酒自殺。曾經不可一世、人見人怕的大宦官王守澄就這樣輕而易舉地被除掉了。李訓也因此而威望大增，「每進見，他宰相備位，天子傾意，宦官衛兵皆慴憚迎拜」。宦官們威風掃地，氣焰大為收斂。

李訓與鄭注又密謀，打算徹底誅滅宦官。因為宦官手中握有軍權，必須要掌握一定的軍事力量，才有可能取得成功。於是，李訓先讓鄭注出任鳳翔節度使，執掌軍隊，以為外援。二人約定，在王守澄下葬時，命宦官中尉以下者全集中於滻水送葬。然後由鄭注率親兵將宦官全部砍殺，一個不留。如此，大事必成。

本來按照這個計畫，成功的可能性相當大。但正如前面所分析的，李訓是個投機分子，在緊要關頭，他的投機心理開始作祟了：他認為這是不世之功，他要獨佔！於是，在沒有通知鄭注的情況下，李訓臨時改變了計畫。他和宰相舒元輿、金吾將軍韓約等人想出一計。

大和九年（八三五年）十一月二十一日，文宗登紫宸殿早朝，文武百官依班次而立。金吾將軍韓約奏稱金吾左仗院內石榴樹夜降甘露，是祥瑞之兆。文宗事先已經知道計畫，故意表示驚訝，派左、右軍中尉，樞密內臣仇士良、魚弘志等宦官前去看個究竟。

宦官離開後，李訓立即調兵遣將，部署誅殺宦官。而當仇士良等宦官來到左仗時，發現韓約神色慌張，情態反常，大冬天的竟然頭冒冷汗，不禁心中起疑。正巧颳來一陣風，吹動了帷幕。仇士良等發現幕內執兵器者甚多。他們立時恍然大悟，察覺事變，遂倉皇出逃，門衛欲關閉門，已來不及了。

仇士良等逃回殿上，劫奪文宗退入宮內。這時，金吾兵已登上含元殿，李訓立即指揮金吾兵護駕，並大呼：「衛乘輿者，人賜錢百千！」金吾兵應聲而上。

仇士良見情勢危機，急忙移開殿後罘罳，挾持文宗抄近道入內。李訓急忙攀住乘輦，死死抓住不放。仇士良與李訓廝打時，跌倒在地，李訓撲上去，將抽靴中刀刺殺時，仇士良卻被宦官救起。

這時，京兆少尹羅立言率京兆邏卒三百餘人從東邊殺來，御史中丞李孝本帶御史台從人二百餘從西邊衝來，兩方與金吾兵會合，殺死宦官數十人。李訓仍抓住文宗乘輦不放，一直拖到宣政門，被宦者郗志榮擊倒在地，帝輦進入東上閣，宦者關閉了閣門。一場搏鬥就此結束了。

李訓見事難以成功，遂脫下紫服，穿上從吏的綠衫，走馬而出。他在道上揚言說：「我何罪而竄謫！」因此無人懷疑與阻攔他。

在李訓出逃的同時，仇士良指揮宦官率禁兵千餘人，對在京師的公卿百官與吏卒進行了血腥的大屠殺，中書、門下兩省及沒有逃走的金吾士卒被殺死六百多人，皇宮內「橫屍流血，狼藉塗地，諸司印及圖籍、帷幕、器皿俱盡」。宰相舒元輿等也被逮捕下獄，遭到嚴刑拷打，被逼自誣謀反。李訓家被劫掠一空，京城的無賴們也趁火打劫，整個長安雞犬不寧，京師被攪得天翻地覆。這就是歷史上著名的「甘露之變」。

李訓出離京城後，投奔終南山僧人宗密。宗密與李訓有舊交，欲給他剃髮為僧，但眾僧徒不同意，李訓只得離開山寺，在奔往鳳翔的途中，被盩屋鎮遏使宗楚所擒獲，械送京師。押送到昆明池的時候，李訓怕被送到神策軍中受到酷刑折磨，最後一次施展了他的滔滔口才，成功地說服押送者，斬下他的首級送往神策軍。之後，宰相王涯等與甘露之變毫無關係的人也都被殺，死者達幾千人。

長安血流成河的時候，鄭注正帶著親兵依照約定出發。行至扶風縣境時，聽說李訓已經失敗，鄭注立即返回鳳翔。

我們可以分析一下鄭注此時的心理。顯然，大勢已去，無力回天，他的下場將會跟李訓一樣。其實，鄭注此時只有一條路可走，那就是趕緊逃跑。然而，鄭注卻沒有跑。不但沒有跑，反而在家裏靜靜等待，表現出異乎尋常的冷靜。

仇士良控制了京師局勢後，立即派人持密敕給鳳翔監軍張仲清，命他立即殺死鄭注及其親信。張仲清也是一個大宦官，他得知京師發生了巨變，心中恐懼，六神無主。押衙李叔和為他獻計，建議以召鄭注議事為名，將其誘來，事先設下伏兵，一舉殺死。張仲清依計而行。

鄭注是個絕頂聰明的人，他不會不知道這是一場鴻門宴。出人意料的是，他不但欣然赴行，而且當李叔和要求他將親兵留在外面的時候，他還完全照辦。這只能說明一點，鄭注來之前就完全想好了，他是來講和的，也就是說，他想像以前投靠王守澄那樣，重新投靠張仲清。他本來就是個江湖人物，是個賭徒，為了身家性命，他願意再賭上一把。而且他有這個自信，也有這個本事，他滔滔不絕的口才不但曾經使他化險為夷，而且平步青雲。

鄭注進來後向張仲清恭順地見禮。張仲清也很客氣，請他落座，然後叫人上茶。這讓鄭注看到了希望，他禮節性地端起茶，打算喝完一口就開始大展辯才。然而，就在他舉杯飲茶之際，他身後的李叔和抽出刀來，當場殺死了他。鄭注臨死前的心理，應該是壯志未酬的悲哀吧？他的一生，經歷了不少驚濤駭浪，他原本靠宦官晉身，之所以孤注一擲，是希望靠誅殺宦官獲得更大的晉身。然而，到頭來，他也沒能闖過這最後一關。

更讓鄭注死不瞑目的還有一場血腥的大屠殺，不但跟隨他的親兵盡數被殺，他全家也不分老幼全部被殺，他的親信幕僚節度副使錢可復、節度判官盧簡能、觀察判官蕭傑、掌書記盧弘茂等也全部遇難，「死者千餘人」。

至此，李訓和鄭注這兩個頗有傳奇色彩的歷史人物以悲慘的命運謝幕，為他們殉葬的除了無數人的生命，還有文宗剷除宦官的雄心壯志。

甘露之變後，宦官更加不可一世，人情惶恐不安。宰相李石為人忠正，經常當面指正仇士良，仇士良懷恨在心。開成三年（八三八年）正月的一天，李石早朝，仇士良在途中埋伏刺客，欲暗中行刺。當李石坐騎行至半路，刺客突然殺出，射傷了李石。隨從一驚而散。李石的馬受驚，幸好這馬有靈性，回頭往李府發足狂奔。李石受傷，只能伏在馬上。到坊門時，李石再次遭刺客襲擊。刺客用刀去砍李石，不料馬快，只砍斷了馬尾，李石倖免於難。事後，李石考慮到自身安全得不到保證，被迫上書稱病，請求辭去相位。文宗明明知道宰相是畏懼宦官，卻無可奈何，只得同意李石出任荊南節度使。

自李石出鎮荊南後，仇士良更是肆無忌憚。文宗始終被宦官嚴密監視，再也不能有所作為。因為無事可做，皇帝只好飲酒求醉，賦詩遣愁。有一天，文宗問大臣周墀，他可以比前代什麼君主。周墀恬不知恥地恭維說：「陛下可以比堯舜。」文宗還算有自知之明，說自己受制於家奴，比周赧王、漢獻帝兩個亡國之君還不如。說完，淒然淚下。他因傷感而抑鬱成疾，從此不復上朝。

此時，年青的詩人李商隱有感於甘露之變，寫下了《重有感》一詩：

玉帳牙旗得上游，安危須共主君憂。
竇融表已來關右，陶侃軍宜次石頭。
豈有蛟龍愁失水？更無鷹隼擊高秋！
晝號夜哭兼幽顯，早晚星關雪涕收。

當時宦官權勢薰天，眾人多敢怒不敢言。李商隱卻大聲呼籲誅討宦官，表現出非比尋常的勇氣。關於李商隱的生平事蹟，後面在講到黨爭的時候，還會專門提到。

甘露之變五年後，文宗病重，詔命太子監國。仇士良知道消息後，竟闖入宮中，聲稱：「太子年尚幼，且有疾，請更議所立。」隨後不顧朝臣的反對，假傳聖旨把太子降封陳王，立文宗之弟李炎為皇太弟。文宗隨即鬱鬱病死，在位十四年，年僅三十二歲。仇士良扶持李炎上臺，是為唐武宗。

仇士良歷經六朝，專權達二十餘年，史稱其「挾帝有術」。但他的下場並不好。武宗也不滿仇士良的專權，仇士良看出了武宗的心思，主動提出告老還鄉。武宗樂得順水推舟，立即應允。不久後，仇士良便病死了。有人告發他有不法行為。結果從他的家裏搜出了數千件兵器。武宗一怒之下剝奪了他的爵位，沒收其財產。據說，他家的財產用三十輛車子，運了一個多月都沒有運完。

第三章　進退兩難的大臣們

廣明元年（八八〇年）二月，侯昌業冒死上疏極諫，聲稱盜賊滿關中，而皇帝卻不親政事，專務遊戲，田令孜專權無上，將危社稷。侯昌業在國家陷於危急的情況下奮力上書，原是指望能夠驚醒僖宗於夢中，振作起來力挽狂瀾，所以不但言辭激烈地指責了皇帝，還指責了皇帝最信任的宦官田令孜。不幸的是，生性好玩的僖宗看完奏章後火冒三丈，盛怒下立即召侯昌業至內侍省賜死。

1 侯昌業之死

前面的章節中曾經提到過，唐僖宗酷愛運動，尤其擅長擊球，技巧極為高超。擊球是唐朝盛行的宮廷遊戲，因為是馬上運動，因而叫做馬球。馬球所擊的球是木製的，中間掏空，外面施以朱漆。用以擊球的鞠杖也是木製的，杖頭呈月牙狀。與蹴鞠比起來，馬球是一項相當危險的運動，不但需要擊球者有高超的技巧，還需要出眾的馬技。因為擊球者顛簸在奔馳的馬背上，稍不小心，就會從馬背上摔下來。因而，擅長此道者往往都是身手敏捷、反應迅速的高手。換做普通伎人，有此技藝，一定會贏得人們的讚譽。然而，不幸的是，僖宗不是普通人，他是皇帝，是大唐的天子，命運賦予他為所欲為的權利，同時也交給了他治國的義務。可惜，這位天生具有運動細胞的皇帝偏偏不把江山放在眼裏。

僖宗曾得意地對身邊的優人石野豬說：「朕若應擊球進士舉，須為狀元。」石野豬雖然是個戲子，卻甚是有心，借此諷諫說：「若遇堯、舜作禮部侍郎，恐陛下不免駁放。」（《資治通鑑・卷二百五十三》）意思是若是遇到堯舜這樣的賢君做禮部侍郎主考的話，恐怕僖宗會被責難而落選呢。僖宗聽了，只是一笑了之。

石野豬的運氣還算不錯，並沒有因為直言而招來殺身之禍。大概因為他在皇帝眼中的角色，始終只是個戲子，說的話是當不得真的。然而，當有大臣正兒八經地提出「皇帝不該專務遊戲」時，結局就十分悲慘了。

廣明元年（八八〇年）是極不平靜的一年，當時農民軍黃巢進佔廣州、潭州，經鄂（今湖北武昌）東進，數月間連下饒（今江西波陽）、信（上饒）、池（今安徽貴池）、歙（歙縣）婺（今浙江金華）、睦（建德）等州。而突厥族沙陀一部趁中原紛亂，也想趁火打劫，發兵攻打代北，並逼近晉陽。大唐已經是風雨飄搖，呈現出四分五裂的複雜狀態。

左拾遺侯昌業對此憂心忡忡。廣明元年（八八〇年）二月，侯昌業冒死上疏極諫，聲稱盜賊滿關中，而皇帝卻不親政事，專務遊戲，田令孜專權無上，將危社稷。侯昌業在國家陷於危急的情況下奮力上書，原是指望能夠驚醒僖宗於夢中，振作起來力挽狂瀾，所以不但言辭激烈地指責了皇帝，還指責了皇帝最信任的宦官田令孜。

不幸的是，好玩的僖宗看完奏章後火冒三丈，盛怒下立即召侯昌業至內侍省賜死。僖宗加在侯昌業頭上的罪名是：「侯昌業出身平民之家，擢升到高位，得以親近天子，卻不知謹慎言行，反而愚妄地奏報一些捕風捉影的閒話，侮辱皇帝，誹謗百次徵召才允就職的各位官員，依照國法，不能寬容，所以賜他自盡。」（事見《通鑒考異・卷二十四・引《續寶運錄・記侯昌業上書》）

侯昌業因上書而招來殺身之禍，引來多方猜疑。根據《北夢瑣驗》記載：「後有傳侯昌業疏詞不合事體，其末云：『請開揭諦道場以消兵厲。』似為庸僧偽作也。」無論如何，真正觸怒僖宗的仍然是指責皇帝的言辭。就在這封奏疏中，侯昌業指責僖宗「強奪波斯之寶貝，抑取茶店之珠珍，渾取櫃坊，全城般（搬）運（藏匿財物）」（指田令孜勸僖宗採取沒收長安富商財產以謀財一事），這就不是僅僅喜歡玩耍的嬉鬧小兒了，跟強盜土匪沒什麼區別。

侯昌業是個諫官，左拾遺就是諫官官名，也就是專門規勸天子改正過失的官。這種官官職不高，卻是能夠親近天子的言官。「拾遺」的意思是把皇帝「遺」忘的東西「拾」起來，免得因遺忘而做錯了事。

拾遺為唐朝首創，諫官系統也是在唐朝趨於完備。諫官的設置，秦漢時已有，魏晉南北朝時有較大發展。至唐朝，中央朝廷實行三省制，進諫任務由門下省和中書省共同承擔。門下省設給事中四名及輔員若干，並設左諫議大夫四名，左散騎常侍四名，主要職責是匡正政治上的得失，以諫諍為任。其中，給事中掌封駁（即複審之意）詔制，權力更重。中書省設右諫議大夫四名，右散騎常侍四名，舉凡主德缺違、國家決策，皆得諫正。補闕和拾遺兩個新創官職則分置左右，左隸門下省，右隸中書省，負責看管供其他諫官呈遞奏摺所用的四隻匣子。

唐朝著名大詩人杜甫就做過「拾遺」。唐代詩人元稹早年也曾經做過「拾遺」，後來還因為直諫批評朝政被貶出京師去當地方官。而唐朝著名的魏徵，其實就是諫官，他當時擔任諫議大夫。唐太宗對魏徵極為重視，經常引入內廷，詢問政事得失。魏徵也竭誠輔佐，知無不言，言無不盡。加之性格耿直，往往據理抗爭，從不委曲求全。

貞觀二年（六二八年），長孫皇后聽說一位姓鄭的官員有一位年僅十六七歲的女兒，才貌出眾，京城之內，絕無僅有。便告訴了太宗，請求將其納入宮中，備為嬪妃。太宗便下詔將這一女子聘為妃子。魏徵聽說這位女子已經許配陸家，便立即入宮進諫：「陛下為人父母，撫愛百姓，當憂其所憂，樂其所樂。居住在宮室台榭之中，要想到百姓都有屋宇之安；吃著山珍海味，要想到百姓無饑寒之患；嬪妃滿院，要想到百姓有室家之歡。現在鄭民之女，早已許配陸家，陛下未加詳細查問，便將她納入宮中，如果傳聞出去，難道是為民父母的道理嗎？」太宗聽後大驚，當即深表內疚，並決定收回成命。但房玄齡等人卻認為鄭氏許人之事，子虛烏有，堅持詔令有效。陸家也派人遞上表章，聲明以前雖有資財往來，並無訂親之事。這時，唐太宗半信半疑，又召來魏徵詢問。魏徵直截了當地說：「陸家之所以否認此事，是害怕陛下以後藉此加害於他。其中緣故十分清楚。不足為怪。」太宗這才恍然大悟，便堅決地收回了詔令。

由於魏徵能夠犯顏直諫，即使太宗在大怒之際，他也敢面折廷爭，從不退讓，所以，唐太宗有時對他也會產生敬畏之心。有一次，唐太宗想要去秦嶺山中打獵取樂，行裝都已準備停當，但卻遲遲未能成行。後來，魏徵問及此事，太宗笑著答道：「當初確有這個想法，但害怕你又要直言進諫，所以很快又打消了這個念頭。」

還有一次，太宗得到了一隻上好的鷂鷹，把它放在自己的肩膀上，很是得意。但當他看見魏徵遠遠地向他走來時，便趕緊把鳥藏在懷中，生怕魏徵因為他玩鳥而批評他。而剛好魏徵奏事比較久。好不容易等魏徵走了，太宗趕緊將鷂子拿出來，卻發現已經悶死了。

魏徵「憂國如家，忠言直諫」的精神，給人們留下了極為深刻的印象。文宗喜讀《貞觀政要》而仰慕魏徵，就下詔尋訪到魏徵的後人五世孫魏謩，並將魏謩任命為右拾遺，也是屬於可以對皇帝進諫的言官。德宗朝在「涇原兵變」中挽救了唐朝命運的著名將領李晟對魏徵能直言敢諫，盡忠朝廷非常敬佩。曾經對賓客說：「魏徵能直言極諫，致太宗於堯舜之上，真忠臣也，僕所慕之。」行軍司馬李叔度回答說：「此縉紳儒者之事，非勳德所宜。」李晟嚴肅地說：「行軍（李叔度）失言。傳稱『邦有道，危言危行』，今休明之期，晟幸得各位將相，心有不可，忍而不言，豈可謂有犯無隱，知無不為者耶！是非在人主所擇耳。」所以後來李晟做宰相時，皇帝有所詢問，必極言無隱，盡其忠心。唐朝的許多諫官也都以魏徵為榜樣。然而，並非每個皇帝都想唐太宗一樣勵精圖治，胸懷寬廣。像侯昌業這樣因上書直諫而死的不在少數。

玄宗時，李林甫專權，與牛仙客勾結一氣。監察御史周子諒不滿李、牛二人阿私，上書直諫，彈劾牛仙客。結果觸怒了玄宗，周子諒在朝堂被當場打死。當時的宰相張九齡也因為推薦過周子諒，受到牽連，以「坐引非其人」被罷相位。

在中國的歷史上，不乏侯昌業、周子諒這樣的例子——敢於提出不同意見的人，往往身敗名裂，家破人亡。這就使得一些人將自己的真面目包起來，所以「古今中外，只有中國的臉譜多，令外國人歎為觀止」。周子諒被殺和張九齡罷相事件對唐朝時局影響很大。大詩人王維當時為張九齡提拔，在朝為官，看到此事後心灰意冷，從此喪失了對政治的熱情，過起了半官半隱的生活。

唐高宗朝著名詩人陳子昂擔任諫官，開始他胸懷大志，憂國憂民，評論時政得失，直言敢諫當朝的失誤。武則天的侄子武攸宜奉命率兵討代契丹部族首領，陳子昂任參謀。唐軍進到漁陽（今天津薊縣），前鋒部隊戰敗，引起全軍震恐。武攸宜素不知兵，軍紀鬆懈。陳子昂建議派出部下精兵一萬人擔任前鋒，自己志願充當前驅。武攸宜認為陳子昂有意觸犯自己的尊嚴，便以儒者不懂軍事為名拒絕。陳子昂又向武攸宜獻計，武攸宜怒而把他降職使用。自此，陳子昂不敢再說了。陳子昂在歷史上以倔強正直出名，他這樣性格的人都在權勢的淫威下屈服，其他諫官的作為就可想而知了。

再舉一個例子，前面提到的元稹，是與白居易齊名的大詩人，被稱作「元才子」。這位元才子開始做諫官時，還能仗義執言，頗有文人的氣節。憲宗時，元稹任東台御史，一次回京師的時候夜宿在敷水驛（今陝西華陰境內）。剛好大宦官仇士良奉命出使，也來到了敷水驛。元稹因為先到驛站，已經佔據了上廳。仇士良倚仗憲宗的恩寵，蠻橫無理，踢開廳門，破口大罵，並以馬鞭擊傷元稹面部。元稹大憤，回京師後上奏彈劾仇士良。憲宗不聽，不分曲直，反將元稹貶為江陵士曹參軍。之後，元稹的態度完全轉變，開始極力巴結宦官，以求得高位。穆宗時，元稹因交結宦官，當上了知制詔，卻從此受到朝官的鄙視。一次，同行在一起吃瓜，有蒼蠅飛下來，中書舍人武儒衡揮扇驅蚊。說：「這東西從哪裏來的！」一邊說著，一邊以目光望著元稹。元稹又慚又恨，卻又無可奈何，只好灰溜溜地走開。

〈元稹著有傳奇《會真記》（又名《鶯鶯傳》）。作品中塑造的男主人翁張生，實際上是作者元稹的化身，西廂故事也就是元稹對自己年少時期一段風流豔事的追憶。元稹二十三歲時，偶遇親戚崔鶯鶯一家，元稹死皮賴臉地騙取了崔鶯鶯十七歲少女的純真感情。後元稹入長安應試，雖然落榜卻得到了工部尚書韋夏卿的賞識，沒幾天就娶了韋夏卿的女兒。元稹的《會真記》歷經文人的修改、潤飾，後由元朝王實甫編成著名的劇本《西廂記》。《西廂記》在中國文學史上和戲曲史上都佔有很重要地位，被稱為「諸公已矣，後學莫及」。「願天下有情人終成眷屬」是《西廂記》的主題，並成為千古名句，而丫環紅娘的名字，最後演化成促成姻緣，成人之美的代名詞。可惜的是，男主人翁的原型元稹卻是個始亂終棄的風流男子。元稹任監察御史時到成都公幹，與成都名妓薛濤（即歷史上著名的女校書）有了一段風流事。當時薛濤已經四十有餘，閱人無數的大才女竟然毫無保留地愛上了元稹。當時薛濤才高名院，與她交往的名流才子極多，白居易、牛僧儒、令狐楚、輩慶、張籍、杜牧、劉禹錫、張祜等，都與她有詩文酬唱，但牽動她內心深情的卻只有元稹一個。元稹離開蜀中後，薛濤日夜思念情郎，盼他早日來迎接自己，彷彿一個空閨女子等待遠方的丈夫一樣，滿懷的幽怨與渴盼，彙成了流傳後世的名詩《錦江春望詞》，其中之一為：「花開不同賞，花落不同悲；欲問相思處，花開花落時。」而元稹卻是個典型的負心漢，此時正在浙西與年輕貌美的劉採春熱戀得如火如荼。「美人自古如名將，不許人間見白頭」。經過這番冷熱波折後，薛濤在遠郊築起吟詩樓，穿戴起女道士的裝束，隱居而終。〉

懿宗李漼在位時，遊宴無度，不理政務，事務都委任給宰相路岩。路岩生活奢侈豪華，經常收賄賂，左右小人也參預政事。至德縣令陳蟠叟為此上書給唐懿宗要求召對，說：「請皇上抄邊咸一家，抄得的財物可用以贍養國家軍隊兩年。」懿宗很有興趣，問：「邊咸是誰？」陳蟠叟說：「是路岩親任的小吏。」懿宗頓時大為憤怒，將陳蟠叟流放於愛州，自後沒有人再敢說話。

〈僖宗即位後，路岩被削官流放。他本來以儀表堂堂著稱，被囚禁於江陵監獄中時，一夜之間鬍鬚和頭髮全部白了。不久，僖宗又賜路岩自盡，並籍沒其家產。路岩性情殘忍，曾密奏懿宗說：「凡三品以上的大官賜死，都應讓使者將死者結喉三寸處喉骨剔下，交給有關衙門，以驗正死者已必死無疑。」到如今，他自己也遭殺身之禍。路岩親信邊咸等也都被處死。〉

正因為因直諫而被貶或殺諫官的不在少數，也導致後來者噤若寒蟬，不敢隨便發表意見。懿宗時還出了歷史上有名的同昌公主案。

同昌公主為懿宗長女，也是最受寵愛的公主，母親是號稱「長安第一美人」的郭淑妃。懿宗原名李溫，為宣宗長子，被封為鄆王。他雖是長子，卻不討宣宗的歡心，宣宗臨死前將第三子夔王李滋託付大臣王歸長等人，準備讓李滋繼位。然而，宦官王宗實等殺王歸長三人，搶立李溫為太子，改名李漼。李漼即皇帝位，就是唐懿宗。

同昌公主是懿宗為鄆王時所生。據說，同昌公主長到三、四歲都不曾開口說一個字。有一天，她忽然歎息著向父親說出了她人生的第一句話：「今日可得活了。」眾人都不知道是什麼意思，百思不得其解。就在這個時候，宦官王宗實派來迎接鄆王即位的儀仗就到了鄆王府門前。所以懿宗認為女兒是自己命中的福星，視為掌上明珠。

女大不中留，懿宗再愛同昌公主，終究女兒長大了還是要嫁人。經過千挑萬選，懿宗選擇了新科進士韋保衡為駙馬。

韋保衡，字蘊用，京兆人。祖父韋元貞、父親韋慤都是進士登第，所以，他也算是出身於書香門第。韋保衡雖然也是進士及第出身，但是這卻並非來自他的真才實學。當時他的座師（科舉制度下，主考官被稱為座師）是王鐸。王鐸認為韋保衡並非有真才實學，因此不打算錄取。但韋保衡儀表堂堂，英俊瀟灑，為懿宗所矚目。大概在這時候開始，懿宗心中就打算將韋保衡選為愛女的駙馬了，不過當時同昌公主的年紀還小，自然不便明言。於是，懿宗出面干預，韋保衡總算進士及第。但與他同科的人都知道是怎麼回事，「保衡以幸進無藝，同年門生皆薄之」（《舊唐書・卷一百七十九・蕭遘傳》）。

公主下嫁之日，懿宗恨不得把國庫都搬到韋府去，傾盡宮中珍玩，贈與愛女作為嫁妝。懿宗對同昌公主的寵愛，由此可見一斑。

這批舉世無雙的嫁妝搬到韋家後，韋家原本寬敞的府第竟裝擺不下，只好請來工匠，日夜擴建府第。新宅院的門窗均用珠寶裝飾，井欄、藥臼、槽櫃等都是金銀製作，連笊籬箕筐都是用金縷編織而成。床用水晶、玳瑁、琉璃等製作，床腿的支架雕飾也是金龜銀鹿。其他如鷓鴣枕、翡翠匣、神絲繡被、玉如意、瑟瑟幙、紋布巾、火蠶綿、九玉釵等均來自異域。同昌公主家有一種「澄水帛」，長約八九尺，似布又比布細，色亮透明，光可照人。據說帛中有龍涎，能消暑。夏日炎炎的時候，將其掛在房子裏，滿座皆覺涼爽，暑氣全無。同昌公主又用紅琉璃盤盛夜明珠，家裏晚上光明如晝。

《紅樓夢》第五回中特意提到秦可卿房中懸有同昌公主製的聯珠帳，意思是強調秦可卿房中陳設的奢華。唐人蘇鶚在《杜陽雜編》中記載：「咸通九年，同昌公主出降，宅於廣化里，錫錢五百萬貫，更罄內庫珍寶，以實其宅。……堂中設連珠之帳。卻寒之簾，犀簟牙席，龍鳳繡連珠帳。續真珠以成也。」〉

同昌公主出嫁以後，懿宗生怕韋府的飲食不合女兒的胃口，不停地派人送去珍奇的食物。其中有一道靈消炙，一頭羊只有四兩肉符合它的用料標準，而且做成以後，能夠長期存放，經歷一個酷暑都沒有問題。還有一種肉乾紅虯脯，蓬鬆盤繞，高達一尺，如果用匙筷一壓，能把它壓得很低，但是一鬆手，它又能恢復原來的高度。有一次，一群貴族公子在廣化里飲酒，忽然聞到了一股異香，一開始以為是龍腦的香氣，後來發現香氣濃郁，世間少有，於是循香追尋，才知道是為同昌公主送食物的宮使剛剛經過。

而韋保衡娶了同昌公主後，便開始了不停的升遷，幾乎是馬不停蹄，青雲直上，由翰林學士開始，升到郎中、中書舍人、兵部侍郎承旨、開國侯，一直到集賢殿大學士，年紀輕輕的就躋身於宰輔的高位。明眼人一看就明白，這並非這位駙馬爺有什麼特別的本事，而是沾了同昌公主的光。

十分可惜的是，金枝玉葉的公主出嫁的第三年，不幸染病，不治身亡。懿宗思念愛女，十分悲傷難過。韋保衡生怕皇帝降罪，便將責任推到曾經為公主診治過的御醫身上，說是因為他們御醫不當，延誤了病情，以致害了公主的性命。由此引出了一場大冤獄。懿宗立即轉悲為憤，遷怒醫官，竟下令殺翰林院醫官韓宗劭等二十餘人，並將他們的親族三百餘人全部逮捕，關押在京兆監獄。因為臨時逮捕的人數眾多，監獄都被塞得滿滿的。

一時間朝野議論紛紛。懿宗悲痛之中的不仁之舉，引起了朝廷內外的紛紛議論，舉國上下為之忿忿不平。宰相劉瞻認為皇帝此舉引起了眾人的不滿，終必給朝廷帶來災難，於是召請諫官，請他們上言勸諫。但諫官們懦弱無用，懼怕懿宗盛怒下遷怒於己，竟沒有一人敢挺身而出。諫官不諫，這不但是諫官個人的悲劇，也是唐帝國的悲哀。

鑒於這種情況，宰相劉瞻只好自己上書勸諫，話說得倒是相當委婉：「生命長短，在於天定。公主有疾，深觸陛下慈懷。宗卲等人為公主療疾之時，唯求疾癒，備施方術，非不盡心；而禍福難移，人力難以回天，致此悲局，實可哀矜。今牽連老少三百餘人入獄，天下人議論紛紛，多有不平。陛下仁慈達理，豈能被人妄議，還當居安思危，安撫天下民心。伏願陛下少回聖慮，寬釋牽連者！」

劉瞻的奏詞有理有節，無可挑剔。然而懿宗已認定是御醫藥殺了愛女，絕不肯寬容他們的家族，因而對劉瞻的話十分不悅，但礙於他宰相的身分，總算忍著沒有當面發作，但對他的奏疏卻置之不理。

劉瞻倒是個執拗的人，他見第一次上奏沒有結果，就在第二天上朝時，又聯合了京兆尹溫璋。二人一起直諫，措辭也不似先前那樣委婉，激烈了許多。這下當場惹怒了懿宗，他大聲叱責二人的犯上，當即降旨，劉瞻調為荊南節度使，溫璋貶為崖州司馬，責令三日內離京赴任，免得他們再在朝堂上囉嗦個沒完沒了。

溫璋是個性情耿直的有才之臣，被貶南蠻之地，著實心有激憤，歎道：「生不逢時，死何足惜！」當天夜裏就在家中服毒自盡。懿宗聽到溫璋的死訊，還狠狠地說：「惡貫滿盈，死有餘辜！」

之後，懿宗為同昌公主舉行了隆重的葬禮，陪葬用的衣服玩具，與生人無異，又用木料雕刻了數座殿堂，陪葬的陶俑和其他隨葬品一應俱全，龍鳳花木、人畜之眾，不可勝計。發喪出葬長安東郊那天，懿宗與淑妃親御延興門送行並慟哭，又出內庫各數尺高的咸通九年（八六八年）刻印的《金剛經》卷子、金駱駝、鳳凰、麒麟，以為儀仗。場面宏大，送葬的隊伍長達二十餘里。京城士庶都駐足觀看。

樂師李可及因譜寫哀悼同昌公主的《歎百年曲》有功，一直封至大將軍爵。李可及的兒子娶妻時，懿宗特意賜酒，打開才發現壺內居然不是酒，全是珍珠寶石。

至於同昌公主的丈夫韋保衡，則趁機大力排除異己，把持朝政。凡是他看不順眼的人，都被誣陷與醫官勾結謀害同昌公主，由此造成了許多朝臣被貶。劉瞻被貶後，韋保衡推薦自己的座師王鐸為宰相。但王鐸依舊輕視他，在處理政務的時候，從來都不跟他商量。結果惹怒了韋保衡，於是將王鐸發配出去當節度使了。

韋保衡還是個小人。當時同昌公主嫁入其家，他用種種名目，將懿宗賞賜給同昌公主的奇珍異寶據為己有。等同昌公主病逝，他便稱那些奇珍異寶都莫名奇妙地不見了。同昌公主下葬後，他竟然在燒掉的陪葬物灰燼中搶奪金銀珠寶。其貪婪可見一斑。

看在同昌公主的份上，韋保衡在懿宗一朝始終得寵。懿宗臨終前，還讓韋保衡代十二歲的兒子李儇（即後來的僖宗）攝政，全權處理軍國大事。不過，韋保衡當宰相時，不思進取，只顧剷除異己，得罪了不少人。懿宗一死，他失去了靠山，結局可想而知。僖宗即位後，宦官田令孜聯絡百官，彈劾韋保衡。韋保衡先是被貶賀州刺史，不久被賜死。

與懿宗朝的諫官相比較，後來者侯昌業顯然具有超凡的勇氣和憂國憂民的責任心。侯昌業的悲劇在於，他沒有看到唐朝宦官當政、藩鎮林立已經有百年歷史，朝廷內外均是千瘡百孔，無力回天。而滿朝文武中，奸臣當道，小人橫行，竟數不出幾個有氣節有才華的大臣。回想當年唐朝立國之初，英雄人才輩出，文治武功，無一不盛。而如今，日暮西山，唐朝已經走近歷史的黃昏。晚唐著名詩人李商隱有《登樂遊原》絕句：

向晚意不適，驅車登古原。夕陽無限好，只是近黃昏。

個人的命運始終無法擺脫時代的背景。這轉眼即逝的夕陽，不僅代表著個人的淪落，是李商隱本人沉淪遲暮的寫照，也象徵著世運的衰微，昭示了大唐帝國的奄奄一息。

侯昌業死後不久，黃巢攻佔長安，僖宗步玄宗的後塵避蜀。僖宗逃到成都後，在成都向各路節度使封官許願，又借助沙陀兵來平叛。加上農民軍朱溫等人的叛變，黃巢兵敗，退出長安後被殺。起義被平定後，以往在形式上聽命於中央的節度使們，現在也無視朝廷。王建據蜀，楊行密佔據淮南，錢鏐在杭州割據，虎視眈眈的還有河北藩鎮中勢力最大的汴州朱溫、河東李克用、鳳翔李茂貞。

從此，天下大勢便成為糾纏不清的狀況：大大小小的割據者逐漸開始混戰，唐朝廷對之無可奈何，只能對強者的軍事行為一概承認。右補闕常濬的一則上疏，足以表明這一點：「陛下姑息藩鎮太甚，是非功過，駢首並足，致天下紛紛若此，猶未之寤，豈可不念駱谷之艱危，復懷西顧之計乎？」藩鎮雄踞一方，而中央朝廷內部也矛盾重重，南衙北司都分別借助藩鎮的實力互相爭鬥，藩鎮也利用南衙北司之間的矛盾擴大自身的實力。結果，南衙北司的衝突變成藩鎮間的軍事征戰。藩鎮間的角逐與南衙北司的爭奪交織一起，整個局勢越來越加複雜。到了這個時候，唐帝國已經名存實亡了。

2 欲挽狂瀾的王叔文

西元八〇五年，唐德宗帶著始終不能削平藩鎮的遺憾死去，太子李誦即位，為唐順宗。

順宗李誦是德宗的長子，以長子身分，於建中元年（七八〇年）正月被立為太子後，當了二十六年太子，是唐朝皇帝中位居儲君時間最長的一位。他當太子時，王叔文和王伾為東宮侍讀。這二人，王叔文棋術高明，王伾擅長書法，時稱「二王」。二王常與太子李誦議論時政，很得他的信任。尤其是王叔文，對太子勸善改過，勤於匡扶調護。

王叔文，越州山陰（今浙江紹興）人。為人機智多計，明治國之道。柳宗元稱他堅明直亮，有文武謀略。王叔文下得一手好棋，時人認為這與他胸懷謀略有關。德宗因他讀書明道，棋下得好，命他到東宮侍奉太子李誦。王叔文「待詔禁中，一共十八年」，與太子朝夕相處。他胸有大志，立志「復興堯舜孔子之道，為民謀取安定」，一有機會就與太子談天下大事，議論民間疾苦。在王叔文的影響下，太子李誦關心朝政，比較了解民間疾苦，對種種時弊很為不滿，頗有改革之志。

德宗晚年寵信宦官，派宦官當宮市使，負責在長安城中為宮廷購辦日用貨物。宮市使下置有數百小宦官，專門到宮外採購宮裏需要的東西。這些太監見到老百姓在市上出賣貨物，只要他們需要，就強行購買，只付十分之一的價錢。後來，索性派了幾百個太監在街上瞭望，看中了什麼，搶了就走，叫做「白望」。這種光天化日之下公開搶奪的行為讓老百姓受害很大。大詩人白居易有首《賣炭翁》，就是專門揭露宮市的黑暗。

長安還建有「五坊」，專門替皇帝養鵰、鶻（音ㄍㄨˇ，同古）、鷂、鷹、狗。在五坊當差的宦官叫做五坊小兒。這些人平時無事可做，就四處敲詐勒索錢財。他們將鳥網張在百姓家的門口或者井架上。百姓在家門口進出，或者到井裏去打水的時候，難免會碰到鳥網。五坊小兒就說是這家百姓嚇走了供奉皇帝的鳥雀，直到這家人出錢賠禮，他們才肯善罷甘休。五坊小兒常常在酒店裏大吃大喝，吃得醉醺醺的，臨走時，非但不付錢，還要留下一筐蛇，說這蛇是用來捉鳥雀供奉皇帝的，叫店家好好飼養。店家無奈，只得賠錢賠禮，苦苦哀求五坊小兒把蛇帶走，五坊小兒才把蛇筐帶走。

宮市和五坊小兒如此胡作非為，引起了長安百姓的痛恨。百姓們驚懼怨恨，畏之如盜，遠近喧騰，商旅將絕。有些血性的百姓不堪忍受，在宦官白望時，奮起反抗，甚至發生了流血衝突。

有一次，有個農夫用毛驢馱著柴禾從皇宮外路過，宦官攔住他，聲稱宮市要買下他的柴禾。宦官不但不給農夫錢，還向他要跑腿錢。這農夫是個烈性子，大聲說：「我上有父母，下有兒女。全家人就等著柴禾換錢買米下鍋。你拿走了我的柴禾，卻不給錢，我全家只有死路一條了。」於是站在大街上痛罵宦官，結果被巡邏的官吏抓住。官吏將這件事報告了德宗。德宗下詔廢黜了那名宦官，補償給農夫十匹絹。即便如此，宮市的不法行為依舊進行。

諫臣、御史紛紛上疏，請求德宗廢除宮市。然而，正是德宗創造了宮市，他如何肯輕易廢除。徐州刺史張建封上朝時，向德宗詳細地講述了宮市的弊端。德宗有所心動，同意考慮張建封的意見。然而，當德宗徵求判度支蘇弁的意見時，蘇弁秉承宦官的意思，對德宗說：「京師遊手萬家，無土著生業，仰宮市取給。」（《資治通鑒．卷第二百三十五》）意思是說，京城裏有許多人遊手好閒，沒有謀生手段，需要仰仗宮市供給。德宗相信了蘇弁的話，以後再有大臣勸諫宮市的，一律不聽。

有一次，太子李誦與侍讀們在東宮議論宮市。太子一時激憤，怒氣沖沖地說：「我見了父皇，當極力勸諫這件事。」侍讀們眾口稱讚，都說太子賢明。只有王叔文一人沉默不言，不表態。

太子對此感到很奇怪，等到眾人都退走後，特地叫王叔文留下，問他：「你不是常談起宮市的壞處嗎?但剛才我們議論，先生卻一言不發，這是為什麼?」王叔文回答：「叔文蒙太子信任，有所見解，哪敢不說出來。但本朝制度，太子的職任，只應當關心皇上的寢食安否，不准干預宮外的事。皇上在位已久，如果有人乘機挑撥離間，說殿下收攬人心，皇上懷疑起來，殿下要辯白也難了!」

原來德宗猜忌心很強，又性情急躁，剛愎自用，即便是對自己的親生兒子也不例外。貞元三年（七八七年）八月，郜國大長公主之獄發。郜國公主為肅宗之女，她與丈夫蕭升所生之女是為太子李誦妃。蕭升死後，郜國公主與彭州司馬李萬私通，還與太子詹事李昪、蜀州別駕蕭鼎等一些官員暗中往來。有人向德宗告狀，說郜國公主「淫亂」的同時，還行厭勝巫蠱之術。德宗大怒，幽禁郜國公主，杖殺李萬。郜國公主的親生兒子和李昪、蕭鼎等人都被流放。就連毫不知情的太子李誦也因為蕭妃是郜國公主之女而被切責，太子李誦惶恐不安，主動提出與蕭妃離婚。蕭氏隨即被殺死。這件事還沒有完，德宗萌生了廢太子李誦、改立舒王李誼的念頭，幸好宰相李泌力保，李誦的太子位才得保。

太子聽了王叔文這一番話後，才恍然大悟，感泣說：「不是先生提醒，我還想不到這一點。」從此，太子對王叔文更加尊重，極為信任，東宮的一切事情，都依靠王叔文裁量決定。

王叔文深謀遠慮，他讓太子不要大張聲勢，但暗地卻為太子在朝廷中物色有才能的官員，密結人才，為將來太子登基後作準備。

翰林學士韋執誼是長安人，長安韋氏有「宰相世家」的美稱，據說曾出過十四位宰相。不過韋執誼的父親只當過巴州刺史，不算顯達。韋執誼聰俊有才，能詩善文。《新唐書》中稱他「幼有才，及進士第，對策異等，授右拾遺。年逾冠，入翰林為學士，便敏側媚，得幸於德宗」。這段話有褒有貶，既誇獎韋執誼自小聰明過人，年紀輕輕就進士擢第，早入仕途，也暗諷他善於取巧媚上、討好逢迎而受到德宗的寵信。德宗經常與韋執誼歌詩唱和，讓他出入禁中，略備顧問，為朝野所矚目。一次，德宗過生日，李誦獻佛像賀壽，德宗命韋執誼為畫像寫讚文。讚文寫完後，德宗又命太子賜韋執誼縑帛（雙絲的細絹），表示謝意。韋執誼特地到東宮拜謝，太子便趁機對韋執誼說：「學士知道王叔文嗎？他是個偉才。」於是韋執誼與王叔文開始密切相交。

除了韋執誼，王叔文還暗中結交了許多名士，其中著名的有柳宗元、劉禹錫、陸質、呂溫、李景儉、韓曄、韓泰、凌准、陳諫、程異等人。他們和王叔文志同道合，結為知心好友。王叔文也將這些密友推薦給太子李誦，說某某可做宰相，某某有將才，將來都可大用。

劉禹錫，字夢得，彭城（今江蘇徐州）人。祖先為匈奴族，七世祖隨魏孝文帝遷洛陽，改漢姓。出身於官宦世家。貞元九年（七九三年），年僅二十歲的劉禹錫進士及第，後又參加博學宏詞科，榮得高第。他才華出眾，詩文辭章譽滿天下。先在淮南節度使杜佑（**著名詩人杜牧祖父，巨著《通典》作者**）處為掌書記，杜佑升任宰相後，將他也帶到京師。王叔文非常欣賞劉禹錫，讚譽他有宰相之器。

柳宗元，字子厚，河東（今山西永濟）人，世稱柳河東。柳宗元自幼聰慧超人，下筆撰文是思如泉湧。時人評價他的文章為「精裁密緻，燦若珠貝」。他與劉禹錫是同科進士，也是至交好友。參加博學宏詞科以後，被授予校書郎。後經人引薦與王叔文相識，逐漸成為王叔文集團中的核心人物。

劉禹錫和柳宗元都是唐代著名文學家，後來《舊唐書》修撰者歐陽修，否定永貞革新，卻不得不讚賞二人是文學上的「一代宏才」，蘇東坡也稱他們有「高才絕學」。陸質，官左司郎中，歷信、台二州刺史。呂溫為湖南觀察使呂渭子，官左拾遺。李景儉，漢中王李瑀子，進士及第。韓曄，前宰相韓滉族子，有俊才，官尚書司封郎中。韓泰有籌畫，能決大事，官戶部郎中。凌准有史學，官浙東觀察判官。陳諫性警敏，一閱簿籍，終身不忘，官侍御史。程異性廉約，精於吏職，善於理財，貞元末也官為監察御史，累遷他官。

由此可見，王叔文處心積慮建立的這個集團中，確實是人才濟濟。因為是集於東宮，自然是以東宮太子李誦為首。太子李誦最依重東宮故人王叔文、王伾，王伾才不如王叔文，加上相貌醜陋，不會說長安的官話，只會講他家鄉的吳語，所以，王叔文成為這個集團的實際領袖。王叔文最看中劉禹錫和柳宗元。所以後來這群人當政推行永貞革新時，時人稱呼他們為「二王劉柳」。永貞革新失敗後，這個集團當中有八人被貶為外州司馬，所以史書上又稱這個政治集團為「二王八司馬」。

貞元十九年（八〇三年），左補闕張正一上疏言事，得德宗召見。與張正一關係不錯的六、七名官員還一起去張正一處祝賀，大家一起開開心心地吃了個飯。這時候，有人悄悄告訴翰林學士韋執誼，說張正一上疏是要論韋執誼與王叔文結為朋黨一事。於是，韋執誼晉見德宗的時候，上奏說張正一等朋聚為黨，遊宴無度。德宗命人查詢，發現張正一等確實聚在一起過，就將張正一等一道吃過飯的六七人全部遠貶外官。這雖然是一場普普通通的政治鬥爭，但韋執誼的品行也由此可以略見一斑。這件事還充分說明，王叔文的政治集團已經形成了相當的勢力。現在是萬事俱備，只欠東風了。

歷史的發展往往因為偶然性因素的作用而改變走向，正當王叔文集團順利發展時，太子李誦忽然在貞元二十年（八〇四年）九月中風，之後舌頭不聽使喚，講不出話來。老年的德宗又急又氣，李誦也差一點丟掉太子的位置。貞元二十一年（八〇五年）正月初一，皇室按慣例入宮拜賀德宗，只缺太子李誦臥病未到。德宗涕泣悲歎，從此得病不起。不久後，德宗病逝。

因為東宮二王劉柳集團一向與宦官集團不合，宦官心中也很明白。因此，德宗歿後，他們不召翰林待詔王伾、王叔文入宮，而是召翰林學士鄭絪和衛次公。在衛、鄭二人草寫遺詔時，有宦官突然說：「宮中正在議論，還未確定由誰繼位。」這是因為宦官感到太子李誦有自己的勢力，不好支配，所以想改立新帝。當時，在場眾人懾於宦官的權勢，都不敢輕易回答。不過，太子李誦是德宗生前親立的儲君，而且在太子位已經有二十六年，突然改立，有違唐制。衛次公與王叔文等人並無來往，但終於還是仗理直言：「太子雖然有病，但他是先帝長子，內外人心所望，是皇帝合法的繼承人。若是因為太子口不能言，實在不得已，也應當立太子的長子，否則，必定天下大亂。」鄭絪立即附和。宦官另立皇帝的陰謀才沒有得逞。

而太子李誦臥病在床，得知人心猶疑後，立即扶病穿上紫衣麻鞋，從容走出九仙門，召見諸軍使，人心得以稍安。太子李誦在太極殿即皇帝位時，皇宮的衛士還驚疑不定，有人湊上前查看，發現真是太子後，這才說：「真太子也。」眾人喜極而泣。李誦才順利當上了皇帝。由此也可見當時形勢微妙，人心惶惶。

順宗帶病即位後，按理來說，王叔文等人終於可以大展宏圖了，誰也不曾想到，促使德宗而亡的順宗的失聲，也促使了永貞革新的短命。

順宗即位後，王叔文大受重用，被任命為翰林學士。翰林院在金鑾殿西，地近天子，以文詞掌誥敕，兼備待顧問，辯駁是非，典掌縑牘，受命得處理一切事務，一日萬機，權本極重，而順宗實際上又把朝廷決策大權交給了王叔文。

王叔文之所以沒有拜相，據說也是因為他知道自己聲望不夠，不便公開掌握朝政大權，另外薦舉老資格的韋執誼為宰相，而他自己躲在幕後，「內贊畫謀」，指揮定奪。韋執誼也不負王叔文首引他為相的情誼，兩人一在翰林決策，一在中書承行，內外配合，開始推行著名的永貞革新。而歷史上因此又稱永貞革新為「王叔文、韋執誼用事」。

值得注意的是，一直被王叔文稱讚有宰相之器的劉禹錫卻沒有拜相。歷史人物當時的處境和心理，現在已經很難去還原。但順宗即位後，「二王劉柳」集團處在中樞核心權力圈的始終只有二王和韋執誼。就連王伾在順宗登基後，還依舊是翰林待詔的身分，沒有升遷。後來，王叔文為了掌控財政，領了一系列職位，王伾才被任命為翰林學士。北宋王安石在《讀柳宗元傳》中感歎說：「我看八司馬，都是天下的奇才。」唯獨沒有提集團中的核心人物——王叔文和王伾。這從另一方面說明，二王確實是才幹不夠。但八司馬中卻沒有一人進入中樞領導層。由此可以推斷，王叔文不推薦劉禹錫入相，不推薦八司馬入中樞，多少是有點私心。他在東宮十八年，看多了官場的爾虞我詐和宮廷權術，絕對是要為他自己考慮的。他有改革的宏願，卻不願意他人功在自己之上。這其中的種種微妙之處，絕非一言一語所能說清。歷史上許多胸懷大志、渴望建功立業的人物，都有這樣微妙的心思。

一開始，王叔文充分發揮了他堅決果斷、注重效率的辦事才幹，革除了宮市、五坊小兒等虐政、弊政，史稱「市里歡呼」，「人情大悅」。這些改革內容，都是人心所向，也就使永貞革新取得了民心和民間輿論的支持。

在此基礎上，王叔文與革新集團謀議後，繼續將革新推向深入。

首先是集中財權。王叔文認為錢糧是國家最大的根本，只要掌握了財政及鹽鐵利權，就可以制約藩鎮割據勢力，加強中央集權。為此，王叔文提升浙西觀察使李錡為鎮海節度使，解除了李錡兼領的鹽鐵轉運使，表面是升職，其實是削奪李錡的利權；加檢校司空、同平章事（宰相）杜佑為度支及諸道鹽鐵轉運使，這實際上是把鹽鐵利權收歸中央直接掌握的措施。兩天之後，王叔文自任為度支、鹽鐵轉運副使。杜佑雖領使名，其實鹽鐵大權全由王叔文專掌。

第二是要裁抑藩鎮。自安史之亂後，藩鎮勢力根據一方，根本不把朝廷放在眼裏，氣焰十分囂張。劍南西川（今四川成都）節度使韋皋曾派他的部屬劉辟來見王叔文，要求兼領三川（**劍南東西兩川和山南西道合稱三川**）節度使，還威脅說，如果不答應，就要給王叔文顏色瞧。王叔文怒不可遏，當場予以拒絕，還準備殺掉劉辟，以警示韋皋。因為韋執誼的竭力反對，才沒有動手，但劉辟卻嚇得屁滾尿流而逃。韋皋由此也懷恨在心，暗中招兵買馬，心懷異志，企圖用武力奪取三川。中央朝廷和地方節度使之間的矛盾，由此可見一斑。

最後是要奪取宦官兵權。這是打擊和剷除宦官勢力的重要部署。宦官集團是永貞革新的主要目標，也是永貞革新的最大阻力，而且還是不少藩鎮的後臺。宦官勢力之所以權勢顯赫，就當時說來，主要十五萬神策軍（**禁軍**）的統率權掌握在宦官手中，宦官還在任各地藩鎮監軍，有監軍使的大印，一定程度上掌握著地方兵權。因此，能否戰勝宦官集團是永貞革新的成敗關鍵，而能否剝奪宦官的兵權，又是關鍵中的關鍵。

對此，王叔文先任命右金吾大將軍范希朝為右神策統軍，充左右神策、京西諸城鎮行營兵馬節度使，接管宦官手中的兵權。但是那些神策軍將領大都是宦官的親信。范希朝去接管人馬的時候，一些將領根本不理睬他。范希朝只好空手回來了。這是前朝制度使然，王叔文事先也沒有計劃周詳。他有開拓的勇氣和決心，卻沒有與之匹配的才幹和名望，這也是他為什麼不直接任宰相，而必須與韋執誼合作的根本原因。

王叔文謀奪宦官兵權的計畫輕而易舉地失敗了，他這個失敗，給永貞革新留下了後患。就在這個時候，革新派內部也開始了分化。

剛開始，革新派集團內部日夜群聚，關係融洽無間。王叔文作為革新派的核心和實際領袖，很尊重眾人的意見，經常引劉禹錫、柳宗元、呂溫等人入翰林，共同謀議，言無不從。王叔文與韋執誼也友善相處，常到中書，與韋執誼共進午餐，計議政事。

有件事可以說明。順宗即位後不久，有一天眾宰相（唐朝是多宰相制）在中書省一起吃飯，王叔文來找韋執誼。「宰相會食，百官無敢請見者」。但韋執誼聽見王叔文來了，趕快出去，宰相鄭珣瑜、杜佑、高郢於是停下來，打算等韋執誼回來再一起吃。一會兒，小吏來說：「韋相公和王叔文已經一起吃飯了。」眾宰相感覺被怠慢了，鄭珣瑜尤其感到傷了自尊心，於是歎道：「吾可復居此乎！」（《新唐書・卷一百六十五・鄭珣瑜傳》）便起身回家，在家裏七天不出來視事，由是罷相。鄭珣瑜自然不是計較一頓飯，而是因為他看不慣王叔文當權、反對革新。由此也可見。

王叔文與韋執誼之間的友誼並沒有持續太久，二人逐漸意見不合，裂痕越來越大。當時，高郢、杜佑等人都位居宰相，堅決反對革新。有人退職，有人罷工，由此來表示與王叔文集團的不合作。而韋執誼剛好處在兩派的中間，倍受壓力，本來就不堅定的他便開始首鼠兩端起來。而朝中更是有流言紛紛，說他韋執誼沒什麼本事，全是靠了王叔文才當上宰相。雖然事實確實如此，韋執誼卻感到臉上無光，從此在許多公開場合開始故意與王叔文唱反調，表示他跟王叔文有矛盾。

這時候，御史竇群上奏，攻擊劉禹錫挾邪亂政，不應在朝。尤其令人震驚的是，竇群還上門找到王叔文，惡言相向，公開威脅，讓他要考慮以後的下場。因為影響極為惡劣，王叔文等人商議，決定罷去竇群的官。只有韋執誼說竇群有倔強正直之名，極力阻止。宣歙巡官羊士諤公然反對王叔文，攻擊革新。王叔文大怒，要下詔斬羊士諤。韋執誼以為不可。王叔文改為杖殺，韋執誼仍以為不可，不予承辦。最後，王叔文只好再改為貶羊士諤的官。

若是真的不同政見倒也罷了，韋執誼表面反對王叔文的決定，暗中又派人去向王叔文解釋，說這是委曲求全，幫助革新成功。這分明表明他時時標歧立異是故意為之。王叔文大怒，對人品如此低劣的人深惡痛絕。從此，二人開始結仇，勢同水火，就連奉命往來兩人門下的人都感到十分害怕，生怕遭到殺身之禍。

在這樣的情況下，反對革新的敵對勢力勢力乘隙而入。當時，順宗的病情加重，不能與大臣奏對，只能偶爾由人扶著上殿，成了僅供群臣瞻望的擺設。朝廷內外對此非常擔心，便希望早立太子，以安人心。宦官不僅掌握著禁兵，而且控制了宮廷，於是宦官俱文珍、劉光琦召翰林學士鄭絪、衛次公、王涯、李程等入宮，起草立太子冊文。不久，就正式立順宗長子李純為太子。

王叔文已經預料時局的發展對自己不利，但卻無可奈何，總是吟誦杜甫《題諸葛亮祠堂詩》：「出師未捷身先死，常使英雄淚滿襟。」表示憂憤之心，因感慨而歔欷泣下，「人皆竊笑之」。

就在正式冊立太子的當天，反對派太常卿杜黃裳（韋執誼的岳丈）訓勸韋執誼，要他率領文武百官奏請由太子李純監國，其實就是要逼迫順宗退位交權。當時韋執誼與王叔文的關係還未惡化，韋執誼自然沒有同意。

不久，劍南西川節度使韋皋見朝政混亂，打算渾水摸魚，立即以順宗有病為名，上表請太子李純監國。緊接著，荊南（今湖北江陵）節度使裴鈞、河東（今山西太原南）節度使嚴綬也上了同樣的奏表，頻頻向順宗施加壓力。這些人都是割據一方的實權人物，手握重兵，唐中央朝廷平時也不敢輕易得罪他們。

與此同時，宦官用順宗的名義，下制書削去了王叔文的翰林學士的職務。王叔文一見制書，就知是陰謀，大為吃驚，說：「我天天要到翰林院商量公事，不帶此職，如何進去！」他覺得大勢將去，革新前途岌岌可危。但並沒有束手無措，而是由王伾代他再三疏請，最後才爭取到每隔三五日可入翰林院議事，不過翰林學士之職卻永遠失去了。

巧的是，王叔文的母親突然在這時候病死。古時遭父母之喪，稱為丁憂。按照慣例，在朝為官者，逢丁憂要去職回鄉，為父母守墓盡孝。至此，王叔文離開核心權力中心已經不可避免，大局已定。王叔文心力交瘁，但他卻還是不肯輕易放棄，希望做最後努力。他在翰林院設下盛宴，請諸學士及宦官俱文珍、劉光琦等共飲。席上，他理直氣壯地說：「我近年盡心戮力，不避危難，興利除害，都是為了國家。一旦離去職位，各種誹謗一定會交錯而來，到那時誰肯說一句公正話？」結果，話不投機，酒過數巡，不歡而散。第二天，王叔文丁憂去職。

王叔文一旦去職，革新派就失了核心。韋執誼更是公開與集團分裂。倘若之前是劉禹錫而不是韋執誼拜相，或許事情尚有迴旋的餘地。可歎！

此時，只剩下王伾一個人在翰林院中，要見到順宗也相當困難。他還在盡最後的努力，試著通過宦官上疏給順宗，但始終沒有結果。因為宦官掌控著皇宮的出入，加上握有禁兵的兵權，實際上完全掌控了皇帝。一個皇宮出入權，一個禁兵兵權，都是重中之重。這也是為什麼甘露之變中文宗處心積慮，仍然敵不過宦官勢力的根本原因。

不久，王伾意外中風，失去了行為能力，於是宦官勢力開始全面反撲。俱文珍等不斷逼迫順宗交權，讓太子監國。貞元二十一年（八〇五年）七月二十九日，順宗被迫把軍國政事全部轉交給太子治理。但即使這樣，俱文珍等還不滿足。八月初四，順宗又被迫下詔禪讓皇帝位給太子，自稱太上皇。八月初五，順宗徙居興慶宮，改元永貞。至此，順宗正式結束了他的皇帝生涯，在位僅僅八個月，成為唐朝歷史上在位時間最短的皇帝。

還沒等到太子李純正式即位，宦官勢力就迫不及待地開始對革新派進行全面清算。八月初六，貶王伾為開州司馬，王叔文為渝州司戶。八月初九，太子李純在宣政殿即位，是為憲宗。接著一貶再貶韋執誼為崖州司馬，韓泰為虔州司馬，韓曄為饒州司馬，柳宗元為永州司馬，劉禹錫為朗州司馬，陳諫為台州司馬，凌准為連州司馬，程異為郴州司馬，是為「八司馬」。八司馬貶所都在邊遠之地。陸質先已病死，李景儉守喪在家，呂溫出使吐蕃未還，未及於貶。王伾因為早已經有病在身，不久就死在貶所。

王叔文等人當政一百四十六天，永貞革新在激烈的鬥爭中完全失敗，革新派以淒涼的結局收場。更令人難過的是，後來修撰史書的人，對革新派的作為多有攻訐，尤其是「二王八司馬」中的二王，連品行都受到了詆毀。

總而言之，西元八〇五年是個極不平靜的年頭。德宗於貞元二十一年正月二十三日崩，順宗即位，至同年八月初四順宗退位，憲宗嗣位，皆用貞元年號，未改元。八月初五，順宗始以太上皇「誥」改稱永貞元年。所以，這一年有三個現任皇帝，兩個年號。

好不容易過了年，永貞革新的餘溫尚未完全冷卻。正月初一，憲宗改元和。正月十九日，順宗在孤寂中病死於興慶宮，年僅四十六歲。

關於順宗的死因，時人頗覺可疑。正月十八日，順宗死前一天，憲宗突然莫名其妙地下了一道制書，宣稱太上皇「舊恙愆和」，意思是說舊病沒有治癒，而憲宗自己要「親侍藥膳」，所以暫時不聽政。結果第二天，順宗就被宣布死於興慶宮。因此有人認為順宗其實早就死了，憲宗先下制書，就是要掩蓋真相，卻不料起到了欲蓋彌彰的相反效果。

不久後，憲宗賜王叔文死。一個胸懷扭轉乾坤大志、有心力挽狂瀾的革新家，默默地被處死在長江邊上的渝州（今四川重慶），時年五十四歲。

柳宗元、劉禹錫等雖然被貶出京城，但對於失敗卻是很不甘心的。元和十年（八一五年）正月，劉禹錫與柳宗元等人一起奉召回京。次年三月，劉禹錫寫了《自朗州召至京，戲贈看花諸君子》一詩：

> 紫陌紅塵拂面來，無人不道看花回。玄都觀裏桃千樹，盡是劉郎去後栽。

詩中表達出他雖被貶斥而終不屈服，蔑視權貴而抗輕祿位的品格，結果因此而得罪朝中新貴顯臣（主要是武元衡）。他與柳宗元二月到長安，三月便宣布改貶。柳宗元改貶為柳州（今廣西柳州）刺史，劉禹錫為播州刺史。雖然由司馬升為刺史，但所貶之地比原來更僻遠更艱苦。柳宗元想到播州比柳州還要艱苦，而劉禹錫還有八十多歲的老母隨身奉養，便幾次上書給朝廷，要求與劉禹錫互換。後來因有人幫忙，劉禹錫改貶連州刺史，柳宗元這才動身向柳州。在患難之中，兩位大文學家表現出難得可貴的友情。

〈武元衡也是個傳奇人物，他有幾大傳奇點。一是身世，他是武則天曾侄孫；二是不拘小節，著名妓女薛濤所得「女校書」的稱號，就是他向唐朝廷奏請；三是結局，他最後離奇地被刺殺，成為唐朝歷史上唯一一個被刺而死的宰相。關於刺殺事件的背景，在下篇還會詳述。〉

劉禹錫後來又擔任過夔州刺史、和州刺史。這些地方都相當偏遠，在當時屬於蠻俗之地。正是在此期間，劉禹錫「依騷人之旨，倚其聲作《竹枝詞》十餘篇」，其中就有著名的「東邊日出西邊雨，道是無晴（情）卻有晴（情）」。（事見《全唐詩·詩人小傳》）

後來，劉禹錫重新被召回，回朝任主客郎中。他一到長安，就寫了《再遊玄都觀絕句》：

百畝庭中半是苔，桃花淨盡菜花開。種桃道士歸何處，前度劉郎今又來。」

表現了屢遭打擊而始終不屈的意志。白居易評論劉禹錫的詩說：「彭城劉夢得（劉禹錫的字），詩豪者也。其鋒森然，少敢當者。」

3 被刺殺的大唐宰相

武元衡，字伯蒼。緱氏（今河南偃師東南）人。武則天曾侄孫。德宗建中四年（七八三年）登進士第。歷官監察御史、華原縣令、比部員外郎、右司郎中、御史中丞。憲宗即位後任宰相，因力主削藩，遭藩鎮忌恨。元和十年六月三日早朝時，為刺客暗殺。

而另一宰相裴度，與武元衡同日遭遇刺殺，倖免於難。裴度字中立，河東聞喜（今屬山西）人。祖父裴有鄰，曾為濮州濮陽令。父裴溆，為河南府澠池丞。貞元五年（七八九年），裴度進士及第，登宏詞科，補校書郎。後又應制舉賢良方正、直言極諫科，對策高第，授河陰縣尉。不久，升為監察御史，因疏論權幸，言辭激烈忤旨，遂被貶為河南府功曹參軍。武元衡主事西川，表奏裴度掌節度府書記。又召為起居舍人。元和六年（八一一年），以司封員外郎知制誥，不久轉本司郎中。裴度是晚唐重臣，歷仕憲、穆、敬、文四朝。他在憲宗朝時平定了淮西吳元濟叛亂，這是他一生中最大的功績。

事情還要從憲宗登基時說起。永新革新失敗後，但唐憲宗李純即位後，卻萌生了振興唐帝國的意願。當時，唐憲宗被迅速立為皇帝，方式極不尋常，完全是宦官和藩鎮聯合起來反對永新革新的結果。然而，誰都不會想到，自安史之亂以來藩鎮雄踞一方的固瘤，竟然會在憲宗手中得到解決。後世史學家將唐憲宗與著名的唐太宗和唐玄宗相提並論，唐太宗有貞觀之治，唐玄宗有開元盛世，而唐憲宗之所以能獲得較高評價，則完全是因為他取得了元和削藩的巨大成果。從上面講述的憲宗即位的經過看來，這似乎有些不可思議。

憲宗原名李淳，為順宗長子，被立為太子後改名為李純。李純小時候相當機智聰明。曾經有一次，祖父德宗抱著李純，故意逗他：「你是誰家的孩子，怎麼會在我的懷裏？」李純回答：「我是第三天子。」這一回答頓時語驚四座。李純是德宗的長孫，按照祖、父、子的順序，確實是「第三天子」。不過，這樣的說法也是聞所未聞，從一個孩子口中說出來，就格外新奇而有趣了。德宗由此對李純更加偏愛。德宗即位初期，試圖復興大唐，削平藩鎮，結果狼狽地失敗了。此後朝廷對藩鎮一味姑息，有求必應。沒想到，祖父的志向，竟然在孫子手中實現了。

李純幼年時遭逢了著名的「涇原兵變」，德宗皇帝被迫逃出長安，李純也在逃難的隊伍當中。當時他年紀雖小，正是懵懂之時，但顯然戰亂給他的印象相當深刻，他幼小的心靈中必然埋下了深恨藩鎮的種子。所以，憲宗一當上皇帝，立即開始不遺餘力地剷除藩鎮割據勢力。

順便提一句，憲宗的皇后郭氏是名將郭子儀的孫女，為升平公主（代宗女）和郭子儀幼子郭曖所生（即著名的《打金枝》的主角）。其實按輩分來說，憲宗還比郭皇后低了一輩。不過唐朝風氣開放，也沒有人去計較這些。

元和元年（八〇六年）正月，憲宗改元還沒有幾天，西川節度副使劉辟（**即先前差點被王叔文殺掉的那位**）趁西川節度使韋皋（**前面提過的磨刀霍霍的那位**）暴病身死，自任為留後，擅自接手西川事務。如此，劉辟還不滿足，上書憲宗，要求兼領三川節度使。憲宗沒有同意。劉辟乾脆就打算用武力解決，發兵往梓州（今四川三台），攻克梓州，逮捕東川節度使李康，並打算任命自己的親信盧文若為東川節度使。

憲宗得知消息後勃然大怒，立即想要興兵討伐劉辟。但此時他新登皇位，根基未穩，還有許多顧慮，不敢輕易用兵。朝議時，群臣也認為四川地勢險要，易守難攻，不應該輕易發兵。只有宰相杜黃裳（韋執誼岳父）堅決主戰，慷慨激昂地說：「劉辟不過是一個狂戇書生，朝廷取之如拾草芥。臣知神策軍使高崇文勇略可用，願陛下專以軍事委之，不要置監軍，一定能打敗劉辟。」翰林學士李吉甫也力主討蜀。

憲宗聽了覺得很受鼓舞，因為在他內心深處，始終不能忘記藩鎮戰亂的禍害。於是，唐朝廷派左神策行營節度使高崇文率五千人馬為前鋒，神策京西行營兵馬使李元奕率二千人馬繼後，會同山南西道節度使嚴礪，三軍共同討伐劉辟。

高崇文當時正在長武城（今陝西長武西北）練兵。他治軍有方，常備不懈，詔令一下，立即出發，器械糧草，一無所缺，令人十分驚歎。正月二十九日，高崇文出斜谷（今陝西太白），李元奕出駱谷（今陝西佛坪），一同進軍梓州。

二月，山南西道節度使嚴礪旗開得勝，先攻克劍州（今四川劍閣），斬劉辟一方的刺史文德昭。

三月，高崇文率軍從閬州（今四川閬中）進發梓州。在行軍途中，有個士兵在餐館吃飯時，不小心將店主人的筷子折斷了，高崇文便將這個士兵斬首示眾。由此可見高崇文對軍紀要求之嚴格。正因為如此，他的軍隊才能保持良好的戰鬥力。

梓州當時駐防的是劉辟心腹將領邢泚。邢泚見唐軍勢大，又聽說過高崇文的厲害（高崇文少年時跟隨夏綏節度使韓全義征戰，曾以三千人大破吐蕃軍三萬，且敵人死者過半），立即不戰而逃。高崇文兵不血刃地進駐梓州。
有了前面兩場勝利，劉辟也開始害怕起來，想跟唐朝廷講和，並放回了之前被他逮捕的東川節度使李康，要求李康回去為他多說好話，「以求自雪」。李康回到梓州後，也確實為劉辟美言了幾句。大概正因為李康如此沒有骨氣，激怒了高崇文。高崇文以李康丟城被俘、是敗軍之將為由，將他斬首示眾。
唐朝廷隨即任命韋丹為新一任的東川節度使。韋丹到達漢中後，觀察了形勢，給朝廷上表說：「高崇文帥兵遠來，沒有資糧，如果與其梓州，必能有功。」於是唐朝廷封高崇文為東川節度副使，知節度事。大戰隨即開始。
劉辟見求和無望，在鹿頭關（今四川綿竹東）築城，連設八道柵欄，屯兵萬餘人。但這道防線很快被高崇文攻破。劉辟又在關東萬勝堆設置柵欄，被高崇文部將高霞寓攻破。高崇文每戰皆勝，所向披靡。九月二十一日，高崇文攻克成都。劉辟和心腹盧文若只數十騎往西逃走，打算去投奔吐蕃。高崇文部將高霞寓率軍窮追不捨，劉辟被生擒，盧文若投水自殺。
高崇文進入成都後，休息士卒，秋毫無犯。而且只殺了劉辟的大將邢泚及館驛巡官沈衍二人，其餘官員都不問罪，由此人心大安。劉辟被送到長安處死，滅族。這場持續了八個月的叛亂被順利平定。
之後，憲宗下制割資州（今四川資中）、簡州（今四川簡陽）、陵州（今四川仁壽）、榮州（今四川榮縣）、昌州（今四川榮昌）、瀘州（今四川瀘州）等六州隸於東川，以高崇文為西川節度使，以嚴礪為東川節度使。

同年三月，夏綏楊惠琳擁兵抗拒朝廷任命的新夏綏節度使上任。之前，原夏綏節度使韓全義入朝時，以其外甥楊惠琳為夏綏留後。宰相杜黃裳認為韓全義出征無功，驕橫不遜，將其解職，並任命了新的夏綏節度使。但夏綏的楊惠琳自負手中有支人馬，抗不移交權力。河東節度使上表請求征討楊惠琳，軍隊尚在調遣之中，夏綏將士已感到莫大的軍事壓力。不久，夏綏內部發生兵變，楊惠琳被殺，他的頭顱被送到京城。憲宗沒費吹灰之力就解決楊惠琳之叛。

自安史之亂結束後，藩鎮割據局勢形成，到憲宗時，已經延續了一百多年。沒想到憲宗一即位，就派兵討平了西川、夏綏兩地的叛亂，藩鎮大為震動，再也不敢像從前那樣小覷朝廷，紛紛派使者入朝，表示對朝廷的忠心和臣服。

當日德宗削藩鎮失敗，是因為德宗太急不可耐。而朝廷本身沒有兵力去對付藩鎮，只能以藩削藩。德宗匆忙上陣，讓藩鎮擔心會被各個擊破，於是聯合起來抗命。而憲宗的削藩，仍然不出以藩削藩的套路，不過行動更顯穩健，沒有出現兩線作戰的情況，因此避免了祖父的前車之鑒。而此時的藩鎮，也沒有像在德宗削藩鎮時那樣形成一個聯合體，來對抗朝廷。另外，德宗以儉樸吝嗇著稱，皇帝小氣，就能節餘不少財政收入，是以憲宗初登皇位，尚有足夠的軍費能夠供朝廷支出。這兩點，是憲宗能一舉削平西川、夏綏兩地的兩個根本原因。

鎮海節度使李錡心中不自安，也請求入朝覲見。當時中央朝廷的威信達不到東南，憲宗認為這是個好機會，如果李錡入朝，可以大大提高朝廷的威望，便同意允許李錡入京。然而，李錡並沒有誠意來京，便一再拖延行期，最後以生病為藉口，請求年底再入朝。

宰相武元衡對此深為不滿，對憲宗說：「李錡請求入京朝見就允許他朝見，請求不來朝見就允許他不來，這樣下去，靠什麼去對全國各路兵馬發號施令呢？」憲宗認為此話在理，於是就下詔徵召李錡進京。李錡見朝廷反覆催促，心中更加恐懼，生怕一到長安就被謀害，卻又無計可施，終於起兵謀反。

憲宗正打算派淮南節度使前去討伐，李錡屬下部將張子良等人料定李錡要失敗，不願受到牽累，便合謀擒住了他，將其押送到長安。李錡和他的兒子都被處死。鎮海叛亂由此而平。

李錡是宗室子孫，雄踞東南多年，橫徵暴斂，家產無數。唐朝廷抄了他的家後，打算將這些財寶全部運到長安。翰林學士李絳極有遠見，向憲宗進言說：「李錡盤剝六州百姓，使得自己富有。現在不如把這些財產賜給浙西的百姓，用來取代他們今年的賦稅。」憲宗此時正銳意進取，立即同意了李絳的建議。鎮海地區的百姓聽說後，為之沸騰。從此，人心都感激唐朝廷。

平定李錡後，唐朝廷直接派出了節度使，改變了地方上擁立主帥的舊例。而西川、夏綏、鎮海三鎮平定，則極大地增強了憲宗進一步削平藩鎮的信心和決心。當時，宰相武元衡和御史中丞裴度都是主削除藩鎮、平定割據勢力的代表人物。之後的征戰卻是有勝有負。

元和四年（八〇九年），成德節度使王士真（王武俊長子）死，其子王承宗自為留後。憲宗決意革除藩鎮世襲制，決定興兵討伐，但卻任命宦官吐突承璀為統帥。自安史之亂以來，歷朝唐代皇帝猜忌將領，已經成為一個通病。因為有魚朝恩之類的前車之鑒，大臣以白居易為首，群起反對。憲宗固執已見，再一次犯了他祖先曾犯過的錯誤。結果可想而知，各路將領不服吐突承璀，根本不聽他的號令，戰況完全陷於被動。憲宗也因此遭受了削藩鬥爭中第一次重大挫折，討伐王承宗的二十萬唐軍無功而還，唐朝廷不得不被迫任命王承宗為成德節度使。

吐突承璀回京師後，翰林學士李絳等人據理力爭，要求懲辦吐突承璀。憲宗不得已，貶吐突承璀為軍器使。不久，吐突承璀因受賄被揭發，貶作淮南監軍。

元和六年（八一一年），憲宗起用李絳為宰相。李絳有才幹且正直，朝廷面貌一新，有了振作的氣象。當時，正逢魏博節度使田季安病死，田季安子田懷諫只有十一歲。部分朝臣主張趁機對魏博用兵，李絳卻堅決反對。他認為田懷諫年紀幼小，不能主持軍政，魏博鎮不久將會發生內訌。新一輪權力鬥爭結束後，新魏博主會主動歸順朝廷。果然，次年，魏博鎮內訌，將士擁立田興為留後。田興舉魏博鎮六州土地歸順唐朝廷。唐憲宗大喜，由此更加信任李絳。但是不久後，憲宗又開始疑忌李絳的才智。元和九年（八一四年），李絳罷相，憲宗重新召回吐突承璀。

元和九年（八一四年），淮西節度使吳少陽（吳少誠的義弟）死，兒子吳元濟自任留後。淮西一鎮僅有蔡（今河南汝南）、申（今河南信陽）、光（今河南潢川）區區三州之地，周圍都是唐朝州縣，勢孤力單。而淮西歷來對唐朝廷態度不恭順。從吳少誠開始的三十多年中，淮西屢叛屢降，共造反十多次。憲宗早就不能容忍，便拒絕了吳元濟繼承淮西節度使的要求。吳元濟於是縱兵劫掠，公開與唐朝廷叫板對抗。吳元濟佔據的蔡州（今河南汝南）一帶三個州，地方不大，但逼近東都洛陽，地位十分重要：從蔡州東北推進，還可以控制汴州（今河南開封），切斷運河交通，威脅唐朝的漕運。因此，這次叛亂，成了唐朝廷的心腹大患。此外，各地藩鎮對唐中央朝廷的態度都是模棱兩可，在臣服和叛亂之間徘徊，因此，朝廷如何對待吳元濟，將直接影響到其他藩鎮對唐朝廷的態度。

元和九年（八一四年），憲宗以山南東道節度使嚴綬為元帥，率兵十六道，舉起了討伐淮西的大旗。但嚴綏私心極重，對敵不思進取，對內賄賂宦官，結為內援，導致唐軍作戰一年，毫無功績可言。吳元濟也使出兩面派手段，一面堅決抵抗，一面派使者向平盧節度使李師道（李正已的後代）和成德軍節度使王承宗求救，請求他們向朝廷上書，赦免淮西。

李師道、王承宗雖然以前與吳元濟不和，但此時也清醒地意識到：若唐朝廷滅了淮西，下一個目標很可能就是自己。為了自身利益，他們立即上表，「請赦元濟」。但此時憲宗決心已下。於是，李師道和王承宗表面上支持憲宗討伐淮西，暗中卻開始支持吳元濟。當時，各地藩鎮都養有幕僚，根據幕僚獻策，李師道派部隊二千人奔赴壽春（今安徽壽縣），聲稱幫助官軍，實際是為了援助吳元濟。為了策應吳元濟，李師道派人招募數百惡人，攻入河陰轉運院，燒掉錢財布帛三十多萬緡匹，穀三萬餘斛，給唐軍的補給造成了極大困難，造成人心恐慌

李師道又派人潛入京城，預謀刺殺朝廷中主戰最力的宰相武元衡和熟悉淮西戰況的御史中丞裴度。如果這兩個人死了，其他朝臣必不敢再言用兵。

元和十年（八一五年）十年六月初三清晨，天色尚未大亮，武元衡出門上朝。剛剛走出靖安坊東門，突然有名刺客躲在暗處用箭射中武元衡，武元衡隨從一哄而散。刺客上前牽著武元衡的馬匹走出十多步以後，從容地將他殺死，砍下他的頭顱而去。

（武元衡還是唐朝著名詩人。他早年曾落第失意，所寫詩歌如《寒食下第》、《長安敘懷寄崔十五》、《行路難》等，往往嗟病歎貧，抒發牢騷不平之氣。後仕宦顯達，所寫詩歌，多屬官場酬贈之作。少數作品如七律《送崔判官使太原》、《送張六諫議歸朝》、《酬嚴司空荊南見寄》等，感情深厚，辭氣挺拔，對同僚於推挹褒獎之際時以國事、德行相勖勉，與一般應酬之作有所

不同。他出鎮巴蜀時所作的詩歌，或抒寫報國豪情，或寄託羈旅行役之思，都真切感人。其詩藻思綺麗，琢句精妙。張為《詩人主客圖》將武元衡奉為「瑰奇美麗主」。〉

隨後，刺客又入通化坊刺殺裴度。裴度頭部被刺傷，不過他當時戴著官帽，具有一定的防護作用，創口不深。刺客還要追殺時，裴度隨從王義將刺客從後面抱住，大聲呼救。刺客回身先砍斷了王義手臂，然後再去追殺裴度。剛好這時候，裴度摔進了溝中，刺客以為裴度已死，這才停止追擊，從容逃走。裴度因而倖免於難。

一天之內，兩名朝廷重臣一死一傷，這在唐朝歷史上是絕無僅有的驚天大案，駭人聽聞。京城聞訊大驚。憲宗緊急下詔，以後宰相出入由金吾騎兵護送，宰相所過之地，行人必須迴避。儘管如此，恐怖氣氛還是悄然籠罩了全城，朝臣天不亮都不敢出門。

尤其可笑的是，刺客膽大包天，在金吾衛與京兆萬年、長安兩縣留下紙條，威脅說：「毋急捕我，我先殺汝。」（《資治通鑑·卷二百三十九》）意思是說，不要忙著捉拿我，否則我先將你殺死。負責破案的官差竟然因此被嚇唬住了，都不敢輕舉妄動。兵部侍郎許孟容晉見憲宗，大哭說：「自古以來，沒有發生過宰相被人在路旁殺害、盜賊卻不能捕獲的事情，這是朝廷的恥辱啊！」憲宗深受觸動，立即下詔，凡擒獲刺客者賞錢一萬緡，授五品官，敢隱匿者，族誅。

京城隨即展開了大搜捕，無論是公卿還是貴戚，家有夾牆、重層者，無一例外。果然重賞之下，必有勇夫。不久後，神策將軍王士則等捉拿到五名刺客，全部被斬首示眾。

刺殺事件後不久，李師道手下一名士兵突然到東都洛陽留守府告變，說李師道已秘密派人潛入洛陽，預謀叛亂。原來李師道早已經陸續派人潛入東都及附近地區，四處收買少數民族和安史餘孽，「謀焚宮闕，縱兵殺掠」。東都留守呂元膺得知此消息後，緊急帶兵抓捕。結果在數日之內捉到李師道的黨羽數千人。

刺殺事件發生之後，朝中人人自危，更不敢言平淮之事。朝廷中有人向憲宗獻計，建議罷去裴度的官職，以此來安撫李師道和王承宗。憲宗大怒說：「若罷度官，是奸計得行，朝綱何以振舉？吾用度一人，足以破此二賊矣！」至此，憲宗更加倚重裴度，拜他為宰相。

裴度躺了二十多天，傷口才好。他矢志不移，依舊力主戰事，對憲宗說，「淮西，腹心之疾，不得不除。且朝廷業已討之，兩河藩鎮跋扈者，將視此為高下，不可中止。」憲宗贊同。裴度又向憲宗請求，為了討平吳元濟，請允許他在家中招延四方賢才，集思廣議。憲宗也允許了。早先，德宗往往猜疑妒忌臣下，對於相互往來的朝中百官，金吾衛一概偵察情報，上報德宗，宰相也不敢在私人宅第中召見賓客。

憲宗隨即以韓弘取代作戰一年、無功可言的嚴綬，同時，又將刺殺武元衡之罪歸之於成德節度使王承宗，下令對成德用兵。

元和十一年（八一六年），唐軍進攻成德。各路唐軍因缺乏最高統帥，難以協調行動，被王承宗逐一擊破。這一幕在德宗朝時便已經上演過。而淮西戰區的唐軍因主帥韓弘深懷私心，養寇自重，只能各自為戰，不能互相呼應。東路唐軍擊敗淮西軍，攻佔鏊山（今河南丘東）。北路唐軍連敗淮西軍。南路唐軍亦攻破中州外城。西路唐軍先敗淮西軍於朗山（今河南確山），但隨即大敗於鐵城（今河南遂平西南）。

此時，天下震動，朝廷上下阻戰的奏章如雪片般紛飛而至。但憲宗決意繼續用兵。正是在這樣的大背景下，李愬登上了唐帝國的政治舞臺，演出了一出雪夜入蔡州的千古傳奇。

李愬，字元直，名將李晟（李晟曾在德宗朝挽救唐帝國於危難之中，事見《涇原兵變》一篇）之子，有謀略，善騎射。李愬從小慈孝過人，父親死後，十五個兄弟中，唯他與哥哥李憲堅持為父廬墓三年，被皇帝勸回後，隔天又跑回去守墓。李愬之前任太子詹事。臨時被起用為西路唐軍統帥，可謂受命於危難之間。

元和十二年（八一七年），討伐淮西的戰事進入了關鍵的一年。唐朝廷用兵已經四年，饋運疲弊，民力困乏，深以為患。憲宗也明白不能再拖了，下令停止對成德用兵，決心集中力量，先平定淮西。這時，北路李光顏率河陽、宣武、魏博、河東、忠武諸鎮唐軍渡過溵水，進至郾城，擊敗淮西兵三萬，殲滅十之二三。郾城令董昌齡、守將鄧懷金舉城降唐。吳元濟得知郾城不守，十分恐慌，將親兵及蔡州守軍全部調往北線，以增援董重質防守的洄曲。這樣，淮西軍的主力和精銳都被吸引到了北線。這就為西路李愬奇襲蔡州創造了條件。這一年六月，吳元濟見部下多降唐，兵勢不振，上表請罪，聲稱願束身歸朝。憲宗派中使賜詔，允許免其死罪。但吳元濟被其左右及大將董重質所挾制，無法歸朝。淮西已到了窮途末路、指日可下的地步。

李愬作戰勇猛，足智多謀。抵達唐州（今河南泌陽）後，他故作柔懦懈惰，禦軍寬怠，以麻痹敵軍，還特意對將士們說：「皇上知道我懦弱無能，所以派我前來安撫你們。對攻城打仗那類事情，我可擔當不了。」這些話傳到淮西軍中，淮西軍因屢敗西路唐軍，見李愬名位卑微，行事又如此不堪，遂掉以輕心，對他也就不作什麼戒備了。

那時候，唐州的官軍剛被吳元濟打敗，士氣低落，傷兵很多。李愬上任伊始，即親自行視慰問將士，存恤安撫傷病員，以穩定軍心。李愬看到士氣開始振作，就向朝廷要求增派軍隊，準備襲擊吳元濟的老巢蔡州。朝廷又給了他兩千騎兵。

李愬知道，要打敗淮西，還要爭取熟悉叛軍內情的淮西將士投降過來。他每次獲得投降的士兵，都親自去問寒問暖，由此對於敵人的地形、道路、兵力等情況，了解很清楚。有一次，李愬的部下活捉了驍將丁士良。唐軍中很多人吃過丁士良的苦頭，要求把他開腹剖心。李愬見丁士良是條好漢，就親自給他鬆了綁，把他收為部將。丁士良感激之餘，獻計擒獲文城柵（今河南遂平西南）吳秀琳部謀主陳光洽，招降吳秀琳部三千人。西路唐軍因之士氣高漲，連下多城，淮西將士降者絡繹於道。

李愬謀取蔡州，問計於吳秀琳。吳秀琳以為欲攻取蔡州，非李祐不可。李愬便設計生擒李祐，免其一死，並委任他為自己牙隊的將領——六院兵馬使。李祐是淮西有名的勇將，唐軍多次敗在他手裏，都想殺他，李愬卻想盡辦法保護他。李祐非常感激李愬的恩德，決心幫他攻取蔡州。

當時，吳元濟把主力都用來對付其他官軍，李祐便向李愬獻計說：「蔡州的精兵都在洄曲（今河南商水西南）和四面邊境，守衛蔡州的不過是一些老弱殘兵，可以乘虛直取蔡州。」李愬深以為然。

這時宰相裴度親自到前方督戰，臨行前上書皇帝：「請自往督戰，誓不與賊共生。」表現出相當的決心和勇氣。剛好這時候他收到了李愬制定的偷襲蔡州的計畫，裴度十分讚賞，同意出兵。

元和十二年（八一七年）十月初十，風雪交加，氣候極度寒冷。李愬突然命李祐、李忠義帶領三千人組成突擊隊，作為先鋒，自己和朝廷派來做監軍的宦官帶領三千人為中軍，另一個將領帶領三千人為後隊，離營出發。軍隊的行動十分秘密，除個別將領外，全軍上下均不知行軍的目的地和部隊的任務。有人跑去問李愬。李愬只是說：「向東進軍。」

大軍東行三十公里，在夜間抵達張柴村，乘守軍不備，全殲包括負責烽燧報警士卒在內的守軍。待全軍稍事休整和進食後，李愬留五百人守城柵，防備朗山方向之敵，另以五百人切斷通往洄曲和其他方向的橋樑，並下令全軍立即開拔。諸將問軍隊開往何處，李愬才宣布說：「入蔡州直取吳元濟。」諸將聞說皆大驚失色，但軍令如山，眾將只得率部向東南方向急進。

此時夜深天寒，風雪大作，旌旗為之破裂，人馬凍死者相望於道。張柴村以東的道路，唐軍無人認識，都沒有走過，黑夜行軍，十分難走，人人自以為必死無疑。但眾人都畏懼李愬，無人敢違抗軍令。夜半，雪愈下愈大，唐軍強行軍三十五公里，終於抵達蔡州。

李愬看到近城處有雞鴨池，頓生一計，命人拿棍棒去趕鵝鴨。鵝鴨給棒一趕，都呱呱地亂叫，把人馬發出的聲音掩蓋了。李祐、李忠義率領先鋒部隊，在城牆上挖了一個個坎，爬上了城頭。自從吳少誠抗拒朝命，唐軍已有三十餘年未到蔡州城下，蔡州守軍毫無戒備。城上的守兵還沒有醒，就全被殺死了。只留下巡夜者，讓他們照常擊柝報更，以免驚動敵人。外城攻破以後，李祐等打開城門，迎納唐軍。接著，李祐、李忠義又按照老辦法，攻進了內城。

雞鳴時分，大雪已止。李愬摸進城裏，一直進到吳元濟的外宅。這時，有人覺察情形有異，急告吳元濟說：「官軍來了。」吳元濟高臥未起，笑著回答說：「俘囚作亂，天亮後當殺盡這些傢伙。」接著，又有人報告說：「城已陷。」吳元濟仍漫不經心地說：「這一定是洄曲守軍的子弟向我索求寒衣。」起床後，吳元濟聽到唐軍傳令，回應者近萬人，才有懼意，率左右登牙城抗拒。

李愬入城後，一面派人進攻牙城，一面厚撫董重質的家屬，遣其子前往招降。董重質單騎至李愬軍前投降，吳元濟喪失了洄曲守軍回援的希望。唐軍再次攻打牙城時，蔡州百姓爭先恐後地負柴草助唐軍焚燒牙城南門。黃昏時分，城門被燒壞，吳元濟投降。申、光二州及諸鎮兵二萬餘人亦相繼降唐，淮西遂平。

王建有《贈李愬僕射》一詩，以二十八字包舉平蔡戰役，寫得有聲有色，生動地記錄了這次奇襲：

和雪翻營一夜行，神旗凍定馬無聲。遙看火號連營赤，知是先鋒已上城。

裴度入蔡州後，對吳元濟舊將量罪判刑，除舊法，並約法禁盜賊鬥殺，以安撫人心。蔡人大悅。史書記載說：「蔡之遺黎，始知有生人之樂。」（《舊唐書・卷一百七十・裴度傳》）

當時任行軍司馬的韓愈奉憲宗詔書，寫了一篇《平淮西奉敕撰》（並序），記敘了這次戰事。碑文共一千八百字，如行雲流水，如大江出峽，汪洋恣意，一揮而就。文章之華美，所謂「下筆煙飛雲動，落紙鸞回鳳驚」。勒碑之時，國人視為奇文，爭相誦之。本來是一件美事，卻引來一場風波。韓愈時在軍中任職，對於平淮西之戰，親歷所見，因此有深刻的認識。韓愈認為平淮西首功之臣是主戰派裴度，因此用的筆墨較多，其中有頌裴度功勳說：「凡此蔡功，惟斷乃成。」其實，裴度與李愬分別是戰略家與戰術家的身分，沒有裴度極力主戰，也就沒有後面李愬的奇襲之功。但李愬是個優秀的統兵將領，卻並不是有胸襟有遠見的政治家，他因此而相當不高興。平淮西碑立在汝南城北門外不久，李愬部下石孝忠便揮錘砸斷了碑。當官軍趕來抓捕時，石孝忠非但不束手就擒，反而還動手打死一名吏卒。事情鬧到了憲宗那裏。明眼人一看就知道石孝忠是受了李愬指使，但李愬有平蔡州之功，且妻子是憲宗的外甥女，憲宗也沒有追究韓愈平淮西碑被毀一事，還下旨讓翰林大學士段文昌重寫了一篇文章，多誇了李愬，重新立碑於蔡州，這才息事寧人。

然而，韓愈撰文的碑雖然被毀，文章卻流傳了下來。到了宋朝，蔡州知府陳王向又令人選石，重刻韓愈文。至清朝，這塊重立起的碑也早已隨著多次兵燹之災不復存在。一直到咸豐年間，軍機大臣祁雋藻重書《平淮西碑》。共刻四石，並排聳立，氣勢磅礡。因文、書、刻俱佳，被稱為「三絕碑」。

淮西平定後，各藩鎮恐懼不安。不久，橫海鎮程權、幽州鎮劉總、成德鎮王承宗等都上表請求歸順朝廷。唐憲宗又命魏博節度使田弘正等討伐李師道，殺李師道，朝廷收復淄、青等十二州。

至此，藩鎮割據勢力基本上被消滅，唐朝實現了暫時的統一，但節度使領有重兵的局面並未改變。無論如何，唐朝廷在政治上呈現出唐中期未曾有過的「元和中興」氣象，在軍事上獲得未曾有過的勝利，史家也因此稱憲宗為「中興之主」，裴度則被稱為「中興宗臣」。

藩鎮割據勢力基本上被消滅以後，憲宗便驕侈起來，他認為該永遠享受大福。於是，大興土木、興建宮室，疏遠了直臣裴度、崔群等，而重用皇甫鎛、程異、令孤楚、李道古等阿諛獻媚之臣。宦官更被寵信，吐突承璀、梁守謙、王守澄、陳弘志等都權傾內外。

憲宗為使自己長生不老，下詔書求方士。皇甫鎛、李道古薦入方士柳泌，說是能製作長生藥。憲守封他為台州刺史，命他尋找靈草製造。不久，又聽說鳳翔法門寺塔留存有佛的指骨，憲宗即派遣僧徒去迎佛骨，把這純屬虛妄的事弄得驚天動地。刑部侍郎韓愈上疏切諫，說歷史上凡是信佛的王朝，壽命都不長，可見佛是不可信的。結果惹怒了憲宗，下令要殺他，還虧裴度、崔群說情，韓愈被貶為潮州（今廣東潮陽縣）刺史。「一封朝奏九重天，夕貶潮陽路八千」。韓愈在詩中表達了他的悽惻與不平。再說柳泌到台州後，驅使吏民採藥，一年多無所得，他自己也恐懼，逃入山中，被浙東觀察使捕獲送京師，經皇甫鎛、李道古保護，他繼續為憲宗製作長生藥。

憲宗服用了柳泌配製的長生藥，性情變得暴躁多怒，宦官在左右，經常被斥責甚至被殺。在皇位繼承上，宦官分為兩派，梁守謙、王守澄等擁立太子李恒，而吐突承璀則想立灃王李惲為太子，雙方展開明爭暗鬥。元和十五年（八二〇年），宦官陳弘志毒死憲宗。憲宗李純在位十五年，享年四十二歲。其同黨王守澄隱瞞真相，說憲宗是藥發暴死。憲宗像祖父德宗一樣，寵信宦官，放縱宦官，最終自己沒能逃出宦官的陰謀。隨後，梁守謙、王守澄搶先擁立太子李恆，殺了吐突承璀和李惲。憲宗死後，河北盧龍、成德、魏博三鎮又起叛亂，從此，唐朝廷再也沒有能夠把他們制服，這種格局一直維持到唐朝滅亡。

憲宗以後，裴度又仕穆宗、敬宗、文宗三朝，在當時有「勳高中夏，聲播外夷」的盛名和地位，但由於宦官當道，其雖有「將相全才」而不能為天子所用，所以並無多大作為。為避宦官當政，他退居東都洛陽，立第於集賢里，與詩人白居易、劉禹錫酣宴終日，高歌放言，以詩酒琴書自樂，不問政事。後病逝。

4 鬱悶的李商隱

古語有講：「才人不遇，古今同慨。」在中國歷史上，李商隱就是個「不遇」的典型。歷史文化中的文人處境和命運，經常有某種驚人的巧合。但李商隱的懷才不遇卻有些特殊，源於他本人與唐朝歷史上最大的朋黨之爭有緊密的聯繫。

朋黨之爭最早的引子是從憲宗在位時候開始的。元和三年（八〇八年），憲宗策試賢良方正、直言極諫舉人，想借此來選撥人才。牛僧孺和李宗閔當時都是地位很低的下級官吏，也參加了考試，並且在試卷中言辭激烈地批評了時政的弊端，實際上，批評的對象就是當政的宰相李吉甫。當時的主考官吏部侍郎楊於陵和吏部員外郎韋貫之欣賞他們的骨骾正直和勇氣，連宰相都敢指責，於是署為上第，推薦給憲宗。

宰相李吉甫是士族出身，一向不大瞧得起科舉出身的官員，現在竟然還有人借科舉考試揭他的短，是可忍，孰不可忍？於是，李吉甫跑到憲宗面前哭訴，誣衊說牛僧孺和李宗閔和主考官有私人關係，所以才被推薦。於是，考官們都被貶職，李宗閔和牛僧孺也沒有受到提拔，「各從辟於藩府」。

牛僧孺長期得不到升官，從此對李吉甫懷恨在心，由此而導致了對李吉甫及其子李德裕歷時多年的激烈黨爭。這就是著名的牛（牛僧孺、李宗閔）李（李德裕）之爭的起因。

李吉甫死後，他的兒子李德裕開始崛起。李德裕從小就胸懷大志，專心攻讀經史，尤其精通《漢書》和《左氏春秋》。他聰敏過人，很得憲宗喜愛。有一次，宰相武元衡問他喜歡讀什麼書，他卻緘默不言。李吉甫知道後，責問兒子為何不回答。李德裕卻振振有詞地說：「武公身為宰相，不問理國家調陰陽，而問所嗜書，其言不當，所以不應。」（《唐語林．卷三》）眾人無不稱奇。

李德裕文章寫得好，卻不屑參加科舉考試。父親李吉甫勸他應試，他卻說：「好騾馬不入行。」（《北夢瑣言．卷六》）一副不屑與士子同流的態度。後來還是靠門蔭入仕。穆宗即位後，李德裕任翰林學士。那時候，李宗閔也在朝做官，任中書舍人。李德裕對李宗閔曾經批評他父親李吉甫這件事，仍舊記恨在心。

剛好這時候，又要舉行進士考試。西川節度使段文昌有熟人應考，私下裏請託考官錢徽。李宗閔也因為女婿蘇巢應考，請託考官錢徽。結果，蘇巢被選中，而段文昌託的人沒有選上。段文昌怒而告發選舉不公。穆宗不明真相，問翰林學士，李德裕回答說：「真有這樣的事。」於是穆宗下令前一次考試無效，重新再考，前一任主考官錢徽被貶為江州刺史，李宗閔也被貶為劍州刺史。

李宗閔認為李德裕成心排擠他，至此，結怨愈深。此後，李宗閔、牛僧孺與一些科舉出身的官員結成一派，李德裕也跟士族出身的官員結成一派，兩下開始了四十年的明爭暗鬥。

這時候的李德裕已很有名氣，他本人確實也很有才幹，有當上宰相的希望。然而，執政的宰相李逢吉不喜李德裕，長慶二年（八二二年）九月，將李德裕出為浙西觀察使。太和三年（八二九年）八月，李德裕被召至京城，任兵部尚書。四朝元老裴度很欣賞他的才幹，舉薦他做宰相。但時任吏部侍郎李宗閔因得宦官的內助，搶先當上了宰相。李宗閔又向文宗推薦牛僧孺，也把他提為宰相。這兩人一掌權，就合力排斥李德裕，把李德裕調出京城當西川節度使。凡是與李德裕親近的人，也大都被貶斥。

李德裕當西川節度使時，吐蕃維州（治所在今四川理縣）守將悉怛謀率領部下到成都投降。維州三面環水，一面靠山，為戰略要地。當年西川節度使韋皋經營多年，至死恨不能收復此城。李德裕得知後大喜，隆重接納了悉怛謀，一面上奏朝廷，一面派兵迅速入據其城，使淪喪四十年之久的維州城，不費一兵一卒，又重新歸還了唐朝。但當政宰相牛僧孺嫉恨李德裕，生怕他立功，以「中國禦戎，守信為上」作為藉口，居然命令李德裕拒絕受降，將維州歸還吐蕃，並將悉怛謀及其隨從捆起來送還給吐蕃。吐蕃則將悉怛謀等人殘酷地殺死在邊境上。牛僧孺以私害功，時人「皆謂僧孺挾素怨，橫議沮解之，帝亦以為不直」。

後來，西川監軍王踐言回到京師任職，他告訴文宗，說退出維州城是朝廷重大失策，並且直指出這件事是牛僧孺排擠李德裕的手段。文宗挺懊悔，開始怨恨牛僧孺。牛僧孺不自安，主動請求辭職，於是罷相。不久後，就發生了著名的甘露之變，宰相及大臣多人被殺，宦官肆無忌憚，為所欲為。在這種情況下，牛僧孺「心居事外，不以細故介懷」，時常與好友白居易「吟詠其間，無復進取之懷」。

而李德裕在西川政績卓著，再次入朝為兵部尚書。李宗閔見文宗親信李德裕，生怕政敵做了宰相，竭力阻止。但文宗對李宗閔等結為朋黨、干擾朝政甚是厭惡，再說李德裕確實是個有才幹之人，還是將李德裕提為宰相。

不久後，文宗患病，奇士鄭注通過宦官王守澄向文宗獻藥，受到文宗寵信。鄭注又引薦李訓給文宗，頗中文宗心意。文宗要授任李訓為諫官，置於翰林院。李德裕認為李訓是奸邪小人，堅決反對。當文宗要宰相王涯改授李訓他官時，李德裕又搖手制止，文宗因此很不滿意。王守澄、鄭注也怨恨李德裕，合力排擠李德裕。於是，文宗召回李宗閔輔政，李德裕被罷相，出為鎮海節度使。

就這樣，牛李兩派勢力就像走馬燈似地轉著，幾乎每年都要發生一次「轟然而至」和「轟然而去」的浪潮，一派當權，另一派必然倒楣，人物和事件像萬花筒那樣叫人眼花繚亂，把朝政搞得十分混亂。這些人沒有政治理想，只有私人恩怨，鬥爭不已，互相傾軋。當時李德裕的能力、牛僧孺的道德都受人尊敬，但一涉及到黨爭，就都失去了理性。文宗被宦官控制，也搞不清誰是誰非，他想與大臣同心合力剷除宦官，大臣卻忙於黨爭。文宗直歎氣，說：「要平定河北容易，要除掉朝廷的朋黨可真難啊！」

李德裕做淮南節度使的時候，監軍的宦官楊欽義被召回京城，大家傳說楊欽義回去一定掌權。臨走的時候，李德裕就辦酒席請楊欽義，還送給他一份厚禮。楊欽義回去以後，就在武宗面前竭力推薦李德裕。李德裕果然因此重新當了宰相。他竭力排斥牛僧孺、李宗閔，把他們都貶謫到南方去。

李德裕得了武宗信任，當了幾年宰相，因為辦事專斷，遭到不少朝臣的怨恨。武宗病死後，宦官們立武宗的叔父李忱即位，就是唐宣宗。宣宗把武宗時期的大臣一概排斥，即位第一天，就撤了李德裕的宰相職務。過了一年，又把李德裕貶謫到崖州（今廣東海南島）。因門第世家起因，鬧了四十年的朋黨之爭終於收場了。

一直到後來的五代十國時期，烽火連天，混戰不斷，在殘酷持久的混戰中，只能以軍功來衡量人才。加上百姓流離失所，土地荒蕪，促使大家族崩潰。門第世家才從中國的歷史上消失。

在如此激烈黨爭的情況下，李商隱卻與當時牛黨、李黨都有關係，因而不可避免地成為黨爭的犧牲品。

李商隱，字義山，號玉谿生，又號樊南生。原籍懷州河內（今河南沁陽），自其祖輩起，移居鄭州滎陽。他的先祖是李唐王室旁支，然而自其高祖以來家境已衰落，祖輩幾代歷官均不過縣令。其父李嗣先任縣令，後為使府幕僚，攜家在浙江東、西道輾轉謀生，最後客死他鄉。李商隱不到十歲時，父親去世，他隨母回到家鄉，過著相當清貧的生活，即所謂「宗緒衰微，簪纓殆歇」（《祭處士房叔父文》），「四海無可歸之地，九族無可倚之親」（《祭裴氏姐文》）。簡直像個逃荒者。

因家境寒微，李商隱自少年時代起，就要「傭書販舂」，以維持生計。他曾悲歎道：「生人窮困，聞見所無。」他的一位姐姐，新婚不久就被遣回娘家，年僅十九歲就鬱鬱去世。這種累世子孤、貧寒無依的家世，從小在李商隱的心理上積澱了許多悲劇性因數，諸如對人情冷暖的特殊敏感、強烈的孤子感和對前途命運的憂傷等。「十五泣春風，背面秋千下」，「欲問孤鴻向何處，不知身世自悠悠」，這些寫於早期的詩中，就已流露出一般青少年少有的感傷。為了擺脫可怕的窮困，重振家門，實現抱負，李商隱開始了一生的奮鬥。然後，這是個「夕陽無限好，只是近黃昏」的沒落時代，這是個「唐祚將淪」（何焯《義門讀書記‧李義山詩輯評》）的時代，時代不但沒有給他騰達飛黃的機遇，還賦予了他坎坷不幸的人生。

李商隱在家鄉一直跟隨一位精通五經的堂叔學習經書與文章，「五歲誦經書，七歲弄筆硯」。十六歲時，李商隱著有《才論》、《聖論》，因擅長古文而得名。

大和三年（八二九年），李商隱移家東都洛陽。在那裏，他結識了白居易、令狐楚等前輩。令狐楚時任天平軍節度使，很欣賞李商隱的文才，讓他與兒子令狐綯等交遊，並親自授以文章。此時的李商隱少年得志，關心社會政治，想濟世匡時，有「欲回天地」之雄心。

之後，令狐楚又聘李商隱入幕為巡官。李商隱先後隨令狐楚往鄆州、太原等地。在這幾年中，李商隱一面積極應試，一面努力學習駢文，在科舉上雖一再失敗，但在寫作上則完成了由散向駢的轉變。此後他很少再寫散文。大和六年（八三二年）令狐楚調任京職，李商隱離太原返鄉，曾入王屋山學道二、三年。

開成二年（八三七年），李商隱又赴科場，令狐綯也為之延譽並推薦，得中進士。及第後，他一度赴興元（今陝西漢中），入令狐楚幕。然而，不久令狐楚病死，李商隱失去依靠，於是入涇原節度使王茂元幕。王茂元愛惜他的才華，聘為掌書記，還將女兒嫁給了他。

當時朝中「牛李黨爭」極為尖銳，令狐楚屬牛黨，王茂元則與李黨有關。李商隱本是令狐門人，卻與王氏結親，引起門第觀點極深的令狐綯等人不滿。牛黨攻擊他「背主」、「忘恩」、「無行」。而李黨的人也沒給他好臉色，猛挖他以前跟隨令狐楚的老底，大力排斥他。李商隱之後的一生都處在牛李黨爭的漩渦裏，兩頭受氣，始終無法擺脫，鬱鬱不得志。

所幸，李商隱同妻子王氏感情極好，兩人相親相愛。他有首著名的《夜雨寄北》：

> 君問歸期未有期，巴山夜雨漲秋池。何當共剪西窗燭，卻話巴山夜雨時。

情真意切，就是後來李商隱在外地為官時思念妻子所作。

開始，李商隱雖遭兩面打擊，但熱情不減，希望能有所作為。令狐綯當了宰相後，李商隱多次嘗試補救，包括寫了一些詩給令狐綯，如《寄令狐郎中》，但始終沒有成功，還是失意於官場。之後，他的詩風開始「隱詞詭寄」，「深情綿邈」，不少詩婉曲晦澀，很是令人費解。李德裕為相的時候，朝政有些起色，李商隱也比較積極參與了博學宏詞科考試。結果還比較滿意，考官錄取了李商隱。然而，吏部報中書省複審時，卻被中書省內有勢力的人除了名，理由是「此人不堪」。顯然，這與他陷入黨爭有關。李商隱也因此發出「一年生意屬流塵」的悲歎。

開成四年（八三九年），李商隱出仕秘書省，為校書郎，不久調弘農尉，又因「活獄」事件忤觸上司，怒而辭職。

會昌二年（八四二年），他再應書判拔萃科試，被授秘書省正字，但很快因母喪去職。服喪期滿，重入秘書省。不久武宗死。宣宗即位，牛黨得勢，李黨紛紛被貶逐。李商隱放棄京職，隨李黨鄭亞遠赴桂海，任掌書記之職，結束了「十年京師寒且餓」的生活。

李商隱最後十二、三年，全部在宣宗大中年間度過。他三次離家遠遊去做幕僚，先後在桂林鄭亞幕、徐州盧弘止幕、梓州（今四川三台縣）柳仲郢幕。三位府主對他都很器重，官職品級也逐步升遷，但始終只被視作一個文牘之才。其間，幾次到長安活動，只補得了一個太常博士，為時也不久。

大中十年（八五六年），李商隱隨柳仲郢離開梓州回到長安，不久被薦為鹽鐵推官，出巡江東。在這次遊歷中，他寫了一些以七言律、絕為主體的無題詩和詠史詩，形成他創作活動的最後一個高潮。

大中十二年（八五八年），曠世才子李商隱因病退職還鄉。最後死於滎陽，年僅四十七歲，結束了發人深思、令人歎惋的一生。他的一生是個悲劇。終其短短一生，浮浮沉沉，顛沛流離，他都在漩渦中奔波掙扎。他有遠大的抱負，卻因黨爭長期沉淪下僚，一生為寄人籬下的文墨小吏，正如崔玨詩「虛負凌雲萬丈才，一生襟抱未曾開」。李商隱有愛情名句：「春蠶到死絲方盡，蠟炬成灰淚始乾。」其實正是他本人悲劇性格和心態的寫照。這不僅是他個人的悲劇，也有與時代相通的氣息。

李商隱死後不久，終於爆發了浙東裘甫起義，揭開了唐末農民大起義的序幕。李商隱所處的就是唐王朝在各種矛盾的交織與深化中走向沒落和矛盾總爆發的時代。「夕陽無限好，只是近黃昏」，他的著名詩句正象徵性地顯示了唐王朝無可挽回的沒落趨勢。「運去不逢青海馬，力窮難拔蜀山蛇」，就是他對時代沒落的典型感受。

李商隱是一位成就獨特、對後世產生過巨大影響的詩人，與杜牧齊名。在詞采華豔這一點上，與溫庭筠接近，後世又稱「溫李」。他的詩，有的抒發自己政治失意的痛苦心情，有的反映晚唐的政治生活，有的是托古諷今的詠史之作，還有一類描寫愛情生活的無題詩，最為後代讀者所喜愛。這些異常複雜的內容，又幾乎都是和他的身世遭遇有著密切的聯繫。

李商隱是晚唐詩壇的一顆明星。悲劇性的時世、家世與身世，造就了他的悲劇性格、氣質與心態，因此銳敏而纖細，多愁而善感，內向而纏綿。在他的詩裏往往是避實就虛，透過一種象徵手法把它表現出來。這種象徵手法建築在豐富而美妙的想像的基礎上，因而他筆下的意象，有時如七寶流蘇那樣繽紛綺彩；有時像流雲走月那樣的活潑空明，給人以強烈的美感。他的近體詩，尤其是七律更有獨特的風格，構思新巧，詞藻華美，想像豐富，格律嚴整，風格婉轉纏綿。

「此情可待成追憶，只是當時已惘然」。遠去的唐代，逝去的詩人，吟哦之聲漸行漸遠漸不聞，而李商隱詩的芬芳卻時時包圍著後世的讀者，在可解與不可解之間，在有常與無常之間，在朦朧與明晰之間，不知不覺地產生了美感。

第二編
生死之較量

楔子

在日暮西山的唐朝末世，在那個危機四伏的時代，各種各樣的人物都登臺亮相，爲了達到各自的目的，無所不用其極。然而，他們最後無一不是以失敗的命運收場。這些必然與偶然結合下導致的失敗，不僅僅是個人命運的失敗，還折射出大時代的氣息，個體無不成爲大背景下的犧牲品。

第四章　滿城盡帶黃金甲

這時候，黃巢才發現，只有當最大的理想實現了的時候，感慨過去九死一生的經歷才會回味無窮。倘若當初唐朝廷同意他為廣州節度使，現在他會是什麼樣子？倘若當時唐山南東道節度使劉巨容窮追不捨，他恐怕早就喪生了吧？倘若……實在有太多太多的倘若。歷史就是如此，有其必然性，但也有太多的偶然性。在許多不經意的偶然間，黃巢實現了他曾經的最大的志向。

1 黃巢的理想

對唐帝國許許多多的人來說，西元八八〇年對他們的人生產生了難以迴避的巨大影響。在這一年中，上至皇帝，下到平民，無論是農民軍領袖黃巢，還是唐軍的諸位節度使，都面臨著壓力，面臨著抉擇，感受到緊迫，感覺到即將來臨的大風暴。這一年，是不能被輕易忘記的一年。

對黃巢來說，尤其如此。

唐僖宗廣明元年（八八〇年）十二月初五，農民軍領袖黃巢進入長安。黃巢乘坐金色肩輿，其部下全都披著頭髮，身穿錦袍，束以紅綾，手持兵器，簇擁黃巢而行。鐵甲騎兵行如流水，輜重車輛塞滿道路，農民軍隊伍浩浩蕩蕩，延綿千里，絡繹不絕。唐金吾大將軍張直方率文武官數十人趕來迎接，長安居民夾道聚觀，場面極為壯觀。這一刻，是黃巢人生中的巔峰時刻。

黃巢愛讀書，小時候讀過一些經典與傳述之書，能寫詩。有一次，黃巢父親與一老人以菊花為題作聯句，那老人一時未就，黃巢在旁見了卻脫口而出：「堪與百花為總首，自然天賜赭黃衣。」黃巢父親怪他不禮貌，欲教訓他一通，那老人勸止說：「孫能詩，但未知輕重，可令再賦一篇。」黃巢應聲詠了一首《題菊花》：

颯颯西風滿院栽，蕊寒香冷蝶難來。他年我若為青帝，報與桃花一處開。

豪邁倔強，傲世獨立，有沖天凌雲之志，男人的勃勃雄心一覽無遺。（事見宋人張端義《貴耳集》）。黃巢的詩歌在中國詩歌史上堪稱另類，其中凸現的意蘊，不是司空見慣的愛國忠君和譏諷時弊，而是不可抑制的反叛、憤怒、仇恨和令人生畏的極權欲望，是推倒現實、重整天下、凌駕萬物的雄心壯志。張端義於《題菊花》詩下注道：「跋扈之意，現於孩提時。加以數年，豈不為神器之大盜耶！」

儒生通常將「修身齊家治天下」作為人生最高的理想。黃巢是讀書人，開始表現還不是那麼跋扈，也是走傳統的建功立業之路——參加進士考試。據說黃巢的父親給他取名為「巢」，就是指望兒子日後能夠榮登科榜。「巢」可書作「窠」，音科，民間吉祥語中有「五子登科」之說。

然而，黃巢的運氣不是那麼好，屢戰屢敗，數次參加考試，每一次都名落孫山。落第後的黃巢終於絕望了，決定再也不參加科舉考試了。他題了一首《不第後賦菊詩》抒發心中的不平之氣：

待到秋來九月八，我花開後百花殺。沖天香陣透長安，滿城盡帶黃金甲。

詩中充滿豪闊的英雄不羈之氣，氣勢凌厲，殺意陣陣，驚人心魄。氣勢之大，為詩中所罕見。從這首詩中，能夠讀出黃巢對長安的強烈渴望。這種渴望，不僅僅是對一個城市的渴望，還有對無上權力的渴望。此時，黃巢的理想不再是進士及第那麼簡單，他的理想，或者說野心，已經演變成凌雲之志，而長安就是理想的彼岸。

〈黃巢屢試進士不第後，對「十年寒窗苦」的讀書人頗為同情。他成長為著名的鐵血農民領袖後，農民軍中開始流傳「逢儒則肉，師必覆」（《全唐詩．卷八百七十八．黃巢軍中謠》）的說法，其意是遇到讀書人就殺戮，軍隊必然要覆滅。因此，當農民軍進入城池後，經常火燒官府大殺官吏，但對只要是自稱是讀書人的人，都釋而不問。農民軍進入福建莆田後，經過黃巷黃璞門前。黃璞的祖先在西晉末年「衣冠南渡」來到莆田，所居住的那條巷被人稱為「黃巷」。黃璞在藩鎮中流傳，頗有名望。黃巢聽說黃璞是大儒後，特意下令說：「此儒者，滅炬弗焚。」（《新唐書．卷二百二十五下．黃巢傳》）要求部下過黃巷時將手中的火把熄滅，以免驚動了黃璞。一個令整個唐朝地動山搖的姓黃的人，為了另一個姓黃的人畢恭畢敬地滅炬，黃巷由此一下多出了

幾分神秘。這件事讓黃巢在福建獲得不壞的名聲，黃璞也跟著名聲大噪。〉

唐末詩人林寬有這樣兩句詩：「莫言馬上得天下，自古英雄皆解詩。」這詩用在黃巢身上倒也相當貼切。如今，黃巢詩中的遠大志向已經實現了，長安就在眼前，沖天香陣透長安，滿城盡帶黃金甲。此時的黃巢是何等感慨，他實在沒有料到，理想會實現得如此容易，勝利會來得如此之快，因為就在一年前，他數次瀕臨失敗逃亡的邊緣。

乾符六年（八七九年）正月，黃巢軍受藩鎮高駢部將張璘、梁纘的襲擊，遭到失利，黃巢不得不向唐軍勢力薄弱的南方發展，進入廣東，包圍了廣州（今屬廣東）。奇怪的是，黃巢並沒有著急攻城，而是分別致書給唐浙東觀察使崔璆和唐嶺南東道節度使李迢，要求二人替他向唐朝廷上書：只要朝廷授予他天平（今山東東平北）節度使，他便願意歸順。這確實就是黃巢現在的理想。之所以是天平節度使，而不是其他地方，一是因為天平富饒，二是因為黃巢本人是山東人。由此可見黃巢內心深處的鄉土情結。

崔璆和李迢二人畏懼黃巢的聲勢，尤其是李迢，正處在黃巢軍的包圍之中，因而都很努力地照辦了。李迢是唐朝宗室子弟，在朝中頗有影響。兩位重臣極力上奏，求爺爺告奶奶似地懇求朝廷，給黃巢弄個天平節度使的官當當。唐宰相鄭畋認為應該同意黃巢的請求，以此來換得天下太平。但另一宰相盧攜與當權宦官田令孜勾結在一起，想讓他們的親信淮南節度使高駢因為戰事而立功，所以堅決不同意招降。僖宗皇帝沒有主見，基本上受田令孜的控制，因此沒有批准崔璆和李迢的奏書。

黃巢聽到唐朝廷的回覆後有些失望，但他還是沒有輕易放棄，自己親自向唐朝廷上書，退而求其次，求為廣州節度使。

也許確實是看到了黃巢有投誠的誠意，這一次，唐朝廷很重視，專門進行朝議。宰相鄭畋認為可以先答應授黃巢廣州節度使以為緩兵之計，他說：「黃巢之亂，本因饑荒而起，依附之人惟求一飽而已。國家久不用兵，士皆忘戰，不如暫作包容，予一官。賊軍本以饑年而起，一俟豐年，其將士誰不懷念故土而思歸？其眾一離，黃巢即為案上之肉，此正所謂不戰而屈人之兵。如果現在只是恃武力戰，後果還真難以逆料。」另一宰相盧攜內心之中希望心腹高駢能獨得平賊大功，力持不可：「黃巢蕞爾小賊，平滅甚易，奈何現在授其官以示怯，使諸軍離心離德！」議來議去，唐朝廷最後決定授予黃巢「率府率」的虛官。

儘管廣州當時是唐朝最大的對外貿易港口和重要的財賦供應地之一，又是嶺南的政治、軍事要地，但畢竟與大唐江山比起來，顯然是一隅與天下的差別。倘若黃巢求為廣州節度使的要求被批准了，恐怕歷史將會是另外一個方向。

其時，唐朝廷已經知道勢必激怒黃巢。在農民軍是招降還是消滅的問題上，總是主戰派在朝堂上佔了上風。果然，黃巢得到唐朝廷的率府率的委任狀後，痛罵當朝執政宰相。由此可以看出他失望之極，也表明他確實對這個廣州節度使抱了很大期望。

在強烈的不滿下，黃巢開始揮軍急攻廣州。乾符六年（八七九年）九月，農民軍攻克廣州重鎮，俘虜了唐節度使李迢。又分兵西取桂州（今廣西桂林），控制了嶺南的大部分地區。之後，黃巢在廣州自稱「義軍都統」，並發布檄文，斥責唐朝廷「宦豎柄朝，垢蠹紀綱，指諸臣與中人賂遺交構狀，銓貢失才」。此時，黃巢表現出讀書人的才幹和敏銳目光，史稱檄文中所指出的問題所在，「皆當時極敝」。

這時候的黃巢，應該是很志滿意得的。他原來就想當廣州節度使，現在，即使沒有唐朝廷的承認，他已經是廣州實質上的主人了。轉戰各地多年，已經讓黃巢相當厭倦，這次佔領廣州後，他便打算留在這裏經營，「永為巢穴」。

〈據說黃巢的農民軍在廣州進行了一場大屠殺。那時期來自西拉甫港的著名大食（阿拉伯）商人阿薩德人聲稱：黃巢在廣州殺死十二萬人（當時廣州全部人口約二十萬），其中大多數是來自東南亞、印度、波斯和阿拉伯世界的外國商人。數目不一定確切，但殺人屠城、劫掠財貨肯定是事實。因為對於貿然進入廣州的農民軍而言，商人是能提供後勤補給的重要來源，所以這些人不幸成為了刀下之鬼。〉

按照黃巢前期的表現，如果不發生大的意外，他大概就不打算再離開廣州了。他確實寫過野心勃勃的《菊花詩》，但多年輾轉各地的經歷已經慢慢消磨了他的雄心。長期的漂泊下來，他的理想已經由「天下」演變成「一隅」，只要有一個富饒的城池，能當個城主，他就心滿意足了。正是這種強烈的「城主」意識，才使得黃巢在佔領長安後長期流連在那裏，始終捨不得放棄，最後也敗在了那裏。

言歸正傳，黃巢得到廣州後，正打算將這裏發展成根據地，農民軍突然遭受到重大挫折，不過，不是敗在與唐軍對壘的戰場上，而是敗在嶺南獨特的氣候上。黃巢軍大都是北方人，不習慣嶺南地區當地氣候。而剛好就在這一年，從春至夏，疫病大為流行。進入冬季後，農民軍有三、四成的人染上瘴疫而死，人數銳減。

黃巢尚在躊躇，他不想輕易放棄好不容易得來的廣州，他的部下卻待不住了，「勸請北歸，以圖大利」。黃巢見農民軍士氣低落，在廣州難以持久，於是決定率軍北上，殺回中原地區。

而農民軍攻取廣州後，唐朝廷極度恐慌，急忙任命宰相王鐸為荊南節度使、南面行營招討都統駐江陵，又任命李系為行營副都統兼湖南觀察使，使他率兵十萬屯駐潭州（今湖南長沙），「以塞嶺北之路，拒黃巢」。

剛好這時候湘江水暴漲，農民軍自己動手，編製了數十個大木筏，自桂州順湘江順流而下，連下永州（今湖南零陵）和衡州（今湖南衡陽），抵達湖南重鎮潭州城下。

鎮守潭州的唐將李系緊閉城門，不敢出來迎戰。黃巢見李系如此懦弱，便揮軍急攻，結果一日而下。李系率少數心腹逃跑。當時潭州還有唐軍十萬人，都被黃巢殺死，屍體被拋入湘江，血染紅了湘江水，死屍遮蓋住了整個江面。

黃巢乘勝派得力部將尚讓進逼江陵（今屬湖北）。農民軍一路北上，隊伍大為充實壯大，進攻江陵時，號稱有五十萬。當時唐宰相王鐸任荊南節度使，親自坐鎮江陵。他見農民軍聲勢浩大，而江陵唐軍不滿萬人，心中害怕，便留部將劉漢宏據守江陵，自己率眾退守襄陽。為了掩飾逃跑的真相，王鐸宣稱自己要裏陽會合山南東道節度使劉巨容所率的軍隊。

唐將劉漢宏也並非善類，他見王鐸棄城逃走，將一個亂攤子留給自己，心中忿怒，乾脆對江陵大肆搶劫，還放火燒城，幾乎將江陵城燒了個乾淨。江陵士民被迫逃竄到附近山谷。時值隆冬，天降大雪，大批無辜百姓因而凍死。滿山遍野都是僵屍，觸目驚心。劉漢宏之後率其部向北逃往，淪為強盜。

劉漢宏毀江陵十多天後，黃巢的軍隊才趕到。不過，此時的江陵已經成為一座尚在冒著青煙的焦黑的空城。連黃巢都難以相信，眼前的景象竟然是唐軍自己造成的。

天下興亡交替，受苦的都是老百姓。後世史書多將黃巢記載成一個殺人如麻的「賊」，其實，唐官軍絕對不比黃巢好到哪裏去。黃巢殺人總還是有理由，要麼是為了軍餉，要麼是為了報復，而唐官軍卻常常毫無理由地胡亂殺人。

在廣州被黃巢俘虜的唐嶺南東道節度使李迢一直被押在農民軍中。黃巢此時已經佔據了大半個荊南地區，又動了不思進取的心思，要脅李迢上表唐朝廷，再替他求節度使一職，去實現他「城主」的理想。從前面李迢曾經替黃巢上奏一事來看，此人並非耿直有氣節之人。不過，當了農民軍俘虜後，他大概已經明白了唐朝廷對黃巢的態度，更大的可能則是他在農民軍中待了一段時間，對黃巢及其部隊有了更深的了解，認為這些人不足與朝廷抗衡。於是，李迢表現出宗室弟子的最後一點骨氣，堅決地拒絕說：「吾腕可斷，表不可為。」（《新唐書・卷二百二十五下・黃巢傳》）於是被黃巢怒而殺死。

到這個時候，黃巢還是沒有下定採取天下的決心，對他而言，每走出一步，都是被動的，都是因為被唐朝廷方面的拒絕推向另一面。

黃巢隨即與尚讓合兵，繼續進攻襄陽。唐山南東道節度使劉巨容與唐淄州刺史兼江西招討使曹全晸合兵，屯兵於荊門（今湖北），以抗拒黃巢。劉巨容事先定下計策，他負責設下伏兵，而曹全晸率輕騎迎戰黃巢，然後由曹誘敵深入。

雙方交戰前一天，劉巨容選了五百匹沙陀良馬，配上釘轡藻韉，趕向黃巢軍大營。黃巢軍以為是對方馬驚跑了過來，自然都樂得收為己用。因為這些沙陀馬都是好馬好鞍，都被將領們搶先霸住。第二天，黃巢軍與曹全晸軍交戰，曹全晸佯敗而走，黃巢發軍追趕。追了一陣，黃巢意識到不對勁，想下令收兵。唐軍中的沙陀人立即用沙陀語高聲呼喚，沙陀馬聽到主人聲音，立即往前狂奔，那些騎著沙陀馬的農民軍將領拉都拉不住。黃巢軍因而戲劇性地進入了劉巨容的埋伏圈，唐軍伏兵齊發，黃巢軍大敗，被一路追殺到江陵，被俘虜和殺死的農民軍有十分之七八之多。

此時，倘若唐節度使劉巨容繼續追擊，黃巢要麼被擒，要麼被殺，無外乎這兩種下場，這樣也就絕對沒有後來「滿城盡帶黃金甲」的事了。然而，令人稱奇的是，劉巨容突然下令停止追擊，還發了一番驚人之論：「朝廷經常說話不算數，危急的時候，就撫慰籠絡我們這些將士，不惜賞官予人。而事情一旦平定下來，就將我們這些人拋在一邊，甚至有人會因功得罪。我們不如讓黃巢之輩殘留下來，以為我輩取富貴的資本。」唐軍將士聽了這一番「留賊以為富貴之資」的「高論」，深以為然，於是不再提追擊黃巢之事。

另一支唐軍在曹全晸的率領下繼續追趕農民軍。黃巢狼狽不堪地逃命，幾乎就要被生擒活捉，然而，上天再一次青睞了他。曹全晸正要渡長江時，唐朝廷剛好在這個關鍵時候任命泰寧都將段彥謨代曹全晸為招討使，果然應驗了劉巨容「朝廷無信」的預言。這樣的情況下，曹全晸受到了打擊，自然也停止了追擊。黃巢帶著殘兵敗將得以逃走，轉戰於江西、安徽、浙江、湖北等地，隊伍又迅速擴充到二十幾萬人，勢力復振。

在這一場大戰中，宰相王鐸不但無尺寸之功，還棄城逃跑在先，直接導致了江陵被毀。而最大的罪魁禍首劉漢宏竟然在事後又被王鐸招降。唐朝廷的軍隊都是這樣的將帥統兵，結局就可想而知。

關於王鐸，還有個怕老婆的笑話。王鐸懼內，出京時，只帶了姬妾隨行，將夫人留在了京城。有一天，部下忽然來報：「夫人離開京城前來，已在半路上了。」王鐸聞報，十分驚恐，問周圍的人說：「黃巢兵漸漸逼來，夫人又氣沖沖自北方趕來，旦夕之間，就要到達，這可怎麼辦？」一個幕僚開玩笑說：「不如投降黃巢吧。」眾人都大笑不止。

唐山南東道節度使劉巨容大破黃巢後回到襄陽。這時候，襄陽發生了「荊南兵變」。荊南監軍楊復光命忠武都將宋浩暫管府事，泰寧都將段彥謨率所部兵守荊南城。不久後，僖宗下詔任宋浩為荊南安撫使，段彥感到位居宋浩之下是種恥辱，處處與宋浩作對。宋浩禁止砍伐街中的槐柳樹，而段彥謨的部下違犯了禁令，宋浩就下令杖責犯禁士兵。段彥謨極感憤怒，懷挾利刀馳入軍府，當場殺死宋浩及其二子。監軍楊復光裝作什麼都不知道，只求息事寧人，上奏唐朝廷，說宋浩因殘暴被激憤的士兵所殺。於是僖宗下詔任命段彥謨為朗州刺史，又任命工部侍郎鄭紹業為荊南節度使。

從上面可以看出，當時農民軍的實力根本無法與唐朝廷抗衡。然而，唐朝廷方面沒有統一的指揮調度，沒有強有力的威震一方的統帥，朝廷內外將相離心，各藩鎮各有私心。這些對唐帝國而言都是相當不尋常的，而黃巢剛好就有意和無意地利用了這些不尋常。可以說，黃巢的遊刃有餘徹底地暴露了朝廷各機構間無法協調的真相。

過了年，到了八八〇年，此時僖宗改元為廣明元年，黃巢的運氣開始好轉。他率軍離開鄂州（今湖北武昌）東進，數月間連下饒（今江西波陽）、信（上饒）、池（今安徽貴池）、歙（歙縣）

婺（今浙江金華）、睦（建德）等州。

黃巢接連取勝，再一次震撼了唐朝廷，僖宗一面任命淮南節度使高駢為諸道行營都統，指揮各路兵馬聯合進攻黃巢軍。同時徵調昭義、感化、義武諸道兵南下，與高駢協同作戰。

高駢是當時知名度極高的武將。高家世代為禁軍將領，祖父為憲宗朝平定西川的名將高崇文。高駢本人常年在邊關領兵抵禦黨項、西蕃侵犯，屢建奇功。他在朱叔明手下任侍御時，曾經「一箭貫雙鵰」，被稱為「落雕侍御」，一時傳為美談。高駢曾任西川節度使，在任上刑罰嚴酷，濫殺無辜。

高駢喜好妖術，每當調發軍隊時，都要於夜晚張開旗幟，排列隊形，對著將士焚燒紙畫的人和馬，並散發小豆，說道：「蜀中士兵懦弱膽怯，今天我要派遣玄女神兵在前面行進。」主帥如此，蜀軍都感到羞辱。高駢又命令民間均使用足陌錢進行交易，錢不足百的人都被處死。由於刑罰嚴厲殘酷，蜀中百姓均感不安。

當時，西南有南詔騷擾邊境，曾經圍困成都，當時的節度使楊慶復用高官厚祿招募突將，由此抵擋住南詔的進攻。高駢到成都後，託言稱蜀中屢遭南蠻侵犯，百姓尚未恢復產業，停發了突將的俸祿，突將怨恨異常。到了後來，突將們忍無可忍，起事攻入節度使府。高駢藏在廁所中，未被突將發現，倖免遇難。最後還是宦官監軍派人出來招諭突將，承諾恢復他們的官職和俸祿，突將才還歸本營。高駢部下天平軍一直緊閉營門，見突將退走，才打開營門，假裝出擊。追到城北，那裏剛好有役夫數百人在修築球場。天平軍竟將這些役夫全部殺死，砍下首級，送到節度使府，宣稱已將作亂者誅盡。高駢立即賞賜豐厚的金帛。

而高駢躲在廁所中的時候，已經暗中記下了作亂突將的姓名，派人乘夜將這些人家圍住，跳牆破戶入宅，不分老幼，全部殺死。有的嬰兒被撲殺於門階上，有的被在柱上撞死，一時流血成渠，哭喊之聲震天，被殺死者達數千人。晚上，高駢再派人用車拖屍體投入江中。

因為高駢的這些「鐵血」手段，王仙芝、黃巢農民軍轉戰江南後，唐朝廷任高駢為鎮海軍（今江蘇鎮江）節度使、諸道兵馬都統、江淮鹽鐵轉運使。次年，又遷淮南（今江蘇揚州北）節度副大使知節度事，仍充都統、鹽鐵使，負責鎮壓王仙芝、黃巢起義軍。

高駢並非只是一介武夫，他同時還是一位才情出眾的詩人，《唐詩紀事》稱他的詩「雅有奇藻」。當時藩鎮養士成風。高駢在揚州時，也吸納了一批賢才能人加入其幕府中。其中，最著名的當數後來被譽為韓國漢文學開山鼻祖、「東國文化之父」的新羅（今朝鮮半島）留學生崔致遠。當時，崔致遠對高駢十分欽佩，向其自薦，被高駢禮遇重用，「凡表狀文告，皆出其手」。崔致遠受高駢之命執筆撰寫的檄文《討黃巢書》，一時天下傳誦。後來崔致遠回新羅時，高駢以豐厚賞賜為他送行，並代表朝廷授予他「國信使」的名銜。

重新回到正題。高駢受命於唐朝廷危難之間，開始還能克盡職守，傳檄徵天下各鎮兵，他自己也廣為招募，合淮南和諸道之兵得七萬人，威望大振，朝廷深為倚重。廣明元年（八八〇年）三月，高駢派驍將張璘渡江南下，狙擊黃巢。黃巢部下大多是臨時招募，無法與唐正規軍抗衡，連戰失利後，黃巢不得不退守饒州（治今江西波陽）。張璘乘勝進軍。張璘似乎天生就是黃巢的剋星，每次與黃巢交戰，都能取得勝利。五月，黃巢又退守信州（治今江西上饒）。

這時候，在唐朝廷的詔令下，北方昭義、義武等數道軍已經趕到淮南集結，張璘率兵窮追不捨。羅網收緊了，黃巢再一次面臨失敗的命運。尤其不可思議的是，農民軍所駐紮的信州再一次流行瘟疫，農民軍大多染病死去，元氣大傷。在雪上加霜的危急時刻，黃巢只好拋出了最後的緩兵之計。他一面派人給死對頭張璘送去了大量黃金財寶，懇求他手下留情；一面致書高駢，表示願意投降。

此時的黃巢，已經看出唐中央朝廷難以統一指揮調動諸道軍隊，唐各道軍隊之間還有矛盾，他希望再一次借助敵人內部的矛盾逃出羅網。以黃巢目前的處境，不會不知道唐朝廷絕不會輕易同意他投降，他以前處在上風時誠心誠意表示歸順，唐朝廷都不准，他現在落在了下風，唐朝廷會那麼傻嗎？一定會對他斬盡殺絕！但這是黃巢最後的路，無論如何，他都必須試一試。從他前面幾次死裏逃生的經歷，他認為他應該可以繼續在夾縫中生存下來。

高駢也是老江湖，身邊還有原黃巢部將畢師鐸指點，不會看不出黃巢的拖延之策。但他也有私心，想將計就計，誘使黃巢主動上門請降，然後殺之，這樣便可得平賊首功。不僅如此，高駢還生怕別道人馬與自己分功，上奏朝廷，聲稱農民軍「不日當平，不煩諸道兵，請悉遣歸」。之前，宰相盧攜因與另一宰相鄭畋爭吵，都被罷相。後來因為高駢部將張璘戰黃巢有功，而高駢是盧攜舉薦，所以盧攜又被召回任宰相。此時，盧攜當然更希望高駢立首功，因為他們二人是一根繩索上的螞蚱，一榮俱榮，一損俱損。於是，宰相盧攜以朝廷名義，遣散了諸道唐兵。

黃巢刺探到唐諸道兵已經北渡淮河，立即與高駢絕交，並且出戰。高駢得知後怒氣沖天，命令張璘向黃巢軍進攻。一向能有效克制黃巢的張璘這次被殺得大敗，張璘自己戰死，黃巢的勢力復振。並乘勝攻佔了睦州（治今浙江建德）、婺州（治今浙江金華）。同年七月，黃巢率軍從采石

（今安徽馬鞍山西南）北渡長江，進圍天長、六合等縣，黃巢軍一時兵勢甚盛。

高駢與黃巢暗鬥心機的計中計，最終以高駢的失敗告終。這時，畢師鐸力勸高駢據險出擊，阻止黃巢東進，高駢頗為心動。然而，他身邊的術士呂用之卻怕畢師鐸立功受寵，堅決阻止。高駢見諸道兵已經北歸，張璘又戰死，「自度力不能制，畏怯不敢出兵，但命諸將嚴備，自保而已」。同時，高駢又向朝廷上表告急，誇大黃巢軍勢，奏稱義軍有六十萬，距揚州已不足五十里。

唐朝廷一直對高駢寄以厚望，看到他的奏表，一直熱盼他平賊的朝廷大臣們大失所望，「人情大駭」。於是，僖宗下詔切責高駢，說他遣散諸道兵，致黃巢乘唐軍無備渡江。高駢上表辯解了一通，就稱自己得了半身不遂，「不復出戰」。

當時，黃巢軍自稱才十五萬，實際人數應該遠遠不足這個數。高駢謊報軍情，不過是為自己的膽怯找藉口。之後，他擁兵自重。天平節度使兼東面副都統曹全晸以六千人全力抵抗黃巢，由於寡不敵眾，退兵屯於泗州，以等待諸道援軍的到來。高駢不出一兵一卒救援。為此，後世王夫之憤言道：「無忘家為國、忘死為君之忠，無敦信及豚魚、執義格鬼神之節，而揮霍踴躍、任慧力以收效於一時者，皆所謂小有才也。小有才者，匹夫之智勇而已。小效著聞，而授之以大任於危亂之日，古今之以此亡其國者不一，而高駢其著也。……而唐之分崩滅裂以趨於灰燼者，實（高）駢為之。」

之後，高駢一直坐守揚州，保存實力。黃巢軍入西京長安時，朝廷再三徵高駢「赴難」，他卻想得漁翁之利，欲兼併兩浙，割據一方，遂逗留不行。唐朝廷對他的擁兵自重、無所作為當然十分生氣，中和二年（八八二年），唐僖宗下令罷免高駢諸道兵馬都統、鹽鐵轉運使等職。

高駢既已喪失兵權，又被解除了財權，頓時捋起袖子，破口怒罵。還立即指使幕僚顧雲起草奏書給僖宗，言辭極為不遜。其中說：「是陛下不用微臣，固非微臣有負陛下。」又說：「奸臣未悟，陛下猶迷，不思宗廟之焚燒，不痛園陵之開毀。」又說：「今賢才在野，奸人滿朝，致陛下為亡國之君，此子等計將安出！」（《資治通鑑・卷二百五十五》）將唐朝廷戰敗的責任全部推到了僖宗身上。僖宗看完後勃然大怒，派鄭畋草詔，將高駢大力貶損一通。其中說：「『奸臣未悟』之言，何人肯認！『陛下猶迷』之語，朕不敢當！」又說：「卿尚不能縛黃巢於天長，安能坐擒諸將！」

一個是朝廷重臣，一個是帝國皇帝，兩人一來一往，跟大街上潑婦的對罵差不了太多。至此，雙方已經徹底撕破了臉皮。「（高）駢臣節既虧，自是貢賦遂絕」。後來，長安為諸道收復，高駢又無比後悔，覺得自己未能佔到功勞。

高駢素信神仙，重用術士呂用之，付以軍政大權。呂用之趁機秉權，誅殺宿將，由此導致上下離心。部將畢師鐸是黃巢降將，常常因此而自危。畢師鐸有一愛妾，美貌非凡。呂用之明為修道之人，卻趁畢師鐸外出公幹，公然闖入畢府強行姦淫美妾。畢師鐸知道後，雖然敢怒不敢言，但心中卻恨不得將呂用之碎屍萬段。光啟三年（八八七年），畢師鐸奉命出屯高郵，呂用之「待之加厚，（畢）師鐸益疑懼，謂禍在旦夕」。畢師鐸到高郵後，聯合諸將高郵鎮將鄭漢章等人反攻揚州。城陷，高駢被囚，不久被殺，最終落了個眾叛親離的下場，既無善終，又得惡名。

〈順便提一個類似前面講過的紅線的傳奇。在高駢左右用事的方士，除了呂用之和張守一外，還有個諸葛殷。《資治通鑑・卷第二百五十四》中描寫高駢和諸葛殷相處的情形，很是生動有趣：「般始自鄱陽來，用之先言於駢曰：『玉皇以公職事繁重，輟左右尊神一人，佐公為理，公善遇之；欲其久留，亦可縻以人間重職。』明日，般謁見，詭辯風生，駢以為神，補鹽鐵劇職。駢嚴潔，甥侄輩未嘗得接坐。般病風疽，搔捫不替手，膿血滿爪，駢獨與之同席促膝，傳杯器而食。左右以為言，駢曰：『神仙以此過人耳！』駢有畜犬，聞其腥穢，多來近之。駢怪之，般笑曰：『般嘗於玉皇前見之，別來數百年，猶相識。』」在高駢的支持下，諸葛般曾經掌管揚州的鹽鐵稅務，權勢顯赫一時。當時，有妓女的父母貪慕錢財，強將女兒送給諸葛般做妾。妓女卻另有所愛李三十九郎。李三十九郎情人被奪，卻無法與諸葛般相抗，極是悲哀，又怕諸葛般加禍，只有暗自飲泣。有一次偶然和女商荊十三娘談起。荊十三娘慨然道：「這是小事一樁，不必難過，我來給你辦好了。你先過江去，六月六日正午，在潤州（鎮江）北固山等我便了。」李三十九郎依時在北固山下相候，只見荊十三娘負了一個大布袋而來。打開布袋，李三十九郎愛慕的妓女先跳了出來，還有兩個人頭，卻是那妓女的父母。李三十九郎十分驚訝，不知道荊十三娘如何做到。之後，荊十三娘和溫州進士趙中立同回浙江，不知所終。事見《北夢瑣言》。）

曹全晸軍被破後，黃巢軍北渡淮河，自淮而北，整裝而行，不剽財貨，唯取丁壯為兵。之後，一路勢如破竹，破申州（今河南信陽），分兵入潁州（今安徽阜陽）、宋州（今河南商丘）、徐州、兗州境，所至唐官吏皆望風逃竄。

歷史的天平開始偏向於黃巢一邊。廣明元年（八八〇年）十一月中旬，黃巢率農民軍攻克汝州（今河南臨汝），又馬不停蹄，揮師北進。唐調河東（駐太原府）、天平（今山東東平北）等藩鎮兵進剿。農民軍勢如破竹，十七日攻克東都洛陽。唐東都留守劉允章率百官迎降，坊市晏然。

十二月初，黃巢率農民大軍經陝（今河南陝縣）、虢（今河南靈寶）直指潼關。唐潼關守將齊克讓、張承範兵少無糧，農民軍力敗唐守軍，攻克潼關，大軍直指長安。十二月初四，僖宗下詔任命黃巢為太平節度使，為歷史寫上了近似鬧劇的一筆。此時的黃巢，怎麼還會在乎太平節度使呢？他更加在乎長安。

十二月初五，僖宗在田令孜神策軍的護衛下，狼狽逃往成都避難，只有很少人從行，文武百官及諸王、妃多不知皇帝去向。黃巢未受到任何抵抗即順利進入長安，他終於實現了「沖天香陣透長安，滿城盡帶黃金甲」的夙願。

這時候，黃巢才發現，只有當最大的理想實現了的時候，感慨過去九死一生的經歷才會回味無窮。倘若當初唐朝廷同意他為廣州節度使，現在他會是什麼樣子？倘若當時唐山南東道節度使劉巨容窮追不捨，他恐怕早就喪生了吧？倘若……實在有太多太多的倘若。

歷史就是如此，有其必然性，但也有太多的偶然性。在許多不經意的偶然間，黃巢實現了他曾經的最大的志向，在歷史的畫卷上寫下了他濃墨重彩的一筆。

2 被逼上梁山的龐勳

中國的農民起義是世界上鮮有的。不論是次數，還是規模，都是其他國家所不能比的。唐末的黃巢起義則對後世的農民起義產生了重要影響。

後世有相當多的史學家認為「唐亡於黃巢」。雖然唐朝滅亡的直接原因是黃巢起義，但實際上，導致唐帝國覆滅的因素很多。黃巢起義爆發的原因綜合了多方面因素，可以總結為三大類：藩鎮割據、宦官專政和朋黨之爭。這三類，已經在前面的篇章分別提到。這些原因導致了唐朝政治的腐敗與黑暗，腐敗與黑暗又導致民不聊生。黃巢起義不過是個火引子，將以前各種暗流形成的地火激發了出來，形成了火山，從而直接導致唐大廈的倒塌。

然而，在黃巢之前，還有次龐勳領導的桂林戍卒起義。《新唐書．南詔傳贊》稱：「唐亡於黃巢，而禍基於桂林。」由此可見其影響之深遠。為什麼唐帝國滅亡的導火索不在藏龍臥虎、群雄林立的中原，而在偏處於嶺南一隅之地的桂林呢？

要講桂林戍卒起義，首先講講唐朝的兵制，因為這次起義就是跟兵制有關。

唐朝建國後實行的是府兵制。其府兵制本身有其特殊性，在中國古代兵制史上相當罕見。關於這一點，可以拿與唐朝同樣有聲色的漢朝來作比較：漢朝是寓兵於農，全農皆兵；唐朝只能說全兵皆農，就是說，每個士兵都要種田，但不是所有種田的人都要當兵。

唐朝先將全國的人口做調查統計，根據各家的經濟情況，分為九等人。下三等的人沒有資格當兵，上等和中等才有當兵的資格。作為補償，朝廷會免去當兵家庭的租庸調。這樣，當兵是地位的象徵，所以，富裕人家願意當兵，這就是府兵。府兵自己有田有地，因此不需要朝廷出錢來養軍隊。那麼，府兵制是怎麼破壞的呢？

各地府兵要輪流到京師宿衛一年，唐太宗時，太宗李世民經常親自教習這些府兵騎射，府兵們都覺得榮耀，願意為國家出力。後來，天下太平無事，在京師宿衛的府兵無事可做，逐漸淪落為達官貴人的苦工，受人輕視，因此，再有府兵下一輪宿衛，便千方百計地逃避。

再說邊境上的府兵。府兵原來是三年一代，但因為邊防戰事頻繁，戍期延長。前面提過，府兵都是家境富裕之人，到邊關時，往往攜帶不少絹匹（唐朝以絹作幣），這是他們的私房零用錢。邊將見財起意，便想方設法地侵吞士兵財物，還強迫士兵服苦役。這樣，由於邊將貪污，朝廷腐敗，直接導致沒有人再願意當府兵，發生了大面積府兵逃亡事件。這種情況發生在玄宗一朝，正是唐帝國國力鼎盛的時期。

在這樣的情況下，唐朝廷只好停止徵發府兵，開始實行募兵制，其實就是雇傭兵。唐帝國此時財力雄厚，有錢有勢，出得起大價錢雇人當兵。招募來的士兵，軍器、衣糧都由朝廷發給，長期服兵役。而這些被招募的士兵，絕大多數都是番人。正是大量使用少數民族番人當兵當將，而沒有採取任何提防措施，才造成了後來「安史之亂」一發不可收拾的局面。

言歸正傳，唐懿宗時，徐州一帶「風土雄勁，甲士精強」，那裏武風極盛，人的性格也比較剛烈。當時，唐朝廷為了加強西南邊防力量，調派了部分徐州兵（雇傭兵）去守嶺南，其中有八百人在桂州（今廣西桂林）駐防。開始調防時，朝廷與這些徐州兵約定，三年一輪換，就是說，只要他們在嶺南守夠三年，就可以重新回去家鄉徐州。

到了後來，朝廷因調防費用大，遲遲不予輪換。到了咸通九年（八六八年），這些徐州兵守桂州已經有六年之久。他們思念家鄉，懷念親人妻子，自然對唐朝廷深為不滿。最可氣的是，徐州都押牙尹戡不顧群情洶洶，為了討好上級，向徐泗觀察使崔彥曾建議說：「以軍帑空虛，發兵所費頗多，請更留戍卒一年。」意思是換防要花很多的錢，而朝廷現在沒軍費預算，不如讓這些徐州兵在桂州再多守一年。崔彥曾是宰相崔慎由的侄子，性情嚴酷，為人刻薄。唐朝廷因為怕徐州士兵驕橫難制，特意任命苛刻的崔彥曾鎮撫徐泗。崔彥曾聽從了尹戡的建議。

消息傳到桂州後，徐州兵群情憤怒。這些兵當中，都虞候許佶、軍校趙可立、姚周、張行實幾人以前都是徐州附近著名的群盜，因為地方官府無力征討，於是招安他們出山，充在軍隊中任職。這些人曾經為盜，作風彪悍，自然更加怒火沖天。剛好此時桂管觀察使李叢被調往湖南，新任觀察使還沒有到任。這些徐州兵更加覺得自己被朝廷拋棄了。咸通九年（八六八年）秋七月，許佶等人去找都將王仲甫理論。王仲甫不但不安撫，還趾高氣揚地訓斥眾人。許佶等人氣憤不過，一哄而上，殺死了王仲甫。

這下事情鬧大了，許佶等人也不知道該怎麼辦，於是推舉素所信服的糧料判官龐勳為都將。龐勳見大家已經把王仲甫殺了，難以置身事外，再說他也渴望早日回到家鄉徐州，於是被逼上了梁山，做了徐州兵的首領。龐勳帶著眾人衝入監軍院，奪取了兵甲，武裝起來結隊北還，打算自行回去徐州老家。

事情到此地步，還沒有十分惡化。不過是一群離開家鄉六年的士兵，渴望回到家鄉與親人團聚而已。不過，這些徐州兵因心中忿怒，在所過之地四處劫掠。因為他們都是職業兵，訓練有素，地方州縣根本拿他們沒辦法。唐朝廷得知消息後，派大宦官張敬思來安撫徐州兵，表示不追究前事，由官府資送他們回歸徐州，於是徐州兵停止了沿途搶劫。

事情到此，應該就已經解決了，皆大歡喜。然而，徐州兵到了湖南後，宦官監軍用計策誘騙他們，讓他們將武器全部交出。山南東道節度使崔鉉則派兵嚴守要害之處。

在這樣的情況下，龐勳與許佶等人計議：認為朝廷赦免他們，是怕他們沿途攻擊搶劫地方，又怕他們潰散到山野為盜為匪，一旦他們回到徐州，等待他們的必然是早已設好的羅網。徐州兵心中恐懼，不敢繼續北上，於是乘船沿長江東下。一路上，眾人為了防備朝廷突然襲擊，都拿出自己的錢打造兵器。

此時，徐州兵仍然沒有反叛的意思。龐勳甚至多次派人向上司徐泗觀察使崔彥曾送申訴狀，信使一個接著一個，申訴狀的言辭都相當恭敬。然而，崔彥曾沒有做出任何反應，這大概與他苛刻的性格有關。這些徐州兵原來都是他的部下，出了這樣的事，他自覺臉上無光，勢必要剷除這些徐州兵而後快。崔彥曾如此態度，朝廷也無法知道更多的真相，自然也不可能得到龐勳的申訴狀，更不可能安撫這些只想早日回到家鄉的徐州兵了。

事情到了這種地步，龐勳等人顯然已經無路可退。渡過淮河以後，龐勳向眾徐州兵宣稱：「我輩擅自歸來，不過是因為思念妻兒，日夜想與他們相見。聽說已有皇帝的密敕到了徐州，一旦我們等回到徐州，將被肢解滅族。大丈夫與其自投羅網，為天下人所笑，還不如大家同心協力，赴湯蹈火幹一番大事業。這樣不僅擺脫禍殃，還可求得富貴！更何況徐州城內的將士都是我們的父兄子弟，我們在外一聲高喊，他們在城內必然回應。」眾人聽後都歡呼雀躍，拍手稱好。

於是，一場本來不該發生的大起義就這樣爆發了。

徐州兵只有將士趙武等十二人不想參與起義，企圖逃跑，結果被龐勳處斬。龐勳隨即派人將趙武等人的首級送給崔彥曾，並再遞上申訴狀，宣稱是被趙武等人騙歸。不久，龐勳再次申訴，要求停掉徐州都押牙尹戡的職，然後，將他們這些從桂州回來的將士「別置二營，共為一將」。這說明龐勳起義仍然是想求自保，在他心底深處，仍然希望能平平安安地回到徐州，大家和睦相處。由於當時通訊條件所限，唐朝廷不可能及時了解到情況，所以在這個時候，徐泗觀察使崔彥曾的態度就相當重要了，和與戰，其實就在他一念之間。

崔彥曾召部下商議，諸將都覺得徐州治下的兵出了這樣的事相當丟臉，都哭著喊著要去與龐勳義軍決一死戰。崔彥曾當然知道他自己這一決定將左右許多人的命運，還是很猶豫，因為他看得出，龐勳等人並沒有反叛朝廷的意圖。

這時候，徐泗團練判官溫廷皓站了出來，慷慨地說了一番話。他先指出了崔彥曾猶豫的原因：「目前討擊桂州戍卒有三大難處：皇帝已經頒下詔書釋免戍卒的罪，我們不能擅自討擊，這是第一大難處。這些桂州戍卒的親人都在徐州城內，而我們率領戍卒的父兄，去討擊他們的子弟，人情難違，這是第二大難處。戍卒犯罪，牽連的枝黨多而複雜，追究起來判刑和處死的人必然很多，這是第三大難處。」本來眾將都以為溫廷皓是要站在龐勳等徐州兵一邊了，不料他話鋒一轉，又列舉了如果不討伐龐勳的五大害處，從而促使崔彥曾下定了決心。

當時徐州城內只有四千三百名士兵，崔彥曾派都虞候元密統兵三千人拒龐勳，又命宿州（今安徽宿縣）出兵五百扼守符離（今安徽宿縣北符離集）。龐勳義軍隨即抵達符離，兩軍在睢水之上激戰。雙方都是訓練有素的軍隊，而對方軍中各有不少人或是親戚或是朋友或是相識。當然，龐勳義軍此時有家不能回，正是義憤填膺、勇氣倍增之時。狹路相逢勇者勝，交戰結果，唐官軍大敗，望風而逃。

龐勳隨即回軍進攻宿州。當時宿州缺刺史，觀察副使焦璐掌攝州政事務，宿州的軍隊被調去符離後潰敗，城內不再有軍隊，已經是一座空城，即攻即下。焦璐狼狽不堪地逃出宿州，得免一死。龐勳將城中的財貨全部聚集在一起，讓老百姓隨意來取。「一日之中，四遠雲集」。然後龐勳再從中選募丁壯參軍。「自旦至暮，得數千人」，起義隊伍迅速擴大。龐勳分兵守城，自稱兵馬留後。

兩天後，都虞候元密引唐官軍前來圍攻宿州。官軍在城外駐營。龐勳用火箭射燃城外茅舍，火勢延及官軍營帳。龐勳軍突然殺出城來，襲擊官軍，殺死三百人，然後從容返回宿州城中。當天晚上，城裏民眾協助守城，婦女持鼓打更。龐勳事先搜集宿州城中的三百艘大船，裝滿糧食，乘流而下。元密以為龐勳義軍一定會固守宿州，毫無防備。

第二天天亮後，官軍才知龐勳已經衝出重圍，狼狽追趕，連早飯也沒吃，人人饑乏不堪。這時，突然發現龐勳的船隻列於堤下，岸上幾隊義軍發現官軍來到，紛紛躲入堤陂。元密以為龐勳臨陣畏縮，驅兵進擊。不料龐勳軍一路從舟中殺出，一路從堤坡間殺出，兩路夾攻，從中午殺到傍晚，官軍大敗。元密引兵敗退，陷入菏澤，龐勳軍追到，元密等諸將死於亂軍之中，官軍死約千人，其餘人都投降了龐勳，竟然沒有一個人得還徐州。

崔彥曾知道元密戰敗的消息後，大驚失色，慌忙寫信請求鄰道發兵救援。隨後下令緊閉城門，選城中的丁壯入伍守城。徐州城內外一片恐慌，人們普遍同情龐勳義軍，沒人願在城中堅守，都想逃走。崔彥曾部下勸他投奔兗州，崔彥曾倒還有些骨氣，憤怒地說：「我身為元帥，城若被攻陷，只有死而已，守城是我的職責。」將勸他逃走的人斬首。

龐勳探問降卒，得知徐州空虛，立即引兵北渡濉水，迂山進攻徐州。此時，義軍已經有六、七千人的樣子，擊鼓喧噪，聲音震天動地。龐勳軍對城外居民好言勸慰，毫不擾侵，於是人們爭相歸附。義軍幾乎是不費吹灰之力就攻下徐州城。崔彥曾被俘虜，囚禁於大彭館。民憤很大的都押牙尹戡、教練使杜璋、兵馬使徐行儉等人都被殺掉。當天，城中願意參加龐勳義軍的就達一萬餘人。而附近諸州百姓聽說龐勳招募軍隊後，爭先恐後地趕來參軍，甚至父親送兒子，妻子勉勵丈夫，農民們把鋤頭磨得更銳利，扛著它作為武器來應募。義軍人數激增到十萬以上。龐勳聲名大震。

曾經力主剿滅義軍的徐泗團練判官溫庭皓被龐勳召來，要求他起草給朝廷的表文。溫庭皓說：「這件事關係重大，不是頃刻間可以完成的，請讓我回家慢慢地起草。」龐勳准許他回家去寫。第二天早上，龐勳派人去溫庭皓家取表文。溫庭皓空手來見龐勳說：「昨天所以不立即拒絕起草表文，是想回家看一下妻子兒子，今天已經與妻兒訣別，現在就是來送死的了。」龐勳看了溫庭皓幾眼，笑著說：「書生敢頂撞我，不怕死嗎！我龐勳能攻取徐州，怎麼怕找不到人為我起草表文！」竟然沒有殺溫庭皓，而將他釋放。

龐勳起兵後，一系列的軍事指揮相當漂亮，取徐州如探囊取物一般。但龐勳沒有野心家的本質，他最早與朝廷對抗的原因，不過是要回到家鄉，現在，他終於回到了徐州，目的達到了，他也就心滿意足了。只不過他現在的身分，是在與朝廷對立的面上，所以，龐勳便希望能得到朝廷同情和理解，最好讓他當個徐州節度使。這也是他找溫庭皓起草上奏朝廷的目的所在。也正是這種不堅定的意志，成為他日後失敗的根本原因。他盼望招安的心理，被敵人最大化地利用了。

之後，為了拱衛徐州，龐勳確實也做了一系列的努力，先後派軍攻取淮南道的濠州（治鐘離，今安徽鳳陽縣西北）、滁州（治清流，今安徽滁縣）、和州（治曆陽，今安徽和縣）。還動員了一萬餘人圍攻「當江、淮之衝」的泗州。顯然，龐勛始終只是在徐州周遭困守，並無取天下之心。所以，從開始到最後，義軍始終只有徐州一個根據地。這樣，一旦被包圍，內無糧草，外無援兵，困守的結果只能是坐以待斃。

對唐朝廷來說，泗州當江淮要害，關係到江淮漕運。如果泗州被義軍控制，唐朝廷的經濟命脈就將被切斷。唐朝廷驚恐萬狀，開始了大面積的調兵遣將：任命康承訓為義成節度使（即徐州節度使）、徐州行營都招討使，王晏權為徐州北面行營招討使，戴可師為徐州南面行營招討使，率諸道軍及沙陀、吐谷渾等族部眾，鎮壓起義軍。

因官軍調動費時費力，於是戴可師先率三萬士兵，緊急增援泗州。

當時，泗州東南的都梁城（今江蘇盱眙縣東南）已經被義軍控制。戴可師官軍一上來就猛烈圍攻都梁城，龐勛義軍在半夜悄悄撤出。第二天，戴可師官軍進入都梁城，才發現不過是一座空城。戴可師認為義軍膽怯，不戰而逃，因而十分得意。此時，天降大霧，丈外不能看清人的面孔。數萬義軍突然重新殺入，官軍大敗，戴可師和監軍（宦官）被殺，三萬官軍只有數百人僥倖逃脫，器械、資糧、車馬喪失殆盡。

此時，義軍聲勢極大，淮南為之震動。老奸巨猾的淮南節度使令狐綯（令狐楚之子，李商隱舊交）生怕義軍進入他的地盤，想出了一招緩兵之計，派人向龐勛表示，願意代為向朝廷奏請徐州節度使節鉞。龐勛等人起兵的本意原先只不過回鄉心切，因此內心深處總是存在著適當的時候讓朝廷招撫的心理。他也不想把事情弄得更大，覺得能當個徐州節度使已經相當不錯，於是停止進兵，等待令狐綯的消息。龐勛等人由於對朝廷存在幻想，結果坐失戰機，漸漸的變主動為被動，形勢日趨不利。

這時候，汴河已經被義軍切斷，龐勳乘勝圍壽州（治壽春，今安徽壽縣）。因「江淮往來皆出壽州」，壽州這裏財富如山，諸道貢獻及商人財貨都囤積在這裏。在巨大的物資面前，龐勳陶醉了。加上前面與官軍戰無不勝，自認為無敵於天下，開始享受起來，「日事遊宴」。

戴可師全軍覆沒後，唐朝廷重新做了部署，改由兗海節度使曹翔為徐州北面招討使。魏博節度使何全皞也派遣魏博大將薛尤統兵一萬三千人，開赴徐州助戰。曹翔和薛尤兩支官軍互相配合，採用口袋戰術，逐漸往東向徐州週邊收縮。另外，包圍徐州的官軍還有徐州節度使康承訓統率的七萬官軍主力，沙陀酋長朱邪赤心率領的三千精騎。

而義軍內部這時候也開始分化。龐勳部將孟敬文守豐縣，因手下軍隊多而強悍，便起了異心，自己暗中製造符讖。當時魏博大將薛尤進攻豐縣，龐勳派心腹將領率三千人增援孟敬文。孟敬文與援軍相約共襲官軍，由援軍當先鋒打頭陣。結果，龐勳新派的援軍與官軍交戰時，孟敬文悄悄率軍隊走，致使龐勳新派的援軍全軍覆沒。龐勳知道後大怒，假意要讓孟敬文鎮守徐州，孟敬文十分高興地趕去徐州，半路被龐勳預先埋伏好的士兵殺死。

眼見官軍大兵壓境，龐勳有些沉不住氣了，先派將領王弘立率主力三萬，前去抵擋官軍。王弘立出師不利，遭到沙陀精騎和康承訓官軍的夾擊，全軍覆沒。王弘立隻身逃回。

康承訓隨後率軍進逼地勢險要的柳子，與義軍柳子守將姚周交鋒。姚周有勇有謀，雙方在一個月之間交戰數十次，各有勝負。恰值大風颳起，官軍趁勢四面縱火，姚周不得不棄營逃走。沙陀軍以精銳騎兵於半路邀擊，將義軍屠殺殆盡，自柳子到芳城，死屍遍野。這場戰爭中，沙陀朱邪赤心扮演了一個極為重要的角色，甚至一度救出陷入叛軍包圍之中的唐朝統帥。

義軍將領姚周衝出重圍，只帶領麾下數十人南奔宿州。然而，義軍宿州守將梁丕平素與姚周有私仇，先開城門讓姚周進來，之後殺死了姚周。龐勳知道後，責怪梁丕擅殺姚周，撤了梁丕的職。在這個時候，龐勳犯了另一個錯誤，改派徐州舊將張玄稔代理宿州州事。

順便提一句，就在官軍與義軍殊死較量的時候，唐懿宗正在嫁寶貝女兒同昌公主。同昌公主事見《侯昌業之死》一篇。

龐勳經過前面的幾次挫敗後，這才明白他一直盼望的朝廷招安是不可能來了，於是接受了謀士周重的意見，殺了徐泗觀察使崔彥曾及徐州監軍張道謹等，表示從此與唐朝廷誓不兩立的決心。他之前之所以遲遲不殺崔彥曾等被俘虜的將領，就是為了給招安留後路。

龐勳為了避免兩線作戰，打算先對付徐州北面招討使曹翔和魏博大將薛尤的軍隊，解除西北方向的威脅。龐勳留父親龐舉直和將領許佶等留守徐州，自己親率大軍出擊包圍豐縣的魏博軍。龐勳在半夜來到豐縣，魏博軍隊毫無覺察。當時，魏博軍分為五個營寨，其中靠近豐城的一個營寨屯駐有數千人。龐勳縱兵將這個營寨團團圍住。其他魏博四寨聞訊趕來救援，龐勳早在要道上設下伏兵，四路援兵都被殺退，各自敗回本寨。當晚，龐勳見被圍營寨一時難以攻克，便解圍離去。離奇的是，魏博軍反而因此而人心躁動，驚恐不安，又聽說龐勳親自領兵到來，都驚駭不已，於是不戰自潰，紛紛趁天黑逃走。更離奇的是，其他四個營寨也都乘夜潰逃。

此時，徐州北面招討使曹翔正在圍攻滕縣，聽說魏博軍隊大潰敗，心中驚恐，不敢繼續交戰，率軍退保兗州。

〈乾符五年（八七八年），河東發生變故，地方的土團因沒有拿到軍餉，殺死馬步都虞侯鄧虔。唐朝廷撤了河東節度使竇浣，任命曹翔為河東節度使。七月，曹翔上任，將殺害鄧虔的土團士卒十三人逮捕並誅殺。九月，曹翔到晉陽上任兩月後，突然神秘暴亡。昭義軍趁機作亂，在晉陽城中大肆搶劫。晉陽百姓毫不驚慌，自發組織起來，共同討擊亂軍，殺死昭義軍千餘人，昭義軍自潰。歷來亂軍劫掠，都是殺人放火，百姓遭受慘重損失。晉陽百姓卻能扭轉形勢，為當時一大奇事。〉

至此，對義軍西北方向的威脅完全解除。龐勳隨後引兵南下，直奔柳子寨，準備與駐紮在這裏康承訓官軍主力決戰。為了一戰而平，龐勳事先制定了詳細的作戰計畫。不料龐勳軍中的淮南俘虜逃到官軍一方，將作戰計畫給康承訓。康承訓得以事先作好準備，秣馬整眾，設伏等待。結果可想而知，義軍陷入官軍重圍，損折了數萬人，屍體布滿十幾里。龐勳解除衣甲穿短衣逃走，收集潰散的士卒三千人，退入徐州。

最早龐勳起兵時，下邳（今江蘇睢寧縣西北）土豪鄭鎰聚眾三千，自備資糧器械，熱烈響應義軍。鄭鎰見龐勳此時兵敗，立即以下邳投降官軍。蘄縣（今安徽宿縣南）土豪李袞也殺死義軍守將，舉城降唐。沛縣裨將朱玫趁義軍守將李直赴彭城議事，舉城降唐。宿州守將張玄稔殺起義軍將領張儒等，開城門降唐。宿州城內有精兵三萬人，康承訓配以精騎數百，直趨符離。符離守城義軍還不知道張玄稔已叛變，開門延納，結果被張玄稔順利拿下符離。

龐勳遭受一系列的失敗後，引兵西擊宋州（州治宋城，今河南商丘縣南）、亳州（州治譙縣，今安徽亳縣），打算吸引官軍西進，以解徐州之圍。咸通十年（八六九年）九月，龐勳率起義軍二萬西出，襲破宋州南城，又渡汴水，南攻亳州。康承訓率步騎八萬，由沙陀部落朱邪赤心率數千騎作前鋒，追擊龐勳於亳州。義軍大敗，全軍覆滅，生脫者才千人，龐勳也在此役中戰死。

在龐勳軍敗之前，張玄稔進圍徐州，崔彥曾的老部下路審中開城迎接官軍，龐舉直、許佶等義軍將領悉數被殺。官軍大力圍捕桂州戍卒的親族，受到株連被殺的死者達數千人。一度轟轟烈烈的桂林戍卒起義，就這樣失敗了。

可以看到，桂林起義是在龐勳等人走投無路的時候，不得不為求生存而發生的。這就是歷史上常說的官逼民反。水能載舟，又能覆舟，唐太宗認識到的經驗子孫們沒有長期恪守，最終，百姓的滔滔之水只能將這個王朝傾覆了。

最後要強調的是，龐勳起義是雇傭兵與農民的同盟，雖然這種聯盟是暫時的，龐勳義軍也終以失敗而告終，但卻對唐朝的局勢產生了深遠的影響，唐朝廷的勝利只是下一次更大失敗的前奏。龐勳起義拉開了唐末農民大起義的序幕不久，就爆發了王仙芝、黃巢大起義。散居「兗、鄆、青、齊之間」的龐勳餘部，又重新加入到王仙芝、黃巢的隊伍裏面去了。

從後面將會看到，黃巢之所以能成功地進入長安，是因為他在全國大面積地遊走，流動作戰，後來進入長安後，也跟龐勳得到徐州一樣，有固守一隅的心理。從軍事上來說，二人的失敗是有相同之處的。

3 王仙芝起義

僖宗繼位之時，年齡尚小，軍國大政多聽從臣下。南衙朝官和北司宦官為爭權互相攻擊，相互傾軋，政局動盪混亂。「自懿宗以來，奢侈日甚，用兵不息，賦斂愈急。關東連年水旱，州縣不以實聞，上下相蒙，百姓流殍，無所控訴，相聚為盜，所在蜂起。州縣兵少，加以承平日久，人不習戰，一與盜遇，官軍多敗」。矛盾日益激化，終於一發不可收拾。

王仙芝，濮州（治鄄城，今山東鄄城縣北）人，販私鹽出身。當時，鹽稅是唐朝廷的重要收入，鹽的經營由官方所控制，對民間的鹽禁極重，販鹽一石以上即處死。但也有許多膽子大的人，靠私人販鹽來牟取暴利。販鹽者大多拉幫結夥，真刀真槍地武裝販鹽。王仙芝販私鹽時奔走各地，為抗拒官府查緝，練會了一身好武藝。

唐僖宗乾符元年（八七四年）這一年，黃河中下游遭受旱災，夏季麥收一半，秋季顆粒不收。百姓只好以野菜、樹皮充饑。在這種情況下，政府的徭役、賦稅仍未減輕，逼得百姓無法生活。憤怒的群眾在走投無路的情況下，聚集王仙芝周圍，拿起武器進行鬥爭。於是，唐末農民起義爆發了。

王仙芝率數千人在長垣（今河南長垣縣）起義，傳檄諸道，「自稱天補平均大將軍，兼海內諸豪都統」（《資治通鑑考異》引《續寶運錄》）。次年，王仙芝率部將尚君長等攻破濮州、曹州（兩州均在今山東省），並且打退了前來鎮壓的唐官軍。起義隊伍迅速發展到數萬人。所到之處，都開倉放糧，百姓歡呼震天。

這時，黃巢與族兄弟子侄黃存、黃揆、黃思鄴及外甥林言等八人，在冤句（今山東荷澤縣）聚眾數千人起義，以回應王仙芝。

黃巢，山東曹州（今山東曹縣）人，「（黃）巢少與（王）仙芝皆以販私鹽為事，（黃）巢善騎射，喜任俠，粗涉書傳，屢舉進士不第」（《資治通鑒・卷第二百五十二》）。可見黃巢與以往的農民軍領袖不同，他兼有士人和豪俠的雙重身分。即使是在代表正統的《新唐書》中，黃巢也被歸在《逆臣傳》中，與安祿山等叛臣並列，可見傳統的作史者也沒有將黃巢當成一般的流寇。黃巢還與王仙芝一同組織過武裝鹽幫，同唐官府緝查私鹽進行過多次武裝鬥爭。長期的冒險生涯，養成了黃巢負氣仗義、好打抱不平的性格，有許多人願意追隨他。毫無疑問，黃巢身上有著明顯的梟雄氣質。

黃巢決定起義前的心理，現在已經很難揣測。以他不顧官府禁令販鹽的經歷來看，他應該全身充滿了江湖習氣，有著極端冒險的精神。但實際上，他卻是個地地道道的讀書人，正如前面所提到的，他是在名落孫山的情況下，才滿懷憤慨地寫了「沖天香陣透長安，滿城盡帶黃金甲」的詩句。從這點上來說，他潛意識中的願望其實與龐勳是一樣的，都有著等待招安的心理。

特別值得強調的是，在這句氣「沖天香陣透長安，滿城盡帶黃金甲」挾風雷的詩中，黃巢表現出長安不同尋常的喜愛。正如作者在前面《黃巢的理想》一篇中所分析的，他內心深處有深沉的「城主」情結。那麼，有沒有可能，黃巢決定起兵，是不是因為神迷於長安，甚至視其為靈魂的歸依，所以才不惜與他本來一直想效力的唐朝廷對抗呢？至少，在很久之前，他迷戀長安，迷戀長安無以倫比的壯麗，迷戀長安至高無上的政治意義，甚至想要有一天能夠擁有它。當然，長安是帝國的首都，只有天下之主，才能擁有長安。這種野心勃勃的願望在當時看來是可望而不及的，於是蟄伏在黃巢的內心深處。這種願望雖然潛伏了很長的時期，在特殊的環境下卻會激發起來。有了這樣的前提，也就能解釋為什麼黃巢進入長安後，突然不思進取，心滿意足地偏安於長安城內。一個英雄人物的心理演變，本身就是一頁意味深長的歷史。

還是先言歸正傳。黃巢起義後，數月間隊伍也發展到幾萬人。之後，王仙芝趕來與黃巢會合，兩支義軍合在一起，聲勢更加浩大。

唐朝廷見王仙芝與黃巢起義軍聲勢浩大，立即詔令淮南、忠武、宣武、義成、天平五節度使進擊義軍。乾符三年（八七六年）七月，唐天平節度使宋威在沂州（今山東臨沂）城下大破王仙芝軍。宋威聽說王仙芝已經死於亂軍之中，得意非凡，竟然不辨真偽，立即上書唐朝廷，說王仙芝已死。於是，「百官皆入賀」，唐朝廷下詔遣散了諸道兵。

然而，沒過幾天，王仙芝、黃巢便轉戰河南，迅速攻佔了陽翟（今河南禹縣）、郟城（今河南郟縣）等八縣之地。唐朝廷見王仙芝「死而復生」，急忙重新下詔發兵。如此反反覆覆，各道士兵怨氣沖天，「士皆忿怨思亂」。諸道本來就各有私心，這下更是難以齊心了。

農民軍隨後攻陷了汝州（治梁縣，今河南臨汝縣），活捉汝州刺史王鐐。汝州離開洛陽只有一百六十里地，汝州的陷落，使洛陽震驚，士民紛紛挈家外逃。

汝州刺史王鐐是宰相王鐸堂弟，蘄州刺史裴偓是王鐸知舉時的門生。王鐐為王仙芝寫信給裴偓，表示王仙芝願意接受「招安」。裴偓據以上奏朝廷。宰相王鐸眼見堂弟在農民軍手中，力排眾議，固請「招安」，終於說服僖宗。僖宗便任命王仙芝為左神策軍押牙兼監察御史。

王仙芝十分高興，決定接受。黃巢卻十分憤怒，說：「當初共立大誓，橫行天下。如今你去左神策軍做官，眾多士卒將何處安身？」此時群情激憤，人人責罵王仙芝，怒不可遏的黃巢還出拳把王仙芝打得頭破血流。

這裏要特別提到的是，唐朝廷只有給王仙芝一個人的任命，其他人隻字未提。鑒於黃巢之後數次請求招安的經歷，他此時意志堅決地表示反對，應該只是因為唐朝廷沒有給他官做。倘若唐朝廷策略一些，在招安書上列上義軍主要將領的名字，哪怕是虛職，這次招安多半就成了。不過只需要簡單的一紙文書，為何唐朝廷偏偏不做呢？這其中大有文章。

昔日有「二桃殺三士」的典故。三名勇士是公孫捷、田開疆、古治子，以勇力搏虎聞，為齊景公所寵信。晏嬰認為三士不懂得君臣大義和朝廷禮儀，所以想除掉他們。剛好有一天，魯昭公和大夫叔孫婼到了齊國，齊景公設宴招待，晏嬰陪坐，田開疆等三士帶劍立於階下，昂昂自若，目中無人。酒喝到一半，齊景公對魯昭公說：「我園子裏種了一棵『萬壽金桃』，長了三十多年了，一直只開花不結果，恰好今年結了幾顆果子，我想請您品嘗品嘗。」魯昭公聽了很高興。晏嬰便去摘桃。一會兒，端來了六個大如碗、香氣撲鼻的桃子，晏嬰說：「還有三、四個沒熟，我就先摘了這些熟的。」客氣了一番後，齊景公和魯昭公各吃了一個桃子，叔孫婼和晏嬰也各吃了一個桃子。晏嬰說：「這裏還有兩個桃子，主公可傳令諸臣自表功勞，功勞最大的兩人便可以吃桃。」齊景公同意了，還讓晏嬰當評委。公孫捷第一個走上台說：「當年我跟主公去打獵，赤手打死了一隻猛虎，救了主公一命，這功勞大不大？」晏嬰連忙說：「這個功勞很大，可以喝一杯酒，吃個桃子。」古冶子立即跳出來說：「殺個老虎算什麼，我曾經殺了黃河裏一個妖鼉，救了主公一命，你說我該不該吃個桃子？」齊景公說：「當時若不是古將軍，我早已葬身鼉腹了，古將軍蓋世奇功，可以吃桃。」晏嬰一聽，趕緊給古冶子遞桃。這時，田開疆站了出來：「我曾經南征北戰，殺敵無數，使諸侯震驚，推舉公主為盟主，這個功勞不知大不大？」晏嬰連忙說：「田大將軍的功勞比公孫將軍和古將軍大十倍，只是金桃已經沒有了，請大王賜給他一杯酒，等明年桃熟後再給田將軍桃子。」田開疆一聽，熱血上衝，說：「我功勞不小卻吃不上桃子，反而在兩位國君面前受這種侮辱，我還有什麼臉面活到這世上？」說完就拔劍自殺了。公孫捷大吃一驚，持劍說：「我功勞小吃了桃，田史功勞大反而吃不上桃子，他死了，我又有什麼臉面活在世上？」說完也自殺了。古冶子大聲喊道：「我們三人結為兄弟，他倆都死了，我活著也沒什麼意思。」也拔劍自殺了。晏嬰洞悉人性，用兩個桃子做引子，不費吹灰之力就殺掉了三名勇士。

唐朝廷的招安只任命王仙芝一人，也有「二桃殺三士」的嫌疑。分配不公，必然引起內訌。唐朝廷想用一紙任命書來離間農民軍將領關係的目的，也如願以償地達到了。

在黃巢和眾部將的堅決反對下，王仙芝被迫放棄了唐朝廷授予的官職。當時的局勢應該是相當緊張的，大有王仙芝不同意就會血濺當場的意思，因為之後王仙芝和黃巢就公開分裂了。他們不但是同鄉，還是曾經在私鹽販戰場上出生入死的好夥伴，如果不是無法彌補的矛盾，二人不會冒著被官軍各個擊破的危險分道揚鑣。這矛盾，一定是黃巢用武力逼迫王仙芝不敢當場接受招安。義軍因招安一事分化，三千餘人跟從王仙芝及尚君長，二千餘人隨黃巢北上。

為了洩「招安不成」的憤怒，王仙芝縱部在蘄州大肆剽掠。蘄州城內的百姓，一半被趕出城外，一半被殺死，百姓的房屋被焚毀。在中間斡旋的唐蘄州刺史裴偓逃奔鄂州，前來招安的宦官逃奔襄州，王鐐被農民軍扣留。

黃巢揮兵北上，乾符四年（八七七年）正月，攻克鄆州（治今山東鄆城），殺天平節度使薛崇；三月，又攻破沂州。黃巢雖連下二州，但仍是孤軍作戰，勢單力薄。這時王仙芝部將尚讓（尚君長弟）屯兵嵖岈山（今河南遂平西），黃巢便與尚讓會合，共保嵖岈山。這樣，在形勢的逼迫下，黃巢不得不與老搭檔王仙芝再一次走到了一起。

黃巢與王仙芝再次合兵不久，即進攻宋州（治今河南商丘南），企圖切斷運河交通。由於唐廷調來大批援軍，農民軍作戰失利。於是王仙芝率原班人馬南下，再次與黃巢分裂。黃巢折向南略蘄、黃（州治黃岡，今湖北新洲縣），北撲濮州（治鄄城，今山東鄄城縣北）、滑州（治白馬，治河南滑縣東），進攻洛陽週邊的葉（今河南葉縣南）、陽翟（今河南禹縣）。唐朝廷為了保衛東都洛陽，調動重兵來東都一帶布防。黃巢見無機可乘，便揮兵南下了。

而王仙芝一度過江攻下鄂州（治江夏，今湖北武漢市），但其主力還在江北。義軍連破安州（治安陸，今湖北安陸縣）、隨州（治隨，今湖北隨縣），又向郢（州治京山，今湖北京山縣）、復（州治沔陽，今湖北沔陽縣西南）一帶作戰略的轉移。

這時候，唐招討副使、都監、宦官楊復光派人去勸誘王仙芝投降。王仙芝上次招安不成，一直很是後悔，為了表示誠意，派最親信的心腹尚君長去鄧州見楊復光。節度使宋威知道消息後，為了邀功，派人將尚君長在半路劫取。宋威就是前面謊報王仙芝已死的那人。這個臉皮極厚的宋威抓到尚君長後，立即上奏朝廷，說臨陣生擒了尚君長。宦官楊復光大怒，也上奏稱尚君長確實是來投降，並非宋威在戰場上所擒。唐朝廷派了御史歸仁紹來調查，毫無結果，於是將尚君長斬於狗脊嶺。

尚君長一死，王仙芝招安的路就斷了。乾符五年（八七八年）正月，王仙芝攻入江陵外郭，五百沙陀騎兵從襄陽趕來增援江陵的唐軍，王仙芝兵敗撤走。同月，唐朝廷解除了年老多病、戰而無功的宋威的兵權，提拔潁州刺史張自勉為招討副使，又調西川節度使高駢為荊南節度使兼鹽鐵轉運使，加強兵力，加緊圍剿王仙芝義軍。二月，王仙芝率領義軍南下蘄州（治蘄春，今湖北蘄春北）。曾元裕窮追不捨。雙方在黃梅（今湖北黃梅縣西北）決戰，農民軍大敗，約五萬義軍壯烈犧牲，王仙芝在突圍中不幸遇難。

王仙芝戰死的時候，黃巢正在攻打亳州（治譙縣，今安徽亳縣），尚未攻下。王仙芝死後，餘部由尚讓率領，趕來和黃巢軍會合。此時，黃巢的心中應該是又悲又喜吧，悲的是少了一個老朋友，也就少了一份牽制唐朝廷的力量；喜的是，老朋友的部下終於都歸自己所有了。於是，義軍公推黃巢為主，號沖天大將軍，改元「王霸」，並設官分職，初步建立了農民軍政權機構。「沖天」二字顯然取自黃巢描摹菊花的「沖天香陣透長安」之句。

不久，在黃巢率軍襲破了沂、濮二州之後，形勢又一度逆轉。唐廷命右衛上將軍張自勉為東北行營招討使，督兵進剿農民軍。黃巢欲進兵襄邑、雍丘，為滑州節度使李嶧所阻。在各地活動的義軍也多被官軍擊潰。黃巢欲進攻東都洛陽，唐朝廷又迅速派來大批援軍。

這時，唐朝廷再一次誘降，詔命黃巢為右衛將軍。史書上記載說：黃巢「度藩鎮不一，未足制己」，拒絕投降唐朝。但實際上，此時尚君長和王仙芝新死不久，尤其是尚君長的「送死」，黃巢不得不懷疑招安是個陰謀。這應該才是黃巢拒絕招安的根本原因。

乾符五年（八七八）三月，黃巢率軍進攻汴、宋二州，唐朝廷以張自勉充東南面行營招討使，以阻止義軍。黃巢轉攻衛南（今河南滑縣東北）、葉（河南葉縣）、陽翟（河南禹縣），唐廷又詔命河陽兵千人開赴東都，與宣武、昭義兵守衛宮闕，還徵調義成兵三千人守衛東都附近的伊闕、武牢等地，以增強東都的防禦力量。黃巢見河南一帶官軍勢力強大，難以取勝，而江南則力量相對薄弱；而王仙芝舊將王重隱又攻陷了洪州（治今江西南昌），轉戰於湖南，於是便率軍渡江南下，與王重隱部相呼應，接連攻下了虔、吉、饒、信等州。八月，黃巢軍進攻宣州，在南陵被官軍打敗。於是，黃巢率軍又進入浙東，經婺州至衢州（今屬浙江），然後披荊斬棘，開山路七百里，攻入福建。同年十二月，義軍進入福州（今屬福建）。之後，黃巢軍再一次被官軍打敗，在官軍的追擊下進入廣東。此時，距離黃巢進長安還有整整兩年。

唐鎮海節度使高駢貪立戰功，曾奏請朝廷，請求率兵萬余追擊黃巢，以將黃巢部徹底剿滅。唐朝廷卻另有預忌，深怕追剿黃巢失敗，中原防守空虛，東西二都難以防守；加上當時帝國的兵權都在各藩鎮節度使手中，大量調動軍隊南下，中原局勢難以預料。因而沒有同意高駢的計畫。不僅如此，唐朝廷因只是擔心黃巢重新北上，布置了幾道防線，沒有調動軍隊進行任何針對黃巢的軍事進攻。本來敗局已定的黃巢得到了寶貴的喘息機會。

就這樣，黃巢率軍攻城掠地，隨打隨棄，如狂風驟雨先後席捲了中原大地，給所到之處均帶來了極大的破壞，肆意搶掠唐官府、富有者的財物，無意於根據地建設。後勤補給除劫掠以外，即強令地方官徵調，而地方官員自然轉嫁於黎民百姓，涸澤而漁的補給方式又勢必使得農民軍不能在某一地區滯留太久。更重要的是，黃巢顯然對首都長安以外的其他任何城市與地區缺乏興趣，只想在進攻與逃跑之間漸漸壯大勢力，伺機圖謀北上。不論南下抑或北伐，都可視作是黃巢朝向長安的迂迴曲折的道路。可見長安曾經是多麼的壯觀，竟然對黃巢這個外鄉人產生了致命的吸引力。

經過一系列的挫折後，農民軍主力基本上退出了中原戰場。可以說，自從黃巢揭竿而起後，到目前為止，雖然有局部的軍事勝利，但那勝利太小，僅僅限於攻陷幾座小城池，戰果幾乎是微不足道的。黃巢基本上是靠游擊戰在大範圍內的運動游走來取得生存，多少有點疲於奔命的感覺。可以想像，這種大失敗的經歷會對黃巢的心理產生不小的影響。他或許逐漸意識到，曾經的凌雲壯志並不是那麼容易實現的，一系列的打擊讓他逐漸現實而清醒起來。可以說這個時候開始，他已經意識到，他夢想中的長安離他實在太遙遠，也許會永遠可望而不可及。

王仙芝、黃巢起義後，全國各地有不少小股農民軍紛紛響應。這裏特別提到江西的一支農民軍，由柳彥璋率領。乾符四年（八七七年）六月，柳彥璋率部攻陷江州，擒獲唐江州刺史陶祥。柳彥璋讓陶祥向朝廷上表，請求歸順。僖宗下詔，任命柳彥璋為右監門將軍，並命令柳彥璋將部眾解散後奔赴京師做官；又下詔任命左武衛將軍劉秉仁為江州刺史。柳彥璋接到詔敕後不肯答應，率領戰船百餘艘在湓江上設立水寨。新江州刺史劉秉仁有勇有謀，乘驛馬上任，單獨駕一葉小船來到柳彥璋水寨中。柳彥璋大出意料，一時不知所措，傻頭傻腦地上前迎拜時，被劉秉仁乘機斬首。劉秉仁隨即將柳彥璋軍全部解散，創下一人平一軍的奇蹟。（事見《資治通鑒·卷二百五十三》。）

關於這個劉秉仁，還有個相當有名的故事。根據明人馮夢龍的《古今笑史》記載：劉秉仁來任江州刺史時，從京師帶來一頭駱駝，放養在廬山下。廬山附近的百姓見了大驚失色，敲起鼓來聚集起來，合力把駱駝打死了。於是去稟告新任的刺史說：「某日於某處捕獲廬山精。」劉秉仁命人把「廬山精」抬進來，卻發現是他自己放養的駱駝。

黃巢後面的故事在前面的篇章已經有所論述。值得注意的是，黃巢後來先後提過想當兩個地方的節度使，天平和廣州。天平是他的家鄉，毫無疑問，他希望能衣錦還鄉，這可以說是幾乎所有中國人都有的鄉土情結。而廣州，則是因為黃巢到達廣州後，發現這塊遠離中原的地方還相當富庶，相對天平而言，廣州也更加安全。但無論如何，長安才是黃巢心底深處最期待的夢想。

最後再提一下沙陀與唐朝的關係。從前面提到的龐勳起義和王仙芝起義都可以看到，沙陀軍經常會在關鍵的戰事中出現，在鎮壓農民軍上起了極為重要的作用。

沙陀是西突厥的別部，名為處月，又被音譯為朱邪。相傳他們的先祖出生於鵰窩之中，酋長因為他生得怪異，便讓各族輪流撫養，因此得姓「諸爺」，即不是一個人撫養，後來傳成了朱邪，即「諸」變成「朱」，「爺」變成「邪」，但讀音沒有變。朱邪分布在金娑山（今新疆維吾爾自治區柏格多山，一說為尼赤金山）南，蒲類海（今新疆東北部巴里坤湖）東，由於駐地有沙磧，且名為沙陀磧（今新疆古爾班通古特沙漠），所以對外號稱沙陀部。突厥習慣以部落的名稱為姓氏，所以沙陀部落的人都姓朱邪。

唐太宗李世民時，沙陀部首領曾隨西突厥貴族阿史那彌射至長安朝見太宗，之後一直內附於唐，與唐朝保持了良好的關係。安史之亂後，吐蕃佔據河西走廊等地，沙陀與唐朝的路途受阻，聯繫中斷，沙陀歸吐蕃。吐蕃遷沙陀部至甘州（治所在今甘肅省張掖縣）。

後來，回鶻與吐蕃爭奪土地，攻取了涼州（治所在今甘肅省武威縣）。吐蕃擔心沙陀暗中與回鶻勾結，準備將沙陀遷至黃河以北地區。沙陀人為此非常害怕。沙陀首領朱邪盡忠與其子朱邪執宜商量。朱邪執宜說：「我世為唐臣，不幸陷汙，今若走蕭關（位於今寧夏回族自治區固原縣東南）自歸，不愈於絕種乎？」於是決定脫離吐蕃，前去投奔唐朝。

元和三年（八〇八年），沙陀部三萬人東遷。吐蕃派軍追擊，沙陀且戰且走，沿洮水（今甘肅省黃河支流洮河）至石門關（位於今寧夏固原縣西北），戰鬥數百次，損失慘重，部眾大半戰死，朱邪盡忠戰死，朱邪執宜也受了重傷。歷經千辛萬苦後，沙陀餘眾近萬人在朱邪執宜率領下，終於抵達靈州（治所在今寧夏靈武縣西南）。

唐朝廷得知真相後，頗為感動，安排沙陀殘部在鹽州（治所在今陝西省定邊縣）居住。並為之設置陰山府，任命朱邪執宜為陰山府兵馬使。這是沙陀內遷的開始。

朱邪執宜曾到長安朝見憲宗李純。憲宗賜給他「金幣袍馬萬計，授特進、金吾衛將軍」，很是禮遇。朱邪執宜死後，兒子朱邪赤心嗣位。

朱邪赤心對唐朝廷收容自己的父親很是感激，曾多次率軍幫助唐朝廷抵擋吐蕃入侵。沙陀軍非常勇猛，經常作為唐軍的先鋒出擊。尤其朱邪赤心勇冠三軍，所向披靡。敵軍畏之如虎，說：「吾見赤馬將軍火生頭上。」被賦予了神話般的色彩，由此可見朱邪赤心在戰場上的氣勢是多麼驚人，令敵人膽戰心驚。

後朱邪赤心因鎮壓龐勳起義有功，被唐朝廷賜姓李，名國昌，並賜京城親仁里官邸一所。李國昌有個大名鼎鼎的兒子，就是李克用。李克用即後唐建立者李存勗的父親，後唐的建國基礎其實是在李克用時期奠定的。

李克用年少時便驍勇而善騎射，能在百步以外射中針或馬鞭，眾人很佩服他。由於出生時就有一隻眼睛失明，所以外號「獨眼龍」。李克用十五歲那年（八六八年），龐勳領導桂林戍卒起義，聲勢浩大，縱橫山東、江蘇、安徽等地。唐朝廷十分震驚，急召沙陀騎兵馳援。李克用隨父出征，軍中稱為「飛虎子」，因鎮壓起義有功，被授為雲中牙將，幾年後升為雲中守捉使。

乾符五年（八七八年），代北水陸發運、雲州防禦使段文楚削扣軍食，引起軍中不滿。李克用當時是雲中邊防督將，部下紛紛向他訴怨。軍校康君立、李存璋等人乘機擁他入雲州（今山西大同），浩浩蕩蕩，達萬人之眾。此時，大同城中也發生兵變，內應外合，殺死段文楚。諸將上書唐僖宗，請求任命李克用為雲州防禦使。唐朝廷斷然拒絕了這個要求，並徵發各道兵馬討伐雲州。剛好在這個時候，黃巢農民起義軍渡過長江，向北進攻。唐朝廷為避免兩線作戰，只好先承認李克用為大同軍節度使，檢校工部尚書，實際上是認可了李克用割據雲州的事實。

但是唐朝廷並不甘心眼睜睜地看著李國昌、李克用父子的勢力快速膨脹。等黃巢的農民起義軍在中原受挫、退往南方後，唐朝廷便決定動手收拾李氏父子。乾符六年（八七九年）春，唐廷命昭義軍節度使李鈞為北面招討使，聯合幽州等軍進攻蔚州。但為李克用所敗，李鈞中箭而死。

廣明元年（八八〇年），唐朝廷任李琢（名將李晟之孫）為蔚朔節度使，與盧龍節度使李可舉、吐谷渾兵共同討伐李克用。在唐軍的強大壓力下，吐谷渾都督赫連鐸說服李克用手下大將高文集投降，沙陀酋長李友金等人也投降了李琢。不久，盧龍節度使李可舉破李克用於藥兒嶺。李琢、赫連鐸也打敗了李國昌。李克用與李國昌率人馬逃往北邊的達靼（時居於陰山）部落中。此時，正值黃巢大軍由南北上、一路勢如破竹之時。

達靼對李國昌父子開始很歡迎，收容了他們。但後來因有人離間，雙方漸生猜疑。不久，黃巢自江淮北渡，矛頭直指長安。聽此消息，李克用喜出望外，他料到唐朝廷無將可用，必然會起用他去對付黃巢，便殺牛置酒，大會達靼首領，還說：「人生世間，光景幾何？曷能終老沙堆中哉！」李克用這話十分高明，既抒發了他的豪壯之志，也安撫了達靼首領，讓對方知道：他不會在此久留，只是待機行動而已。

廣明元年（八八〇年）末，黃巢佔據長安，唐僖宗逃至四川。果然，沙陀都督李友金向代北監軍陳景思建議起用李國昌父子。因手無強兵抗拒起義軍，僖宗只好起用李克用，任他為雁門節度使，率本部軍兵出征黃巢。

之後，李克用從鎮壓黃巢起義開始發跡，依仗其軍事實力，成為唐末政治舞臺上風雲人物之一。這是後話，後面再表。

4 黃金甲下的長安城

長安是中國著名的古都之一，歷史上前後共有十一個朝代在這裏建都，具有長達一千一百多年的歷史。從漢朝開始，正式定名為長安。漢惠帝元年（前一九四年），正式開始修建長安城，由軍匠出身的陽城延主持建造，徵召上萬名民工，歷時五年才完成。全城佔地九百七十三公頃，城高三丈五，共有十二個城門，每門有三個門洞，可以並行四輛馬車。城裏有八條大街，一百六十個封閉作坊。宮殿雄偉壯麗，房屋鱗次櫛比，街道寬闊，樹木成行。長安因此成為中國歷史上規模最為宏大的城市之一，可以和當時歐洲的羅馬城相媲美。

到了東漢，長安城因不是正式首都，便逐漸走向衰落。尤其是東漢末年，軍閥混戰、戰事頻繁，長安城多次遭到毀滅性破壞，原來興旺繁榮的景象已不復存在。後來雖然前趙、後秦、西魏、北周等朝代都把長安作為都城，但始終未能恢復到漢朝的規模。

隋朝建立後，開始仍以北周的舊長安城做都城。但是自東漢以來，長安城破亂不堪，宮室狹小，城裏水質變樣，不能食用。且城裏宮室、官署、居民混在一塊，難以區分，不利於統治，也不適於社會政治，經濟、文化發展的需要。因此，在開皇二年（五八二年），隋文帝下令營建新都，以著名建築家宇文愷為營新都副監（相當於都城建設總設計師），在漢長安東南修建宮城和皇城。第二年完工，定名大興。

唐王朝建立後，仍以大興城為首都，改大興城為長安城。永徽五年（六五四年），唐高宗委派工部尚書閻玄德負責，在春、秋兩季，先後修建唐城外部城牆和東、西、南三面的九座城門及城樓。其時，全城面積八十四平方公里，大約相當於明清都城北京的四倍。且規模宏大，布局嚴整，南北向大街十一條，東西向大街十四條，全城劃分一百零九個坊和東、西兩市。正如白居易在詩句中所描述的那樣：「百千家似圍棋局，十二街如種菜畦。」長安城的市政規劃建築，對日本古代奈良時代的「平城京」和古代京都的「平安京」都產生了直接影響。

長安不僅是大唐的政治、文化、軍事、宗教中心，還是當時世界上著名的國際大都會：人口眾多，建築規整，名勝林立，繁華富庶。整個都城的氣勢相當宏博，縱貫南北、橫貫東西的主街道寬度都在一百公尺以上，作為全城中軸線的朱雀大街寬度更是達一百五十五公尺，比起今天任何一座現代化大都市都毫不遜色。當初唐朝國力強盛之時，來自世界的各國使臣，沿著如同廣場一樣寬廣的朱雀大街前往大明宮朝覲大唐皇帝的時候，大唐無以倫比的強盛與國力，將對他們的心靈產生何等的震撼。盛唐詩人王維曾在《和賈舍人早朝》一詩中寫道：「九天閶闔開宮殿，萬國衣冠拜冕旒。」盡情描繪了長安宮城中早朝的場面以及大唐天子君臨萬邦的盛大氣勢。

可以說，唐帝國用國力在這塊古老的土地上重新鐫刻了長安的輝煌。正是因為長安繁華的風情和魅力，以及它所代表的至高無上的皇權象徵，才令多次到這裏應試的青年書生黃巢產生了深深的眷念和崇拜，甚至直接影響到他後來與朝廷對抗的決心。然而，等到他真正擁有了這座城市，帶來的卻是無比巨大的災難。

黃巢軍意氣洋洋地進入長安時，農民軍將領尚讓一再告諭市民說：「黃王起兵，本為百姓，非如李氏不愛汝曹，汝曹但安居無恐。」極力撫慰百姓。農民軍將士見到窮苦市民，還經常送與財物。百姓們相率歡呼。

黃巢進長安後，先入春明門，升太極殿。皇宮舊宮女數千人前來拜見，一齊稱呼黃巢為「黃王」。黃巢聽了心花怒放，說：「這真是天意了。」於是派人守住皇宮，不得搶掠。而他本人出宮住在大宦官田令孜的舊宅。黃巢自稱將軍，向部下申明軍律，不要隨意驚擾百姓。

這個時候的黃巢，還是明智的。他是讀書人出身，熟讀史書，應該相當了解維持軍紀對爭取民心的重要性。然而，許多加入農民軍的人有自己的目的和背景，保持軍紀、爭取民心對一些人沒有任何吸引力，他們看重的是豐厚的戰利品。沒過幾天，農民軍開始大肆掠市，「各出大掠，焚市肆」，長安的災難開始了。連續幾天，農民軍洗劫了這個世界上最富裕的城市，各市場都被付之一炬。長安的百姓也遭受了地獄般的恐怖，「殺人滿街」，「家家流血如泉沸，處處冤聲聲動地」。農民軍尤其痛恨唐朝官吏，凡是被捉住的，都被當場殺死。黃巢也不能完全控制自己的部下，沒有制止這些浩劫般的行為。

廣明元年（八八〇年）十二月十二日，黃巢入太清宮，次日，於含元殿（大明宮正殿）即皇帝位，「擊戰鼓數百以代金石之樂。登丹鳳樓，下赦書，國號大齊，改元金統」。齊是黃巢家鄉山東的古稱，由此可見黃巢內心深處的鄉土情結。

黃巢也建立了一套自己的政權體系：封其妻曹氏為皇后；尚讓為太尉、中書令，趙璋為侍中，崔璆、楊希古並同平章事，這四個人都是宰相之職；皮日休為翰林學士，孟楷、蓋洪等為尚書左、右僕射兼軍容使。可以說，大齊是由農民軍與唐故臣混合而成的一個政權機構。不過，除了崔璆以外，其他都是舊農民軍將領。

崔璆為唐前浙東觀察使，曾為黃巢求天平節度使一職。後被唐朝廷免職，剛好在長安，結果被農民軍逮住。黃巢本來想讓唐朝的舊宰相們來出任大齊宰相，舊宰相們德高望重，都是當時的名士，這樣黃巢更有面子。結果，舊宰相要不就逃跑了，要不就藏起來了。黃巢無奈，只好臨時逼迫崔璆為相。

〈皮日休，字襲美、逸少，生年不詳。襄陽（今湖北）人，居鹿門山，自號鹿門子、閒氣布衣、醉吟先生、醉士、酒民等。出身寒門。懿宗咸通八年（八六七年）登進士第。次年東遊，至蘇州。咸通十年（八六九年），為蘇州刺史從事，與陸龜蒙相識，並與之唱和。其後又入京為太常博士，出為毗陵副使。僖宗乾符五年（八七八年），黃巢軍下江浙，避亂於吳的皮日休為黃巢所得，被黃巢「劫以從軍」，從此開始了另一種生活。黃巢入長安稱帝，皮日休任翰林學士。因為他做過黃巢的官，所以新舊《唐書》均不為他立傳。關於皮日休後來的結局，歷來說法不一。有人說黃巢懷疑他作的賦文譏諷自己，遂殺害了他，見孫光憲《北夢瑣言》、錢易《南部新書》、辛文房《唐才子傳》等；有人認為黃巢兵敗後，他因做過黃巢的官被唐朝廷所殺，見陸游《老學庵筆記》引《該聞錄》；還有人說黃巢兵敗後，他到浙江依錢鏐，見尹洙《大理寺丞皮子良墓誌銘》、陶岳《五代史補》；還有人說他最後流寓宿州（今安徽宿縣）而終，墓在濉溪北岸，見《宿州志》。皮日休其貌不揚，喜愛喝酒，性情傲慢，能寫一手好文章。詩文與陸龜蒙齊名，兩人有松陵唱和詩。時稱「皮陸」。他的著作在一定程度上反映了晚唐的社會現實，暴露了統治階級的腐朽，反映了人民所受的剝削和壓迫。有學者認為皮日休是「一位憂國憂民的知識份子」，「是一位善於思考的思想家」。魯迅評價皮日休「是一蹋糊塗的泥塘裏的光輝的鋒芒」。〉

黃巢後來還逮住了唐宰相王徽，逼迫王徽出任大齊的官。王徽裝聾作啞，一言不發。後設法逃出長安，投奔僖宗，被任命為兵部尚書。

黃巢也知道自己部下中能負文治之責的有限之極，要讓政治機構運轉起來，還是要靠那些唐朝官員。於是，黃巢下了一道令：唐官三品以上全部停任，四品以下則官復原職。不過要到宰相趙璋府第投遞名銜（名片），才可以復官。

然而，農民軍進長安後大肆劫掠，已經殺了不少人，其中包括一些唐朝大臣。在這樣的情況下，誰都不願意去相信黃巢的話，因此大都沒有理會黃巢的那一套，沒有去趙璋府第投遞名銜，而是各自躲藏起來。

黃巢見自己的號令竟然無人理睬，又回想起當年他來長安應試時名落孫山的落魄，頓時勃然大怒，下令四處搜查唐朝大臣，凡搜獲者全部殺死。唐宰相豆盧瑑、崔沆及左僕射于琮、右僕射劉鄴、太子少師裴諗（裴度子）等人，都被搜出後處死。于琮妻子為廣德公主，見丈夫被殺，上前握住殺人者的刀刃，慨然道：「我是唐室女，誓與于僕射同死。」於是被殺。庫部郎中鄭綦拒不投降，「舉家自殺」。

金吾大將軍張直方曾經領銜到灞上迎降，主動投降了黃巢，頗得農民軍信任。但張直方心念舊情，將許多無處可去的唐大臣冒險藏在自己的永寧里府第裏，人數多達數百名，結果被黃巢發現，張直方全家都被殺死。因此有人認為張直方先前是偽降黃巢。歷史人物因為當時所處的複雜環境與局勢，已經很難完整復原。根據當時的情況看來，張直方投降黃巢為情勢所逼，並不一定心甘情願，但是為了性命和前程，只得如此。

〈灞上也稱灞橋，由於扼長安東去洛陽，南下襄、鄧的交叉口，具有極重要的戰略地位。秦末劉邦自武關進軍關中，屯兵灞上，秦王子嬰不得不素車白馬繫頸降於道旁。歷史上，只要佔領灞上，就敲開了長安的大門。張直方，前盧龍節度使張仲武之子。張仲武死後，盧龍軍推立張直方。唐朝廷以張直方為盧龍留後，很快立為節度使。然而，張直方性格殘忍暴率，軍中許多人不服他，預謀廢除他。張直方以打獵為名，借機逃回長安。軍中遂立周林為盧龍留後。張直方到長安後，被任為金吾大將軍。但他殘暴性情不改，因小罪笞殺金吾使，被貶為右羽林統軍，負責京師宿衛。張直方喜歡出遊打獵，恨不得殺盡天下所有的動物。在東都洛陽，他一出門，洛陽飛鳥看見他必然大聲群噪逃跑，頗有傳奇色彩。因為張直方經常出去打獵，多日不歸，右羽林統軍當得極不稱職，被為左驍衛將軍。後又因為小過屢殺家中的奴婢，被貶為恩州司戶。之後，鄭畋任宰相，考慮到張直方之父張仲武有功，才調張直方回京師任金吾大將軍。張直方喜歡吃含胎的動物的肉，經常活剝牛、羊、狗、豬的胚胎，認為這些肉脆香味美。他家必須用雞蛋洗鍋具，每天所花費的雞蛋無法計算。但張直方在朝臣中人緣頗好，有豪氣之名。事見《新唐書・卷二百一十二・藩鎮盧龍》。〉

農民軍四處搜查可疑人物，除了唐官員外，還搜查有名的讀書人，以逼迫他們做大齊的官，凡是不從的便當場殺死。當時，禮部郎中司空圖也在長安，於是上演了極為戲劇性的一幕。

司空圖，字表聖，河中虞鄉（今山西永濟）人。史稱司空圖少有文才，後以文章為絳州刺史王凝所賞識。王凝回朝任禮部侍郎，知貢舉。司空圖於唐懿宗咸通十年（八六九年）應試，擢進士上第，時年三十三歲。因受到王凝讚許，司空圖名聲益振。不久，王凝因事被貶為商州刺史，司空圖感於知遇之恩，主動表請隨行。唐僖宗乾符四年（八七七年），王凝出任宣歙觀察使，召請司空圖為幕府。第二年，朝廷授司空圖殿中侍御史，他因不忍離開王凝，拖延逾期，被左遷為光律寺主薄，分司東都洛陽。當時盧攜因與鄭畋爭吵罷相，正居於洛陽，對司空圖的才華和為人很愛重，常相往來共遊。有一次，盧攜經過司空圖的宅第，在壁上題了一首詩稱讚他說：「姓氏司空貴，官班御史卑。老夫如且在，不用念屯奇。」後來，盧攜回朝復相，召司空圖為禮部員外郎，尋遷郎中。

黃巢進駐長安的時候，司空圖正住在西安崇義里。他聽說農民軍大肆搜人後，立即準備轉移為常平倉下藏匿。當他正要出門時，被一群農民軍士兵當場堵住。正當司空圖絕望的時候，其中一個持槍的農民軍士兵上前與司空圖相認。此人竟然是司空圖以前的車夫段章。段章熱情地向司空圖宣傳農民起義軍的各種好處，勸他加入起義軍。司空圖表示誓不辱節，段章悵然淚下，於是，將司空圖領到大道上，便與他分手了。司空圖得以有機會乘夜逃出長安城去。

無疑，司空圖得以逃脫，完全是因為段章的念舊。後來司空圖特意寫了一篇《段章傳》以紀念恩人。段章這樣的人，應該代表了農民軍中的一類人。他們是最普通的一類人，一樣有血有肉，有自己的人生經歷。他們加入農民軍，更多地是出於自願，農民軍確實給了他們唐朝廷不能給予的東西，否則段章不會熱情地向舊主人宣傳農民軍的好處。然而，他們也加入到破壞中，殺人、放火、搶掠，也許是野性迸發，也許是身不由己。他們的生命被歷史的浪潮捲入，又被歷史的浪潮沖沒。就像大浪淘沙，如同細微的沙粒，不可能被人區分。

〈司空圖逃出長安城後，到咸陽橋，又遇到好心的船夫韓鈞，連夜將他渡河，才算脫離了險境。司空圖聽說僖宗正在鳳翔，便趕去拜見，被封為知制誥、中書舍人。後僖宗逃到成都，他追隨未及，便回到家鄉河中。之後，司空圖過著一種消極的隱居生活，他的大部分詩歌和詩論都是在這一時期寫成的。他出身於官僚地主階級家庭，又處在黃巢起義和唐王朝行將覆滅的時代，在歷史的大動盪中，他沒有勇氣面對現實，就採取避世隱退的人生態度。回鄉以後，他既不同百姓往來，也不與官府聯絡，而是「將取一壺閒日月，長歌深入武陵溪」（《丁未歲歸王官谷》），「儂家自有麒麟閣，第一功名只賞詩。」（《力疾山下吳村看杏花》）當時王重榮兄弟鎮守漢中，很仰慕他的名聲，常多饋贈，他都拒絕不納，後騙他作碑文，並贈絹數千匹，司空圖就把絹堆放在虞鄉市上，任眾人取用。後來他定居在中條山王官谷的先人別墅，在這「泉石林亭，頗稱幽棲之趣」的「世外桃源」裏，每日與高僧、名士吟詠為樂。唐昭宗即位後，曾先後數次召他入朝，拜舍人、諫議大夫、戶部侍郎、兵部侍郎等職，他都以老病，堅辭不受。為此，他在王官谷莊園特地修了一個亭子，取名叫「休休亭」，並寫了一篇《休休亭記》以明其志：「休，美也。既休而美具。謂其才，一宜休也；揣其分，二宜休也；耄而聵，三宜休也。而又少而墮，長而率，老而迂，是三者皆非濟時之用，則又宜休也。」還自號「知非子」、「耐辱居士」。又作了一首《耐辱居士歌》，反覆詠歎「休休休，莫莫莫」，表示自己「寧處不出」的心志。天復四年（九〇四年），朱全忠（朱溫）把持朝政，遷都洛陽，召司空圖為禮部尚書。司空圖佯裝老朽，不任事，被放還，由此逃過一劫。唐朝滅亡後，司空圖悲痛欲絕，絕食嘔血而死，終年七十二歲。）

殺完隱匿不肯報到的唐大臣後，「黃巢殺唐宗室在長安者無遺類」。唐宗室、公卿士族遭受了巨大打擊，「華軒繡轂皆銷散，甲第朱門無一半」；「內庫燒為錦繡灰，天街踏盡公卿骨」。韋莊的這些詩句形象地反映了這一歷史事件。從事實上來說，這不過是一個新政權對一個舊政權的清洗。但因為唐朝始終不失人心，而黃巢始終未得人心，這一在歷史上常見的清洗被妖魔化了，極大地影響了黃巢的形象。到後面可以看到，即使是長安百姓急切盼望的唐官軍回到長安時，也對平民進行了無情的掠奪和屠殺。當戰亂之時，權與血、火與淚，幾乎成了動盪時局的特徵，而遭殃受苦的總是老百姓。

當初堅決不同意授予黃巢廣州節度使的宰相盧攜是黃巢的頭號敵人，不過他早已經喝毒藥自殺。為了洩憤，黃巢下令打開棺材，將盧攜的屍體在長安市集上公開碎屍萬段。

大殺宗室後，黃巢的農民軍再一次表現出「流寇」的特徵，通過劫掠來獲取軍餉，這無疑給長安帶來的巨大的騷亂和破壞。黃巢進長安時，年青士子韋莊正在京城準備應舉，如同當年年輕時的黃巢一樣。然而，與黃巢當時所看到的長安的繁華不同，昔盛今衰，韋莊還目睹了農民軍燒殺搶掠的暴行，親眼見證了一個繁華的都市如何變成一座廢墟的過程。韋莊本人也在這場劫難中與弟妹失散，還生了一場大病，經歷了一次人生的大磨難。後來，韋莊將這段經歷寫成著名的長詩《秦婦吟》。此詩以長安為中心，通過一位從長安逃難出來的女子——即秦婦的「自述」，講述了黃巢農民軍給長安帶來的深重災難，黃金甲下的長安，並非是沖天香陣，而是地獄般的噩夢。農民軍令人髮指的所作所為，使長安百姓遭受了巨大浩劫。秦婦的講述從黃巢起義軍攻佔長安開始，到黃巢稱帝建國，再到農民軍與唐軍反覆爭奪長安，一直到最後城中被圍絕糧的情形。

《秦婦吟》因真實地反映了唐末動盪的社會面貌，寫成後轟動一時，在當時極負盛名。韋莊也因此詩被時人呼為「秦婦吟秀才」。然而，這樣一首爭相傳抄的詩之後卻失傳了近千年。因為韋莊在詩中寫有「內庫燒為錦繡灰，天街踏盡公卿骨」這樣的詩句，引起了唐公卿貴族的憤怒。韋莊見惹怒了唐朝廷權貴，也相當後悔，立即想法設法到各處去回收抄本。但這首詩已經廣泛流傳，許多人家的屏風、幛子上都寫著這首詩。韋莊臨死前，遺囑上還寫明不許家裏掛寫有《秦婦吟》的幛子。後來，有人給韋莊編定詩集，沒有選入這首詩。因此，從宋朝後，《秦婦吟》失傳。宋人孫光憲在《北夢瑣言》中記錄了這件事，但誰也沒有見過《秦婦吟》這首詩。一直到光緒二十六年（一九〇〇年），英國人斯坦因、法國人伯希和在敦煌發現了許多古代寫本書籍及文件，其中就有《秦婦吟》寫本。這些寫本後由伯希和取走，整理全詩後寄回中國，這首失傳了一千年的敘事長詩至此才重新得見天日。《秦婦吟》是現存唐詩中最長的一首。

特別要說明的是，有人認為韋莊在他的立場，對農民軍有諸多誣衊之詞。實際上，這首《秦婦吟》大體上寫黃巢軍隊的姦淫燒殺，但從詩中一位老人口中吐露出來的，卻是唐官軍比黃巢軍更壞。這首詩後來之所以失傳，不光是「內庫燒為錦繡灰，天街踏盡公卿骨」兩句而為公卿所驚訝，還因為詩中所描繪的官軍的情況觸怒了那些「東諸侯」。由此可見，韋莊的角度應該是相當公正的。正因為它的寫實，所以詩成後才會引起許多人的共鳴，廣為傳抄，以致韋莊都不能回收抄本。也幸虧如此，此詩才得以流傳到今天。

〈韋莊，字端己，長安杜陵（今西安東南）人。遠祖是武則天時的宰相韋待價，高祖父韋應物是中唐時期的著名詩人。到韋莊時家道中落已久。韋莊父母早亡，家境寒微，後來發憤苦讀，於昭宗乾寧元年（八九四年）中進士。韋莊的詩詞都很有名，他年輕時生活放蕩，極為自負，自稱「平生志業匡堯舜」。但卻遭逢亂世，顛沛流離中經歷了黃巢農民起義和藩鎮割據大混戰，因而，憂時傷亂為他詩詞的重要內容。比如，他有著名《臺城》：「江雨霏霏江草齊，六朝如夢鳥空啼。無情最是台城柳，依舊煙籠十里堤。」六朝如夢的悵惘與淒涼，流露出強烈的末世情調。韋莊的一生，經歷頗為起伏，前期仕唐，後入蜀為王建掌書記。唐朝滅亡後，王建稱帝，任命韋莊為宰相。〉

黃巢曾經有淩雲之志，卻沒有與之匹配的才幹。他應該是不希望看到一幕幕殺人放火的景象出現在長安的，但他卻無力制止自己的部下。黃巢的追隨者，大都是以搶掠出名，沒有深謀遠慮的眼光。那些在長安的有才幹的唐大臣都被他的部下毫無猶豫地殺死。而黃巢所建立的大齊政權只在歷史上留下了暴虐的名聲。毫無理由的大屠殺所帶來的直接後果是，沒有讀書人再願意投靠他，除了證明了殘暴，屠殺沒有帶來任何益處。

有個在長安的讀書人憤恨黃巢等人，在尚書省的大門上題了一首詩，極力嘲諷了大齊政權。結果，惹得尚讓大發雷霆。他將大院包圍起來，追查詩作者，卻無人承認。尚讓便下令殺死了在尚書省工作的所有官員，並將這些人挖出眼珠，屍體倒掛起來示眾。就連守衛尚書省大門的農民軍衛士也被一道殺死。尚讓還覺得不解氣，下令大索城中，殺死長安城中有詩名的舊官吏，還抓了一批識字的人罰作僕役。因為這一首詩被殺的人多達三千多人。這是繼公卿士族、唐宗室之後的第三次大屠殺。

當時滯留在長安的文人名士甚多，倘若大齊政權能妥善任用，這些人定然會成為大齊的棟樑。然而，農民軍一味殺戮，這些人不免惶惶不安，都想方設法地化妝逃出了長安城。這其中便有後來成名的韋莊和杜荀鶴、謝曈等人。杜荀鶴（杜牧庶子）和韋莊前面都已經提過，謝曈在這裏多提兩句。謝曈好不容易逃出長安後，又被朱溫手下的農民軍抓住，朱溫聽說他是讀書人，倒以禮相待。謝曈從此跟隨朱溫，成為其手下著名的謀士。

毫無疑問，黃巢佔領長安期間，長安被徹底地破壞了，被破壞的不僅僅是城市，還有這座城市所體現的政治秩序。當黃巢如秋風掃落葉一般襲捲長安城的時候，他為得到他理想中的城市而高興，但他不知道他改變的將是長久以來維繫的社會秩序。尊嚴與放縱交織、怡然與惶恐背離之後，這座城市再也沒有恢復過來。作為京師而言，長安自此退出了歷史的舞臺。

第五章　黃金甲漸黯漸淡

黃巢一度嚮往和留戀的長安城再次成為紛爭和殺戮的主要戰場。等一切都安定下來的時候，長安的建築已經蕩然無存，只有殘垣斷壁還保留有昔日雄偉的影子。這個曾經包容萬千的城市，已經被肢解得支離破碎，不知道秩序和道德為何物了。以致宋朝開國皇帝趙匡胤在選擇京師的時候，西望長安，也不得不深深歎息：這個盛名超過了歷史上任何其他政治中心的城市，在歷經了千萬殺戮後，再也沒有成為京都的可能。

1 長安血戰

黃巢建立大齊政權後，與之前一度戰無不勝、攻無不取的威風形象判若兩人，既沒有制定什麼改革措施，以穩定人心，也沒有及時出兵，乘勝追擊望風而逃的唐僖宗，也沒有消滅關中附近的禁軍，以致給了唐朝廷以難得的喘息機會。

而黃巢本人當了皇帝後，開始了花天酒地的享樂生活，一頭紮進了後宮的溫柔鄉中，為爭相獻寵的宮女和宦官所包圍，與宮門外的世界完全隔絕。上行下效。農民軍將領們在得到高官厚祿後，也沉湎於紙醉金迷的生活，不思進取。尤其令人難以置信的是，黃巢也很快學會了唐朝皇帝的那一套，開始派宦官去當監軍。這是相當令農民軍將領寒心的一項新舉措。這些農民軍將領在外駐防，辛苦地拱衛長安，非但不能享受京城花天酒地的生活，還要遭到曾經稱兄道弟、親密相依的大齊皇帝的猜忌，背後始終跟著雙監視的眼睛，這是怎樣的感受，又是怎樣的難受！從某種程度上說，後來不少農民軍將領投降唐朝廷，多多少少跟宦官監軍有關。

不過，黃巢進長安後立即傳檄諸道，在農民軍聲勢的威懾下，唐藩鎮中有十分之三、四都投降大齊政權。黃巢一時更加志得意滿。他沒有意識到，這些藩鎮不過是各懷私心，不願意替唐朝廷出頭，暫時持觀望態度，降跟叛一樣，對他們來說不過是家常便飯，這些藩鎮實力雄厚，對農民軍的潛在威脅卻絲毫沒有減少。首先發難的是已經投降黃巢的河中留後王重榮。

王重榮三兄弟皆入軍籍，父親是禁軍將領。乾符年間，王重榮任河中都虞候。廣明元年（八八〇年）十一月，正值黃巢跨過長江，進兵中原之際，唐朝廷忙得焦頭爛額，疲於應付。王重榮趁機煽動軍士作亂，四亂搶劫，河中坊市被搶奪一空。並率軍包圍了節度使府，要求河中節度使李都交出大印。唐朝廷對此無能為力，只好順乎「民意」，任王重榮為河中留後，將河中節度使李都召回京師。自此，王重榮完全控制了河中兵權。黃巢率軍攻克潼關後，王重榮主動派人向黃巢請降，於是被黃巢任命為河中節度使。

黃巢雖然攻進了長安，但農民軍所控制的地盤只限於長安四周。黃巢進長安後，糧草供應農民軍最緊迫的問題。農民軍四處流動作戰，還不能控制漕運，河中（今山西永濟）的地位在這個時候就凸顯出來。為了調發兵糧，黃巢不斷派遣使者到河中督促糧運，使者前後竟然有數百人之多。河中吏民不堪忍受，苦不堪言。王重榮忍無可忍，對部眾說：「起初我屈節事賊，是想緩解軍府的急患，如今黃巢來調財不已，又要徵調士兵，我們早晚要死於他手，不如發兵抗拒黃巢。」「眾皆以為然」。於是將黃巢派來的使者全部處死，重新歸附唐朝。此時，距離王重榮主動投降黃巢不過十四天。

王重榮料到黃巢必然來大舉來攻，一面積極備戰，一面主動與義武節度使王處存聯絡，要求連兵抗齊。

王處存祖上數代均為神策軍軍官。他父親一面當官，一面經商，這是當時神策軍官流行的做法。但王父卻善於經營，很快成為長安巨富。王處存成年後也能繼家聲，當上了節度使，成為家族中官職最高者。王處存聽說長安失守後，痛哭了好幾天。這其中自然有心痛王家在長安的巨額財富的因素在裏面。之後，王處存決定與農民軍不共戴天，所以，他在出師對抗黃巢的行動中特別積極，與其他藩鎮要麼投降黃巢、要麼坐山觀望的態度截然不同。當時僖宗還在逃難當中，王處存不等收到詔令，就主動派軍隊入援，調遣軍隊二千人走小道趕到興元，以護衛僖宗的車駕。

黃巢聽到王重榮殺掉己方使者的消息後，勃然大怒，派弟弟黃思鄴從華州發兵，得力部將朱溫從同州發兵，兩軍會合後，一齊進攻河中。然而，王重榮早有防備，出兵拒戰，大破黃思鄴和朱溫軍。剛好此時大齊的吏部尚書兼水陸轉運使張言押運四十多船糧食兵仗，停在風陵渡，也被王重榮趁勢截獲。張言無法向黃巢交差，只好隻身駕小舟向下游逃去。

之後，長安農民軍的軍需供應就更加困難了。黃巢的得力謀士費傳古出了個主意，讓黃巢派朱溫開闢一條山南交通線。朱溫率數千精兵，奔馳千里，一舉拿下鄧州。有了鄧州作屏障，商、洛至蘭田關的運路便暢通了。如果再給朱溫增兵，或者由朱溫自行發展，逐步打通襄、荊大道，形勢可能會再生變化，但此時黃巢還無此遠慮，朱溫本人也未必有此雄心。

王重榮一戰得勝後，聲勢大振。義武節度使王處存親自率部趕來支援。而驚魂未定的唐朝廷也開始了調度，以進行反擊。僖宗任命鳳翔節度使鄭畋為京城四面諸軍行營都統，相當於進攻長安的總指揮。鄭畋走馬上任後，立即任命涇原節度使程宗楚為副都統，前朔方節度使唐弘夫為行軍司馬。大批唐軍開始調動，向長安結集。

長安城中的黃巢這才開始擔心。中和元年（八八一年）三月，黃巢派尚讓率眾五萬進攻鳳翔，打算打敗在鳳翔指揮唐軍的鄭畋以壯聲威。尚讓自恃農民軍一直戰無不勝，而對手鄭畋不過是一介書生，定然不諳軍事。然而，麻痺大意下，尚讓軍在龍尾陂中了埋伏，被唐軍大敗，農民軍損折過半。

鄭畋乘勝傳檄天下藩鎮合兵推翻大齊黃巢政權。當時僖宗李儇逃入成都，詔令不通，諸鎮以為唐朝廷就此完了，因此大多坐山觀望局勢發展，收到鄭畋檄文後，諸鎮各懷目的，爭相發兵關中。夏綏節度使拓跋思恭也糾合夷、夏之兵，會合鄜延節度使李孝昌，結盟討伐義軍。代北監軍陳景思率沙陀酋長李友金及薩葛、安慶、吐谷渾諸部入關助陣。奉天鎮使齊克儉主動派人與鄭畋聯繫，要求效力。前夏綏節度使諸葛爽本已投降大齊，此時又自河陽奉表降唐。

中和元年（八八一年）四月，唐軍向長安推進。鄭畋坐鎮盩厔，命唐弘夫進軍渭北，王重榮駐守沙苑，王處存進居渭橋，拓跋思恭紮營武功，形成圍攻長安之態勢。

尚讓兵敗回長安後不久，便發生了尚書省大門題詩事件。尚讓怒不可遏，在長安大肆屠殺。

整個長安籠罩在一片恐怖的氣氛中。加上城外唐軍大兵壓境，就連農民軍自己也感到氣氛緊張，壓抑得令人難受。

在這樣的情況下，黃巢非常擔心長安城內發生變故，農民軍受到裏應外合的夾攻。他現在才知道，皇帝的寶座並不是那麼好坐，長安的天子也不是那麼好當。他曾經嚮往的華麗的宮殿，在目前看來只是空落落的成片的屋子，令人恐懼而沒有安全感。

顯然，在各種各樣莫名的壓力下，黃巢的日子十分不好過。中和元年（八八一年）四月初五黃昏時分，黃巢正一肚子惆悵，煩惱不堪。北苑突然有唐軍大聲叫喊，黃巢誤以為唐朝大軍趕到，驚惶失措，匆忙率軍從春明門出城，往東退走。城內其他農民軍得知皇帝逃跑後，紛紛就近從各門一擁而出。數十萬農民軍就此退出了長安，散布在灞上和南郊山野。長安頓時成了一座空城。

值得一提的是，農民軍完全是在不明唐軍的情況下因恐懼撤出長安城的，並非是黃巢事先胸有成竹，安排了「誘官軍入城，伺機反攻」的妙計。只不過，黃巢出城後不久，天便黑了下來，如果點火繼續趕路很容易被唐軍發現目標，於是黃巢就地安營紮寨，打算第二天天亮再走。想不到，這一停，局勢就完全起了變化，令人不得不感慨偶然性在歷史棋局中的神妙。

黃巢匆忙撤退後，城外的唐軍也搞不清城中的情況。唐京城四面諸軍行營副都統程宗楚率部先自延秋門進入，行軍司馬唐弘夫唯恐落後，也緊跟著貿然進入。隨後，義武節度使王處存率五千銳卒入城。

長安城內的百姓聽說唐軍打回來了，爭相趕來歡迎慶賀，為唐官軍獻食敬酒，歡呼聲響成一片。有百姓還用瓦礫投擊尚在城中的黃巢散軍，也有百姓主動收拾箭頭供給唐官軍。由此可見黃巢在長安始終不得人心。

這時候，天已經黑了，先入城的程宗楚、唐弘夫、王處存三路人馬爭功圖利心切，貿然進城後，誰都沒有想到要派兵去守城，而是生怕後面諸將都趕到後搶了功勞，既不派人向總指揮鄭畋報告，也不跟長安週邊其他各道人馬聯絡以結援兵，更不打算派兵追擊農民軍，而是連夜瘋狂地去搶戰利品。這一搶就亂了套，不光是搶官署的，連百姓家也遭了搶。

因為已經是晚上，夜黑難辨，為了便於識別，王處存下令唐官軍通通用白布裹頭。許多長安坊市無賴之徒卻趁機渾水摸魚，也以白巾為號，混同唐軍，一起趁火打劫。長安城裏無比混亂，長安百姓再一次承受了巨大的苦難。這苦難，是難以名狀的，他們本來是歡天喜地地盼回了唐軍，卻想不到官軍無惡不作，跟農民軍沒有任何區別。當夜，唐軍大肆擄掠財帛，姦淫婦女，亂不成軍。

此時，黃巢正露營長安城東灞上，得知唐軍正在城中大肆劫掠。他斷定進入長安的幾路人馬沒有統一指揮，且各自為戰，當機決定引兵反攻。第二天天明時，黃巢主力軍分頭從諸門回返長安，展開巷戰。唐軍事先沒有任何防備，而且經過一夜搶劫，每個官軍都收穫極豐，身上背滿了搶來的財物，重負難行，毫無還手之力，以致被殺者十之八九，幾乎是全軍覆沒。唐主帥程宗楚、唐弘夫也先後被農民軍殺死。只有王處存反應快，加上熟悉長安地形，收集少數殘兵敗將，狼狽逃出長安。

圍攻長安的各路唐軍，遭此挫敗，只得撤圍。黃巢軍聲勢更盛。之後，黃巢惱恨長安百姓曾經幫助唐官軍，縱兵進行報復性地屠殺，稱之為「洗城」，長安城血流成河。

唐軍收復長安不到一天，便遭受了重大挫折。但這「光復長安」消息卻傳了開去，由於時間的滯後性，引發出一連串的事來。

農民軍同州刺史王溥、華州刺史喬鈴、商州刺史宋岩聽說黃巢已經退出長安，均慌忙棄城而走，率部眾投奔鄧州朱溫。朱溫此時尚忠實於黃巢，對三人棄城而逃極為惱怒，將王溥、喬鈴斬首示眾，收編了他們的部隊，而將宋岩釋放，讓他率軍回商州。

稍有風吹草動，從上到下，從黃巢到農民軍部將，便棄城逃走。這只能說明，所謂的大齊政權還只是一個名號，從體系上而言，是相當不穩固的。

受到「光復長安」消息影響的，還有忠武軍節度使周岌。周岌原為唐朝廷任命，剛到許州上任，就遇到黃巢攻克長安。不幾天，黃巢傳檄到許州，周岌不敢強出頭，只好投降了黃巢。聽到唐官軍光復長安的消息後，周岌立即派人去請老監軍楊復光（**曾經勸說王仙芝歸降、直接導致尚君長之死的那位監軍**）。楊復光心向唐朝，一直不滿周岌投降。左右都勸他不要去：「周岌已投降黃巢，恐怕將不利於你，不可輕易前往。」楊復光回答說：「事已如此，義不圖全。」（**《資治通鑒・卷二百五十四》**）於是前往赴宴。去了才知道，原來周岌是想重新歸附唐朝。當晚，楊復光派其養子在驛館將黃巢使者殺死。

後來周岌得知黃巢重新佔領了長安，還是決定要力保唐朝。他與楊復光商議，決定先下手為強，剷除對許州威脅最大的鄧州朱溫。於是，由周岌鎮守許州，楊復光率領忠武軍三千人到蔡州，勸說雄踞蔡州的秦宗權（**後於蔡州稱帝**）一同舉兵討伐黃巢。秦宗權於是派遣其部將王淑率軍三千人隨從楊復光進擊鄧州。

王淑頗為私心，故意逗留不進，結果被楊復光斬首，軍隊也被兼併。楊復光又將忠武軍八千人分為八部，派遣牙將鹿宴弘、晉暉、王建、韓建、張造、李師泰、龐從等八人分別統率。這些人中後來有幾位名聲鵲起，成為五代史中的重要人物，王建就是後來稱帝的前蜀高祖。楊復光率領八都軍與朱溫作戰，朱溫敗走，經商州逃回關中。此時同州和華州已經被唐官軍所奪，黃巢便命朱溫不必進京，前去奪回同州，再任同州刺史。

朱溫沒有退路，經過激烈廝殺後，終於奪回了同州。但州境之內的沙苑卻是唐兩大節度使王處存、王重榮的大本營，有重兵駐守，朱溫時刻處於威脅之中。

黃巢再次奪取長安後，痛定思痛，也極力想打開局面。中和元年（八八一年）六月，黃巢派王播圍攻興平（今屬陝西），擊敗了唐邠寧節度使朱玫。八月，黃巢再派李詳擊敗唐昭義節度使高潯，乘勝收復華州。十一月，農民軍將領孟楷、朱溫進軍富平（今陝西富平東北），唐邠、夏二軍大敗，各自退兵回歸本道。

然而，摧毀舊勢力容易，要建立新秩序困難。黃巢軍雖然四處作戰，或勝或敗，但始終未能打開局面。他不知道建立根據地，因此農民軍的隊伍雖壯大發展，但給養困難。給養一困難，農民軍只能去劫掠，紀律很難維持。如此，他始終得不到民心，新秩序就無法建立起來。黃巢雖然稱帝，但「號令所行，不出同（今陝西大荔）、華（陝西華縣）」，基本上仍然局限於長安一隅之地。實際上，他這個大齊皇帝，充其量不過長安城的城主而已。

這已經不僅僅是黃巢的理想問題，而是有農民軍的特質決定的。農民軍長期習慣於流動作戰，這是唐末農民起義中獨特的戰略戰術，利於保存實力。黃巢起義軍正是在大規模的運動戰中，牽著唐軍疲於奔命，顧此失彼，使唐朝對洛陽、淮南、江南不能兼顧，才取得了攻佔長安的勝利。但是，流動作戰容易產生流寇主義思想，沒有建立穩固的根據地。即使在其聲勢十分強大時，也往往是攻下一城，不久又丟棄，像東都洛陽這樣的經濟、軍事重地也不留一兵一卒駐守。這就使唐軍得以重新佔領被農民軍波及的地區，並逐漸收縮包圍圈。而農民軍到長安後，仍然未能鞏固。這樣，農民軍得不到充足的供給，後勤沒有保障。一些鄉紳富豪多入深山，「築柵自保，農事俱廢，長安城中斗米直三十緡」。到了後來，農民軍將士不得不以樹皮來充饑，甚至發生了吃人事件。在這樣的情況下，自然談不上有什麼戰鬥力。因此，當唐諸路大軍雲集長安，向農民軍發起總攻時，形勢便急轉直下，歷時三年的大齊政權也就很快崩潰了。

2 朱溫情愛之謎

黃巢起義給了唐朝廷的統治最後一擊。而這個王朝真正的掘墓人，卻是跟隨黃巢起義的叛將朱溫。朱溫是中國歷史上頗為傳奇的人物，近於無賴。毛澤東曾經評價他說：「朱溫處四戰之地，與曹操略同，而狡猾過之。」朱溫跟曹操一樣，生逢亂世，成長為一代梟雄。他一生改過三次名字，從父母取的朱溫，到唐朝廷賜予的朱全忠，再到自取的朱晃（取如日之光之意），每一次改名都代表著他在政治生涯中的一次變色，他也因此被人稱為變色龍。張飛罵呂布是三姓家奴，朱溫其實也差不多。

與朱溫有關的重大歷史事件，在相關的篇章中都會提到，這裏要講的，是朱溫令人費解的情愛之謎。這個在歷史上以殘酷暴虐出名的梟雄人物，偏偏既寵愛又懼怕妻子張氏，成為當時的一大奇事。

朱溫，宋州碭山（安徽碭山縣）人。兄弟三人，老大朱全昱，老二朱存，朱溫排行老三。朱父朱誠是鄉下的窮教書先生，朱溫還未成年時，父親便去世了。朱母只好帶著三個孩子到蕭縣地主劉崇家當傭工，朱母給劉家織布洗衣服，老大老二放牛種田，朱溫放豬。這時候，誰也不會想到，一個放豬的孩子以後會成為後梁的開國之君。

朱溫從小愛使槍弄棒，蠻勇兇悍，時常在鄉里惹事生非，不好好幹活兒，所以鄉親們很討厭他，劉崇也常常用棍子打他。奇怪的是，劉崇的母親很喜歡朱溫，經常親自給他梳頭，還告訴其他人說：「朱三（朱溫小名）不是一般人，你們要好好待他。」別人問為什麼，她說曾經有一次看到朱溫熟睡時變成了一條赤蛇。大家都笑，誰也不相信。

朱溫的性格應當歸因於他的生長環境。他是家中最小的孩子，朱母當然要寵愛一些。但是寄人籬下，在低人一等的環境中，他卻不安分守己，朱母又少不了經常斥責，恨他不爭氣。在母親面前，既被寵愛又被斥責；在主人劉崇面前，既受人白眼又被責打，自然而然，養成了朱溫狡猾奸詐的品性。

歷史上總有這樣一類人，如果他們生在太平盛世，只是一幫一無是處的無賴，為世人所輕賤。可是這些人如果生逢亂世，一切都沒了秩序，禮法被拋在了一邊，道德被踐踏在腳下，弱肉強食，一切都要靠手中的刀來說話。這時，往往是他們大顯身手的時候。朱溫正是如此，當他投身到混戰爭霸的洪流中，狡詐立即變成了智謀，使得他在險惡的環境中屢屢獲勝，直至最後成全了他的帝業。

朱溫從小不喜耕田，專喜打獵，常常帶著弓箭到深山裏獵取一些山雞野兔。有一次，朱溫和二哥朱存在宋州郊外打獵，遇到了到龍元寺進香還願的富家少女張氏。張氏是宋州刺史張蕤的女兒，溫柔美麗。朱溫對張氏一見傾心，慨然對二哥說：「過去，漢光武帝曾經說過；『仕宦當作執金吾，娶妻當如陰麗華。』當日陰麗華也不過如此，而我未嘗不可以成為漢光武帝呢！總有一天，非把張女娶為妻子不可。」朱存譏笑弟弟癩蝦蟆想吃天鵝肉，自不量力，對朱溫的這番大話也沒有太當回事。朱溫遇張氏的故事見《北夢瑣言》。

〈漢光武帝劉秀未發跡前，居住在南陽。他自幼鍾情於南陽新野著名美女陰麗華，少年時期就立下一個心願——娶妻當娶陰麗華。陰麗華出身名門，陰家先世是輔佐齊桓公「九合諸侯，一匡天下」的管仲一脈，傳到第七代管修，以醫術名世，從齊國遷居楚國，為陰大夫，便開始以陰為姓。陰家在南陽是高門望族。而劉秀雖是皇室後代，當時王莽已經篡位稱尊，劉氏子孫更受到無情的壓迫打擊，劉秀一家早失去貴族的身分，在鄉里的財勢與聲望上，劉家遠遠不及陰家。所以，劉秀想娶陰麗華的願望在當時看來不過是不著邊際的空想。劉秀當時還有一個志願。一次他在長安市上，看到執金吾出巡，前呼後擁，車騎很盛，於是發出「仕宦當作執金吾」的感慨。執金吾本名中尉，負責率禁兵保衛京城和宮城，其所屬兵卒也稱為北軍，漢武帝太初元年（一〇四前年），改名為執金吾，相當於現在的首都衛戍司令。劉秀當時在政治上最大的追求也就如此而已。想不到時勢造英雄，後來劉秀不但得償所願地娶到了朝思暮想的陰麗華，還成為了中興漢室的光武帝。〉

僖宗乾符二年（八七五年），黃巢起義爆發，農民軍路過宋州，朱溫與二哥朱存都參加了農民起義軍。這時朱溫已經二十六歲了，不過是農民軍中一個普通的戰士。誰也不會想到他日後竟然會成為鋒頭不亞於黃巢的風雲人物。不久，朱溫憑著身強體壯，敢於衝鋒陷陣，以力戰屢捷，得補為隊長。但他的二哥朱存卻在跟隨黃巢攻廣州時戰死。

參加黃巢起義軍後，朱溫念念不忘張氏，而不像其他農民軍將領一樣，任意將擄來的良家女子作為妻房。甚至朱溫為了再見到自己夢中情人，還慫恿黃巢出兵攻打宋州。不料宋州刺史張蕤早已離任，後任刺史堅守城池，再加上唐官兵援軍四至，農民軍無功而返。

朱溫以自己的勇猛善戰深得黃巢的信任，遂倚為親信。黃巢攻下長安建立大齊政權後，派朱溫領兵屯於東渭橋。後任朱溫為東南面行營先鋒使。不久，朱溫攻下了南陽，回師長安時，黃巢親往灞上迎接。之後，黃巢再派他到各地去打仗，朱溫「所至皆立功」。此時，朱溫參加黃巢的起義還不足五年，已經成為黃巢手下數一數二的戰將。

僖宗廣明二年（八八一年）二月，黃巢為了減輕東南方面唐軍的壓力，派朱溫率兵攻打鄧州（今河南鄧縣），朱溫一舉攻克了鄧州並俘獲了刺史趙戎，從而加強了從東南方面進入關中的荊、襄要道。後來，因為投降了黃巢的唐忠武節度使周岌的歸唐，當忠武監軍楊復光進攻鄧州東北的南陽時，朱溫戰敗，被迫北撤，率餘部退回關中。此時唐朝各藩鎮的勤王部隊與黃巢展開了西安爭奪，朱溫在長安周圍，又參加了一些反對唐軍圍攻長安的鬥爭。他曾與黃巢的另一員得力幹將尚讓一起，在東渭橋擊退唐將李孝昌和拓跋思恭的進攻，接著又與黃巢的另一個大將孟楷一起，在富平擊敗了李孝昌和拓跋思恭的軍隊。

由於朱溫在戰場上英勇善戰、屢立戰功，中和二年（八八二年）正月，黃巢任命朱溫為同州防禦史，讓他帶兵去從唐軍手中奪回同州。唐朝的同州刺史米誠棄城逃奔河中，朱溫順利地佔領了同州。這是農民起義軍的勢力第一次跨過渭水，在渭水北岸建立了一個重要的軍事據點。

就在朱溫為同州防禦史的時候，他與自己的心上人張氏意外相逢。此時張氏因父母雙亡，孤女無法生存於亂世，早已經淪落為難民，流落到同州，為朱溫部下所掠取，見她美貌出眾，便進獻給朱溫。朱溫認出了張氏，欣喜若狂。張氏卻根本不認識朱溫。當她得知朱溫是自己同鄉，且在數年前就對自己傾心不已，一直念念不忘，以致至今未娶，不禁十分感動。朱溫趁機嘘寒問暖，提出要娶張氏為妻。張氏正處在家破人亡、流離失所的境地，又見到朱溫確實是真情一片，自然不能拒絕。

為了表示隆重，朱溫還千辛萬苦地尋訪到張氏的族叔，按照古禮，三媒六聘，擇吉成婚。可見他對這門親事是何等的看重，張氏在他心中的地位也由此可見。過了幾天，朱溫大張旗鼓地娶張氏為妻，朱溫身穿官服，張氏珠圍翠繞，在紅燭高燒的大廳上交拜如儀。一時傳為奇談。

朱溫時為農民軍將領，名聲相當不好。時人都對他的娶親持鄙視態度，還有人專門寫了一首打油詩來嘲諷他：

> 居然強盜識風流，淑女也知賦好逑；試看同州交拜日，鳴鳳竟爾配啾鳩。

史載張氏「賢明有禮」，朱溫「深加禮異」。這張氏到底是出身名門，確實有幾分才幹。據說她分析政事，頭頭是道，且料事如神，語多奇中，每為朱溫所不及。朱溫遇事，必先問張氏然後施行。有時朱溫已經督兵出行，途中有急使馳來，說是奉夫人命叫他回去，朱溫當即勒馬回師，毫不遲疑。可以說，朱溫對妻子又敬又怕，這大概就是所謂的一物降一物吧。

推斷起來，張氏一定在朱溫投降唐朝的事上起了相當關鍵的作用。她身為官宦之女，父母均死於戰亂，自己也流落一方，險遭被蹂躪的命運。她內心深處，肯定是痛恨農民軍的。

朱溫投降唐朝廷後，唐朝廷為他改名為朱全忠，並任命他為汴州（今河南開封）刺史、宣武軍節度使。

蕭縣屬於汴州管轄，朱母一直還在蕭縣生活。朱溫派人到蕭縣劉崇家迎接老母。劉崇家在山野僻鄉，幾乎與世隔絕，也不和外面通消息。朱母自朱溫和朱存走後，一直沒有聽到兒子們的消息，以為他們哥倆不是戰死就是餓死了。聽到官軍進了村，指名道姓找朱溫的母親，還以為兩個兒子做了強盜，官府來搜捕家屬，嚇得這老太太鑽到灶下瑟瑟發抖不敢出來。後來聽人說兒子當了朝廷的大官，她還不肯相信，說：「阿三（朱溫小名）落拓無行，恐怕是作賊送了性命，現在的汴帥一定不是我兒，你們是不是搞錯了？」死也不肯認。最後，朱溫派去迎接她的人詳細敘述了朱溫小時候的事情，朱溫的母親才相信是自己的兒子真的發家了。老太太一時悲喜交集，邊抹著眼淚邊上了車。

黃巢兵敗後，僖宗從四川回到了長安，封朱溫為檢校司徒、同平章事（宰相），封沛郡侯。就連朱母也被封為晉國太夫人。這一年，朱溫三十二歲。

有一次朱母過生日，朱溫端起一杯酒敬給母親，洋洋得意地說：「朱五經（朱溫父親的外號）

一生辛苦，不得一第。今有子為節度使，晉登相位，膺封侯爵，總算是顯親揚名，不辱先人了！」說罷哈哈大笑。

自黃巢起義以來，唐朝各地的藩鎮各自擁兵自守，很少能聽朝廷調遣。朱溫能歸順朝廷，朝廷認為他可以依靠，所以屢屢給他加官進爵，籠絡他為朝廷出力。僖宗光啟二年（八八六年），朱溫進為東平郡王，權勢更大了。他借著朝廷的名義，不斷地向山東、河北擴張，不幾年，便成了以汴州為中心的中原地區最大的割據勢力。

朱溫為人兇殘無比，動不動就處死將士，朱溫用兵法令嚴峻，每次出戰，一個分隊主帥若出戰而不回來的，其餘士兵一體處斬，稱作「隊斬」。因此戰無不勝。手下健兒不耐酷法，多竄匿州郡，朱溫疲於追捕，下令全軍紋面，健兒紋面自此開了先河（據《五代史補》）。但朱溫對妻子張氏往往敬愛有加。每次軍謀國計，必先聽從張氏的意見。朱溫時時暴怒殺戮，張氏加以救護，許多無辜的人因此得以保全。

朱溫的長子朱友裕攻徐州，在石佛山大破朱瑾，朱瑾逃走，而朱友裕捨棄不追，朱溫因此大怒，奪了朱友裕的兵權。朱友裕惶恐之下逃亡山野，藏在深山裏好幾天不敢回來，後來藏到朱溫的哥哥那裏。張氏派人悄悄叫他回來，朱溫一看到朱友裕，怒不可遏，立命左右把他拉出去斬首。張氏來不及穿鞋，赤足從屋裏跑出來，抱住朱友裕說：「你單身回來，不就是為了證明你不反嗎？」朱溫聽到張氏的話，氣立時消了，與朱友裕父子如初。

朱瑾戰敗逃走，其妻子被朱溫掠取。朱瑾的妻子是十分美貌，以朱溫的好色如命，自然不打算輕易放過，預備佔為己有。張氏知道後，便先迎上去，對朱瑾的妻子說：「兗、鄆和我們是同姓之國，他們兄弟因為一點點緣故大動干戈，使姐姐淪落到如此地步。假如汴州被攻破，我也就和姐姐一樣了。」

原來當初黃巢敗亡之後，秦宗權趁機稱帝，攻佔了河南的許多地方，成為與朱溫在中原較量的首要對手。當時朱溫兵少，不得不向兗州（今山東兗州）的朱瑾求助。朱瑾出兵，在汴州北面孝村一戰取勝，秦宗權打敗，從此走向衰落，最後滅於朱溫之手。

朱溫聽了妻子的話後，心中不忍，感到愧對朱瑾。如果當初若沒有朱瑾的相助，朱溫也沒有力量打敗秦宗權。他這次藉口朱瑾誘降己方的將士出兵，其實也是為了兼併朱瑾的地盤，如果再強佔他的妻子，實在有些說不過去，也怕張氏不高興，乾脆順水推舟做個人情，讓朱瑾的妻子出家為尼了。之後，張氏一直供應朱妻的衣食。

昭宗天祐元年（九〇四年），張氏病重。當時唐室大權，盡歸朱溫，朱溫正要迫昭宗禪位，得知張氏重病的消息，連夜兼程回汴探妻。張氏已是瘦骨如柴，昏迷不醒。朱溫痛哭失聲。張氏驚醒，勉強睜開眼睛，看見朱溫立在榻前，便淒聲說：「妾病垂危，將與君長別了。」

朱溫悲咽難言，握住愛妻的手，惻然說：「自從同州得遇夫人，已二十餘年。不只內政多賴你主持，外事也須你籌謀定奪。今已大功告成，我轉眼將登大位，滿指望與你同享尊榮，再做幾十年夫妻。誰想到你病得如此之重，這該如何是好！」

張氏聽到朱溫要登大位，就明白他再叛唐朝的野心已生，流淚說：「人生自有生死，況妾身列王妃，所得已過多，還奢想什麼意外富貴，只是君受唐室厚恩，不可驟然廢奪。試想從古到今，太平天子能有幾個？」

朱溫歎息說：「時勢逼人，不得不這樣。」

張氏知道丈夫心意已決，難以挽回，長長地歎了一口氣說：「君既有鴻鵠之志，非妾所宜知，但妾有一言……君英武過人，其他的事都不可慮，只有『戒殺遠色』四字，懇請君隨時注意，我死也瞑目。」說罷氣血上湧，痰喘交作。到了後半夜，終於撒手離世。

朱溫痛哭不止。而朱溫部下將士也多流淚，因為朱溫生性殘暴，殺人如草芥，一旦性情暴怒，只有他妻子能以柔克剛，婉言規勸，從而挽救了無數將士的性命，將士因她活命的不知多少，生死榮衰，她的死使朱溫的駐地汴州城哭聲震天，也足以見她的賢德了。

《北夢瑣言》中有對張氏的評價：「張既卒，繼寵者非人，及僭號後，大縱朋淫，骨肉聚麀，帷薄荒穢，以致友珪之禍，起於婦人。始能以柔婉之德，制豺虎之心，如張氏者，不亦賢乎！」朱溫一生殺人如草芥，絕非開創基業的明君，人稱劉邦、朱元璋也是一副流氓脾氣，但劉邦、朱元璋做皇帝前多能折節事人，這一點朱溫遠遠不及。朱溫治軍多用酷法，這樣的人絕不會長久。朱溫之所以一段時間內在北方縱橫無敵，張氏對他殘暴性格的克制未嘗不是很重要的原因，當然還有包括天時地利在內的一點點運氣。但無論如何，一個殘暴如豺的梟雄人物，竟然為一個纖纖弱女子所制，這不能不說是傳奇。

天祐四年（九〇七年）四月，五十六歲的朱溫在一班親信的策劃下，廢掉了唐朝最後的小皇帝哀帝，自立為帝，國號為梁，號為梁太祖，建都汴（今河南開封）。至此，統治中國近三百年的李唐王朝壽終正寢。

從武則天時，民間一直有讖語流傳：「首尾三鱗六十年，兩角犢子自狂癲，龍蛇相鬥血成川。」以前有人解第二句為姓牛的人，故當時牛李黨爭以此為藉口，吵得不可開交。到後來，有人解第二句為朱姓。時人認為是唐朝滅亡果然應驗在朱溫身上。

當年，朱溫被唐朝廷賜名朱全忠，有人說全拆開是人王，忠是中心，是個不好的兆頭，朱溫對朱全忠這個名字一直耿耿於懷。之後，朱溫改名朱晃，表示與唐朝皇帝賜名的朱全忠一刀兩斷，也表示與農民起義將領的朱溫毫不相干。為了表示對張氏的懷念和尊重，「開平二年，（朱溫）追封（張氏）賢妃，至乾化二年十一月二十三日，追冊曰元貞皇后」（《五代會要》）。

朱溫以農民軍將領的身分起家，明目張膽地篡奪了唐朝江山，各地藩鎮自然不服。像受封於晉陽的河東節度使李克用、西川節度使王建、及駐守在杭州的鎮海節度使錢鏐等，都紛紛各自為政，不聽梁的節制。後來朱溫雖然封他們為「王」，但也無法征服他們。於是，天下分崩離析，出現了許多諸侯國，中國再一次陷入四分五裂的軍閥混戰時期。可以說，中國歷史上的第四次大分裂五代十國時期就是從朱溫開始，自他開始，五代在短短的五十四年中就換了八姓十三個皇帝。所以有人說：「朱溫篡唐，天下分崩。」

當上皇帝的朱溫也不是一個好君主，他始終改不掉農民本色和草寇習氣，經常在宮中為所欲為。有一次，朱溫在宮中擺家筵，喝得酩酊大醉，便與弟兄子侄們擲起骰子賭博起來。賭到高潮時，贏家興高采烈，輸家急紅了眼，就不分長幼、不分君臣地對罵起來，幾乎把個祖宗八代都罵了出來，跟大街上潑皮罵街沒什麼兩樣，整個皇宮鬧得烏煙瘴氣。朱溫的大哥朱全昱本是個老實巴交的農民，在一旁實在看不下去了，上前一把奪過賭盆，摔到了地上，怒氣沖沖地說：「叫你們賭，賭！恐怕我們朱氏一族，將來被你們賭滅了！」朱溫正在興頭上，見大哥攪了局，頓時火冒三丈，也不管皇帝不皇帝，竟然挽起袖子，上前要與大哥打架。後來經過眾人連拉帶勸，兄弟二人才沒有動起手來。朱全昱恨鐵不成鋼，不願意再與弟弟見面，回到家後，立即收拾了東西，重新回老家宋州碭山種地去了。

朱溫酷愛女色，這大概與他在年青時在農民軍中成長的經歷有關。當時農民軍將領大多習慣大掠女子，任意淫辱。不過，張氏活著的時候，朱溫不敢輕易與其他的女人有染，等張氏死了，他被壓抑多年的性欲爆發，開始肆無忌憚，個人生活的淫爛到了駭人聽聞的程度，也由此為自己種下了死亡的禍根。

朱溫到手下大臣河南尹張全義家中去避暑，竟然不顧君臣之禮，讓張全義家「婦女悉皆進御」。前後十多日。張家的妻妾都被朱溫召去侍寢，淫亂終日。張全義繼妻儲氏已經是半老徐娘，也被召去強與交歡。張全義的兒子憤恨至極，持刀要與朱溫拼命，卻被張全義死死拉住。為了高官厚祿，竟然能夠忍受如此奇恥大辱，張全義的隱忍功夫可算是練到了最高境界。

更讓人不齒的是，朱溫的荒淫已經到了亂倫的地步。他將兒子都派到外邊當地方的鎮守官吏，行軍打仗，卻讓兒媳婦們輪流入宮侍寢，醜聞不斷。更讓人吃驚的是，朱溫的兒子們對父親的亂倫行為不但不憤恨，反而不知廉恥地利用妻子在父親床前爭寵，千方百計地討好朱溫，博取歡心，以求將來能繼承皇位。父和子這種淫穢不堪的奇聞，在歷史上恐怕是獨一無二了。

到朱溫年老的時候，養子朱友文（本名康勤）的妻子王氏姿色出眾，美豔無雙，朱溫非常喜歡她。由於王氏的枕邊進言，朱溫答應自己死後，由朱友文繼承自己的皇位。這種以兒媳婦美貌來決定誰繼承皇位的方式，可以說是朱溫首創，曠古未聞。一向精明狡詐的朱溫在老年也掉進了溫柔陷阱，竟然因兒媳婦而捨棄親生兒子，偏愛養子，這大概是朱溫又一個情愛之謎。

朱溫病重時，打算把朱友文從東都召來洛陽付以後事。朱溫的親生兒子朱友珪（朱溫第三子）的老婆張氏也在朱溫身邊侍奉，見朱溫打算傳位給朱友文，馬上告訴了自己的丈夫。朱友珪對父親偏愛養子十分憤怒，決定先下手為強，悄悄聯絡了幾個對朱溫不滿的人，打算連夜行動。他先化妝易服來到左龍虎軍，見到統軍韓勍，將朱溫欲立朱友文的事告訴韓勍。

朱溫治軍嚴酷，當時軍中逃兵很多，朱溫便首創在士兵臉上刻字的方法。軍士即便逃走，但因臉上的刻字，很容易被發現，一旦捕獲，便被殺掉。朱溫還立了一條軍法，凡是交戰時，如果一隊的隊長戰死了，這一隊的士兵回來後便全部處斬，稱之為「隊斬」，以此來防止士兵在打仗時後退逃跑。這些殘酷無情的軍法，在那個野蠻的時代也是數一數二的，正是靠著這些軍法，朱溫軍隊的戰鬥力在當時的各藩鎮中是最強。既會使用任何策略，又控制著一支強有力的軍隊，這使任何其他節度使都不能向朱溫挑戰。不過到了晚年，朱溫日益猜疑忌刻，功臣宿將動輒因小過被殺。大將劉珍、李讜、王重允等，都曾出生入死替他打天下，都以不守軍紀而隨意就殺了。而鄧季筠、黃文靖等，更因為閱兵時騎的馬瘦，就成為被殺的藉口，令人匪夷所思。

韓勍見功臣宿將多以小過錯被朱溫誅殺，一直擔心禍及自己，決定與朱友珪合謀。韓勍手握兵權，事先派親信牙兵五百人與控鶴士卒若干，悄悄埋伏於禁中，半夜突然斬門而入，直入朱溫寢殿。皇宮內侍宮女驚恐不已，都四散逃走。朱溫被驚醒，意識到有變故，坐起來問道：「反者是誰？」卻見親生兒子朱友珪走了進來。朱友珪冷笑說：「不是別人，是我。」朱溫怒罵道：「我早就懷疑你不是東西，可惜沒有殺了你。你背叛你父親，大逆不道，天地也容不了你！」朱友珪也毫無示弱，與父親對罵：「你這亂倫的老畜生，早應碎屍萬段了！」趁父子二人對罵的功夫，朱友珪的親信馮廷諤持刀走近朱溫，突然刺入朱溫腹部。這一刀力道十分猛烈，以致刀刃從後背透出來。朱溫當場身死，腸胃全流出來，血流滿床。

朱溫死的時候，肯定是不甘心的。他一生殺人無數，想不到最後卻被自己的兒子所殺；他這一生貪淫好色，有過無數女人，最終卻因女人結束了他的一生；他真心地愛他的妻子張氏，卻沒有遵從妻子臨終前的「戒殺遠色」四字遺言，以致最後身敗名裂。他臨死前，想到了張氏的遺言嗎？

朱溫死時，年六十一歲。朱友珪用破氈裹住朱溫屍首，匆匆埋在了寢殿的地下。之後，朱友珪推說是朱友文遣兵突入大內，使朱溫受到驚嚇，病勢危殆，矯詔殺死朱友文。朱友珪在洛陽自即皇帝位。

朱友珪殺父繼位後，眾兄弟都不服，特別是朱溫和張氏所生的朱友貞，以嫡子的身分打起「除凶逆，復大仇」的旗號，在大梁起兵，聯合魏博節度使楊師厚，興師討伐朱友珪。朱溫女婿趙岩、外甥袁象先為內應。朱友貞軍未至洛陽，袁象先等已率禁兵起事，朱友珪窮迫自殺，洛陽諸軍十餘萬，大掠都市。朱友貞因此奪得了皇位。在五代史上，朱友貞是通過兵變奪取皇位的第一人，為以後的兵變提供了效仿的先例。

朱友貞即位後，後唐李存勗集中全力要攻滅後梁，雙方便連年混戰。朱友貞因為信用趙岩，外戚張漢鼎、張漢傑等人，大將出兵也派他們隨往監視。趙岩等人又仗勢弄權，賣官枉法，離間將相，賞罰不明，致使忠臣退避，上下離心，前線將領自相殘殺，所以，與後唐交戰屢遭大敗。

西元九二三年十月，後唐李克用養子李嗣源率領大軍逼近後梁都城汴州。當時汴州有禁軍四千人，大將們打算帶著這四千人抵抗。朱友貞卻不同意，想逃去洛陽。他旁邊的人說：「事情到了這種地步，還有誰可以相信？」朱友貞就在開封等待援兵。後梁大臣紛紛逃離，傳國玉璽也被人趁亂盜走。不少禁軍都開了小差，悄悄溜走。朱友貞束手無策，只知道日夜哭泣。

十月初九凌晨，朱友貞見大勢已去，國家滅亡難以避免，便對留在身邊的都指揮使皇甫麟說：「姓李的是我們梁朝的世仇，我不能投降他們，與其等著讓他們來殺，還不如由你先將我殺了吧。」皇甫麟忙說：「臣下只能替陛下效命，怎麼能動手傷害陛下呢！」朱友貞說：「你不肯殺我，難道是準備將我出賣給姓李的嗎？」皇甫麟不忍心下手，拔出佩劍，想自殺以明心跡。朱友貞拉著他的手說：「我和你一起死。」說完握住皇甫麟手中的劍柄，橫劍往自己頸項一揮，頓時血流如注，倒地死去。皇甫麟也哭著自刎而死。

十月初九清晨，李嗣源的騎兵到達汴州城下，守軍開門獻城投降。同一天，李存勗也率兵趕到，從西門領兵進城。後梁就此滅亡。後梁前後三個皇帝，是五代中歷年最長的一個朝代，存在了十七個年頭，

朱友貞當上皇帝後，改名為朱瑱。當時有人解瑱字為：一十一，十月一八。朱友貞果然在位十一年，死於十月初九。史稱朱友貞為末帝。

3 黃巢的敗亡

前面講過，唐官兵一度攻入長安，但由於軍紀不整，諸軍又前後不相繼，結果被黃巢反攻擊破。由此，合圍長安的各道唐軍退兵而去，長安解圍。對黃巢更為有利的是，唐軍在長安巷戰失敗之後，藩鎮內部的重重矛盾開始激化。

武寧節度使（鎮徐州彭城，今江蘇徐州市）支詳被其部將陳璠所殺，另一部將時溥又殺死陳璠，自任留後。後時溥被任命為武寧節度使。後來正是這位時溥，得到了黃巢的首級。

而鳳翔行軍司馬李昌言利用鳳翔倉庫虛竭，「糧饋不繼」，激怒士兵，還襲府城，驅逐了唐軍總指揮鄭畋，由李昌言出任鳳翔節度行營招討使。鄭畋前面辛苦的經營，一時付諸東流。

在局勢一度對農民軍有利的情況下，黃巢卻沒有把握住時機。不久，唐官軍捲土重來，繼續圍攻長安。當時，黃巢軍勢尚強，在防禦中多次取得勝利，但他僅僅滿足擊退某一官軍進攻，或奪回某一處失地。黃巢沒有趁兵力全盛的時候，轉移陣地，離開長安，這是最大的失策。一般來說，死死困守一地是為了等待援兵，而黃巢困守長安，根本無援可待，長安對他而言，始終只是一座無用的孤城。取得長安，當上了大齊皇帝，並不代表他的皇位就坐安穩了。他不及時出兵擴大控制地區，建立穩固的根據地，卻依舊留戀長安，日後只能處於被動挨打的局面。這除了黃巢本人對長安的難捨情結之外，還顯然與他自身的眼界和才幹有關。他本人並無長遠的謀略，手下也沒有十分得力的人才。在這樣的情況下，失敗將不可避免。

要講黃巢的敗亡，首先要從朱溫講起。

朱溫在短短幾年間，成長為黃巢手下的驍將，的確令人刮目相看。從他之前和後來的作為來看，他的才幹遠在大齊其他將領之上。這樣一員虎將，卻突然叛變投唐，對大齊軍士氣的打擊可想而知。而朱溫叛齊投唐的原因，還不僅僅是他見利忘義，黃巢本人也有不可推卸的責任。

朱溫駐守同州時，時刻處在危險之中，敵人近在咫尺，與同州一河之隔的東岸，就是唐朝河中節度使王重榮的大本營。王重榮之前曾投降過黃巢，因黃巢只知道索取，不知道給予，導致王重榮不勝其煩，很快就重新投向唐朝廷的懷抱。這是黃巢的另一大失策。農民軍挺進長安時，各地藩鎮投降者十之八九，農民軍一時自我感覺牛氣沖天。然而這些藩鎮後來卻都重新歸順唐朝廷，反過來成為農民軍最危險的對手。如同前面分析過的李克用一樣，這些藩鎮絕大多數都是首鼠兩端，並非真心忠誠於唐朝廷，在相當一段時間內，他們都處在觀望的狀態。顯然，在對待各投降藩鎮的態度和處理上，黃巢處理得相當不好，他也沒有這個能力去處理。黃巢的智謀僅限於運動戰中的小聰明。要真正去遊刃於各藩鎮和唐朝廷之間，不是靠最低級的游擊運動戰，而是要靠分化、瓦解、拉攏、打擊等一系列的謀略和手段，非梟雄不能為也。黃巢那一點點有限的英雄氣質，在這個群雄並起的混亂時代，很容易就被湮沒在層出不窮的戰略和戰術中。

重新回到正題。朱溫曾與王重榮多次交鋒。王重榮屯兵數萬，朱溫兵少，屢屢受創。朱溫為此多次向黃巢求援，但他的求援信只送到了大齊知左軍事孟楷手中。孟楷也是黃巢麾下一員得力大將，他嫉妒朱溫的迅速崛起，便將這些求援信全部扣下，沒有交給黃巢。前線的朱溫卻不知道後方是孟楷在搗鬼。他屢盼援兵，長安的黃巢卻沒有任何反應，援兵沒見到一個，連句安撫的暖人心的話都沒有。朱溫的心情可想而知。

剛好這時候，唐軍有三十艘運糧的船通過夏陽（今陝西合陽東）。朱溫考慮到農民軍軍糧不足，派兵中途攔截了糧船。王重榮立即派出三萬精兵，前來搶奪糧食。朱溫寡不敵眾，無奈之下，只好鑿沉了船隻，以免糧食重新落入唐軍之手。王重榮大怒，便揮師重重圍住了同州城。朱溫突圍不成，只好派人向長安的黃巢求援。可是求援的奏章照舊被主政的孟楷扣住，黃巢對此一無所知。

朱溫當初參加農民起義軍，並沒有遠大的理想，而僅僅是出於一種圖富貴、出人頭地的私心，為的是日後做官衣錦還鄉，以此「回報」鄰里對他的鄙視與輕蔑，以娶到他朝思暮想的張氏。朱溫坐困孤城，無法曠日持久，處境日益困難，他的內心開始動搖。

中和二年（八八二年）正月，唐宰相王鐸被任命為諸道行營都統，負責組織發動對黃巢農民軍的進攻。四月，王鐸率領兩川、興元之軍進駐靈感寺，涇原軍屯京西，易定、河中二軍屯渭北，邠寧、鳳翔二軍屯興平，保大、定難二軍屯渭橋，忠武軍屯武功，唐官軍再次包圍了長安。形勢對黃巢極為不利。並且因為多年戰亂，百姓多躲避深山築柵自保，農事俱廢，長安城中米價大漲。黃巢不得不率農民軍艱苦奮戰。五月，分兵出擊興平，駐興平部寧軍、鳳翔軍退屯奉天。七月，派尚讓攻取宜君寨（今陝西宜君），恰遇大雪盈尺，農民軍凍死十之二、三。農民軍已經開始呈現「兵勢日蹙」的勢態。

這一切，朱溫自然都看在眼裏。

朱溫謀士謝瞳是個落第舉子，之前曾與韋莊結伴逃出黃巢治下的長安，半路被朱溫手下抓獲，就此投靠了朱溫。謝瞳乘機勸朱溫降唐，說：「黃巢起家於草莽之中，只是趁唐朝衰亂之時才得以佔領長安，並不是憑藉功業才德建立的王業，不值得您和他長期共事。現在唐朝廷已經調集四方軍隊，圍困住了黃巢，他這個皇帝不會當得太久，而唐朝廷的力量卻愈來愈強大。我們當下處境困難，黃巢又不派兵援助，你要考慮自己的出路呀。」朱溫還在猶豫。謝瞳又進一步勸說道：「將軍力戰於外，而庸人制之於內，此章邯所以背秦而歸楚也。」（《新五代史・卷一・梁本紀》）朱溫看謝瞳說得句句在理，正合自己的心意，為了生存，為了自己的前途，終於下定決心投降唐朝。他先殺了黃巢派的監軍嚴實和反對投降的大將馬恭，向自己的對手王重榮投降了。

王重榮沒有想來朱溫會主動來投降，喜出望外。唐忠武軍監軍楊復光認為朱溫情非得已才投降，難於取信，主張殺了朱溫。王重榮卻不同意，說：「朱溫的投降對朝廷很有利，殺了他就會絕了黃巢手下大將歸附朝廷之路。」於是馬上任命朱溫為同州、華州節度使，並且寫了奏表，派謝瞳到成都送給唐僖宗。僖宗看了奏表後十分高興，似乎看到了復興祖業的希望之光，興奮地說：「這是上天送給我的厚禮！」封朱溫為左金吾衛大將軍，充河中行營副招討使，並賜名為朱全忠。這時候，僖宗根本想不到，後來朱溫並沒有完全忠於他，忠於唐朝，就像原來沒有忠於黃巢、忠於大齊一樣，唐朝的江山社稷就是被這個朱全忠給奪了去。

在農民起義軍與唐軍對峙的關鍵時期，朱溫降唐嚴重削弱了農民軍的力量。他鎮守的同州全境歸唐朝廷所有後，長安東面的遮罩盡失，農民軍所佔領的長安受到嚴重威脅。而朱溫降唐還有更深遠的影響，由於朱溫受到了唐朝廷的重用，大大動搖了農民軍的軍心，對一些農民軍將領產生了分化和影響，之後，農民軍將領叛變時有發生。而朱溫自己，由於受到唐朝皇帝的重用，就在被賜名為朱全忠以後，特別賣力地為唐朝效命。可以說，朱溫降唐使雙方的對峙形勢發生了逆轉。

朱溫變節降唐後，農民軍鎮守華州的華州刺史李詳也欲投降唐朝廷，結果被監軍搶先告發，黃巢殺死李詳，任命黃思鄴（黃巢弟）為華州刺史。但華州的駐軍都是李詳舊部，黃思鄴上任不到兩個月，就被李詳舊部趕走。李詳舊部共推華陰鎮守使王遇為主，王遇便以華州投降了王重榮。農民軍的士氣再一次受到嚴重打擊。

此後不久，沙陀李克用大軍到達河中，與黃巢農民軍隔河相望。李克用當時二十八歲，少壯好勝，時人稱為「獨眼龍」。沙陀部兵將都穿黑衣，十分彪悍，人稱「鴉軍」。

李克用到達河中後，形勢極度微妙。唐官軍自從高濤一戰吃了敗仗後，對農民軍十分畏懼，不敢輕易出戰。雖然各地勤王軍漸至，但都不敢與農民軍交鋒。而沙陀軍驍勇善戰，威名遠揚，連農民軍也十分畏懼，說：「鴉軍至矣，當避其鋒。」（《資治通鑒·卷二百五十五》）李克用沙陀軍身穿黑衣，被人稱為「鴉兒軍」。由此，千里南下的李克用沙陀軍對於唐朝廷和長安城中的黃巢都是關乎生死存亡的一支重要軍事力量。雙方都想拉攏爭取這支生力軍，因此展開了激烈的明爭與暗鬥。唐朝廷授李克用為東北面行營都統，黃巢也派遣使者，賜李克用重金、詔書，著意籠絡。

顯然，李克用並不是唐朝的忠臣。之前已經與唐朝廷摩擦至兵戈相見，他北逃到達靼，便是因為被唐朝廷打敗，在中原無處容身。而得到僖宗詔令後，南下途中即與河東節度使鄭從讜交惡，以致他武力佔領了忻州代州，行徑與再次背叛唐朝並無區別。此次南下，李克用當然是有自己的目的。他才二十八歲，正是精力充沛，意志昂揚的少壯年華。他有自己的雄心，要爭取他自己的利益。現在這個時刻，是個關鍵時刻，他面臨抉擇，在唐朝廷與農民軍之間，他必須選擇一方，但這一方必須是有利於他本人的利益最大化。

這時候，對黃巢而言，其實也是一個難得的機會。倘若黃巢能為大齊政權爭取到李克用，無異於平添一員猛將，如虎添翼，對唐朝廷則是巨大的打擊。十分可惜的是，黃巢沒有把握住這次機會。

之前，李克用的弟弟李克讓在京師擔任宿衛，並在長安親仁坊有賜第。表面上看來，這是唐朝廷的恩賜，但實際上李克讓卻是充當沙陀部的質子。乾符五年（八七八年），唐朝廷討伐李克用父子時，派王處存率兵圍捕李克讓。李克讓只率十餘騎突圍而出。王處存千餘人追趕至渭橋。李克讓射殺百餘唐官兵，追兵不敢逼近。李克讓從容逃脫，返回雁門。僖宗即位後，對李克用採取招撫政策，李克讓再次入質長安。黃巢進長安時，李克讓因躲避農民軍藏往南山佛寺。寺裏的僧人見李克讓等人手持兵器，以為對方是強盜，於半夜潛入房中殺害李克讓。李克讓的僕人渾進通逃脫，到長安投降了黃巢。黃巢知道這件事後，派人抓獲南山佛寺的僧人十餘名，連同豐厚的禮物，一起送到李克用面前。

李克用此時才知道弟弟李克讓已死，十分悲痛。他殺死了黃巢送來的南山佛寺僧人，將禮物分給部下將領，而將黃巢的詔書當著使者的面燒毀，以示自己與農民起義軍勢不兩立。然後帶領大軍從夏陽過河，在同州安設軍營。

黃巢的本意是要討好李克用，所以送上了殺弟仇人。他顯然不了解李克用的雄心，倘若他送上的是半壁江山的承諾，或許換來的將是完全不同的結果。

在李克用沙陀軍到達之前，農民軍和唐官軍一直處於膠著狀態，雙方因為消耗過大，日子都很不好過，缺兵少糧。在無可奈何的情況下，農民軍和官軍竟然暗中交易，易人而食。在這樣的狀況下，雙方軍隊都沒有什麼戰鬥力可言。這也是為什麼唐朝和大齊政權雙方都極力爭取李克用沙陀軍的根本原因。

李克用沙陀軍加入戰團後，接連打敗農民軍，成為中原的風雲人物，鋒頭一時無二。黃巢見農民軍節節敗退，長安城中糧食不濟，便「陰為遁計，發兵三萬搤藍田道」，為撤離長安作好準備。

僖宗中和三年（八八三年）四月，唐諸鎮兵從四面八方合圍京師。李克用率先出戰。黃巢率大軍於渭橋迎戰，一日三戰，連戰失利，其他諸道兵也乘機發起攻擊，農民軍大敗。四月初八，李克用軍攻入長安，黃巢力戰不勝，遂連夜撤離長安。此時，距離他第一次佔據長安兩年零四個月。

兩年零四個月中，不開財源，不追窮寇，龜縮城中，城外即是一天一天準備充分的敵人，黃巢到底在想什麼？

黃巢此時的心情，應該是相當無奈的。但他並沒有對長安產生太多的留戀。他年輕時為之讚歎為之仰慕的城市，起兵後經過迂迴曲折的南下和北伐才擁有的城市，此時已經破敗不堪，荊棘滿城，狐兔縱橫。曾經繁密的人口也所剩無幾，為數不多的倖存百姓無不惶恐不安，人心游離。連黃巢自己都難以置信，這還是那座繁華的城市嗎？這時候，他感覺理想已經遠離他而去了。於是，在離開前，惱羞成怒的他為這個城市做了最後一件事，下令焚毀宮室。滔滔烈火，燒盡了長安最後一點繁華。

而雪上加霜的是，沙陀兵和唐軍進入長安後，更加瘋狂地燒殺搶掠，造成「長安室屋及民所存無幾」的悲慘景象。倘若黃巢看到，大概絕對不會發誓再回這座夢想之城……

在黃巢與唐朝廷的對抗中，有兩個關鍵人物給了他致命的打擊，直接加速了農民軍的失敗，一個是前面提到的朱溫。朱溫的背叛對農民軍一方影響很大。另外一個關鍵人物就是沙陀少帥李克用。關於沙陀的來歷和與唐朝的根源，前面在《滿城盡帶黃金甲》一篇中已經講過。可以說，在黃巢敗亡前後，朱溫和李克用在相當程度上左右了中原的局勢。

黃巢雖然敗出長安，但手下農民軍還有十五萬人，實力不減。他為了麻痺唐官軍，事先揚言要奔徐州，實際上卻經藍田關進入了商山（今陝西商縣東）。在撤退中，黃巢靠沿途拋棄金銀珠寶的法子甩掉了唐追兵，轉向河南一帶。

農民軍雖然敗出長安，元氣猶存。但之前農民軍困守長安一隅、沒有根據地的弱勢日益凸顯出來。中和三年（八八三年）五月，黃巢為了農民軍得到補給，派驍將孟楷攻打蔡州（今河南汝南）。孟楷即前面因嫉妒朱溫扣下求援信的那位。當時唐朝廷任命的蔡州節度使為秦宗權。秦宗權出戰失敗，便乾脆投降了黃巢。可見當時局勢何等混亂，唐朝廷的威信完全掃地，大多數藩鎮都是牆頭草，只知道順風而動，依附強勢。

秦宗權投降黃巢後，與農民軍將領孟楷聯兵，一齊進攻陳州（今河南汝南）。唐陳州刺史時為趙犨。

趙犨，陳州宛丘人，世為忠武軍牙將，積功為陳州刺史。趙犨非常有遠見，他曾經預言如果黃巢不死在長安，必然東走，陳州則首當其衝。所以，他早作準備，招兵買馬，儲備糧草，構築工事，培城疏塹，將陳州方圓六十里之內的百姓強行遷到城裏。並讓其弟趙昶、趙珝，兒子趙麓、趙林分別領兵，加強戰備，守衛陳州。

農民軍將領孟楷先移兵項城（今河南沈丘），準備攻取陳州。陳州刺史趙犨早有防備，先派出少數弱兵出戰，向農民軍示弱，然後乘孟楷不備之時，派精兵全力出擊。孟楷猝不及防，所率的一萬人馬竟然全軍覆沒，孟楷本人也被俘殺死。

〈還有一件事可以說明趙犨的眼光。後來朱溫到陳州，趙犨兄弟親自上前為朱溫牽馬，執禮甚恭。當時趙犨已經料到朱溫將來必成大事，於是「降心屈跡，為自托之計」。不但主動攀附朱溫，讓自己的兒子趙岩娶朱溫的女兒，還為朱溫建立生祠，朝夕拜謁。不過很可惜，朱溫還沒有當上皇帝，趙犨就先病死了。〉

孟楷是黃巢的愛將，也是農民軍的重要首領。黃巢聽說孟楷戰死後，怒火中燒，立即集中所有的兵力，猛烈攻打陳州，「掘塹五重，百道攻之」，誓為孟楷報仇。陳州人十分害怕，趙犨極力激勵軍民，並「數引銳兵開門出擊賊，破之」，以鼓舞士氣。黃巢屢攻不克後，愈加憤怒，便在陳州週邊築壘圍困。營壘修得如同宮殿一般，旁邊還有百官衙門，號稱「八仙營」，準備打持久戰。

黃巢又下令儲備糧草，而當時連年征戰，烽火連天，百姓無法生產，民間鄉里均已缺食短炊。黃巢軍四下找不到糧食，便再一次以吃人為生的慘劇。農民軍建巨型石磨，將擄掠到的百姓、戰俘、以及戰死的士兵的屍體，紛紛投入石磨之中，研磨妥當，再烹之為食，「日食數千人」。殺人作為軍糧的地方則被稱為「舂磨寨」。

陳州刺史趙犨此時已經抱了必死之心，一面堅守城池，一面派人突圍，向太原的李克用、汴州（今河南開封）的朱溫求援。

就在黃巢圍攻陳州時，唐朝廷不斷調動軍隊，以全面圍剿農民軍。七月，朱溫被任命為宣武節度使，加東面招討使。九月，命武寧節度使時溥為東面兵馬都統。十二月，忠武鎮周岌與時溥、朱溫等皆率兵前來救援陳州。

中和四年（八八四年）正月，黃巢軍仍是勢力強大，周岌、時溥等諸路救兵被農民軍打得落花流水，招架不住，不得不共同向河東節度使李克用求救。二月，李克用率蕃、漢兵五萬出天井關，自蒲州、陝州渡過黃河前來陳州。三月，朱溫攻佔大齊軍瓦子寨，將領李唐賓、王虔裕投降。這時，李克用會合許、汴、徐、兗諸道軍向大齊軍全面發動攻勢。四月，攻佔農民軍將領尚讓屯軍的太康（今河南太康），接著進攻西華（今河南西華），農民軍將領黃思鄴敗走。

黃巢見軍事失利，只得退到陳州北面的故陽里，但依舊保持對陳州的圍困態勢。中和四年（884年）五月，突然連續下起大雨，平地水深三尺，河水暴漲，四處流溢，黃巢所築的營壘被洪水衝垮。黃巢見大勢已去，只好捨棄了圍困三百天的陳州。

圍打陳州是黃巢退出長安後最嚴重的失誤。農民軍不但喪失了先前「游擊戰」的靈活性，長期膠著在陳州附近，大小數百戰，搞得農民軍士卒疲憊不堪，而且遷延時日，給了唐朝廷調兵遣將、重新部署的機會。

黃巢撤兵後，李克用緊追不捨。黃巢在李克用的追擊下，渡過汴水進攻汴州朱溫。朱溫向李克用求救，李克用在河南中牟北的王滿渡，大敗黃巢的主力部隊，黃巢手下大將尚讓率一萬人投降了唐武寧節度使時溥，黃巢手下另外一些將領李讜、楊能、霍存、葛從周、張歸霸、張歸厚等人投降了朱溫。至此，農民軍主力傷亡殆盡。黃巢率殘兵敗將向東北逃去，李克用又追殺到封丘（今河南封丘）。這時又遇大雨，黃巢只收集散兵近千人，冒雨東奔兗州。

中和四年（八八四年）六月十五日，武寧節度使時溥派部將李師悅率兵萬人，與降將尚讓窮追不捨。追至瑕丘（今山東兗州），黃巢與唐軍「殊死戰，其眾殆盡」，與其外甥林言走至泰山狼虎谷的襄王村（今山東萊蕪西南）。此時，黃巢已經勢窮力盡了。

關於黃巢的結局，史書記載不一：有史書說他不甘被俘受辱，自殺而死；有史書說他要求外甥林言將自己殺死；還有史書說他是被林言趁機殺死。推斷起來，作者傾向於林言見大勢已去，乘機殺了黃巢以求富貴。因為同時被殺死的還有黃巢的兄弟妻子，生死時刻，即便黃巢願意求死，他的兄弟們也不會甘心就死。之後，林言持黃巢等人首級欲向武寧節度使時溥獻功，在路上卻遇到沙陀博野軍，他們殺了林言，將林言及黃巢等人首級一併獻給武寧節度使時溥。

〈還有一種說法是黃巢並沒有死，而是在洛陽當了和尚。五代陶穀《五代離亂記》中記載：「巢敗後為僧，依張全義於洛陽，曾繪像題詩，人見像，識其為巢云。」加強這種說法的是《全唐詩》中收有黃巢的一首《自題像》詩：「記得當年草上飛，鐵衣著盡著僧衣。天津橋上無人識，獨倚欄干看落暉。」一副繁華落盡的蒼涼。然而，唐詩人元稹有一首《智度師》在前：「三陷思明三突圍，鐵衣抛盡納禪衣。天津橋上無人識，閑憑欄干望落暉。」顯然，掛名黃巢的《自題像》詩是改篡元稹的詩。而士子文人多以黃巢為賊，未必情願引黃巢詩自況，所以可知《自題像》詩非黃巢所作。黃巢當了和尚的說法也就不攻自破了。〉

黃巢死後，他的侄子黃浩率領義軍餘部七千，轉戰江湖間，自號「浪蕩軍」。昭宗天復初，攻破瀏陽（今湖南瀏陽縣），「欲據湖南」。湘陰（今湖南湘陰縣西）土豪鄧進思設伏山中，黃浩遭到狙擊，被殺身死。

而前面曾經投降黃巢的秦宗權則上演了另一幕搶當皇帝的好戲。秦宗權，蔡州上蔡（今屬河南）人，以殘暴著名。黃巢死後，秦宗權也知道不可能重新回到唐朝廷的懷抱，乾脆想代替黃巢，於是佔據蔡州稱帝，並分兵四出，所至之處焚殺擄掠。秦宗權部下從不攜帶軍糧（也沒有軍糧可帶），只用車輛載著鹽，饑餓時就四處擄掠百姓小民，任意割肉烹食。史載「西至關內，東極青齊，南出江淮，北至衛滑，魚爛鳥散，人煙斷絕，荊榛蔽野」。當時只有汴州朱溫和陳州趙犨（**當時已經與朱溫結親**）各守其州城，敢與秦宗權對抗。朱溫乘間出擊，屢敗秦宗權。光啟三年（八八七年），秦宗權攻汴州，朱溫大敗秦宗權，使其勢稍衰。秦宗權暴虐不得人心，部下多是趨炎附勢之徒，見秦宗權兵敗，都棄城逃走。秦宗權後為部將郭璠執送朱溫，被斬於長安獨柳下。

像秦宗權這種朝秦暮楚、反覆無常的叛變行為不僅在唐末亂世中比比皆是，在五代中也是不絕於史。亂世之中，什麼正義和良心都拋諸腦後，兄弟相殺，朋友反目，成了亂世最黑暗的一面。

僖宗得知黃巢兵敗身死的消息後，歡天喜地，在大玄樓舉辦了一個盛大的受俘儀式。武寧節度使時溥除了獻上黃巢的首級外，還有黃巢姬妾二三十人。僖宗見這些女子個個美豔，不由得憐香惜玉起來，問道：「你們都是動貴子女，世受國恩，如何從賊？」跪在最前面的女子回答道：「狂賊凶逆，國家以百萬之眾，失守宗祧，播遷巴、蜀；今陛下以不能拒賊責一女子，置公卿將帥於何地乎！」（《資治通鑒卷・第二百五十六》）僖宗本有心開恩放過這些女子，聽了這番義正詞嚴的話，面紅耳赤，不由得惱羞成怒，下令將這些女子全部斬首。

臨刑時，行刑的小吏憐憫這些女子無力左右自己的命運，無辜被殺，便爭相拿出藥酒給她們喝，以減少死時的痛苦。女子們「且泣且飲」，喝完後都昏迷不醒，於昏睡中被殺死。唯獨當面回擊僖宗的女子不肯喝藥酒，也不哭泣，被殺時神色肅然。

黃巢敗後，唐王朝已經成為歷史的黃昏，日薄西山，氣息奄奄。之後，各路藩鎮軍閥混戰，狼煙四起，民不聊生。舉例來說，在最後追擊黃巢中立下大功的武寧節度使時溥不久後就與朱溫翻臉，二人開始爭霸。因為雙方連年交兵不斷，致使徐州、泗州、濠州的百姓流離失所，無法從事耕作，加之洪水災害不時發生，病餓而死的人有十分之六、七。時溥無力保障戰爭所需，被迫向朱溫請求和解。朱溫以其撤離所鎮徐州為講和條件。時溥答應後又擔心上當被殺，依舊佔據徐州與朱溫相對峙。景福元年（八九二年）十一月，濠州、泗州刺史張璲、張諫叛時溥歸附於朱溫。景福二年（八九三年）二月，時溥在朱溫的大軍進逼下，向兗州節度使朱瑾求援。朱溫為防備朱瑾增援，事先派部將霍存率騎兵三千進駐曹州（治今山東曹縣）。朱瑾領兵二萬來救徐州，霍存立即發起進攻，並與朱溫子朱友裕在徐州附近的石佛山下合擊，大敗朱瑾軍，朱瑾逃回兗州。徐州軍再次出戰，霍存恃勝不備，戰敗而死。朱友裕包圍彭城，時溥多次出兵挑戰，朱友裕則關閉營壘拒不應戰。而朱瑾夜逃時，朱友裕也未追擊。都虞侯朱友恭認為朱友裕必有他圖，便寫信告訴了朱溫。朱溫為防不測，即令都指揮使龐師古代朱友裕統領部隊，讓朱友裕暫且主持許州（治今河南許昌）事宜。龐師古主動出擊，攻佔了石佛山營寨。自此，徐州軍不敢出城交戰。四月，朱溫軍圍攻徐州已數月，未能攻取。朱溫的通事官張濤認為進軍時機沒把握好，所以勞師動眾難以奏效。謀士敬翔則認為，攻城雖已數月，耗費人財物力也很多，但時溥困守徐州更是疲乏不堪，攻取徐州指日可待。朱溫採納了敬翔的意見，親自趕到徐州，督促龐師古攻克彭城。時溥與家人登上燕子樓自焚而死。自此，徐州納入朱溫的勢力範圍。

朱溫攻滅時溥不過是許許多多混戰中的一件。黃巢沒有能隻手摧毀唐朝，但唐朝也在他失敗後崩潰，中國開始陷入歷史上又一次劇烈的社會大動盪中。所謂「千間倉兮萬條箱，黃巢過後猶殘半。自從洛下屯師表，日夜巡兵入村塢」，說的就是這種混戰的局面。

而黃巢一度嚮往和留戀的長安城則再次成為紛爭和殺戮的主要戰場。等一切都安定下來的時候，長安的建築已經蕩然無存，只有殘垣斷壁還保留有昔日雄偉的影子。這個曾經包容萬千的城市，已經被肢解得支離破碎，不知道秩序和道德為何物了。以致宋朝開國皇帝趙匡胤在選擇京師的時候，西望長安，也不得不深深歎息：這個盛名超過了歷史上任何其他政治中心的城市，在歷經了千萬殺戮後，再也沒有成為京都的可能。

長安上下沉浮的經歷就是悲愴的歷史。然而，長安不是中國歷史的起點，也不是終點。所謂「滿城盡帶黃金甲」的盛況，到明朝末年再一次重新出現。西元一六四四年正月初一，另一位大名鼎鼎的農民起義領袖李自成在西安（長安）稱王，國號大順，改元永昌。李自成自己也改名為李自「晟」（**光明和興盛的意思**），並且以明朝分封在西安的秦王府為新順王府，發動大量民夫重新修整長安城，將城牆加高加厚，壕塹加深加寬，比原來更加壯麗。此時，距離黃巢的「黃金甲」已經近八百年。儘管相隔了八百年，二人的成功與失敗卻有著驚人的相同之處。這就是後話了。

4 朝不保夕的唐昭宗

西元八八〇年，唐僖宗廣明元年十二月初五清晨，在黃巢農民軍的威勢下，僖宗倉皇經金光門逃離長安，身邊只有少數隨從，其中就十三歲的弟弟壽王李傑。之後，僖宗顛沛流離、歷經磨難，李傑都跟隨在兄長身邊，因而得到器重。由此也跟僖宗身邊的親信宦官有較多接觸，也是他後來得以被立為帝的重要原因。

黃巢敗亡後，黃金甲煙消雲散，而唐帝國的氣勢也開始漸黯漸淡，瓦解的局勢日益凸顯。各個藩鎮都在瘋狂擴張，全中國變成一片血海。僖宗千辛萬苦地回到長安後，宦官田令孜把持朝政，兇暴而且專橫。河東節度使李克用與河中節度使王重榮聯合起兵，要求罷黜田令孜，僖宗被田令孜控制，再一次逃離京師到鳳翔。之後，邠寧節度使朱玫和鳳翔節度使李昌符再一次聯合起來反對田令孜，一場混戰後，朱玫被殺，田令孜被驅逐。僖宗被折騰得不輕，驚魂不定，很快就病倒。

文德元年（八八八年）三月初五，僖宗病危。因僖宗兒子的年齡太小，任觀軍容使的宦官楊復恭建議立壽王李傑為帝。因李傑和僖宗是同母所生，在眾兄弟中關係最為密切，僖宗同意了，下詔立李傑為皇太弟，代理軍國大事，並立即派宦官劉季述將李傑迎入宮中。這裏，特別要提一句，宦官楊復恭和劉季述後來先後與李傑反目。

當時，支持李傑的只有掌握軍權的宦官楊復恭。朝臣都想立吉王李保，因為吉王在諸王當中名聲最好，年齡也比壽王要大。但自中唐之後，宦官掌握兵權，完全可以操縱皇帝的生殺廢立。朝臣關於立嗣的意見根本得不到重視。

第二天，年僅二十七的僖宗病死在武德殿。僖宗在位十五年，實際上在京師長安的時間還不到八年，之間兩次被迫逃離京師避難，「十五年來無一治，虛名天子老奔波」，可以說是狼狽之極的虛名天子。不過，對僖宗來說他還是幸運的，他是唐朝最後一位死在長安、葬在關中的皇帝，於當年十二月葬在靖陵。

李傑被立為皇太弟後，改名李敏。三日後即位為唐昭宗，又改名李曄。幾次改名，代表著他身分和地位的變化。群臣見昭宗「體貌明粹，饒有英氣，亦皆私慶得人」。

昭宗即位時二十一歲，和許多朝代的末代皇帝一樣，他不是真正意義上的亡國之君。相反，他有振興唐朝的志向，想挽救帝國於危難之中，即位之初，喜歡讀書，注重儒術，整頓內政，很想有番作為。此時的昭宗胸懷大志，雄心勃勃，「以僖宗威令不振，朝廷日卑，有恢復前烈之志。尊禮大臣，夢想賢豪」，被人稱為「有會昌之遺風」。

經過黃巢農民軍起義後，本來在憲宗一朝有所緩解的藩鎮割據勢力重新滋長，以往在形式上聽命於皇帝的節度使們，現在也公然無視朝廷的詔令。靠鎮壓黃巢農民軍發家的各路新舊軍閥乘機擴張實力，據地稱雄，相互吞併。到昭宗即位時，北方出現了以宣武節度使朱溫（因鎮壓農民起義有功被賜名「朱全忠」）、河東節度使李克用、鳳翔節度使李茂貞（原名宋文通，因鎮壓農民起義有功被賜名「李茂貞」）為首的三大強藩。

昭宗年輕氣盛，聰明輕浮，具有皇室子弟逞能和任性的特質。他往往容易將事情想像得很簡單，一即位就招募了十萬大軍，打算以強大的兵力來壓制強藩。然而，此時唐朝積弱已久，宦官專權，藩鎮跋扈，戰亂不斷，皇權衰微。尤其是各種勢力盤根錯節，宦官和權臣均勾結藩鎮為外援，朝廷內部矛盾重重，往往牽一髮而動全身，局勢相當複雜。昭宗本人也是各種勢力的獵物，勢力集團都想通過控制他來號令天下。昭宗對此卻渾然不覺，貿然對藩鎮採取強硬姿態，企圖挽回中央朝廷權力，結果反而引來更大的危機。

當時，宦官楊復恭自恃有擁立之功，不把昭宗放在眼裏。他還仿照田令孜的辦法，選勇士多人，都收為義子，號稱「外宅郎君」。然後讓這些義子分掌兵權。又養宦官六百人為義子，派到諸道當監軍。宦官的勢力比以前更為強大。昭宗憎惡楊復恭專權，想找機會除掉他。

大順元年（八九〇年），宣武節度使朱溫為了個人利益，奏請唐朝廷下令討伐河東節度使李克用。昭宗感覺這是個機會，想利用朱溫的兵力來對付大宦官楊復恭，先除掉內憂，於是聽從宰相張濬、孔緯的建議，下詔革去太原李克用的官爵，並命宰相張濬等領軍，對河東用兵。各地藩鎮對此都坐山觀望，不積極出兵配合唐朝廷的軍事行動。結果，朱溫、張濬軍均被以驍勇善戰聞名的李克用打得大敗，昭宗派往河東地區的官軍幾乎全軍覆沒。宦官楊復恭乘機反擊，將支持昭宗的宰相張濬、孔緯罷免。

這時候，昭宗任命王瓌（昭宗親舅）為黔南節度使。王瓌到達利州（今四川廣元）時，楊復恭派人將王瓌乘坐的船弄沉，王瓌及隨從全部淹死。昭宗知道是楊復恭主使後，便任楊復恭為鳳翔監軍，打算將他派到鳳翔節度使李茂貞那裏，隱有借刀殺人之意。楊復恭立即藉口生病，請求致仕退休，暗中卻圖謀作亂。昭宗當機立斷，親自發兵攻打楊復恭私宅。宰相劉崇望鼓勵士兵進攻，楊復恭兵敗，率義子楊守信等人逃往興元（今陝西漢中）。楊復恭失敗後，西門君遂成為宦官的首領。昭宗此舉，大概是他一生中唯一值得一提的事，雖然沒有徹底改變宦官的擁兵地位，但也在一定程度上打擊了宦官。

昭宗驅逐楊復恭後，楊復恭逃到養子興元節度使楊守亮那裏。鳳翔節度使李茂貞一直想擴充地盤，正待機而動，便趁機想朝廷請求出兵討伐楊復恭。但皇宮中的宦官們有兔死狐悲之感，攔住昭宗，不讓他下詔。李茂貞沒有得到朝廷的詔書，就自行出兵攻下興元，俘殺了楊復恭父子，且將興元收歸己有。

李茂貞勢力有了很大發展，他的轄區離長安很近，昭宗由此對他產生了警覺。昭宗下詔要李茂貞讓出鳳翔節度使，專任山南西道兼武定節度使。李茂貞不但不從，還上書辱罵昭宗，公然指責昭宗「只看強弱，不計是非」。

昭宗看完後勃然大怒，決定出兵討伐李茂貞。宰相杜讓能進諫說：「陛下初登大寶，國難未平，茂貞近在國門，不宜與他構怨，萬一不克，後悔難追。」他認為李茂貞就在京畿地區，萬一又意外，後果難以預料，勸昭宗謹慎行事。但昭宗正怒火沖天，堅決不聽，還大罵宰相杜讓能說：「王室日卑，號令不出國門，這正志士憤痛的時候，朕不能坐視陵夷，卿但為朕調兵輸餉，朕自委諸王用兵，成敗與卿無干。」

昭宗派出的禁軍大多是剛剛招募的市井少年，不懂兵事，而李茂貞一方則是身經百戰的邊兵。三萬禁軍還沒有進入鳳翔就被打敗。李茂貞乘勝進逼京師。昭宗無可奈何，只好跟臣子講和，殺死西門君遂等三個宦官首領，又殺了籌畫軍事的宰相杜讓能，李茂貞才肯退兵。

此後，大臣們也和昭宗走得遠了。昭宗胸懷大志，卻無力回天。他的雄心壯志逐漸開始黯淡。

李茂貞大敗禁軍後，兼鳳翔、山南西道、武定、天雄四鎮節度使，佔有十五個州，成為關中最強大的藩鎮。此外，還有王建據四川、楊行密據淮南、錢鏐據吳越、王潮據福建。

乾寧二年（八九五年），河中節度使王重盈死後，其子王珙與其兄王重榮之子王珂爭奪節度使之位。實力強大的河東節度使李克用支持王珂，昭宗便將節度使給了王珂。李茂貞支持王珙，由此大為不滿，聯合邠寧節度使王行瑜、華州節度使韓建，一起發兵到長安問罪，打算逼迫昭宗改換河中節度使的人選。昭宗逃往終南山。李茂貞便殺死了宰相李谿（剛被任為宰相）和韋昭度。

之後，李茂貞讓養子李繼鵬留在京城守衛，自己率軍回到鳳翔。河東節度使李克用聞訊後，自然不甘示弱，領兵來攻，殺了邠寧節度使王行瑜。李茂貞知道打不過李克用的沙陀軍隊，便殺掉養子李繼鵬，向昭宗謝罪，以此來息事寧人。

李克用好戰，還準備進攻鳳翔，徹底剷除李茂貞的勢力。昭宗卻怕除掉李茂貞後，李克用勢大無法節制，想保存李茂貞來牽制李克用。於是不許李克用進兵，封他為晉王，讓他領兵回太原。因國庫空虛，昭宗也拿不出更多的賞賜給李克用，只好把後宮的絕色美女送出。李克用帶著美女走的時候，還怨恨地甩下了一句話：「不殺李茂貞，京師一帶便無寧日！」

昭宗從終南山回長安後，心情難過之極，痛定思痛，決定建立自己的武裝力量。他募兵數萬人，全部交給宗室子弟統率。昭宗想不到的是，他這一項措施不但沒有解決任何問題，還給宗室諸王帶來了滅頂之災。

李克用退兵後，李茂貞又捲土重來，藉口朝廷對鳳翔用兵，率兵進逼京師。昭宗倉促離開長安，打算逃去太原投奔李克用，不料途中被華州節度使韓建劫持。韓建恐嚇昭宗說：「車駕渡河，無復還期。」之後，昭宗完全失去了人身自由，被強行滯留在華州兩年有餘。

乾寧四年（八九七年），華州節度使韓建逼唐昭宗解散諸王所率全部禁兵。隨後，韓建又和宦官劉季述合謀，發兵包圍了十六座宗室諸王的宅第。宗室諸王驚恐萬分，大多披髮逃命，沿著城垣大呼：「官家（宮中對皇帝的稱呼）救兒命。」有的驚慌下爬到屋頂上，大聲呼救。韓建捕獲諸王十一人及其侍衛，無論老少，統統當場殺死。而事後，韓建僅以諸王「謀逆」告訴昭宗，草草了事。昭宗心中的怨恨和恐懼可想而知。

即使這樣，昭宗還被迫封韓建為守太傅、中書令、興德尹，封潁川郡王，賜鐵券，並賞賜御筆親書的「忠貞」二字。這時候的昭宗，因為朝不保夕，已經完全失去先前進取的銳氣。

華州節度使韓建在當時實力不算強大，竟然挾天子以令諸侯，自然令其他強藩不平，其中反應最強烈的就是朱溫。朱溫當時在眾藩鎮中實力最強，地盤最大，只有他敢於與彪悍勇武的李克用爭鋒。韓建與李茂貞商議後，也害怕朱溫出兵來搶奪昭宗，於是將昭宗主動送回長安。

經過兩年多形如囚徒的生活，昭宗已經完全變了一個人，不但不思進取，還開始自暴自棄。他性情愈加暴躁，經常酗酒麻痹自己。因復興無望，變得喜怒無常，動不動就殺死左右侍奉的人來排洩憤怒。此時的昭宗，已經是一個兇狠暴虐的人物，行為不可預知。這引起了宦官們的恐懼，生怕哪一天不小心就被昭宗殺死。宦官劉季述、王仲先，樞密使王彥範、薛齊屋四大宦官暗中合謀，打算廢黜昭宗。

光化三年（九〇〇年）十一月的一天，昭宗在禁苑中打獵，大醉而歸。當天夜間，昭宗突然發怒，趁酒興親手殺死身邊宦官、侍女數人，宮人大為恐慌。第二天上午，昭宗還宿醉未醒，宮門不開。宦官劉季述、王仲先借機要脅宰相崔胤召集百官。崔胤怕死，率領群臣在同意「廢昏立明」的文書上簽了字。宦官們隨即率領禁兵入宮。此時，昭宗剛剛酒醒，突然看見有兵士進來，「驚墜床下」，爬起來剛要逃跑，卻被劉季述、王仲先拉住，左右挾持著坐下。

〈崔胤，字昌遐，乾寧二年（八九五年）進士。王重榮為河中節度使時，曾辟請他為從事。後進入中央朝廷做官，不斷得到升遷。唐大順年間，崔胤歷任兵部、吏部侍郎，不久又以本官任平章事，這是崔胤第一次拜相。唐末王室衰微，大權旁落，宦官與朝臣南北二司互相爭權傾軋。雙方都暗結朋黨，結納外鎮的藩帥。崔胤為人陰險狡詐，工於心計，又善於阿諛附合，外表看上去老成持重，實則內心險惡。鳳翔節度使李茂貞殺進長安時，宰相杜讓能、韋昭度、李谿先後被殺，崔胤卻倖免遇難，由此可見他善於在亂世中生存。昭宗回長安後，罷免了崔胤的相位，出為嶺南東道節度諸使。崔胤立即秘密寫信給朱溫求援。在朱溫的要脅下，昭宗無奈，只好召回崔胤任平章事，再度拜相。崔胤先後四次拜相，時人稱其為「崔四人」。〉

昭宗皇后何氏頗為見識，見大勢不妙，立即站出來周旋：「軍容長官本是護衛官家的，你們不要嚇著他，有事請各位做主就是了。」宦官劉季述立即拿出有百官簽名的文書說：「陛下厭倦了這個寶位，大家的意思是要太子監國，請陛下頤養於東宮。」昭宗卻不想讓位，自己辯解說：「我昨日與卿等歡飲，不覺過了點，何至於此呢！」何皇后立即說：「聖人就依他們的意思吧！」隨後，何皇后當著昭宗的面，取出傳國寶璽交給劉季述，表示昭宗同意退位。

昭宗和何皇后及侍從十餘人隨後被關進東宮少陽院內。劉季述還以銀杖畫地，當面歷數昭宗罪過：「某時某事，汝不從我，其罪一也……」如此數十不止。之後，劉季述親自給少陽院院門上鎖，門上的大鎖也用鐵水熔固，防止有人進出。昭宗等人的飲食就從一個牆洞中送進去。

同一天，宦官假傳昭宗之命，立昭宗子李裕為皇帝。

宰相崔胤曾勸昭宗誅殺了宦官宋道弼、景務修等，令宦官們對他十分畏懼，不勝忿恨。劉季述雖然痛恨崔胤，但卻因為畏懼朱溫而不敢殺他，只是罷免了他的相位。崔胤立即告難於朱溫，請他發兵相救。劉季述也派使者去見朱溫，表示願意奉上大唐社稷。朱溫雖然有當皇帝的野心，但感覺此時還不到時機，他還需要昭宗這張牌。權衡利益下，朱溫囚禁了劉季述的使者，派親信蔣玄暉秘密進入長安，與崔胤秘密策劃，打算剷除宦官，迎昭宗復位，挾天子以令諸侯。

天復元年（九〇一年）正月，崔胤聯合神策軍將領孫德昭、董彥弼、周承誨三人，發動神策軍（禁軍）打敗了劉季述，迎昭宗復位。昭宗在群臣的朝賀中「反正」，黜太子李裕為德王，殺劉季述黨羽宦官數十人，劉季述被亂棒打死，暴屍於市。這場宦官發動的宮廷政變，不到兩個月就失敗了。神策軍將領孫德昭、董彥弼、周承誨得到重賞，時人稱為「三使相」。

昭宗復位以後，鑒於劉季述之亂，迫不及待地要盡除宦官，便命崔胤和陸扆分掌左右神策軍，盡奪宦官兵權。但神策軍將領都是宦官心腹，大力反對，昭宗的詔令不能施行，只得任宦官韓全誨為神策軍中尉。

崔胤急於剷除宦官，病急亂投醫，居然想利用鳳翔節度使李茂貞來制宦官，就暗中邀請他遣兵三千進駐長安，以為援助。誰知韓全誨做過鳳翔監軍，與李茂貞私交極好，二人早有勾結。鳳翔兵進駐長安，反而助長了宦官的氣勢。崔胤便催朱溫速到長安，從宦官手中奪取昭宗。這正中朱溫下懷，他立即帶兵出發，到河東時，先上書請昭宗去東都洛陽。

宦官韓全誨等人聞訊後大驚，乾脆先下手為強，劫持昭宗及其家屬到鳳翔投靠李茂貞。朱溫率兵入關中後，首先打敗華州節度使韓建，取得華州，隨後進入長安城。宰相崔胤率文武百官在渭橋迎接，並設宴接風。其間，崔胤舉酒杯為朱溫祝壽，醜態百出。

天復二年（九〇二年），朱溫帶兵圍困鳳翔，與鳳翔李茂貞為爭奪昭宗展開了激戰。鳳翔孤立無援，城中糧食斷絕，又遇嚴寒大雪，城中軍民大量凍餓而死。昭宗也不得不在行宮自磨糧食，每天磨豆麥喝粥，以求生存。鳳翔百姓更慘，吃人的現象普遍發生，「人肉每斤值百錢，犬肉值五百錢，每日進奉御膳，就把此肉充當」。在內無糧草、外無援兵的情況下，鳳翔肯定是守不住了，李茂貞只得接受朱溫的條件，同意主動送出昭宗、韓全誨等人。

這時候的李茂貞還不忘向昭宗伸手，要求昭宗將跟隨在身邊女兒平原公主嫁給自己的兒子宋繼侃（李茂貞原姓宋）。何皇后心疼親生女兒，不肯同意。昭宗勸她說：「不爾，我無安所！」（《新唐書·卷八十三·公主傳》）堂堂大唐天子，為了一處安所，竟然連女兒也要捨棄，真是可悲可歎。

昭宗等人出鳳翔後，朱溫就地誅殺韓全誨等宦官數百人，將昭宗像戰利品一樣帶回長安。

根據《五代史闕文》記載，朱溫從鳳翔迎昭宗回長安時，昭宗假裝鞋帶脫落，對朱溫說：「全忠（朱溫）為吾繫鞋。」朱溫不得已，只得跪下為昭宗繫結，汗流浹背。當時昭宗身邊還有衛兵，昭宗故意如此，是讓左右擒朱溫而殺之，但左右竟然沒有一個敢動手的。

朱溫回兵長安後，盡誅宮中宦官八百餘人，只留下黃衣（品秩最低的宦官）幼弱三十人，供宮中打掃。同時，朱溫還下令各地藩鎮將擔任監軍的宦官一律殺死。唐朝持續一百多年的宦官勢力，至此被徹底剷除。誰也沒有想到，中唐之後禍亂不已的宦官問題竟然是被朱溫解決。朱溫因誅殺宦官有功，被封梁王，從此挾天子以令天下，控制了中央政權。

〈在中國歷史上，秦始皇為大殺宦官第一人。秦始皇滅掉六國，暴虐無度，仇家遍及天下。為了防止遭人刺殺，他每天都要改變住處。有一天，秦始皇出遊，看到丞相李斯出行，車馬、隨從眾多，浩浩蕩蕩，排場很大。秦始皇很不高興。有人將此事告訴了李斯，李斯立即精簡了車輛隨從。秦始皇知道後仍然不高興，說：「肯定是宮中的宦官把我的話洩露出去。」於是將身邊的宦官全部處死。〉

昭宗記掛尚在鳳翔的女兒平原公主，讓朱溫寫信給李茂貞索要。李茂貞畏懼朱溫的勢力，只得將平原公主送回了長安。

天復三年（九〇三年），朱溫領兵回大梁，留侄兒朱友倫領一萬兵控制京師，昭宗完全孤立了。

天祐元年（九〇四年），鳳翔節度使李茂貞舉兵逼京畿。朱溫為了更好地控制昭宗，又見關中經濟蕭條，黃河漕運中斷，洛陽經濟復甦、且有江淮經濟支持這一形勢，提出要把首都遷到洛陽。但朝臣們反對。宰相崔胤猜到朱溫將會篡位，他身為宰相，難免有一天會禍及自身，於是暗中召募六軍十二衛，密為防禦。又與京兆尹鄭元規等人謀劃，繕治兵甲，日夜不息。朱溫有所防備，指使部下數百人去應崔胤之募兵，崔胤卻毫不知情。

剛好這時候，朱溫派在長安典禁軍的侄子朱友倫打馬球時不慎墜馬而死。朱溫懷疑是崔胤故意而為，便以此為藉口，派侄子朱友諒帶兵入長安，脅昭宗遷都洛陽，並以「專權亂國，離間君臣」的罪名捕殺了崔胤、鄭元規。長安民眾痛恨崔胤，聽說他被殺後，十分振奮，紛紛向他的屍體投擲瓦礫磚石以洩忿。唐末諸相之中，崔胤名聲最差，被認為亡國害民。儘管當時時局混亂，情勢複雜，唐朝廷面臨著個人無法解決的危機，但後來朱溫挾持天子直至唐朝滅亡，崔胤難辭其咎。

朱溫另用裴樞、柳璨等人為宰相，使裴樞強迫昭宗和百官遷都洛陽。長安城中，一片陰雲慘澹。長安居民也被迫遷往洛陽，一路上哭號之聲不絕，其慘像恰如董卓挾持漢獻帝驅趕洛陽百姓西遷長安一樣，因而大罵宰相崔胤是「國賊」，斥責他引來了朱溫傾覆社稷，連累眾生。

昭宗剛剛出長安，朱溫就下令毀掉長安的宮室和民房，以絕眾望。長安房屋被拆後的木材扔在渭河當中，順河而下，月餘不息。長安城化為廢墟，從此，結束了為都的歷史。

之前昭宗曾經幾次離開長安，但這次離開後，就再也沒有能夠回來，長安從此成為夢中遙想的故都。

昭宗車駕路過華州，華州百姓夾道高呼「萬歲」。昭宗淚流滿面，說：「不要朝我呼萬歲了，我不再是你們的天子！」又對左右侍從說：「鄙語說：『紇幹山頭凍殺雀，何不飛去生處樂。』我這次漂泊，不知何處是歸宿了！」說罷大哭不止。左右人也都黯然淚下。

天祐元年（九〇四年）二月，昭宗到達陝州（今河南三門峽），因洛陽宮室尚未建成，車駕暫駐於此。朱溫親自到洛陽督修宮室。昭宗趁機向西川節度使王建傳書告難。王建派兵會合鳳翔節度使李茂貞軍，前來搶奪昭宗，途中遇到朱溫軍隊的阻擋而退回。昭宗又向李克用傳書告急，但是朱溫早又準備，屯重兵在河中，李克用雖然急切地想得到昭宗，卻難以一時奏效。

四月，洛陽宮室建成，朱溫催促昭宗出發。昭宗近乎哀求地向朱溫聲明，說何皇后剛剛生育，月子裏出行不方便，要到十月再進入洛陽。朱溫認為昭宗有意拖延，想等待援兵，很是惱怒，惡狠狠地對手下牙將寇彥卿說：「你馬上到陝州，立即督促官家動身。」

〈何皇后生下的這個孩子下落如何，史書上沒有記載。根據安徽西遞胡氏宗譜記載，何皇后在陝州生下一個男嬰。剛好當時新安婺源人胡三官遊於陝，昭宗知道前途險惡，便將孩子交給了萍水相逢的胡三。胡三將皇子抱回徽州婺源考水，將其改姓胡，取名昌翼。昌是吉祥平安，翼為翅膀，意思是平安地飛離了虎口。百年匆匆而去，胡氏五世祖胡士良赴南京公幹，途經西遞，被西遞優美的山水風光所吸引，便將全家遷居西遞，之後寫下了胡氏宗族在西遞土地上九百餘年繁衍生息的歷史。想來這樣的結局，是唐昭宗萬萬沒有預料到的。〉

昭宗無奈，只好從陝州出發。車駕至谷水，朱溫設宴洗塵。經過幾次變亂，此刻昭宗身邊已沒有了禁衛親軍，隨從他東遷者只有諸王、十幾個小黃門以及打毬代奉內園小兒共二百餘人。朱溫仍然不放心，擔心這些人也會惹是生非。為防止節外生枝，朱溫當夜指使部下將這二百餘人一一絞死，然後另換二百餘人身著死者的衣服。直到數日後，昭宗才發現身邊的人全被替換。

到了洛陽，何皇后哭著對朱溫說：「此後大家夫婦，委身全忠了。」昭宗在洛陽宮貞觀殿接受朝賀，宣布改元，大赦天下，被嚴密監視，如入牢籠，完全成為朱溫手上的傀儡和招牌。之後，昭宗日益消沉，終日與皇后、內人「沉飲自寬」。既然是「自寬」，就說明他內心深處一直擔心發生不測。此時的皇帝，不過是苟延殘喘而已。

鳳翔李茂貞、太原李克用，以及割據西川的王建，割據淮南的楊行密等人，連盟舉義，打出了「興復」的旗號，虛張聲勢，聲稱要出兵救出昭宗，其實不過是要和朱溫對抗。朱溫卻感覺到危機，知道留下昭宗對自己不利。他領兵西討李茂貞前，擔心昭宗有變，招來心腹蔣玄暉面授機宜。

天祐元年（九〇四年）八月十一日壬寅夜，左龍武統軍朱友恭、右龍武統軍氏叔琮、樞密使蔣玄暉率百人來到內宮，聲稱有緊急軍務面奏昭宗。守門官裴貞不知是詐，剛打開宮門，就被一擁而進的士兵殺死。蔣玄暉每門留兵十人把守，一直衝到皇帝寢宮所在椒殿院。貞一夫人打開院門，對蔣玄暉說：「急奏不應帶兵來呀！」話音未落，被兵士一刀砍死。蔣玄暉帶人急衝到殿下，大聲問：「至尊何在？」昭儀李漸榮在門外道：「院使（指蔣玄暉）莫傷官家，寧殺我輩。」昭宗此刻半醉半醒，聽到動靜不妙，馬上從床上爬起來，單衣赤腳地逃出寢宮。兵士早已持劍進入椒殿。昭宗繞著殿內的柱子逃命，被兵士追上一劍殺死，年僅三十八歲。昭儀李漸榮想以身保護皇上，也一起被殺。何皇后苦苦哀求，蔣玄暉才饒她一命。不過，她也沒有多活太久。

九月，蔣玄暉假傳何皇后手諭，立昭宗第九子李柷為帝，是為唐哀帝。哀帝即位時不過十三歲，自然是一個傀儡。十月，朱溫返回洛陽，對昭宗之死故裝震驚，伏在棺材前痛苦流涕說：

「奴輩負我，令我受惡名於萬代！」想用哭聲來蒙蔽天下，並勒令朱友恭等人自殺以謝天下。昭宗死後葬在河南偃師，成為第一個葬在關中以外地區的唐朝皇帝。

據說，當初李茂貞叛亂時，隨昭宗出逃長安的伶人中有一弄猴人，隨身帶著一隻獼猴。此猴性機敏、通人性，能執鞭驅策，戴帽穿靴，隨班起居，取悅於百官。昭宗很喜歡這隻聰明的獼猴，賜其緋袍（**唐代四品官員的服色**），號稱「孫供奉」。昭宗的此舉引來後代詩人羅隱的笑罵：「十二三年就試期，五湖煙月奈相違。何如學取孫供奉，一笑君王便著緋。」昭宗死後，這隻獼猴歸新主朱溫所有。但獼猴極為忠貞，不願服侍新主，多次向朱溫跳躍奮擊，終於被殺。

昭宗雖死，但他還有一群兒子。朱溫再次向信服蔣玄暉面授機宜。蔣玄暉即在九曲池設宴，請昭宗的九個兒子赴會。酒過半酣，伏兵四出，將九王全部絞死，屍體投進九曲池中。身為皇族，在亂世中一樣無奈。

不久後，朱溫謀士李振（**綽號「貓頭鷹」**）因考進士不成，十分痛恨朝臣，對朱溫說：「這些朝臣平時自命清高，自稱『清流』，不如扔到濁流裏去。」朱溫便在一個深夜，把三十多名朝臣殺死，屍拋黃河。朝中王公縉紳為之一空。何皇后也被殺死，整個李唐皇室，僅剩下哀帝一人。

天祐四年（九〇七年）三月，經過一番假意的推辭，時為天下兵馬元帥、梁王的朱溫接受了哀帝的「禪位」，建國號梁，改元開平，以汴京（開封）為國都，史稱後梁。唐朝正式滅亡。

哀帝先被降為濟陰王，遷往汴京以北的曹州（今山東菏澤）。由於太原李克用、鳳翔李茂貞、西川王建等仍然奉哀帝正朔，不承認朱溫的梁朝，朱溫擔心各地藩鎮的擁立會使廢帝成為身邊的定時炸彈，乾脆一不做二不休，於天祐五年（九〇八年）二月二十一日將年僅十七歲的哀帝鴆殺。以王禮葬於濟陰縣定陶鄉（今山東定陶縣）。

從此，自朱溫所創的後梁開始，後梁、後唐、後晉、後漢、後周，五代相繼，中國歷史進入了五代十國的混亂時期。這是自秦始皇統一中國後，繼南北朝、十六國以來的又一次大混亂、大分裂時期。這是一個暴力決定一切、黑暗不見天日的時期，大規模的戰爭隨處可見，割據勢力各擁兵力，到處燒殺搶掠，橫徵暴斂。中國哀鴻遍野，民不聊生，籠罩在一片愁雲慘霧之中。直到西元九六〇年，後周大將趙匡胤發動陳橋兵變，黃袍加身，建立宋朝，才結束了唐朝之後約半個世紀分裂割據的黑暗時代。

第六章　為龍為虎亦成空

五代從後梁太祖朱溫開始，經歷了後梁、後唐、後晉、後漢、後周五個短暫的朝代，止於後周恭帝柴宗訓。趙匡胤代後周稱帝建立宋朝後，五代便結束了，總共五十三年。這五十三年，對於浩瀚的人類歷史來說，不過是滄海一粟，而對於當時生逢亂世的人們來說，卻是痛苦而漫長的一生。至此，由黃巢農民軍起義引發的社會大動盪，在各種各樣的風雲人物你方唱罷我登場後，終於煙消雲散。

1 萬里烽火滅的張義潮

懿宗咸通十三年（八七二年）八月，聲震河西的英雄人物張義潮在京師長安病死，唐朝廷贈官太保。

〈敦煌石室文卷記載為張議潮，兩《唐書》和《資治通鑒》均記載為張義潮，可推測為張議潮歸義後，改為張義潮。特此說明。〉

一年後，咸通十四年（八七三年）七月，懿宗病死，十二歲的僖宗即位。八年後，僖宗廣明元年（八八〇年），農民軍領袖黃巢攻進長安。三十五年後，哀帝天祐四年（九〇七年），朱溫逼唐末代皇帝哀帝禪位，自登帝位，建國號梁，定都於汴州（開封），唐朝至此宣告滅亡。三十八年後，開平四年（九一〇年），張義潮之族孫張承奉自立西漢金山國，自號白衣天子。

倘若張義潮尚在人世，不知道是怎樣的感慨！

為什麼要講這個張義潮呢？因為他是懿宗一朝唯一的驕傲。一個沒有英雄的民族是可悲的，有了英雄而不知敬仰的民族更是可悲的。張義潮就是唐末的英雄。

在玄宗一朝，名將哥舒翰採用「步步為營」的軍鎮策略，收復了失陷於吐蕃多年的黃河九曲之地。而吐蕃在與哥舒翰的交戰中，開始時尚能發動反擊，到後來只能是疲於招架，毫無還手之力。最終在哥舒翰的手中，唐朝在對吐蕃的戰爭中取得了全面勝利。《哥舒歌》在隴右一帶廣為流傳：「北斗七星高，哥舒夜帶刀。至今窺牧馬，不敢過臨洮。」充分地反映了一方的黎民百姓對哥舒翰的信賴和讚頌。

然而，安史之亂時，唐朝廷將邊軍大量內調，哥舒翰也在安史之亂中死去。吐蕃趁著唐朝的內亂，重新開始蠢蠢欲動起來。唐朝廷為了對抗吐蕃，於寶應二年（七六三年）設河西副元帥一職，統一指揮河西、北庭、安西三地的殘餘唐軍。首任河西副元帥為楊志烈，在他的指揮下，吐蕃人的攻勢一度被遏制。但到了永泰元年（七六五年），楊志烈為叛將所害，形勢便開始急轉直下。永泰二年（七六六年），吐蕃人佔領河西重鎮甘州、肅州。第二年，繼任的河西副元帥楊休明戰死。這樣，河西，安西，北庭三地唐軍互相失去聯繫，進入各自為戰的境地。之後的十多年中，唐軍在河西走廊的各個要塞因孤立無援陸續被吐蕃軍各個擊破。

沙州位於河西走廊的西端。從大曆五年（七七〇年）開始，沙州受到吐蕃軍的圍攻。當時沙州以東的唐軍要塞已經全部失陷，所以沙州城處於孤立無援狀態。沙州刺史周鼎一面率軍民固守，一面向唐朝廷在西域的盟友回鶻求援。然而，援軍經年不至。沙州一直被圍困，城中糧草將盡。周鼎主張焚毀城郭，率軍民東歸唐朝。但他手下的部將都不同意，認為一旦軍民東奔，沙州以後將永不復為大唐之地。經過一番激烈爭論，最後，都知兵馬使閻朝縊殺了周鼎，然後繼續率部抵抗吐蕃。

為了解決糧草問題，閻朝貼出告示：「出綾一端，募麥一斗。」用這樣的方法來徵集糧草。這樣，沙州這個只有四、五萬人的彈丸小邑一直堅持了十一年，到建中二年（七八一年），沙州城終於彈盡糧絕，山窮水盡。閻朝實在無路可走，為了保全城中百姓，只得與圍城的吐蕃主將綺心兒相約，在得到沙州城民眾不外遷的許諾下，向吐蕃軍投降。至此，唐朝在河西的最後一座要塞沙州被吐蕃軍所攻破，完全喪失了河西走廊的控制權。而北庭都護府則在貞元六年（七九〇年）為吐蕃人所破，安西都護府在元和三年（八〇八年）為吐蕃所破，唐朝失去了對西域的控制。

沙州失陷之後，沙州百姓受到了吐蕃的殘酷壓迫，「丁壯者淪為奴婢，種田放牧，羸老者咸殺之，或斷手鑿目，棄之而去」。漢人尤其受到歧視，吐蕃人規定河西各城的漢人走在大街上必須彎腰低頭，不得直視吐蕃人。之前率沙州頑強抵擋吐蕃進攻的閻朝也被吐蕃用「置毒靴中」的手段暗殺。在這樣的情況下，人心更加思念唐朝。

開成年間（八三六年），有一支唐朝的使團出使西域，途徑甘、涼、瓜、沙諸州，當地民眾聞訊後夾道相迎，流著淚問唐使者說：「皇帝猶念陷蕃生靈否？」《張淮深變文》記載唐朝使者到了沙州，歎念敦煌雖「百年阻漢，沒落西戎」，而「人物風化，一同內地」，當左右從人無不感動悽愴。此時，河西和西域淪陷已經長達幾十年，但當地民眾仍然視自己為唐朝子民，念念不忘唐朝，盼望有一天能夠重新回到唐朝治下。

唐武宗會昌元年（八四一年），吐蕃國內發生了大規模的饑荒，「人饑疫，死者相枕藉」。一些貴族將自然災害都歸咎於吐蕃信奉佛教所致。吐蕃贊普達磨新即位後，大力採取措施禁佛：下令封閉吐蕃境內的全部佛寺，焚毀佛教經典；強迫所有僧人還俗，不願還俗者，被迫從事屠夫、獵人等違反佛教戒律的職業；有些高僧還遭到了無情的殺戮。因此，吐蕃國內尊信佛教的人都十分痛恨新贊普達磨，視達磨為牛魔王下凡，稱他為「朗達磨」。朗，藏語，意為牛。達磨的禁佛措施未能維持很久，會昌二年（八四二年），他被佛教僧人拉隆・貝吉多傑刺死。

達磨無子，不過他被刺殺前，王妃已經懷孕。王后為爭奪權位，也偽裝成有孕的樣子。會昌三年（八四三年），王妃生一子，為了防止王后搶走孩子，白天派人四下圍住孩子，晚間用許多盞燈光守護，以故取名歐松，意思是「光護」。王后也不甘示弱，到外面買了一個要飯人的孩子，脅迫朝臣認可是她親生，並取名為永丹，意為「母堅」，即母親堅持認定的。這兩個孩子被不同的利益集團操縱，用來爭奪贊普寶座。雙方互不相讓，進行了長年累月的鬥爭。王室分裂後，吐蕃各領兵將帥也擁兵自重，相互混戰。吐蕃國一時大亂，勢力急劇衰落。

而唐朝經過一段時間的休養生息，國力有所恢復，見吐蕃大亂，乘機收復了陷於吐蕃的三州（原州、樂州、秦州）和七關（石門、驛藏、木峽、特勝、六盤、石峽和蕭關）。唐王朝的一連串軍事勝利極大地鼓舞了河西人民。

張義潮就是在這樣的背景下湧現出來的西域豪傑。張義潮，沙州敦煌（今屬甘肅）人。張氏世為州將，是沙州的大族。父張謙逸祖籍南陽，在唐朝官至工部尚書。張義潮兄名張義潭，也就是後來大名鼎鼎的張淮深的父親。張義潮有姐張媚媚，後出家為尼，法名了空。今敦煌莫高窟一五六號窟供養人像第四身比丘尼像，就是張媚媚。

張義潮出生之時，沙州已經被吐蕃統治多年。由於親身經歷了吐蕃人的殘暴統治，張義潮在青少年時代便胸懷大志，「論兵講劍，蘊習武經，得孫武、白起之精，見韜鈐之骨髓。……知吐蕃之運盡，誓心歸國，決心無疑」。他十分崇敬在平定安史之亂中被宦官邊令誠陷害身死的著名將領封常清，曾親筆抄寫過《封常清謝死表聞》。

唐朝廷收復三州七關後不久，吐蕃尚恐熱率五千騎兵大肆劫掠河西鄯、廓等八州，「殺其丁壯，劓刖其羸老及婦人，以槊貫嬰兒為戲，焚其室廬，五千里間，赤地殆盡」。尚恐熱的暴虐行徑，不但令河西民眾憤慨，就連他的部下也怨望不平，「皆欲圖之」。這時候，張義潮已經開始暗中結交豪傑，密謀起事。

大中二年（八四八年），張義潮見時機成熟，率眾在沙州發動了轟轟烈烈的大起義。他率部眾披甲執銳，與吐蕃軍在城內展開激戰。城中的漢人紛紛響應，人人爭相與吐蕃軍拼命。吐蕃軍在沙州城中軍力本來就不多，在出其不意之下，難以抵擋，於是倉皇逃出沙州。

此時，「春風不度玉門關」已經將近七十年，河西的事情唐朝廷均一無所知。張義潮完全可以據地稱王，雄霸一方。然而，張義潮率眾驅逐了吐蕃守將後，立即派遣使者，赴京師長安向唐朝廷報捷。由此可見，張義潮確實胸懷歸唐之心，並非貪圖個人權勢。

沙州和長安之間相隔千里，中間當道的涼州等地仍然被吐蕃控制，可以說，通往唐朝的道路根本就不通。為了確保消息送到長安，張義潮一共派出了十隊信使，每隊信使都帶著相同的文書。信使們將經由不同方向的沙漠，繞過吐蕃人控制的河西諸城後，再向長安進發。

這是一個相當悲壯的故事，其曲折動人之處不亞於任何一部傳奇。信使們與張義潮等沙州軍民道別後，英勇地踏上了艱難行程。他們非常清楚，他們中只有很小一部分人才有機會到達目的地，而絕大部分人將付出生命的代價，但仍然義無反顧，沒有一個人回頭。

信使中不少人是僧侶，其中就有敦煌高僧悟真。這主要是考慮到佛教在西域具有強大的政治、經濟和社會勢力，由僧侶來送信，更利於掩護。

這十隊信使無一例外地進入了茫茫大漠，奔向不同的方向，各自面臨九死一生的考驗。這是一群捨生忘死的英雄們，他們中的絕大多數人都沒有留下名字。其中的九隊，要麼死在了吐蕃軍的追擊下，要麼迷失了方向，被埋在了無情冷酷的大漠中。只有向東北方向進發的那支隊伍，由敦煌高僧悟真率領，歷經千辛萬苦後，終於到達了唐軍要塞天德城（今內蒙古烏拉特前旗）。天德軍防禦使李丕驚訝感動於這群近乎從天而降的使者，立即以最大的熱情護送他們前往長安。在李丕的協助下，悟真等人於大中四年（八五〇年）正月抵達了長安。這時候，離張義潮在沙州起事已經整整過去了兩年。

這支滿身塵土的信使隊伍感動了所有的長安人，長安官民爭相湧上大街，用真誠的歡呼來迎接這些來自遠方的英雄。

自建中二年（七八一年）唐朝完全失去河西之後，河西走廊就成了帝國心中的隱痛。誰也想不到，在萬里之外的西域，悄然出了一個叫張義潮的英雄人物，平息了烽火，圓了唐朝廷可望不可及的夢想，這是何等的驚喜！唐宣宗聽到這一喜訊後，竟情不自禁地欣然讚歎道：「關西出將，豈虛也哉。」悟真後來被唐朝封為「京城臨壇大德」，以表彰他的功績。

有了張義潮和十隊信使的故事，人類也可以存在更多的信心。歷史上總會有英雄人物出現，而英雄非凡的勇氣，意志和信念，如同有源之水，永遠不會枯竭。

在派出信使後，張義潮並沒有安於現狀，而是「繕甲兵，耕且戰」，積極備戰，逐漸展開收復河西諸城的計畫。由於吐蕃國內政治陰謀和內訌不斷，一遇到張義潮強有力的挑戰，在河西的統治隨即土崩瓦解。到大中五年（八五一年），張義潮已經收復了整個河西走廊中除涼州之外的所有州縣，聲震西域。

大中五年（八五一年）八月，張義潮第二次派信使到長安，其中有其兄張義潭和沙州豪族李明達、李明振（張義潮女婿，娶張義潮第十四女）、押衙吳安正等二十九人，並獻上河西十一州（瓜州、沙州、伊州、西州、甘州、肅州、蘭州、鄯州、河州、岷州、廓州）的圖籍。至此，除涼州而外，陷於吐蕃近百年之久的河西地區復歸唐朝。

由於河西走廊的大多數州縣已經處在張義潮軍的控制之下，所以這一次的信使團出使長安的行程十分順利。唐宣宗接到捷報後，特下詔令，大力褒獎張義潮等人的忠勇和功勳，詔令說，張義潮「抗忠臣之丹心，折昆夷之長角。竇融河西之故事，見於盛時；李陵教射之奇兵，無非義旅」。隨後，唐朝廷在沙州建立歸義軍，統領瓜沙等十一州，授張義潮歸義軍節度使。

值得一提的是，張義潮兄張義潭按照慣例被留在長安為人質，被授為金吾衛大將軍。而後來張義潮年老時，主動入京，其實也是做人質的意思。

咸通二年（八六一年）三月，張義潮命其侄張淮深（張義潭之子）率蕃、漢兵七千人收復陷於吐蕃的最後一州涼州。這是一次空前激烈的戰鬥，《張義潮變文》中有很多章節描寫了這場戰鬥。描述戰場時說：「分兵兩道，裹和四方。人持白刃，突騎爭先。須臾陣和，昏霧張天。」描述戰士的勇敢：「漢家持刃如霜雪，虜騎天寬無處逃，頭中鋒矢陪壟土，血濺戎屍透戰襖。」描寫戰陣說：「我軍遂列烏雲之陣，四面急攻，蕃賊麋狂，星分南北；漢軍得勢，押背便追。不過五十里之間，殺戮橫屍遍野。」最終，張淮深取得了戰鬥的勝利。至此，陷沒百餘年之久的河、湟故地已全部收復。

咸通四年（八六三年），唐朝重新設置涼州節度使，統領涼、洮、西、鄯、河、臨六州，治所在涼州，使貞元初年失守而廢置的涼州軍鎮又得以恢復，由歸義軍節度使張義潮兼領涼州節度使。河西走廊從此暢通無阻，從長安經蕭關通往西北的道路已完全打通。河西有歌謠熱忱讚頌張義潮的英雄功績說：

河西淪落百餘年，路阻蕭關雁信稀。賴得將軍開歸路，一振雄名天下知。

不過，在歸義軍控制的地區，由於吐蕃已經進行了幾十年的管轄，遺留下一系列的社會問題亟待解決，可以說是一個大的亂攤子。面對這種複雜而又嚴峻的形勢，張義潮首先在轄區內全面恢復唐制，廢除部落制，重建縣鄉里；重新登記人口、土地，按照唐制編制新的戶籍，制定新的賦稅制度；恢復唐朝服裝，推行漢化。很快就使敦煌「人物風化，一同內地」。這些措施迎合了沙州等地漢人懷戀大唐故國的心理，得到了漢人們的擁護和支持。對轄區內的少數民族，張義潮則採取區別對待的政策。已漢化者編入鄉里，與漢人雜居。吐蕃化較深者部分繼承吐蕃制度，仍用部落的形式進行統治，尊重他們的習俗。同時授予少數民族頭面人物官職，讓他們參加統治。這些措施同樣受到了少數民族的歡迎。這樣，經過張義潮的慘澹經營，河西地區的局勢已穩定，生產得到了發展。

咸通八年（八六七年），張義潮在長安留為人質的兄長張義潭因病去世，已經六十九歲高齡的張義潮依然離開沙州，「束身歸闕」，主動前往長安為質。這是張義潮兄弟為了表示自己對大唐的忠誠而作出的決定，「先身入質，表為國之輸忠；葵心向陽，俾上帝之誠信」。張義潮入朝後，朝廷任命他為右神武統軍，賜給田地，並於宣陽坊賜第一區。還晉升為司徒。咸通十三年（八七二年）八月，張義潮卒於京師，結束了英雄人物不平凡的一生，享年七十四歲。

張義潮離開歸義軍之後，任命侄子張淮深執掌河西歸義軍事務。但在張義潮去世後，唐朝廷並不授給張淮深節度使旌節，意思是不肯承認張淮深是張義潮的合法繼承者。唐朝廷採取這種態度，無非是怕張氏像其他藩鎮一樣，坐大難制。

雙方關係緊張應當還有許多細節的微妙之處。自從張淮深父親張義潭和叔父張義潮先後在長安為人質死後，張氏再無關鍵人物在長安為人質。張淮深有六個兒子，卻不肯派一個兒子到長安當人質，這大概也是唐朝對他始終不能放心的緣故，以致雙方產生種種明爭與暗鬥。

其實，即便唐朝廷不授予節度使旌節，張淮深仍然是河西的實際統治者。此時，唐朝廷政治混亂，內部危機嚴重，兵鋒難以顧及河西，不對張氏這樣的有功之臣和河西大族盡心籠絡，反而因質子這樣的小問題一味冷漠對待，實際上是重大失策。

對張淮深來說，沒有唐朝廷的承認還是有相當不利的一面。當時正值西北地方發生民族大變動之際，在以沙州為中心的張氏漢人政權周圍活躍著吐蕃、回鶻、吐谷渾、龍家、仲雲等許多少數民族政權，從東、南、西三面對歸義軍構成威脅。唐朝廷不授給他節度使旌節，表示不支持他當節度使，那麼歸義軍內部必然會有一些窺覷權勢的人蠢蠢欲動，內憂外患下，他難以兼顧。可以說，唐朝廷遲遲不授張淮深節度使旌節正是後來造成河西動盪的根源。

此後，西域的回鶻再次叛唐，引兵進犯肅州、酒泉、西州地區。張淮深率河西軍民英勇反擊，活捉回鶻首領，俘獲士卒千餘人，並表奏朝廷。唐朝廷派遣左散騎常侍李眾甫、供奉官李全偉等上下九使，先後幾撥人馬，賜給張淮深金銀器皿、錦繡瓊珍等各種各樣的貴重物品，唯獨沒有授予張淮深一直請奏的節度使旌節。但張淮深並沒有心懷怨望，繼張義潮後盡力經營河西，多次打退了各族對河西地區的進犯，其文治武功不下張義潮。

張淮深屢次遣使唐朝，求授旌節均未能如願。光啟三年（八八七年），張淮深第三次派使者入唐求授節度使旌節，唐朝廷依然沒有同意，從而引發了歸義軍內部的權力爭奪。文德元年（八八八年）十月，唐朝廷最終授張淮深歸義軍節度使旌節，但歸義軍內部的矛盾已經激化。大順元年（八九〇年），張義潮女婿、沙州刺史索勳悍然發動了兵變。由於變生肘腋，猝不及防，張淮深及妻子、六個兒子都被殺死。

張淮深的叔伯兄弟張淮鼎繼任節度使。可惜，張淮鼎這個節度使還沒當幾天，就得了重病。臨死前，張淮鼎將孤子張承奉託付給索勳。但索勳卻沒有遵守諾言奉張承奉為主，而是自立為歸義軍節度使，並迅速得到唐朝廷的認可。由此可見，之前張淮深和唐朝廷的矛盾已經達到相當深的地步。至於索勳兵變背後的種種真相，因中原史籍少有資料，不好妄自推測，讀者可以自己去想像。但是可以肯定的有一點，以張淮深在河西的威名，背後支持索勳的勢力一定相當強大。事實上，拉一派打一派，以夷制夷一直是中原王朝對邊疆少數民族慣用的手法。

張義潮第十四女李氏（**涼州司馬李明振之妻**）對姐夫索勳擅自誅殺張淮深一家，用武力奪取河西大權極為不滿，以「靖難」名義發動兵變，殺死索勳一家。李氏擁立張承奉為歸義軍節度使，「賴太保神靈，辜恩勦斃，重光嗣子，再整遺孫」。但李氏三子分別任瓜、沙、甘三州刺史，掌握著歸義軍的實權。到最後，李氏甚至連表面文章都不做了，排擠走張承奉，獨攬了歸義軍大權。

李氏家族的行為引起了一些河西大族的反對，於是沙州出現了一場倒李扶張的政變。張承奉奪回了歸義軍實權，任歸義軍節度副使。但歸義軍的內訌給活動在其周邊的少數民族提供了可乘之機，甘州被回鶻攻佔，佔據肅州的龍家也不再聽從歸義軍的號令。涼州因有甘、肅二州相隔，實際上也脫離了歸義軍的控制。此時，歸義軍的轄境已縮至瓜、沙二州。

光化三年（九〇〇年）八月，唐昭宗下詔，追認了既成事實，詔令說：「制前歸義軍節度副使、權知兵馬留後、銀青光祿大夫、檢校國子祭酒、監察御史、上柱國張承奉為檢校左散騎常侍，兼沙州刺史、御史大夫，充歸義節度，瓜、沙、伊、西等州觀察處置押蕃落等使。」

至天復年間，張承奉還一直任河西節度使，奉唐為正朔，終唐之世，辛苦地經營河西，亦可謂不忝祖德。天祐年間，朱溫挾天子而令諸侯，群雄逐鹿中原，唐朝已經名存實亡。開平四年（九一〇年），張承奉見唐朝滅亡，遂自立為白衣天子，建號西漢金山國。「西」乃指其國所居之方位，是以中國為座標；「漢」乃是言其國民族之屬性；「西漢」連用，意為西部漢人之國。「金山」又名金鞍山，在敦煌西南，即今甘、青、新三省交界處之阿爾金山。從國名也可推斷出，張氏子孫依舊不忘自己是漢族子孫。

張承奉建立金山國後，不甘坐守瓜沙二州，想用武力恢復歸義軍興盛時的舊疆。然而，他銳意進取，想收復失地，卻在戰爭中屢遭失敗。連年的戰爭使瓜沙地區經濟凋零，不少百姓家破人亡，境內「號哭之聲不止，怨恨之氣沖天」。恢復祖上的榮光已經毫無可能。

金山國建立的當年，回鶻多次對其進行打擊，企圖把金山國扼殺在搖籃裏。有一次，敦煌東界的防線都被突破，回鶻軍長驅直入，直抵敦煌城東安營紮寨。金山國天子則親自披甲上陣，著名將領陰仁貴、宋中丞、張舍人等奮力應戰，才把入侵的回鶻趕回甘州。

一年後，回鶻大舉進攻金山國，金山國由於連年戰爭國力衰微，不得不與回鶻立城下之盟：回鶻可汗是父，金山國天子是子。從此，張承奉被迫取消「西漢金山國」國號和「聖文神武白帝」、「天子」之號，並在甘州回鶻的恩准下，屈尊降格而改建為諸侯郡國——敦煌國。張承奉對回鶻的臣服，使他徹底喪失了在河西地區的威望。

乾化四年（九一四年），沙州的另一個大族曹氏家族中的曹仁貴（後改名曹議金）取代了張承奉，廢金山國，去王號，恢復了歸義軍稱號，仍稱歸義軍節度使。此後歸義軍政權一直把持在曹氏家族手中。

曹仁貴有著極為高明的外交手段，非常擅長見縫插針。他自任為歸義軍節度使後，立即派遣使者到甘州，求娶回鶻可汗女為妻，又將自己的女兒嫁給甘州回鶻可汗，用聯姻來籠絡回鶻。貞明四年（九一八年），曹仁貴派使者出使後梁，受到封贈。同光三年（九二五年），曹仁貴趁甘州回鶻汗位交替之機，進行征討，使其屈服。新立的回鶻可汗又娶曹仁貴之女，成為曹仁貴的女婿。

由於曹仁貴對內對外關係處理得妥當，此時的歸義軍實力有所恢復。長興二年（九三一年），曹仁貴號稱「令公」、「拓西大王」，歸義軍成為獨立王國。之後，曹仁貴還將女兒嫁給于闐國王李聖天。

清泰二年（九三五年），曹仁貴病死，其子曹元德繼位。沙州入朝中原的使臣在甘州被劫，歸義軍與甘州回鶻的關係破裂。天福四年（九三九年），曹元德卒，弟曹元深繼位，曹仁貴妻（回鶻公主）掌握歸義軍實權，稱「國母」。之後，沙州與甘州回鶻修好。

天福九年（九四四年），曹元深卒，弟曹元忠即位。曹元忠是歸義軍節度使中統治時間最長的一位，也是文化比較昌盛的一個時期。曹元忠積極發展與周邊民族的關係，並與中原的後晉、後漢、後周和北宋保持聯繫，使瓜州地區得以在五代、宋初複雜的民族關係中得以生存、發展。

開寶七年（九七四年），曹元忠卒，侄曹延恭即位。九年（九七六年），曹延恭卒，弟曹延祿即位。

曹元忠以後，歸義軍政權開始逐步衰落。沙州地區的回鶻勢力在這一時期卻得到了迅速發展，成為與歸義軍政權抗衡的重要力量，歸義軍內部也出現了矛盾。咸平五年（一〇〇二年），歸義軍再度與甘州回鶻發生戰爭，引起瓜沙民眾的不滿。歸義軍內部發生兵變，曹延祿及弟延瑞被迫自殺，其族子曹宗壽即位。宋朝廷承認了曹宗壽。但此時，歸義軍已經開始與遼通使。

景德三年（一〇〇六年），信奉伊斯蘭教的黑汗王朝滅掉了信奉佛教的于闐王國。消息傳到沙州地區，寺院僧人十分恐懼。因為此時歸義軍政權已經不堪一擊，任何外來的攻擊和內部的動亂都足以使其傾覆。在伊斯蘭教東進的威脅下，莫高窟的一些寺院將重要的經卷和佛像、幡畫等集中起來，藏在隱蔽的洞窟中，並將洞口封閉。之後由於當事人和知情者先後去世，藏經洞的秘密逐漸不為人所知，湮沒在歷史的長河中。這就是後世發現的敦煌「藏經洞」的來歷。

大中祥符七年（一〇一四年），曹宗壽卒，子曹賢順即位。一〇三六年，西夏攻佔沙州，歸義軍政權基本結束。

2 英雄立馬起沙陀

一九六四年十二月二十九日，毛澤東在給田家英的信中說：「近讀五代史唐莊宗傳三垂岡戰役，記起了年輕時曾讀過一首詠史詩，忘記了是何代何人所作。請你一查，告我為盼！」為了便於查對，毛澤東還憑記憶書寫了《三垂岡詩》：「英雄立馬起沙陀，奈此朱梁跋扈何。只手難扶唐社稷，連城猶擁晉山河。風雲帳下奇兒在，鼓角燈前老淚多。蕭瑟三垂岡下路，至今人唱百年歌。」又在詩後註明：「詩歌頌李克用父子」。

毛澤東手書的這首詠史詩，除了將詩題《三垂崗》中的「崗」（據《舊五代史》、《新五代史》）誤寫為「岡」外，還有兩處筆誤：一處是第四句「連城猶擁晉山河」中的「猶」（應為「且」）；另一處是第七句「蕭瑟三垂岡下路」中的「岡下」（應為「崗畔」）。全詩其他各字準確無誤。毛澤東在許多年的戎馬倥傯後，仍能清楚地記起年輕時讀過的這首詠史詩，可見對它印象之深刻。在晚年，毛澤東曾對身邊的工作人員說：「我現在是鼓角燈前老淚多。」

《三垂崗》一詩為清朝詩人嚴遂成所作。嚴遂成雖然在清朝的詩人中名氣不是很大，但他的詠史詩卻寫得很好，「長於詠古，人以詩史目之」，「格高調響，逼近唐音」。在這首七律中，寥寥數語不僅道盡了後人對前朝歷史人物和古戰場的憑弔和滄桑感，更勾勒出李克用父子氣蓋萬夫的英雄風貌，氣勢宏闊。

毛澤東所矚目的「李克用父子」，就是五代時期後唐開國之君李存勗和他的父親李克用。在群雄逐鹿的末世，李克用父子確實上演了一場威武雄壯的大戲。而之所以選擇將李克用單獨成篇，是因為李克用始終奉唐為正朔，即便朱溫篡唐建立後梁，李克用拒不承認，仍襲用唐「天祐」年號。李存勗後來稱帝，深知父親的心意，於是仍然以唐為國號，史稱後唐。

李克用最早的崛起，是因為鎮壓龐勳領導桂林戍卒起義，當年他還只有十五歲。他正式登上大唐的政治舞臺，為朝野所矚目，則是因為雲州事變。

唐僖宗乾符五年（八七八年），代北發生饑荒，雲州（今山西大同）防禦使段文楚乘機削減軍糧、軍衣，引起了軍隊的不滿。段文楚的部下軍校康君立、薛鐵山、程懷信、王行審、李存璋等人在一起秘密計謀說：「段文楚是個懦弱昏庸的人，難於共事。現今四方混亂，軍隊士氣不振，正是我們出人頭地的好時候。李國昌父子勇冠諸軍，名聲很大，如果我們合夥推舉他當首領一起暴動。就眼前來講，代北之地用不了十幾天就可以佔領，功名富貴指日可待。」

計議之後，康君立等幾十人連夜從雲州出發，去蔚州會見李克用，對李克用說：「方今天下大亂，天子付將臣以邊事，歲偶饑荒，便削儲給，我等邊人，焉能守死！公家父子，素以威惠及五部，當共除虐帥，以謝邊人，孰敢異者。」（《舊五代史．卷五十五．康君立傳》）李克用早有野心，故意以試探的口氣說：「天子在，辦事應當依據國家的典章律令，你們可不要輕舉妄動。再說，我父親遠在振武（唐方鎮名，治所在今內蒙古和林格爾西南土城子），即使起事，也得稟告父親。」康君立等人以為李克用不想起兵，著急地說：「現在事情已經洩露，遲了就會生變。」

李克用見時機成熟，事情緊迫，於是，從蔚州起兵，嘩變的軍隊有一萬多人，趕到雲州城外後，駐兵鬥雞台（在大同奚望山上）。雲州城中聽說李克用的軍隊嘩變，並且來到城外時，城內軍民立即殺死段文楚，迎接李克用入城。之後，眾人羅列了段文楚的許多罪狀，上報僖宗皇帝，要求讓李克用擔任大同軍防禦使留後。唐朝廷不能容忍，打算派兵討伐。

當時，黃巢農民軍正如火如荼，唐朝廷一時分身乏術，為了集中力量對付起義軍，唐朝廷被迫採取封官許願的拉攏辦法，任命李克用為大同軍節度使。李克用父子利用唐朝廷忙於鎮壓農民起義的時機，不斷擴充勢力，鞏固自己的地盤。吐谷渾族赫連鐸也想爭奪地盤，乘李國昌出兵進攻黨項族的機會，攻佔了李國昌的老營振武，振武的沙陀族全被吐谷渾族俘虜。李克用見事態突然發生變化，急忙到定邊軍（今陝西省西北部）迎接李國昌回雲州。雲州守將見李克用父子勢孤力單，也關閉城門，不讓進城。

在這危急關頭，李克用帶領少數人馬轉戰蔚州、朔州等地，得到三千多人馬，屯兵新城，李國昌則退保蔚州。赫連鐸為了吞併沙陀族，又帶兵把新城圍住，並且指揮軍隊晝夜攻打，情況相當危急。正在這時，李國昌從蔚州帶領援軍趕到，於是內外夾攻，赫連鐸腹背受敵，結果被李克用父子打敗。這一仗，使李克用的軍隊又振作起來。

唐朝見赫連鐸勢力強大，就以赫連鐸為大同軍節度使，另派李鈞為代北招討使，想消滅李克用的勢力。結果，赫連鐸和唐官軍又吃了幾次敗仗，李克用不但沒被消滅，反而地盤越來越大。僖宗廣明元年（八八〇年），唐朝廷任命李琢為招討使，聯合幽州的李可舉、雲州的赫連鐸再次出兵，大舉進攻李克用父子。在力量懸殊的情況下，李克用父子在藥兒嶺、蔚州分別被唐軍打敗，損失慘重，最後率殘餘人馬逃往北邊的達靼（**時居於陰山**）部落中。此時，正是黃巢大軍由南北上之時。

廣明元年（八八〇年）末，黃巢佔據長安，唐僖宗逃往四川。中和元年（八八一年），唐朝廷派人到代州招募士兵三萬人，以抗拒黃巢。這些士兵大多是北方的雜胡，粗獷驃悍，暴虐兇橫，唐將往往無法約束控制。在這樣的情況下，沙陀都督李友金向唐朝廷建議起用李克用，用驍勇善戰的沙陀兵將來對付黃巢。此時，僖宗手中確實沒有強將可以抗拒農民軍，迫於無奈，不得不起用李克用，任命他為雁門節度使。李克用聞訊後，欣喜若狂，立即率達靼諸部萬人過雁門，下太原。

這時候的李克用躊躇滿志。他感到自己受命於危難之間，大有要去拯救唐朝廷於水火之中的不可一世。他給河東節度使府發送牒文，聲稱奉唐僖宗詔命征討黃巢，要求節度使府沿道準備酒食以供軍。河東節度使鄭從讜之前是唐宰相，手下有不少名士，時人稱其幕府為「小朝廷」。他知道李克用南下後，立即下令緊閉城門，嚴防戒備沙陀軍。李克用心想：「我是皇帝請來剿滅黃巢的，跟你們一條戰線，你們卻還把我當敵人。」他覺得受到了輕視，決定給鄭從讜一點顏色瞧瞧。

當時，李克用駐軍於汾東。鄭從讜派人前去犒勞，送去軍資糧草。李克用卻在汾東停留不發，不肯繼續南下。這自然讓鄭從讜大為緊張，不知道這沙陀人葫蘆裏到底賣什麼藥。

李克用又親自率沙陀軍來到晉陽城下，晉陽守軍早得到鄭從讜嚴令，嚴密戒備，不讓李克用一兵一卒進城。李克用要求與河東節度使鄭從讜相見。鄭從讜登上城樓，在城上與李克用對話。李克用又要求發給糧餉賞錢，鄭從讜便送了一些錢米。儘管如此，李克用還是不滿足，開始放縱沙陀軍搶掠晉陽城外的居民，晉陽城中大為驚恐。鄭從讜派人向振武節度使契璋求救。契璋率領突厥、吐谷渾兵趕來，先攻破沙陀軍兩個寨，李克用率大軍出戰，契璋軍大敗，狼狽不堪地逃入晉陽城。

之後，李克用縱容沙陀軍隊搶掠陽曲、榆次，然後打算北歸，也不管僖宗的詔命了。北歸途中，沙陀軍遇上了罕見的大暴雨，乾脆武力佔據了忻、代州，留居在那裏。河東節度使鄭從讜一點都不敢放鬆，派遣教練使論安等率軍駐紮於百井，防備沙陀軍的襲擊。

顯然，此時中原的局勢已經相當複雜，不僅僅是農民軍與唐朝廷之間的對抗那麼簡單。像李克用與鄭從讜因小矛盾就互相攻打、置朝廷詔令於不顧的現象在當時已經相當普遍。節度使與節度使之間，節度使與監軍之間，經常動不動兵戎相見。甚至連地方悍民都聚眾生事，佔地為王。

壽州屠戶王緒與妹夫劉行全見天下大亂，竟然聚集五百多人，佔據壽州。一個月後，又攻陷光州，王緒自稱為將軍。在這樣的情況下，唐朝廷竟然還任命王緒為光州刺史。這時候，局面之複雜，已經遠非唐朝廷所能控制，社會大動盪實際上從這時候已經開始，後來的五代十國不過是延續而已。

李克用佔據忻、代二州後，又屢次上表向僖宗請降。僖宗不勝其煩，因義武節度使王處存與李克用是世代姻親，僖宗詔令王處存告誡李克用：「如果你是真心誠意地歸附，就應當暫且回到朔州等待朝廷的命令。如果仍像從前一樣暴虐橫行，朝廷就會派河東和大同的官軍一同進行討伐。」但李克用沒有聽從。

這時候，儘管朱溫已經投降了唐朝廷，佔據長安的黃巢的兵勢還比較強大。唐河中節度使王重榮提議重新召回李克用，以對抗黃巢軍。於是，由宰相王鐸出面，召李克用到河中，並諭勸河東節度使鄭從讜不要再與李克用相爭。於是，李克用帶領一萬七千沙陀軍再次南下，趕往河中，但不敢進入太原境內，怕遭受鄭從讜軍襲擊。李克用還帶著幾百騎兵到晉陽城下與鄭從讜告別，鄭從讜也裝模作樣地贈送給他名馬、器具和錢幣等。

中和二年（八八二年）十二月，李克用軍至河中（今山西永濟），與黃巢軍隔河相望。前面已經講過，唐朝廷和黃巢都使出了手段來拉攏李克用，只不過黃巢比較失策，只送上了李克用的殺弟仇人和金銀珠寶，所以失去了與李克用結盟的機會。

從中和三年（八八三年）正月開始，李克用及其鴉兒軍開始大出鋒頭。正月，李克用在沙苑打敗黃揆（**黃巢的弟弟**）。二月，李克用大破尚讓十五萬人馬，激烈的戰鬥從中午一直到傍晚，尚讓農民軍大敗，農民軍損失慘重，「伏屍三十里」。接著，李克用在零口再敗黃巢援軍，進軍渭橋。

李克用還派將領薛志勤、康君立等人夜間潛入長安城，四處殺人放火，焚燒財糧，搞得長安城中人心不安，大為驚慌。

中和三年（八八三年）夏四月初八，李克用等從光泰門進入京師長安，黃巢率軍頑強抵抗，但見唐官軍勢大，便放火焚燒宮殿後逃跑。唐官軍進入長安後，再一次橫暴搶掠，與農民軍沒有什麼兩樣。不過，此時長安城內的房屋和百姓已經所剩無幾，實在沒有什麼可搶的了。

黃巢從藍田進入商山，見唐官軍緊追不捨，便下令往路上扔金錢珍寶。追蹤而至的唐官軍見錢眼開，爭相搶奪，也沒有人再繼續追擊，黃巢就此逃脫。

李克用率先進入京城，奪了頭功，因功加官同中書門下平章政事（宰相）、隴西郡公，不久又加金紫光祿大夫、檢校右僕射、河東節度使，時年方二十八歲。在替唐朝廷收復京師長安之戰中，「功第一，兵勢最強，諸將皆畏之」。從此，李克用由鎮壓黃巢起義發跡，依仗其軍事實力，成為唐末政治舞臺上風雲人物之一。

李克用退回河東後，就開始擴展地盤，加強自己的勢力。他攻陷潞州，讓堂弟李克修任昭義節度使。

此時，黃巢雖然退出長安，但實力猶在，揮軍逼近汴州。這時，朱溫任唐宣武節度使，鎮守汴州。他對以前的老上司有畏懼之心，自知無力阻擋黃巢的進攻，便向李克用求援。李克用正志得意滿，打算趁機一顯身手，就欣然應邀。中和四年（八八四年）春天，李克用率兵五萬，自河中南渡，連敗黃巢軍。黃巢驍將尚讓見勢不妙，率眾向唐將時溥投降，其餘幾個大齊將領也向朱溫降。

此時，農民軍失敗大局已定，黃巢起義軍只好退走山東。李克用率兵窮追不捨，想將黃巢一網打盡，一日一夜行軍二百里，大軍難以跟上，最後僅數百人騎兵跟上李克用。因為人困馬乏，糧草缺乏，李克用只好退還汴州。在這次追擊中，李克用捉住了黃巢的幼子，還繳獲了黃巢乘坐的車馬、儀仗、龍袍、符節和印章等物。

而黃巢被李克用這次窮追猛打之後，也僅剩下千餘人，不久，在萊蕪（今山東萊蕪）又遭到唐將時溥的圍攻，逃到狼虎谷（今山東萊蕪東南）時，身邊只剩下少數幾個親信，黃巢絕望至極，自殺身亡。

李克用到汴州後，在城外紮營。「地主」朱溫為答謝李克用出兵相助，特地在汴州驛館上源驛設宴款待，為其慶功接風。李克用新建戰功，志得意滿，欣然赴約。他沒有想到，這是一場充滿殺機的夜宴。

當晚，朱溫大排宴筵，「禮貌甚恭」。李克用連同監軍陳景及親隨數百人出席了宴會。這是一次歷史性的酒宴，日後朱溫和李克用二人分別成為了後梁與後唐的開國皇帝，只不過目前二人都還不知道而已。

李克用年輕氣盛，加上自認為對朱溫有恩，因此在酒席上極為驕橫放縱。他自以為是大唐的功臣，內心深處本來就看不起流寇出身的朱溫，酒醉之後，言語之間就慢慢流露了出來，對朱溫多傲慢侮辱之詞，有惡語傷人之處朱溫從來就不是個有胸襟之人，心裏憤憤不平。他投降唐朝廷之後，極受重用。李克用的突然崛起，一度威脅到他的地位。朱溫本來就妒火中燒，被李克用輕辱後，心中動了殺機。不過，李克用武藝超群，威名遠揚，當時無論是農民軍，還是唐將領，都很害怕他。加上他的親隨們一身黑衣，令人望而生畏。所以，朱溫雖然懷恨在心，卻沒敢當場發作，反而加意勸酒，將李克用灌得大醉。

宴會結束後，李克用等人因飲酒大醉，酒將衣襟都打濕了，當晚便留宿在上源驛。朱溫離開上源驛後，一臉不高興。一直跟在他身邊的宣武將楊彥洪見識了李克用在酒宴上的無禮，便勸朱溫連夜殺死李克用以絕後患，還特意提醒說：「胡人急則乘馬，事起後，看見乘馬的人一定要用箭射殺。」

朱溫這才下定決心剷除李克用。將李克用千里趕來相救，經歷多場廝殺後打敗了黃巢，解了汴州之圍，不過因酒後幾句話，就惹來殺身之禍。由此可見朱溫的刻薄寡恩。

朱溫連夜派人用連起來的馬車和柵欄擋住出口，再派汴兵包圍了上源驛，亂箭齊發，欲置李克用於死地。而李克用早已經爛醉如泥，躺在床上呼呼大睡，對外面的變故一無所知。幸好他的親隨薛志勤、史敬思等人驍勇，竭力抵擋，由此展開激烈的搏殺。薛志勤善箭法極為高明，例無虛發，一人便射死汴兵數十人。圍攻的汴軍軍士心驚膽戰，雖然大聲鼓噪，卻不敢輕易上前，於是從四面縱火，以火炬向驛舍投擲，打算燒死李克用等人。

親隨郭景銖撲滅蠟燭，李克用藏到床下，然後用涼水澆李克用的臉，告訴他事情經過。李克用「始張目援弓而起」，這才搖搖晃晃地站起來，以他現在的狀況，自然無法參加格鬥。大概是他命不該絕，濃煙烈火剛起之時，突然「大雨震電，天地晦冥」。大火被暴雨一澆，頓時熄滅。薛志勤扶住李克用，借閃電的光亮翻牆突圍而出。

此時正是半夜，完全看不見人影。李克用等人得以逃出上原驛。而渡橋被汴軍把守住。薛志勤等人奮力拼殺，終於殺出一條血路。史敬思負責斷後，英勇戰死。李克用等人急奔尉氏門，殺掉守門汴兵，在雷雨的掩護下，從城頭縋下逃生。但監軍陳景和三百多親隨都被汴兵殺死。從此，雙方結下了死仇，水火不容，晉、汴之爭拉開了序幕。

巧的是，宣武將楊彥洪事先說見騎馬人就射，當天晚上，楊彥洪剛好騎馬出現在朱溫的面前。因天黑難以辨明，朱溫當即下令放箭，殺死了楊彥洪。

跟朱溫的妻子張氏一樣，李克用的妻子劉氏也是個相當厲害的角色。她非但智多善謀，對於形勢的判斷遠遠超過一般的謀士。也不是張氏那類弱不經風的大家閨秀，每次征伐，她總是從軍跟隨，陪伴在丈夫身邊，頗有豪氣。當李克用被圍在上源驛的時候，身邊有人先從汴州城內逃脫，跑回軍營向劉氏報告情況。換作一般女子，要麼哭哭啼啼，六神無主，要麼火冒三丈，立即點兵去營救丈夫。可劉氏不動聲色，還將逃回來報信的人立即斬殺，以掩飾消息。她隨即暗中召集將領，「謀保軍以還」。

天亮時，李克用狼狽逃回，立即要發兵攻打汴州，報此深仇。妻子劉氏認為這樣反而理虧，勸他不如奏明唐朝廷，以便名正言順地討伐朱溫。劉氏對於李克用的作用不可低估，不但這次鎮定自若，出謀劃策，在許多關鍵時刻也起到了作用。

李克用聽從了劉氏的話，帶領軍隊離去。但朱溫在上源驛無故加害，使得李克用怒氣沖天。

離開前，他發檄文責備朱溫忘恩負義。朱溫回信說：「前天晚上的變亂，我實在不知道，是朝廷派遣的使臣與楊彥洪相謀劃的，楊彥洪既然已經伏罪處死，只有請你體察原諒了。」

李克用隨即奏報唐僖宗，羅列朱溫的罪名，請求唐朝廷下詔討伐。但唐朝廷中也有許多大臣傾向朱溫，便在僖宗面前為朱溫開脫。僖宗無兵無權，無力資助，只能下詔讓兩人和解。同時，為安慰李克用，僖宗又以破黃巢有功為名加授他為隴西郡王，以息其怒。而朱溫為了全力對付西邊的秦宗權，避免腹背受敵，也派使者登門謝罪，送上金銀等厚重禮物。李克用考慮此時自身羽翼尚未豐滿，還想兼併其他地區擴充勢力，同時與王重榮共同出兵關中也要分散兵力，也就暫時忍下了這口惡氣，只是揚言要領兵討伐朱溫。在各種利益的權衡下，雙方的衝突暫時沒有爆發。

上源驛事件後，李克用與朱溫的矛盾表面化、直接化了。其實，就算沒有上源驛事件，李克用與朱溫的衝突也不可避免。在唐朝末年鎮壓黃巢起義軍的過程中，朱溫與李克用逐漸成為最大的兩派勢力。李克用當時佔據河東，但是並不滿足，他要向東發展，就必然與正在中原稱霸的朱溫發生衝突。上源驛事件後，他與朱溫之間的明爭暗鬥從來沒有停止過。最初幾年，李克用利用各地軍閥矛盾不斷征戰，北攻雲幽，東伐鎮冀，南略關中，平定三輔，甚至派兵長驅直入山東，進一步壯大了在河東地區的勢力。

李克用是獨眼，這其中還有個十分有趣的故事。李克用佔據河東地區之後，名聲很大。佔據淮南的楊行密卻常因為不知其相貌而苦惱。為了能了解其長相，楊行密暗中派了畫工扮成商人去河東，伺機畫李克用的像。畫工到河東後不久便暴露了身分，被李克用軍隊抓住。李克用聞迅後頗為惱怒，對左右說：「我瞎一隻眼這是實情，不妨召他們來畫一畫，看看他們怎麼畫我。」等畫工到了，李克用扶膝喝斥道：「楊行密派你來給我畫像，那你肯定是優秀的畫工了，如果今天畫不好我，臺階下就是你的喪身之地！」畫工叩拜後便開始下筆畫像。當時正值盛夏季節，李克用正手執八角扇驅熱。畫工相當聰明，在畫中以扇角遮住了李克用失明的那隻眼睛。李克用卻說：「你這是在讒媚討好我！」命令畫工重畫。生命攸關，這個畫工急中生智，將李克用畫成了彎弓射箭的樣子，微閉著一隻眼（其實就是那隻瞎眼），彷彿正觀察箭的曲直。李克用看後大喜，重賞了畫工並將他送回淮南。

光啟元年（八八五）底，李克用曾出兵幫助河中節度使王重榮在沙苑（今陝西大荔南）打敗唐將朱玫後，一度攻入京城。唐僖宗輾轉鳳翔（今屬陝西）、寶雞（今屬陝西）到興元（今漢中），兩年後才回到長安。昭宗即位後，對李克用採取姑息態度，但迫於朱溫的壓力，讓宰相張濬帶兵征討，結果張濬戰敗，昭宗只得繼續讓步，於乾寧二年（八九五）底進封他為晉王，成為唐末割據勢力中被封王的第一人。

次年正月，昭宗打算再次任命張濬為相，李克用上表說：「若陛下朝以張濬為相，則臣將暮至闕廷！」嚇得昭宗只好改變主意。

當朱溫進攻兗（今屬山東）、鄆（今東平西北）的朱瑄兄弟時，李克用派兵前去援救，意在牽制朱溫向河北發展勢力。此後，李克用為爭奪河東、河北的南部地區而與朱溫血戰連年，儘管一度居於下風，但他在太原地區的根基已經深不可搖。

由於李克用勞師遠征，四面出擊，結果四面樹敵，加上軍紀敗壞，使得晉軍失盡人心。從唐朝廷中央政權到地方藩鎮，都有一批視他為虎狼的人物。他們往往在李克用大兵壓境時，低首歸順，而一旦有機可乘，就伺機對抗。

天復元年（九〇一年），汴將張從晉攻陷晉、絳二州，截斷了李克用南下的通路。河中節度使王珂是李克用的女婿，急向岳父求救。李克用首尾不能相顧，給女兒覆信說：「你可與王郎棄城投降。」就此放棄了河中。

河中之失，是李克用由盛而衰的重大轉折，「武皇自是不能援京師，霸業由是中否」。這年四月，汴軍多路從東、南入晉，包圍晉陽，「都人大恐」，只是由於連日大雨，汴軍糧草不給，將士多患痢疾，才暫時後退。六月，李克用向朱溫求和。

第二年，汴軍復攻晉陽，形勢危急，李克用欲奔雲州，北逃以保實力。妻子劉氏激勵勸止道：「大王常笑別人棄城逃跑，被人宰割，今天怎麼卻要效仿呢？大王先前曾到塞外避難，差點遇害，現在如果棄城北逃，難保有不測之事，根本就難以保全自己，還談什麼大業！」李克用聽從了劉氏的建議，收聚潰散將士。幸賴諸將奮戰，汴軍再次退走。雖然汴軍這時仍然勢盛，朱溫挾天子以令諸侯，但李克用畢竟已經走出了低谷。

李克用雖然是一方霸主，然而在軍事戰略與統馭部下方面的缺陷卻嚴重削弱了自身實力，使得他在與朱溫爭奪霸權的初期一直處於劣勢。不過，他有一點謀略勝過朱溫，這就是他從來不像朱溫那樣，明目張膽地凌駕於唐皇帝之上。李克用也知道唐朝氣數將盡，他自己也並非沒有稱帝的野心，但是在當時，扶唐興唐還是一面頗有號召力、頗能收人心的招牌。所以，他時時以勤王討逆的面目出現，而既能趁勢擴張自己的勢力，又能收買人心。

天祐元年（九〇四年），朱溫強迫唐廷遷都洛陽，弒唐昭宗而立輝王李柷，是為哀帝。告哀使到晉陽，李克用南面痛哭，令三軍穿素服以致哀。天祐四年（九〇七年），朱溫迫不及待地廢唐哀帝，自立為王，建立後梁。

朱溫稱帝後，當時割據四川的王建也想稱帝，派使勸李克用一起稱帝，割據一方，被李克用婉言謝絕，說自己「累朝席寵，奕世輸忠」，因此「誓於此生，靡敢失節」。表面上看起來是忠於唐朝廷，但其實，李克用不是不想稱帝，而是想趁朱溫稱帝之機，興滅朱兵。他已經看出，朱溫急匆匆稱帝招致了各地反對，可見唐朝雖亡，但還是沒有失盡民心。於是李克用站出來，以唐朝忠臣的身分進行討伐，利用朱溫內部矛盾重重，外部失盡民心的有利時機擴充領地，在與後梁的對抗中逐漸佔了上風。

早在天祐二年（九〇五年），李克用就與契丹主阿保機聯盟，欲渡河南征。天祐三年（九〇六年），李克用遣兵攻邢州，克澤、潞州。天祐四年（九〇七年），朱溫重兵十萬圍潞州（今山西長治），李克用也派兵馳援。朱溫再派軍，在城外築了一道夾寨，將李克用的部下李嗣昭包圍在城內，雙方相持了一年。李克用派周德威去解圍，雙力打得很激烈，也沒有能將朱溫的軍隊擊潰。兩軍對壘，難分勝負。

就在雙方相持的時候，李克用卻因頭部疽發身染急病，於後梁開平二年（九〇八年）死於晉陽，當時僅五十二歲。

李克用突然去世後，周德威的援軍撤還晉陽，朱溫認為攻破潞州已不在話下。不料李克用的兒了李存勗率援兵日夜兼程，出其不意地擊敗了朱溫的軍隊，解了潞州之圍，繳獲了大量的糧食軍械。後來李存勗又用智取的辦法，多次擊敗了朱溫的軍隊，朱溫的軍隊因而在心理上對李存勗產生了恐懼心情，往往兩軍還未接手就紛紛潰散。朱溫感到自己後繼無人，不是李克用兒子的對手，所以感歎說：「生子當如李存勗，我的兒子比起來只是豬狗而已」果然不出所料，朱溫死後，他的兒子朱友貞被李存勗所滅。

臨終時，李克用下令薄葬，發喪之後二十七天便可除去喪服。在當時，兒子為父親服喪要滿三年，這是喪期最長的。最短的喪期也有三個月。李克用要求縮短，自然是要兒子李存勗以大局為重，把精力放在打退梁軍上。

李克用臨終時還交給李存勗三支箭，鼓勵兒子說：「一支箭先討伐劉仁恭，你如果不先攻佔幽州，那麼河南地區也難奪取。一支箭北擊契丹，當初阿保機和我盟誓結為兄弟，相約興復唐朝社稷，後來他卻背信棄義，你一定要討伐他。最後一支箭去滅朱溫，你如能完成我這三項未實現的心願，我死而無憾了。」顯然，李克用因壯志未酬，遺恨綿綿，可以說死不瞑目。好在兒子還算爭氣。李存勗將三支箭藏在李克用的太廟中，到討伐劉仁恭時，便請出一支，放在錦囊中，命親將背著追隨自己左右，凱旋之日，隨同戰俘一同獻於李克用太廟，後來伐契丹、滅後梁都是如此。

李克用生前始終未敢稱帝，死後卻得到了皇帝的名號。李存勗稱帝建後唐時，追認他為武皇帝，廟號為太祖。

這裏再提一下三垂崗戰役。李克用死後，李存勗戴孝出征。

當時，朱溫的後梁軍正與李軍爭奪潞州，潞州即上黨。上黨古稱天下之脊，戰略地位極為重要，自古為兵家必爭之地。誰佔據了上黨、太行的地利，就可以囊括三晉，躍馬幽冀，揮戈齊魯，問鼎中原。因此，從西元八八三年至九〇七年，二十多年間，朱溫等與李克用反反覆覆爭奪上黨，主要城池、關隘先後五度易手，戰事慘烈。到了西元九〇七年，朱溫篡唐自立為皇帝後，派兵十萬再攻上黨。守將李嗣昭閉關堅守，梁軍久攻不克，便在上黨城郊築起一道小長城，狀如蚰蜒，內防攻擊，外拒援兵，謂之「夾寨」。兩軍相持年餘，戰事進入膠著狀態。

李存勗召集眾將說：「梁人幸我大喪，謂我（年）少而新立，無能為也，宜乘其怠擊之。」他親率大軍，疾馳六日，進抵三垂崗。

當年，李克用在邢州大捷之後，還軍上黨，曾在三垂崗休整。李存勗時年只有五歲。一天，李克用外出校獵，將李存勗帶在身邊。獵間小息，他乘興到一座古祠飲酒，隨行伶人奏起聲調淒苦的《百年歌》，暗示歲月無情，人生易老。慣於戎馬生涯的李克用，不僅未被樂曲傷感的旋律感染，反而樂觀地撫摸著偎依在膝邊的李存勗說：「老夫壯心未已。二十年後，此子必戰於此。」故地重遊，回憶往事，李存勗忍不住感歎道：「此先王置酒處也！」

李存勗隨即將全軍隱蔽集結，梁軍毫無察覺。次日凌晨，彌天大霧，李存勗借大霧的掩護，揮師前進，直搗梁軍「夾寨」。此時梁軍尚在夢中，倉促不及應戰，被晉軍斬首萬餘級，餘向南奔逃，投戈棄甲，填塞道路。符道昭等將官三百人被俘，只有康懷英等百餘騎出天井關（一名太行關）逃歸。朱溫在開封聞訊，驚歎道：「生子當如是。李氏不亡矣！吾家諸子乃豚犬（豬狗）爾！」

三垂崗戰役是長途奔襲，以隱蔽奇襲取勝，為之後李存勗兵下太行、逐鹿中原打下牢固的基礎。

李克用父子誠然都是叱吒風雲、智勇兼備的亂世英雄，只可惜英雄一生，也未必能盡如人意。比李克用抱憾而終更具有悲劇性的是，李存勗是含恨而死，他長於軍事而短於政治，奪取天下之後就與從前判若兩人，從此弊端百出。關於李存勗，在最後一篇關於五代十國的《天下角逐興亡中》中再行講述。

3 故國不堪回首月明中

末世的淒涼黯淡，動亂的痛苦絕望，懷古傷今的傷時感物，大概是身處衰微的文人最普遍的情感。前面所提到過的韋莊、杜荀鶴等均是如此。不過，國破家亡的感受，應該沒有人能比南唐後主李煜更強烈。之所以要選擇李煜作為本篇的主要人物，主要是因為他在五代十國的混亂中，實在有太突出的氣質。他實在不該生在帝王家，生在這個亂世。另外一點，李煜的南唐跟李存勗的後唐一樣，都是奉唐朝為正朔，因而南唐在名義上也可以算作是唐朝在歷史上最後的延續，之後就只能是「故國不堪回首月明中」了。

李煜是南唐第三任皇帝。南唐為李昪（音ㄅㄧㄢˋ，同汴，光明的意思）所創。李昪，徐州（今江蘇徐州）人，字正倫，小名彭奴，其父親本姓潘，名榮，是一個虔誠的佛教信徒。彭奴出生時，黃巢兵敗身亡不久，時局混亂，兵荒馬亂。彭奴在六歲時父親就死了，他隨母親跟著伯父一起到了淮南。不久，母親也不幸去世。成為孤兒的彭奴跟著伯父投身到濠州開元寺做了一名小沙彌（和尚），勉強維生。恰逢攻下濠州的楊行密（唐昭宗時淮南節度使，五代十國時期吳國的建立者）到開元寺住宿，見彭奴相貌不凡，勤勞機警，對答伶俐，不由十分喜愛，於是就想將他收為養子，但親生兒子們極力反對，楊行密無奈只好把彭奴給了屬將徐溫（和劉威、陶雅等號三十六英雄）。彭奴就做了徐溫的養子，改名為徐知誥。

楊行密死後，大權落在徐溫手中，徐溫死後，則落入徐知誥手中。徐知誥稱帝後，為了以唐正統作號召，復姓李氏，改名為昪，是為南唐烈祖。李昪還尊徐溫為義祖，表示不忘義父養育之恩。

李昪在位七年而卒，長子李璟繼位，就是唐元宗。李璟共兄弟五人，因李昪生前鍾愛次子和四子，並在病危時有傳位四子之意，由此造成李璟兄弟之間矛盾重重。昪元七年（九四三年），李璟繼位時，「以仲弟遂為皇太弟，季弟達為齊王，仍於父柩前設盟約，兄弟相繼」。改元「保大」，希望不動干戈保持太平。由此可見李璟身上的文弱氣息。

李璟初即位，尚能銳意進取，攻滅閩國、楚國，南唐疆土遂「東暨衢婺，南及五嶺，西至湖湘，北據長淮，凡三十餘州，廣袤數千里，盡為其所有，近代僭竊之地，最為強盛」。南唐國勢漸強。

江南自古便是魚米之鄉，較為富庶。且民風溫軟，素有享樂的傳統，歷代才子佳人大多出自江南，詩曲歌舞，十分柔媚。李璟生活也開始奢侈，專尚浮靡。而他的父親李昪生前儉樸，宮人不曳羅綺，書案上捧燭的鐵人，高約五尺，還是吳太祖楊行密馬廄中所用的東西，李昪叫它為「金婦」。

李璟愛好文學，他的詩詞都寫得很好，「時時作為歌詩，皆出入風騷」，名句「細雨夢回雞塞遠，小樓吹徹玉笙寒」便是他所做。由此，李璟也重用文士，名士韓熙載（傳世名畫《韓熙載夜宴圖》中的主人翁）、馮延巳、江文蔚、潘佑等都在南唐朝中當大官。但這些人都是繡花枕頭，對治國施政一竅不通。馮延巳專門拈弄筆墨，不以政事為意。而韓熙載為人更是放蕩不羈，經常當著姬妾們的面，以手探賓客的私處，議論陽具的大小，以為笑樂。他養有姬妾四十餘人。朝廷給他的俸祿，全被姬妾分去，他就穿上破衣，背起竹筐，扮成乞丐，走到各姬妾住的地方去乞食，以為笑樂。

〈據稱電影《夜宴》就是根據名畫《韓熙載夜宴圖》的背景故事改編。《韓熙載夜宴圖》為南唐畫家顧閎中所繪，全長三公尺，共分五段，每一段畫面以屏風相隔，畫面展現的都是韓熙載在當晚夜宴中的神態。第一段描繪韓熙載在宴會進行中與賓客們聽歌女彈琵琶的情景，生動地表現了韓熙載和他的賓客們全神貫注側耳傾聽的神態。第二段描繪韓熙載親自為舞女擊鼓，所有的賓客都以讚賞的神色注視著韓熙載擊鼓的動作，似乎都陶醉在美妙的鼓聲中。第三段描繪宴會進行中間的休息場面，韓熙載坐在床邊，一面洗手，一面和幾個女子談話。第四段是描繪韓熙載坐聽管樂的場面。韓熙載盤膝坐在椅子上，好像在跟一個女子說話，另有五個女子做吹奏的準備，她們雖然坐在一排，但各有各的動作，毫不呆板。第五段是描繪韓熙載的眾賓客與歌女們談話的情景。這幅畫用筆細潤圓勁，設色濃麗，人物形象清俊、娟秀，栩栩如生。而更令人有興趣的則是它背後的故事。韓熙載，濰州北海人（今山東濰坊），字叔言。後唐同光年舉進士，文章書畫，名震一時。因父親韓光嗣因事坐誅，韓熙載逃奔江南，投順南唐，曆事李昪、李璟、李煜三主，官至中書侍郎、光政殿學士。韓熙載投順南唐後，起初深受李璟的寵信。後主李煜繼位後，因對北方籍官員的猜忌，屢藉故毒殺不少北方籍大臣，在後周對南唐日益緊逼的形勢下，李煜卻愈加剛愎自用，整個南唐統治集團內鬥激化，朝不保夕。官居高職的韓熙載深恐禍及自身，採取了疏狂自放、裝癲賣傻的態度，想求得自保。但李煜仍對他不放心，派畫院的「待詔」顧閎中和周文矩到他家裏去，暗地窺探韓熙載的活動，命令他們把所看到的一切如實地畫下來交給他看。顧閎中和周文矩到了韓熙載家以後，正碰上韓熙載在家夜宴。韓熙載當然明白他們的來意，整個夜宴中，韓熙載將那種沉湎歌舞、醉樂其中的形態來了個酣暢淋漓的表演。夜宴結束後，顧閎中回到家中，憑藉著敏捷的洞察力和驚人的記憶力，即刻揮筆作畫。李煜看了此畫，認為韓熙載的眉宇之間充滿隱憂與沉思，夜宴笙歌、不問時事應該是裝出來的，於是決定將韓熙載逐出金陵。憂懼實際上也確實是韓熙載的真實心意，由此可見顧閎中筆下傳神的地步。年邁的韓熙載苦苦請求留在京城養老。李煜見他言語悲切，而且年齡確實也大了，料也掀不起大風浪，於是同意他留在京城。但韓熙載經此一嚇，大病一場，不治而死。李煜聽到韓熙載死了的消息後，心中一塊石頭落了地，卻故意說：「可惜啊，韓熙載死了，我本來是要提拔他當宰相的啊！」追封為古僕射同平章事，謚「文靖」，賜衾綢以葬。《夜宴》的主角雖然死了，一幅傳世精品卻因此而流傳下來。《夜宴圖》不但務求形似，以便後主一見就知圖中所繪何人，而且把當時眾人玩樂時的神情和各人的性格統統表現得十分逼真。以畫人物來論，這幅畫達到了極高的藝術水準。千年以來，凡有此畫著錄的各書，都對它有極高度的評價。此畫現藏北京故宮博物院。〉

南唐宰相孫晟、戶部尚書常夢錫等大臣十分討厭馮延巳這班只會做表面文章的文士。孫晟將馮延巳比喻成裝著狗屎的金杯玉碗。但李璟卻十分信任馮延巳，政事都委於他。馮延巳盡力向李璟獻媚，他曾說：「當初烈祖在安陸才喪失了幾千兵，就不吃不喝，長吁短歎了多天，這是耕田佬的識量罷了，怎能成大事？哪裏比得上當今皇上，他派出數萬軍隊在外，還擊球宴樂像平日一樣，這才是真英主呵！」

李璟受到這群文士的包圍，日夕飲酒作詩詞，變得昏庸腐敗，過著歌舞昇平、倚紅偎翠的生活。後周世宗柴榮伐南唐，南唐喪失了淮南江北十四州。李璟向後周上表，盡獻江北之地，劃江為界，願以國為附庸，去帝號，改稱南唐國主，奉後周正朔。從此，南唐國勢不振。北宋建立後，李璟繼續納貢稱臣，奉北宋正朔。

西元九六一年，李璟憂病死去，終年四十六歲，兒子李煜繼位，世稱南唐李後主。李煜，初名從嘉，字重光，號鐘山隱士等，是李璟的第六子。他「為人仁孝，善屬文，工書畫，而豐額駢齒，一目重瞳子」。本來他是沒有機會做皇帝的，但他的五個哥哥都死得很早，所以李煜才被封為吳王，做了太子，成了皇位的繼承人。

李煜更喜愛文學，比父親有過之而無不及，還精通詞曲音律。李煜跟祖父和父親不同，沒有經歷任何戰事，生於深宮之中，長於婦人之手，感性多於理性。李煜即位時，正值雄才大略的宋太祖趙匡胤統一天下，先後討平了南平、後蜀、南漢。李煜深怕遭受與這些亡國之君一樣的命運，憂懼不已。然而，他是一個地地道道的文人，對軍事和政治沒有任何興趣，不知道銳意進取，只知道借酒消愁，與身邊的女人春花秋月。

李煜篤信佛教，禮佛極誠，據說這與他祖父李昪小時候在濠州開元寺當過和尚有關。結果李煜這一「愛好」被精明的宋太祖趙匡胤所利用。李煜用宮中的錢招募人為僧，金陵的僧人多達萬人。李煜退朝後，就和皇后換上僧人的衣服，誦讀經書。僧人犯了罪，不依法制裁，而是讓他誦佛，然後赦免。宋太祖趙匡胤聽說之後，就精選了一名口齒伶俐聰明善辯的少年，南渡去見李後主，和他討論人生和性命之說，李後主信以為真，以為是難得的真佛出世，從此就很少注重治國安邦以及邊防守衛了，而是整天念佛。（事見《新五代史．卷六十二．南唐世家》）。

即使有將領提議加強邊防，李煜也極力壓制。宋開寶三年（九七〇年）冬，南都留守林仁肇提出：「淮南諸州戍兵，各不過千人，宋朝前年滅蜀，今又取嶺表，往返數千里，師旅罷敝，願假臣兵數萬，自壽春北渡，徑據正陽，因思舊之民可復江北舊境，彼縱來援，臣據淮對壘而禦之，勢不能敵。兵起之日，請以臣舉兵外叛聞於宋朝。事成國家亨其利，敗則族臣家，明陛下無二心。」表示願意領兵北上，收復舊地。甚至還預先為李煜鋪好了開脫的退路：他起兵的時候，李煜就向外宣稱林仁肇叛變。倘若事成，得利的是南唐，倘若失敗，犧牲的就是林仁肇全家，李煜不必承擔任何責任。林仁肇的這一安排十分妥帖，可是對這樣有限的冒險李煜卻是「懼不敢從」，只知念佛、填詞、醉生夢死。

〈林仁肇是南唐唯一的一員虎將，以致宋太祖趙匡胤千方百計要除掉他。宋太祖先派人到南唐，暗中畫下了林仁肇的畫像。得到畫像後，宋太祖便把它掛到牆壁上，然後召見正被軟禁在汴梁的李從善（李煜親弟），問他認不認得畫像中的人是誰。李從善一時沒有認出來，宋太祖便笑道：「這是你們江南有名的大將林仁肇，他即將前來歸降，先送來畫像作為信物。」李從善回去後，馬上親筆寫了一封密信，告知兄長李煜說林仁肇要謀反。恰巧那時林仁肇與部下將領不和，

那人就造謠說林仁肇與宋太祖勾結，妄圖割據江西自立為王。李煜派人賜給林仁肇毒酒，造成了自毀長城的悲劇。〉

不僅如此，就連東邊實力弱小的吳越李煜也不敢碰。沿江巡檢盧絳曾經對他說：「吳越是我們的仇敵，將來肯定會和宋朝一道攻擊我們，做其幫兇，我們應當先下手滅掉他，免去後患。」李煜卻說：「吳越是北方大朝的附庸，怎麼能輕舉妄動、發兵攻擊呢？」盧絳說：「臣請陛下以屬地反叛為名先予以聲討，然後向吳越乞求援兵，等他們的援兵到了，陛下就發兵阻擋，臣再領兵悄然前去偷襲，就能一舉滅掉吳越。」李煜根本就聽不進去。

李煜身邊有幾個著名的美女。宮女窅娘用帛纏成小腳，用足尖支撐身體舞蹈，「凌波妙舞月新升」，深得李煜讚賞。據說，這是中國古代芭蕾舞的發端，而婦女纏足也是自窅娘起蔚然成風。

李煜妻子周后是錢塘著名美女。周后，小字娥皇，大司徒周宗的女兒。十九歲與李煜成婚。李煜即位，立為皇后。周后精音律，善歌舞，通書史，至於采戲弈棋，也無不絕妙，可稱得上是五代時期的一位才女。據《南唐書》記載：「唐朝盛時，霓裳舞衣曲為宮廷的最大歌舞樂章，亂離之後，絕不復傳，后（周后）得殘譜，以琵琶奏之，於是開元天寶之餘音復傳於世。」可見周后在音律上造詣極深，與李煜可謂是志同道合，因此二人之間產生了真摯的愛情，堪比當年的唐玄宗和楊貴妃。

愛情令人生格外絢麗多彩。這一對年輕夫婦相依相偎，如膠似漆。他們賞花吟月，吟詩填詞，輕歌曼舞，淺斟低唱，過著神仙一般快樂的逍遙日子。有時周后回娘家探親，李煜就急得如坐針氈，雖只三兩天時間，在他卻度日如年。為減相思苦，他就拼命地填詞，從而作出了大量的柔情繾綣的詩詞。

可惜好景不長。周后四歲的兒子仲宣有一日在佛堂玩耍，剛好有一隻大貓趴在佛堂中高懸的琉璃燈上。大貓突然躍下，琉璃燈跟著摔下，小仲宣受驚嚇而死。本已經有病的周后驚聞兒子驚悸而死，病情轉重，也撒手西去。

周后一死，李煜的悲悼之情是可以想見的。「昔我新昏，燕爾情好。媒無勞辭，筮無違報。歸妹邀終，咸爻協兆。他仰同心，綢繆是道。執子之手，與子偕老。今也如何，不終往告。嗚呼哀哉」！即使在周后亡故多年之後，李煜仍然觸物傷懷，不能自持，可見對妻子用情之深。

周后有妹，天真爛漫，清新自然，美色無雙。周后死後，周后妹順理成章地當上了皇后，史稱小周后。據說周后臥病在床時，李煜已經與小周后偷偷私會調情。陸游《南唐書．后紀傳》說：「或謂后寢疾，小周后已入宮中。后偶事幔見之，驚曰：『汝何日來？』小周后尚幼，未知嫌疑，對曰：『既數日矣。』后恚怒，至死面不外向。放後主過哀以掩其跡云。」馬令《南唐書．后妃傳》又云：「后自羅惠殂，常在宮中。後主樂府詞有『衩襪下香階，手提金縷鞋道類，多傳於外。至納后，乃成禮而已。」後來一些畫家以李煜與小周后為題材，將二人幽會的情景畫入畫中，即著名的《小周后提鞋圖》。

小周后性愛綠色，所穿衣服，都尚青碧。有一個富人，染成一匹縑絹，曬在苑內，夜間遺忘未曾收取，為露水所沾，第二天一看，其色分外鮮明，後主與小周后見了，一齊稱美，於是妃嬪宮人，竟收露水，染碧為衣，號為「天水碧」。後來李煜又在妃嬪宮人的妝束上，想出一種新鮮飾品，用速陽進貢的茶油花子，製成花餅，或大或小，形狀各別。令妃嬪宮女淡汝素服，縷金於面，用這花餅裝點在額上，稱為「百花妝」。

在風流浪漫生活的同時，李煜對宋朝卑躬屈節，不斷以金帛珠寶結宋朝皇帝的歡心。史載：「煜每聞朝廷出師克捷及嘉慶之事，必遣使犒師修貢。其大慶，即更以買宴為名，別奉珍玩為獻。吉凶大禮，皆別修貢助。」想以此來維持他在江南的統治。但是，他的懦弱，他的無能，他的臣服，並沒有改變宋太祖趙匡胤消滅南唐的決心，按宋太祖的著名說法是：「江南何罪，但天下一家，臥榻之旁，豈容他人酣睡。」

宋太祖滅南漢後，便在荊湖造大艦龍船數千艘。當時江南人也想歸附宋朝，有個江南池州人樊若水，假裝在采石江面釣魚，乘小船，載絲繩，往來於南北岸幾十次，測得了江面的寬度，上書宋朝，請造浮橋渡江，宋太祖採納了他的意見。

太祖開寶七年（九七四年）的秋天，宋太祖打算出兵攻打南唐，因師出無名，宋太祖派李穆出使江南，召李煜入朝。李穆到南唐後，宣讀聖旨，李煜準備入朝，但為大臣陳喬和張洎所阻，李煜遂稱病不朝，李穆對李煜說：「入不入朝，你要慎重考慮。朝廷兵精甲銳，物力雄富，恐怕江南不是對手，望國主不要後悔」。李煜的弟弟李從善之前出使宋朝，一直被扣在汴梁。李煜生怕自投羅網，力辭。

宋太祖終於有了出兵藉口，隨即以曹彬、潘美為大將，率兵十萬伐江南。曹彬自荊南領戰艦東下，潘美在采石架浮橋渡江，浮橋三日而成，和樊若水所測量的不差尺寸，步兵渡江，如履平地。宋軍進至秦淮，江南水陸兵十萬列陣於金陵城下。宋軍涉水強渡，江南兵大敗。

李煜整日在後宮與僧徒道士談經，不問政事。一天，他外出巡城，見宋軍滿野，這才大驚失色，急忙派學士徐鉉去求和。徐鉉博聞強記，學富五車，詞采極為出眾，是當時名噪江南的大才子，李煜對他極為倚重。徐鉉到了汴京，對宋太祖說：「李煜無罪，陛下兵出無名。李煜以小事大，以子事父，未有過失，為何要討伐呢？」宋太祖說：「你說父子兩家可以嗎？」徐鉉不能答，只好回去。

一個月後，李煜又派徐鉉見宋太祖，請求宋朝緩兵，論辯不已。宋太祖大怒，對徐鉉說：「不要多講江南有什麼罪。只是天下一家，臥榻之側，豈容他人鼾睡！」徐鉉惶恐不安，狼狽而回。徐鉉如此有名的大才子，在政事、外交上卻一敗塗地，由此可見，文學才華與政治才能往往是兩回事。可以說，李璟和李煜父子就是敗在了沒有認清這點。

李煜急調駐守上江的朱令贇入援金陵，江南兵在皖口與宋軍交戰，朱令贇兵敗投火死。曹彬準備攻金陵，但忽然稱病不視事，諸將都來問候。曹彬說：「我的病，不是藥物所能治好的，只須諸位誠心起誓，破城之日，不亂殺一人，我的病就自然好了。」諸將許諾，焚香為誓。宋軍攻入金陵，秩序井然。曹彬這樣約束將士，是因為出征前宋太祖已下有命令，保護金陵城和江南財富。

李煜奉表降宋，曹彬以禮相待，將他和宰相湯悅等四十五人送往汴京。至此，南唐滅亡，共傳三主，歷三十九年。

四十年來家國，三千里地山河；鳳閣龍樓連霄漢，玉樹瓊枝作煙蘿，幾曾識干戈？

一旦歸為巨虜，沈腰潘鬢消磨；最是倉皇辭廟日，教坊猶唱別離歌，垂淚對宮娥。

李煜寫罷降表，寫下這首沉痛的《破陣子》，被押解北上汴京。這闋詞曾經在後世引起莫大的非議，大多認為李煜拜辭祖廟、北上而為俘虜，理應對著祖宗碑位痛哭流涕，愧對列祖列宗，愧對江南錦繡，愧對南唐百姓，而李煜卻是「垂淚對宮娥」。顯然，李煜是文人的眼光，而不是皇帝的眼光。不幸的是，他生在了帝王家。

〈吳越由錢鏐建立，國都在杭州。錢鏐當國王以後，經常回故鄉，但他的父親錢寬總是逃避不見。錢鏐問其緣故，父親說：「你現在當國王，三面受敵（北、西有吳，南有閩），與人爭利，怕禍及我家，所以不願見你面。」錢鏐涕泣受教。之後，錢鏐小心謹慎，力求自保。他很少安睡，用小圓木作枕，熟睡中頭一動便落枕覺醒，他稱為「警枕」。又在寢室中置粉盤，想起事情即寫在粉盤上。令侍女通夜等候，外面有人報告，立即喚醒他。錢鏐在修築錢塘江石堤和其他的水利，建設杭州城等方面都很有功績。當然，他也大興土木修築宮殿供自己享樂。統治期間，賦稅繁苛，百姓受苦很深。錢鏐死後，以後當國王的依次是錢元瓘、錢弘佐、錢俶。宋伐南唐時，令吳越出兵助攻。吳越當時和南唐一樣，竭力向宋朝表示恭順以求自保，自然不敢不從。李煜寫信給錢俶說：「今天沒有我，明天豈能還有你？早晚你也是汴梁一布衣罷了。」錢俶連忙將信交給宋朝，還幫宋朝打下南唐的常州。南唐亡後，宋太祖要錢俶到汴京朝見，錢俶就帶著妻兒入朝。宋太祖大加款待，兩月後放他回國。臨行前，宋太祖送一個黃包袱給錢俶，裏面全是宋朝群臣請求扣留錢俶的奏捷。錢俶既感激又恐懼，回國後對宋朝更加唯命是從。吳越實際上已完全

屈服在宋朝的統治之下，只保留一個國王的空名。但是除吳越外，泉、漳一州由南唐遺將陳洪進割據。〉

開寶九年元宵節剛過，李煜到達汴京，身穿白衣，到明德樓拜見宋太祖趙匡胤。宋太祖沒有加害，封他違命侯，掛名擔任光祿大夫、檢校太傅、右千牛衛上將軍。李煜有自己的宅第，但有人把守，不能隨意出入，不能與外人交往，實際上仍然不過是個比較體面的囚徒。

李煜被封違命侯後，成天長吁短歎，過著淒寂不堪的日子，好在身邊還有小周后相伴，總算給他絕望的生活平添了一絲溫暖和安慰。就在這年冬天，宋太祖趙匡胤在萬歲殿崩駕，留下千古的「斧聲燭影」之謎。趙匡胤弟趙光義即位為宋太宗後，除去李煜違命侯的封號，改封為隴西郡公。太平興國二年（九七七年），「煜自言其貧，詔增給月奉，仍賜錢三百萬」。李煜因心情抑鬱，務為長夜飲，宋宮每日供酒三石。

顯然，作為俘虜，宋皇帝在生活上並沒有難為李煜。但李煜卻被剝奪了人身自由，人格和尊嚴也受到了百般凌辱。據《宋史》記載：「太宗嘗幸崇文院觀書，召煜及劉提令縱觀。謂思日：『聞卿在江南好讀書，此簡冊多卿之舊物，歸朝來頗讀書否？』煜頓首謝。」強行奪走了李煜的藏書，竟然還問他讀書與否，這顯然是宋太宗志得意滿下的故意侮辱。李煜這樣敏感的人，自尊心一定極大地被挫傷。

更令李煜感到屈辱的是，宋太宗趙光義表面上優待李煜，但卻打美貌的小周后的主意，不斷以皇后的名義宣小周后進宮。宋人王銍《默記》引龍袞《江南錄錄》：「李國主小周后隨後主歸朝，封鄭國夫人，例隨命婦入宮。每一入輒數日而出，必大泣罵後主，聲聞於外，多宛轉避之。」明人沈德符《野獲編》又謂：「宋人畫《熙陵幸小周后圖》，太宗戴襆頭，面黔色而體肥，周后肢體纖弱，數宮人抱持之，周后作蹙額不勝之狀。有元人馮海粟學士題曰：江南剩有李花開，也被君王強折來。」顯然，這不是空穴來風。

〈宋太宗的兄長宋太祖趙匡胤也曾霸佔過投降的後蜀後主孟昶的妻子花蕊夫人。孟昶與花蕊夫人到汴梁拜見宋太祖七天後，孟昶暴斃，史家多認為是被宋太祖毒死。宋太祖趁機將花蕊夫人收入宮中，要她即席吟詩。花蕊夫人沉思片刻，吟道：「君王城上樹降旗，妾在深宮哪得知；十四萬人齊解甲，更無一個是男兒。」反而讓宋太祖大為傾倒，封花蕊夫人作了妃子。花蕊夫人入宋宮但不忘故主，繪孟昶畫像私掛奉祀。每當夜深人靜的時候，就拿出孟後主的畫像流淚訴說思念之情。此事被宋太祖入宮看見追問，花蕊夫人急中生智說：「所掛張仙，送子之神，蜀人皆知。」宋太祖才未追究。不久，這張仙送子的畫像，竟從禁中傳出，連民間婦女要想生兒抱子的，也畫一軸張仙，香花頂禮，至今不衰。花蕊夫人後來因介於宋廷權力之爭，觸犯了宋太祖弟趙光義（也就是後來的宋太宗）的利益，在一次打獵時，被趙光義一箭射死。〉

大概是因為霸佔了別人的妻子有些心虛吧，宋太宗趙光義生怕李煜會什麼不滿之詞，不斷派人監視、打探他的一言一行。南唐舊臣徐鉉後來在宋朝當官，宋太宗便宣召徐鉉進見，問他道：「你最近可曾見到李煜？」徐鉉大吃一驚，惶恐地答道：「陛下明令禁止李煜與外人勾通，微臣安敢私自見他？」宋太宗假惺惺地說道：「我對你是信得過的，你儘管去見他。若有人問起，就說是我恩准的好了。」徐鉉本就難忘舊主，當下歡喜地去見李煜。這次會見，雙方都不知說什麼好，舊日君臣相聚在別人屋簷下，能說什麼？可李煜到底是不知人間險惡，居然長歎一聲說：

「悔不該錯殺了潘佑、李平。」潘佑、李平都是因為在南唐滅亡前向李煜直諫被殺。徐鉉見後主在這種情景下還說這種話，嚇得不敢接話。後來宋太宗問及，徐鉉不敢隱瞞，據實說了李煜的話。宋太宗聽了，心中動了殺機。

太平興國三年（九七八年）七月初七，這天既是乞巧節，又是李煜的生日。他年紀還不算大，但是兩鬢已經有明顯的白髮，面容憔悴，滿目蕭然，全然沒有了當年的風采如玉的軒昂氣度。而李煜的神思，還飄得更遠。回憶在江南的時節，群臣祝賀，賜酒賜宴，歌舞歡飲，何等的繁華景象！而現在孤零零的一人，何等的冷落、淒涼！妻子小周后被宋太宗召去，至今未歸，又是何等的屈辱！他不能忘記小周后曾經清澈的臉已經變得蒼白，明亮的眼睛藏不住濃濃的悲傷。茫然、羞愧、悔恨、傷痛、悲涼，種種情感洶湧澎湃，一齊傾瀉了出來。李煜再也不能沉默了，先填了一闋《憶江南》的小令：

多少恨！昨夜夢魂中，還記舊時遊上苑，車如流水馬如龍；花月正春風。

填完之後，李煜胸中的悲憤還未發洩盡淨，便趁勢再填一闋感舊詞，調寄《虞美人》：

春花秋月何時了，往事知多少！小樓昨夜又東風，故國不堪回首月明中。

雕欄玉砌應猶在，只是朱顏改。問君能有幾多愁？恰似一江春水向東流。

表達了悲哀無奈的心境，以及對「故國」、「往事」的無限留戀，抒發了明知時不再來而心終不死的感慨，藝術上達到很高的境界。

詞成就了李煜詞宗的英名，但這首千古傳唱的《虞美人》也將他送上了西去之路。就在七夕的晚上，李煜因為心情鬱悶，填完《虞美人》後，把它交給歌妓演唱，自己也擊節相和，不覺間已經淚滿衣襟。宋太宗得知後非常惱怒，認為李煜是有意發洩心中的不滿。又聽說李煜的詞中有「小樓昨夜又東風」和「一江春水向東流」，更是生氣，當晚就讓人給李煜送去了牽機藥，命他當著使者的面服下。牽機藥是一種劇毒藥，吃下去後，人的頭部向前抽搐，最後與足部佝僂相接而死，狀似牽機。李煜在極度的痛苦中悲慘地死去。

李煜死時年僅四十二歲。死後贈太師，追封吳王。這或許是宋太宗政治上的需要，或許是看在霸佔了小周后的份上。不久，悲痛欲絕的小周后也追隨李煜而去。

李煜的一生，是複雜的一生。作為一國之主，他疏於治國，內無用人治世之能，外無禦敵衛國之力。他為求偏安一隅，不惜對宋曲膝稱臣，終於養虎貽患，淪為一介臣虜，斷送祖宗基業。然而，他在文學藝術音樂方面的造詣，在歷代帝王中則是登峰造極的。正所謂不幸亡故國，有幸成詞宗。清人袁枚曾引用《南唐雜詠》中的話評價李煜說：「作個才人真絕代，可憐薄命作君王。」

4 天下角逐興亡中

五代十國，一般認為從西元九〇七年朱溫滅唐到九六〇年北宋建立，共五十三年。實際上十國當中有六個在九六〇年之後滅亡，北漢在最後，滅亡時已是九七九年。這五十三年，是中國歷史上最混亂最黑暗的時期，因篇幅所限，作者只選擇五代一條線來做簡要講述。五代是中原的五個王朝，先後與之並存的十國除北漢外都在秦嶺淮河以南。其他並存的政權還有遼和西夏。

後梁為朱溫所建，被死敵李克用的兒子李存勗所滅，前後共三個皇帝，存在十七年。前面已經提過，不再多說。

話說李存勗滅掉後梁，建立了後唐政權，他本人也稱帝為唐莊宗。李存勗認為自己完成了父親所未能完成的大業，志滿意得，開始沉溺聲色犬馬，完全丟掉了戰場上披荊斬棘、開拓進取的精神。李存勗從小酷愛戲曲，晉軍的軍歌多是由他親自譜寫，當上皇帝後，這一愛好便開始發揚光大。他養了許多優伶，還給自己起了個藝名，叫「李天下」，面塗粉墨，親自上場客串，絲毫不顧皇帝的尊嚴，成為當時的一大奇聞。

李存勗十分寵信伶官。有一次，他上臺演戲，自己叫了兩聲「李天下」。一個叫敬新磨的優伶上打了他兩嘴巴。眾人都大吃一驚，上前揪住敬新磨責問。李存勗自己也被打得莫名其妙。敬新磨嬉皮笑臉地說：「理（理和李同音）天下只有皇帝一個人，你叫了兩聲，還有一個是誰呢？」李存勗挨了打還反而很高興，厚賜敬新磨。

有次敬新磨在殿中奏事，殿裏面有很多狗。敬新磨離開的時候，有隻狗起來追他，敬新磨躲在一根柱子邊，向李存勗大聲喊：「陛下，請不要放縱你的兒女們來咬人！」李存勗沙陀人，忌諱狗字，不由得大怒，立即張弓搭箭，準備射死敬新磨。敬新磨急忙說道：「陛下不要殺我啊，我與你是一體的，殺了不吉祥！」李存勗吃了一驚，問這話怎麼講。敬新磨回答道：「陛下開國，年號叫同光。天下都稱你為同光帝。同，就是銅，殺了敬新磨，那銅就沒有光了啊。」（因為銅磨了後更亮）李存勗十分高興，就把敬新磨放了。

李存勗喜歡打獵，但又常常踏壞莊稼。一次在外圍獵時當地縣令上前勸諫：「陛下，凡是擁有國家的人都應該愛民如子，以民為立國之本。必須不應該為圖一時快樂而踐踏農田，傷害民心。陛下如同萬民父母，怎麼能這樣做呢！」李存勗聽了大怒，命人將縣令綁了起來，要就地砍頭。敬新磨見狀，趕忙上前扭住縣令，斥責道：「你身為縣令，對下可以驅使百姓。既然知道陛下喜歡打獵，就應該多多留出空地，怎麼又讓百姓在這裏鋤地勞作，妨礙陛下的鷹犬飛走呢？現在犯了錯又不能自責，反而敢對陛下亂說，我看你是該死啦！」其他伶人也跟著起鬨，李存勗忍不住哈哈大笑，於是饒恕了縣令。由此可見他對優伶之寵信。（事見《新五代史・伶官傳》）

伶人們仗著李存勗的寵幸，自由出入宮廷。他們跟皇帝都可以打打鬧鬧，對一般朝官就更神氣活現了。朝臣經常被優伶取笑侮辱，群臣氣憤之餘又不敢向李存勗告狀，有的甚至反過來巴結伶人，以保求富貴。四處的節度使們也爭相重金行賄。

李存勗還封兩個伶人當刺史。群臣勸阻說：「現在新朝剛建立，跟陛下一起身經百戰的將士，還沒得到封賞，反倒讓伶人當刺史，只怕大家不服。」李存勗根本不理這些話，照樣讓伶人當了官。

李存勗猜忌大臣，於是寵信一個叫景進的伶官，倚為心腹，讓他專門探察和奏呈文武百官動靜，後來竟然發展到「軍機國政，皆與參決」。朝臣如果不給景進送禮，景進就到李存勗面前大進讒言。當時群臣無不畏懼景進，鬧得「大臣無罪以獲誅，眾口吞聲以避禍」。李嗣源和郭崇韜是當時後唐最有威望的兩個人物，但他倆常遭到李存勗的猜忌，還幾次險遭暗害。

李存勗的皇后劉氏出身貧寒，小時候被李克用屬下部隊搶掠，獻給李克用的妃子曹氏做了一名小侍女。結果這小侍女長大後嫁給了李存勗並做了皇后，也算是富貴無比了。劉氏性情狠毒，她富貴後，失散多年的父親找上門來。當時劉氏正要爭皇后之位，她擔心認下這個一沒權勢二沒錢財的窮父親會顯得自己出身低微，於是謊稱父親早在戰亂中死去，將親生父親趕走。她如願以償當上皇后之後，干預朝政，倒行逆施，瘋狂斂財。後唐重臣郭崇韜便是被她陷害所殺。李存勗竟然也聽之任之。

李存勗如此作為，自然難以服眾。尤其郭崇韜被殺後，朝野震動。西元九二六年，後唐將士擁戴李嗣源（李克用的養子），要求以他為主反抗李存勗。李嗣源開始還不肯作亂，想置身事外。另一後唐將領李紹榮卻已經上奏，說李嗣源叛變。李嗣源辯護不成，十分疑懼，生怕被李存勗加害。李嗣源女婿石敬瑭（後來的後晉高祖）力勸李嗣源奪取汴京（開封），發動政變。部下康義誠、安重誨等也都極力慫恿。李嗣源便下了決心發動兵變，使女婿石敬瑭為先鋒，養子李從珂為後衛，向汴京進發。

李存勗在洛陽聽到李嗣源叛變消息，想趕回汴京。半路上聽到李嗣源已經進了汴京，而各地將領紛紛支持李嗣源。他知道自己已經完全孤立，垂頭喪氣地跟左右將士說：「這下我完了！」

李存勗回到洛陽，還想抵抗李嗣源。他的親軍指揮使郭從謙，原來也是個伶人，曾經認大將郭崇韜做叔父。郭崇韜被殺後，郭從謙早就懷恨在心，趁這個機會，就發動親軍叛變，攻進皇宮。李存勗率十餘人抵抗，被流箭射死，左右逃散。李克用父子兩代在馬背上得來的天下，頃刻間落入他人之手，虎父龍子四十餘年建立的赫赫功業轉眼之間化為過眼雲煙。

李存勗在位三年，史稱「其興也浡也，其亡也忽焉」。他原是個豪傑人物，縱橫沙場時，天下豪傑不敢與他爭鋒，最終卻落得可悲的下場。果然是憂勞可以興國，逸樂可以亡身。歷史的無情，不能不令後人唏噓長歎。

李存勗能詞，有三首傳世。其《一葉落》云：「一葉落，搴朱箔，此時景物正蕭索。畫樓月影寒，西風吹羅幕。吹羅幕，往事思量著。」表明這位能征慣戰的豪傑人物並非普通的一介武夫。

李嗣源奪取後唐政權後，開始只用監國的名義，等李克用、李存勗的子孫被殺絕後，才正式即皇帝位，就是後唐明宗，改名李亶。

李嗣源是一位比較英明的皇帝，他即位後，改變了一些當時的弊政；禁止中外諸臣獻珍玩財物；宮內只留老成宮女一百人，宦官三十人，樂隊一百人，養獵鷹人二十人，廚房五十人。皇宮組織如此簡單，是中國歷史上任何帝王不能相比的。宰相任圜管財政，也很有成績，因此不過一年，李嗣源的皇位就穩定下來。

李嗣源的後宮中有一位淑妃王氏，即號稱「五代第一美女」的花見羞。據《新五代史》記載：「淑妃王氏，邠州餅家子也，有美色，號『花見羞』。」王氏不過是邠州城內王氏燒餅店家的女兒，竟然能百花見羞，可見是何等的天生麗質。佳人生當亂世，必然要擁有不平凡的人生。在幫助父親迎來送往的生意中，花見羞練就了一套人情練達的好本事。之後，她成為後梁大將劉鄩的愛妾，少女配老翁，卻也頗為美滿。不久後，後唐李存勗滅後梁，花見羞落入了率先入城的李嗣源手中。

劉鄩雖死，卻給花見羞留下了不少財富。花見羞精明寬厚，用這些財富來討好李嗣源別的姬妾及他的兒媳婦，所以大家都異口同聲地稱讚花見羞，李嗣源因此特別寵愛她，但又沒有人嫉妒。花見羞買的個好人緣，後來給她一生帶來很大的好處。劉鄩的兩個兒子，也都沾了花見羞的光，加官進爵。

李嗣源原配早死，李嗣源即位後，想立花見羞為皇后。花見羞推辭說：「皇后不過是個名號，倘若彼此相愛，名號算什麼？何況陛下與原配夫人夏氏曾患難相隨，如今她雖已過世，但她所生的兩個兒子都已長大成人，領兵在外，況且夏氏的族人也多官居要職。不如先不冊立皇后，而追封夏氏夫人為后，一來可使人覺得陛下不忘舊情，二來也可以穩定政治局面。」這見解非常高明，李嗣源採納了她的意見，果然贏得了朝野喝采。

三年之後，群臣紛紛上表，認為皇后母儀天下，不可長久虛懸，大家一致推崇花見羞，李嗣源更是求之不得。可花見羞仍然謙讓，堅持要李嗣源冊立曹氏為后。於是曹氏就被冊立為皇后，花見羞則被封為淑妃。

當時後宮有人生了兒子，李嗣源便讓無子的花見羞養育，這就是許王李從益。李嗣源晚年多病，他的長子李從璟為李存勗所殺。次子李從榮被封為秦王，任為河南尹，兼判六軍諸衛事，後又加封天下兵馬大元帥，表明李嗣源打算以李從榮為繼承人，可是又不明確立為太子，造成大臣觀望，李從榮不安。李從榮為了伺察宮中動靜，暗中與許王李從益（時年四歲）的乳母司衣王氏結交。

西元九三三年，六十六歲的李嗣源臥床不起。秦王李從榮急不可待，想用武力奪取皇位，率兵攻打宮門。宮中衛兵反擊，殺死了李從榮，做內應的許王乳母司衣王氏也被賜死。

李嗣源「聞從榮已死，悲咽幾墜於榻，絕而蘇者再」，可見他內心深處是極愛這個兒子的。受此打擊後，李嗣源病重突然轉重，不治而死。李嗣源子宗王李從厚繼位，就是唐湣帝。李從厚即位後，尊曹皇后為皇太后，花見羞為皇太妃。因為司衣王氏為許王李從益乳母，又牽扯到花見羞，李從厚心中不悅，想把花見羞遷到至德宮。但花見羞與所有宮人都很友善，李從厚還是不敢觸犯眾怒，打消了驅除花見羞的念頭，但這以後他對太妃很冷淡。

唐湣帝李從厚幼弱無能，在位僅四月，李嗣源養子李從珂發動政變。李從厚逃離京城，半路上遇到了姐夫石敬瑭。石敬瑭不願意救這個大勢已去的小舅子，李從厚的一個親隨不滿石敬瑭，抽刀要殺石敬瑭，結果反被石敬瑭的侍衛殺死。石敬瑭索性將李從厚的侍衛全部殺死，幽禁了李從厚。後來李從珂殺死了李從厚。於是百官擁立李從珂為皇帝，就是唐廢帝（也稱唐末帝）。

李從珂即位後，在花見羞的宮院置酒，有為太妃安撫壓驚之意。花見羞舉酒說：「願辭別皇帝，出家當比丘尼。」李從珂問為什麼。花見羞說：「小兒李從益，若你不容他，則他死之日，我有何面目見先帝！」說著已經是聲淚俱下。李從珂也為之淒然，之後一直很優待花見羞。

李從珂和石敬瑭二人均驍勇善戰，向來互不服氣。李從珂當上皇帝後，二人的矛盾開始公開化。一次，李從珂在宮中擺家宴，石敬瑭妻子晉國公主（李嗣源女）上酒畢，說要辭歸晉陽，李從珂喝醉了酒，問道：「何不再住些時候？你這樣急著回去，是想和石郎謀反嗎？」石敬瑭知道後很是驚懼，暗中在作反叛的準備。

後來二人果然公開決裂。李從珂派張敬達率兵數萬圍攻晉陽城。石敬瑭抵擋不住，晉陽十分危急。掌書記桑維翰出了個主意，要他向契丹人討救兵。於是，石敬瑭寫信向契丹王耶律德光稱臣，表示願意拜契丹國主耶律德光做父親，並且答應在打退唐軍之後，把雁門關以北的燕雲十六州（又稱幽雲十六州，指幽州、雲州等十六個州，都在今河北、山西兩省北部）土地獻給契丹。

石敬瑭不顧個人尊嚴，厚顏無恥地認比自己小十歲的耶律德光為父，並提出諸多可恥的條件，聯手下都覺得很難為情。部將劉知遠（後來的後漢高祖）說：「稱臣也就可以，當兒子似乎太過分。多送些金帛，契丹兵自然會來，不必許給土地，怕將來大為中國之患，悔之莫及。」

但石敬瑭一心想快點當上「兒皇帝」，不聽劉知遠勸告，叫桑維翰寫奏章，送到契丹。耶律德光大喜，不久，親自率五萬騎，號稱三十萬，到晉陽城下擊敗張敬達軍。

李從珂大驚，下詔親征，但這時將士已經離心。群臣勸李從珂北行，他則嚇得不讓人提石敬瑭的名字，說：「你們不要提石郎，使我心膽墜地。」吏部侍郎龍敏建議李從珂立已經投奔後唐的東丹王耶律倍（前契丹王阿保機之子）為契丹王，然後派兵送回契丹，使耶律德光有後顧之憂。李從珂覺得很好，但不知為什麼竟沒有去做，反而志氣消沉，晝夜飲酒悲歌，像到了末日一樣。

張敬達率殘部守晉安（在晉陽城南），不見援兵，也被部將楊光遠殺死，殘部將士投降了契丹。石敬瑭自晉陽向洛陽進軍。後唐將領趙德鈞、趙延壽父子等紛紛投降石敬瑭。四十五歲的唐廢帝李從珂與全家老幼帶著傳國寶登玄武樓，準備自焚。花見羞卻另有主張，對曹太后說：「事情緊急，咱們躲避一下，等待援兵吧。」曹太后說：「我們李家到了這一地步，我不忍心獨生，妹妹你自己保重吧！」曹太后和李從珂都自焚而死，而花見羞與許王李從益及其妹妹（**該女也為花見羞養女，後被耶律德光嫁給後晉降將趙延壽**）藏在鞠院，得以脫離危險。

後唐就此滅亡，傳四帝，共十四年。

契丹王耶律德光見大功告成，就對「兒子」石敬瑭說：「我三千里來赴難，必有成功，看你氣貌識量，真是中原之主，我要立你為天子。」石敬瑭假裝推辭一番，然後即位為後晉皇帝。隨後，割燕雲十六州（在今河北、山西北部）給契丹，另加每年貢帛三十萬匹。耶律德光回國，他這次南下得了特大好處，因此和石敬瑭泣別說：「世世子孫勿相忘。」

石敬瑭割讓燕雲十六州給契丹之舉，對後世影響極為深遠。之後，河北、河東幾乎無險可守，為日後契丹、女真、蒙古的南下創造了極為有利的條件。因此，許多史學家將石敬瑭列為中國歷史上第一個大賣國賊，成為最臭名昭著的封建帝王。出主意的桑維翰也被後世史學家王夫之評為「萬世之罪人」。

石敬瑭當上皇帝後，花見羞自請為尼，石敬瑭沒有批准，但把她母子遷到至德宮。後晉遷都到汴梁後，花見羞母子都隨同東行，住到汴梁的宮中，石敬瑭皇后把花見羞當母親看待。之後，石敬瑭還為後唐立宗廟，封花見羞養子許王李從益為郇國公，以主持後唐的宗廟。

石敬瑭靠契丹得到帝位，因此對契丹國主耶律德光感恩戴德，向契丹上奏章，把契丹國主稱做「父皇帝」，自己稱「兒皇帝」。除了每年向契丹進貢帛三十萬匹外，逢年過節，還派使者向契丹國主、太后、貴族大臣送禮。那些人一不滿意，就派人責備石敬瑭，石敬瑭總是恭恭敬敬，賠禮請罪。後晉臣民都以為恥。

石敬瑭靠契丹的保護，做了七年的兒皇帝，病死了，活了五十一歲。他的侄子石重貴即位，就是晉出帝。石重貴任景延廣為宰相，景延廣恥於對遼國稱臣，積極反遼，並告遼國說：「晉朝有十萬口橫磨劍，翁（指遼主）若要戰則早來。」石重貴向契丹國主上奏章的時候，自稱孫兒，不稱臣。耶律德光就認為對他不敬，帶兵進犯。

西元九四三年，契丹派後晉降將趙延壽（李嗣源女婿，先娶李嗣源親女，後娶許王李從益妹妹，即花見羞養女）攻晉。契丹事先對趙延壽承諾：「如果得中國，應該立你為帝。」趙延壽很高興，表示願為遼國盡力。然而，趙延壽遭到後晉軍民的奮力抵抗，屢戰屢敗。耶律德光親率十萬兵到澶州城北列陣，與晉軍決戰。雙方一番激戰，死傷都很慘重。耶律德光退兵，一路燒殺搶掠。後晉宰相景延廣不敢追擊。

西元九四五年，契丹再次大舉南侵，仍以降將趙延壽為先鋒。當時景延廣為晉出帝石重貴所猜忌，出為西京留守，桑維翰代景延廣執政。桑維翰畏懼遼軍，令諸軍後退。諸軍恐慌，退至相州城（今河南安陽縣）。晉軍在相州經過整頓，與遼軍決戰。將軍皇甫遇、慕容彥超、安審琦等力戰，遼軍敗走。趙延壽北還路經過祈州城（今河北安國縣），知道城中兵少，圍城急攻。祈州刺史沈斌死守。趙延壽在城下勸他投降，沈斌罵道：「你父子走錯路投靠外國，還忍心帶領豺狼來殘害祖國，不知羞恥，反有驕色，怪哉怪哉！我弓斷箭盡，甘心為祖國死，絕不學你那種行為！」第二天，城陷，沈斌自殺。

晉出帝石重貴知道契丹軍已退，親自統軍出發，想襲取幽州。他任用姑丈成德節度使杜重威統率諸軍。杜重威是個貪婪殘暴、無恥怯懦的將領，已有謀反之意。晉軍在陽城（今河北蒲陰縣東南）一帶與契丹軍相遇，杜重威不准部下出擊。還是將軍李守貞率所部奮力攻擊，大破遼軍，遼太宗棄車，找到一隻駱駝，騎著逃走。諸將請求追擊，杜重威又不許，說：「碰到強盜，不傷命已經夠好，還想拿回衣袋麼？」事後，桑維翰請求晉出帝石重貴懲辦杜重威，石重貴說：「他是我的至親，必無異心，你不要疑忌。」不久，石重貴任杜重威為天雄節度使，罷桑維翰相位。

西元九四六年，晉出帝石重貴任杜重威為元帥，李守貞為副帥，率宋彥筠、張彥澤、王清等諸軍攻契丹，打算收復燕、雲等失地。耶律德光率軍至恆州，與杜重威軍隔河對崎。晉將王清二千人為先鋒，渡河擊敵。契丹軍後退，諸將請求乘勢渡河。杜重威已有降契丹的打算，既不准渡河，也不派兵援助王清，致使王清和二千士兵全部犧牲。契丹軍包圍晉營，晉軍糧盡。杜重威和李守貞、宋彥筠密謀降遼。杜重威派遣密使去見耶律德光，要求重賞。耶律德光騙使者說：「趙延壽資望欠高，怕不夠做皇帝，杜重威來降，該讓他做。」杜重威大喜，決定投降。他命令全軍出營列陣，解除兵甲。軍士明白過來，全都慟哭，聲振原野。

耶律德光領兵南下，派降將張彥澤率騎兵二千先取汴京。張彥澤倍道疾驅，夜渡白馬津，自封丘門斬關而入，城中大亂，石重貴只好上降表投降，後被押送到契丹，安置在黃龍府（今遼寧朝陽縣內），又忍辱偷生過了十八年才死去。

後晉傳二帝，共十二年，至此滅亡。

西元九四七年，耶律德光進了汴京，自稱大遼皇帝（這一年契丹改國號為遼）。京城百姓聽到遼兵進城，紛紛逃難。遼主耶律德光為了安撫百姓，以剽掠京城的罪名殺了張彥澤，然後登上城樓宣布說：「大家別怕，我也是人嘛。我本來並不想來，是漢人引我們進來的。我一定會讓你們的生活過得更好些。」話雖然這樣說，但是做的又是一套。他縱容遼兵以牧馬為名，到處搶劫財物，叫做「打草穀」，鬧得汴京、洛陽附近幾百里地方，成了沒有人煙的「白地」。他又命令晉國官員搜刮錢帛，不論官員百姓，都要獻出錢帛「勞軍」。

不過，耶律德光倒是很尊敬花見羞，說說：「明宗（指李嗣源）與我約為弟兄，你是我的嫂嫂。」還封花見羞養子李從益為彰信軍節度使，不過為李從益所辭謝。

中原的百姓受不了遼兵的殘殺搶掠，紛紛組織義軍，反抗遼兵。少的幾千，多的幾萬。他們攻打州縣，殺死遼國派出的官員。東方的起義軍聲勢浩大，攻下了三個州。耶律德光害怕了，跟左右侍從說：「想不到中原人這樣不容易對付。」過了一段時期，他把後晉官員召集起來，宣布說：「天氣熱了，我在這裏住不慣，要回到上國（指遼國）去看望太后了。」降將趙延壽也沒有當成中原的皇帝，被遼兵帶走，後死在遼邦。

耶律德光北歸後，留蕭翰守汴州。遼兵雖然被迫退出中原，但是，被石敬瑭出賣的燕雲十六州仍舊被遼佔領，成為後來他們進攻中原的基地。

後晉河東節度使劉知遠一直據守本土，沒有參與晉遼戰爭，並趁機發展自己的勢力。遼軍入汴京後，劉知遠派部將王峻向耶律德光奉表稱臣，趁機到汴京觀察形勢。王峻回來說：「契丹又貪又殘，失盡人心，必不能久據。」諸將勸劉知遠稱帝，號令四方，劉知遠不許。後來聽說遼主打算北退，劉知遠便在晉陽即皇帝位，即後漢高祖。

得知劉知遠起兵後，蕭翰非常害怕，準備撤兵北去，但又有些不甘心，於是派人去請李從益，想讓他當中原的傀儡皇帝，以此來牽制劉知遠。李從益沒有答應，逃到徽陵域，以迴避使者。使者還是找到了他們，迫使李從益當代理皇帝。李從益坐在崇元殿上，接受蕭翰率領的契丹諸將以及後晉群臣的拜見。群臣入宮謁見太妃花見羞，花見羞說：「我們家子孤母弱，為蕭翰所迫，這難道是福嗎？我看大禍不遠了！」於是以王松、趙上交為左右丞相，李式、翟光鄴為樞密使，契丹將領劉祚為侍衛親軍都指揮使，蕭翰留下契丹兵千人給劉祚指揮，其餘人都撤退回去了。

當劉知遠擁兵南下時，李從益派人召請高行周、武行德等藩鎮，以抵抗劉知遠的軍隊。他們都不肯來，李從益只好與王松商議，指揮契丹兵，閉城自守。花見羞說：「我們家是亡國的後代，怎麼敢與人爭天下！」於是派人上書迎接劉知遠。

劉知遠聽說李從益曾經召請高行周等人抵抗而沒有成功，擔心留下李從益會有後患，就派郭從義先入京師殺花見羞母子。花見羞臨死前喊道：「我家母子有什麼罪過？怎麼不留我兒子一條命，使每年寒食持一盂飯，灑明宗墳上。」聽到花見羞抗議聲的人們都悲痛不已。李從益死時十七歲，其實對劉知遠根本不會構成威脅。

花見羞是五代的傳奇女子，她身歷後梁、後唐、後晉，直至後漢，幾乎見證了五代所有王朝的興衰。在烽火連天的歲月，她力圖用自己的寬厚和花見羞的容顏來保命，卻終究逃不過血腥的權力之爭。這不但是她個人的悲劇，也是亂世特有的命運。

劉知遠殺了花見羞、李從益母子後，為了爭取晉舊臣來歸附，暫時沒有改變國號，並仍用天福（晉高祖年號）紀年，於是晉舊將紛紛歸附，民眾也群起響應，處處抗擊遼軍。之後，劉知遠乘遼軍退走之機奪得了政權，後漢很快穩定下來。

劉知遠在位不到三年，死後由兒子劉承裕繼位，就是漢隱帝。劉承裕自即位以來，楊邠總機政，郭威主征伐，史弘肇典宿衛，王章掌財賦，蘇建吉是宰相，這班文臣武將掌握了朝政，劉承裕沒有什麼實權。有一次，楊邠、史弘肇在朝上議事，劉承裕說：「再好好想想，不要讓別人說閒話。」楊邠當即說：「不用你開口，有我們在。」劉承裕已經二十歲，不甘心受制於大臣，他的親信左右也進讒言說：「楊邠等人專恣，終當為亂。」劉承裕便陰謀誅殺楊邠等人。一天，楊邠、史弘肇、王章入朝，被埋伏在殿中的兵士殺死。

劉承裕殺楊邠三人，朝野震動，都為他們鳴冤。劉承裕又派使者到魏州，要殺天雄節度使郭威。郭威被迫起兵反叛，大軍很快進逼京師。京師人情恐懼。漢隱帝劉承裕派慕容彥超等領兵抵抗，慕容彥超戰敗退還。劉承裕親出城外勞軍，卻被亂兵殺死。劉承裕在位兩年。

後漢傳二帝，不到四年，至此滅亡。

西元九五一年，郭威稱皇帝，國號為周，就是後周，他就是後周太祖。周太祖病死後，由於沒有親生兒子，由養子晉王郭榮（原姓柴，柴守禮之子）繼位，是為周世宗，歷史上一般稱他為柴榮。柴榮是五代最出名的皇帝，司馬光在《資治通鑑》中對他評價非常高，特別是對他的用人，更是讚譽有加。

柴榮剛即位，北漢主劉旻勾結遼國，大舉入侵。柴榮決定親自領兵去抵禦。群臣認為他從來沒有打過仗，也沒有表現出什麼軍事才能，都勸他不可輕動，宰相馮道尤其極力勸阻。柴榮堅持要親自領兵，駐紮在澤州（今山西晉城縣）東北。北漢軍駐紮在高平（今山西高平縣）南。當時北漢兵多，後周兵少，周軍將士都有些畏懼。柴榮披甲騎馬上陣督戰，志氣高昂。劉旻見周兵少，揮軍進攻。交戰不久，周右軍將領樊愛能、何徽即領騎兵先逃，右軍潰敗，步兵千餘人解甲投降北漢。柴榮見軍勢危急，自率親兵冒矢石督戰。親軍將領趙匡胤（**後來的宋太祖**）十分感動，說：「皇上這麼危險，我們怎能不拼死戰鬥！」於是率領二千人奮勇進攻，身先士卒，衝在最前面，士兵亦死戰，以一當百，北漢兵大敗。劉旻晝夜奔馳，逃回晉陽。樊愛能、何徽看到周軍大捷，又都回來。柴榮拘捕樊愛能、何徽及將校七十餘人，責罵道：「你們不是不能戰，是想以我的奇貨，出賣給劉崇罷了！」下令將他們斬首，又殺投降北漢的右軍步兵。親軍大將張永德稱讚趙匡胤的智勇，柴榮擢升趙匡胤為殿前都虞侯。高平大戰，柴榮的英武果敢，開始為群臣所信服。

之後，柴榮三次南征，不但使南唐俯首就範，而且震懾了南方各割據勢力。

西元九五九年，柴榮下詔親征，收復北方失地。取道滄州（今屬河北）北上，率步騎數萬直入遼境。到五月就先後收復瀛（今河間）、莫（今任丘北）、易（今易縣）三州和益津（今文安縣境）、瓦橋（今雄縣境）、淤口（今霸縣境）三關，共計十七縣之地，為五代以來對遼作戰所取得的最大勝利。正當柴榮大會諸將，議取幽州（今北京）之時，突然患病，只得班師回到汴京。

回汴京後，柴榮自知一病不起，於是安排後事。封七歲的兒子柴宗訓為梁王，將重要的職務委任給魏仁浦、王溥、范質、韓通等。柴榮北征時，曾在文書囊中發現一塊長三尺多的木塊，上面寫著「點檢作天子」五個字。當時柴榮的女婿張永德任殿前都點檢，柴榮對此有疑忌，於是去張永德軍職，改任宰相，而將殿前都點檢一職委任給資望較淺的趙匡胤。想不到後來竟然是趙匡胤當了天子。

柴榮死時只有三十九歲，在位五年半。剛繼位時，柴榮就立下了三十年的宏志：「以十年開拓天下，十年養百姓，十年致太平。」十分可惜的是，他在位只有五年半，然而所取得的文治武功已經為結束割據開創新局面奠定了基礎，所以史評：「神武雄略，乃一代之英主」是有道理的。他確實是五代時期最為傑出的皇帝。

周世宗柴榮病死後，太子梁王柴宗訓即位，年方七歲，就是周恭帝。柴宗訓即位後，李重進兼淮南節度使，防禦南唐，韓通兼天平節度使，防禦汴京東北面，趙匡胤兼歸德節度使，防禦汴京東面，向訓為西京（洛陽）留守，防禦汴京西面。京城的保衛十分周密，由此也可見柴榮的不凡韜略。

西元九六〇年，周群臣正在慶賀元旦，鎮州、定州忽報遼國與北漢聯兵南侵。趙匡胤立即率禁軍諸將趕去抵禦。到了陳橋驛（開封城北二十里），殿前散指揮使苗訓以觀天象為名，傳出「點檢作天子」的所謂天命。於是，趙匡胤之弟趙匡義、歸德軍掌書記趙普，以及將領高懷德、慕容延釗、張令鐸、張光翰、趙彥徽、潘美等連夜策劃兵變，說：「主上幼弱，我們出死力破敵，誰能知道，不如先立點檢為天子，然後北征。」黎明時分，軍士披甲執兵直逼趙匡胤的寢所。趙匡胤驚起，只見將士拿著刀立於庭院，齊聲喊：「諸將無主，願冊太尉（趙匡胤兼太尉）為皇帝。」趙匡胤還來不及回答，黃袍已加身。眾人即下拜，高呼萬歲。這是歷史上有名的「陳橋兵變」。

趙匡胤被擁著回京，他勒住馬韁繩說：「你們自貪富貴，立我為天子，能夠聽從我的命令則可，不然，我不能當你們的皇上。」諸將都下馬說：「願聽從命令。」趙匡胤於是申明軍紀：他們不得驚犯太后、皇上及公卿大臣，不得侵掠朝市府庫。

當時，京師守備堅虛，殿前都指揮使石守信、都虞侯王審琦在宮中作內應，所以趙匡胤輕而易舉地控制了京師。韓通等重臣被殺死。將士擁著重臣范質、王溥到趙匡胤公署，趙匡胤見到他們，立即流涕說：「我受世宗厚恩，被六軍所迫，一旦至此，慚負天地，將怎麼辦？」范質等未及回答，趙匡胤部將羅彥環拔劍在手，上前一步，厲聲說：「我們無主，今日一定要立天子！」范質等面面相覷，不知所為。還是王溥機靈，先向趙匡胤下拜，范質也不得已下拜。

之後，趙匡胤到崇元殿行禪代禮，即皇帝位，奉周恭帝為鄭王，符太后為周太后。

後周傳三帝，共十年，至此滅亡。

周恭帝柴宗訓在位只半年，十一年後死去，死時十八歲。

五代從後梁太祖朱溫開始，經歷了後梁、後唐、後晉、後漢、後周五個短暫的朝代，止於後周恭帝柴宗訓。趙匡胤代後周稱帝建立宋朝後，五代便結束了，總共五十三年。這五十三年，對於浩瀚的人類歷史來說，不過是滄海一粟，而對於當時生逢亂世的人們來說，卻是痛苦而漫長的一生。

「南朝三十六英雄，角逐興亡盡此中。有國有家皆是夢，為龍為虎亦成空」。至此，由黃巢農民軍起義引發的社會大動盪，在各種各樣的風雲人物你方唱罷我登場後，終於煙消雲散。然而，歷史還沒有結束，宋朝也不是歷史的終點。

後記

我前年（甲申年）完成了一部關於明末清初風雲歷史的書，這便是去年二〇〇五年出版的《一六四四中國式王朝興替》。書面世後，許多讀者給予我熱情的鼓勵，這使我這個業餘的歷史愛好者備受鼓舞，也給我之後的創作以極大的信心。

我去年寫過一本關於「安史之亂」的歷史書。因為這一段治亂興衰的歷史，歷來為人所重視。唐玄宗在位的前期，社會呈現出前所未有的盛世；他在位的後期，一場歷史上罕見的社會大動亂爆發。在唐玄宗的身上，充分表現出一個歷史人物的複雜性。

「安史之亂」實際上是唐朝由極盛走向極衰的轉捩點，從大歷史的角度來說，也是中國命運的轉捩點。自從安史之亂後，從整體文治教化的輝煌而言，中國就開始了長期的向衰，即使後來的朝代曾有短暫的武功強盛或疆土擴大，但於整體卻是不足道的。書成之後，心緒一直難平。唐朝是封建王朝最鼎盛的朝代，在文化、政治、經濟、外交等方面都取得了輝煌的成就，唐朝國力最鼎盛之時，連羅馬帝國也無法比擬。最值得注意的是，羅馬帝國覆滅後，就再也沒有羅馬。而唐朝滅亡後，中國還在，後面還有宋、明、清。這顯然證明，唐朝超越羅馬帝國的，還不僅僅是國力，應該還有更深層的東西。

基於這樣的思考，我開始關注「安史之亂」之後的歷史，想再寫一本關於唐朝滅亡的書。無疑，黃巢大起義是最好的切入點。

黃巢年輕時曾多次參加科舉，卻名落孫山，他由此題了一首《不第後賦菊詩》，以抒發心中的不平之氣：

待到秋來九月八，我花開後百花殺。沖天香陣透長安，滿城盡帶黃金甲。

充滿豪闊的英雄不羈之氣，氣勢之大為詩中所罕見。西元八八〇年，黃巢終於率農民起義軍殺入唐朝京師長安，實現了他「沖天香陣透長安，滿城盡帶黃金甲」的理想。

儘管黃巢沒有能隻手摧毀唐朝，但唐朝也在他失敗後急劇崩潰，並由此而引發了自秦始皇統一中國後，繼南北朝、十六國以來的又一次社會大動盪。可以說，黃巢是唐朝的直接掘墓人。於是有了這本《滿城盡帶黃金甲》。

這裏要特別感謝劉太榮先生對我創作的鼓勵，感謝吳海濤編輯專業而細緻的工作，感謝海南出版社領導和楊力虹女士的熱心指導和關照，使本書順利付梓；同時還要感謝那些在我部落格上留言的熱心讀者。

本書繁體版由大地出版社在台灣出版，感謝吳社長錫清鼎力相助讓本書得以和台灣讀者見面。

吳蔚

二〇〇六年八月於北京

大事簡要年表

西元七五五年，安祿山叛亂。

西元七五六年，馬嵬驛兵變。唐肅宗即位。

西元七六三年，安史之亂結束。

西元七八三年，朱泚之亂。

西元八〇五年，王叔文推行永貞革新。

西元八一七年，裴度、李愬平定淮西。

西元八三五年，甘露之變。

西元八七四年，王仙芝起義。

西元八八〇年，唐僖宗逃離長安，黃巢進長安，建立大齊政權。

西元八八四年，黃巢敗亡泰山狼虎谷。

西元八八八年，唐昭宗即位。

西元九〇四年，唐昭宗被殺，唐哀帝即位。

西元九〇七年，朱溫稱帝，建立後梁。唐朝亡，五代時期開始。

西元九一六年，契丹耶律阿保機稱帝。

西元九二三年，李存勗滅後梁，建立後唐。

西元九三六年，石敬瑭借契丹兵滅後唐，建立後晉，割讓燕雲十六州給契丹。

西元九四六年，契丹滅後晉。
西元九四七年，契丹改國號為遼。劉知遠稱帝，建立後漢。
西元九五一年，郭威稱帝，建立後周，後漢亡。
西元九五四年，高平之戰，周世宗大敗北漢。
西元九五九年，周世宗死。
西元九六〇年，趙匡胤稱帝，建立北宋，後周亡。五代結束。

唐代年號

年號	廟號	名字	即位時間	即位年齡	在位年數	死時年齡	世系	備註
武德	高祖	李淵	618年	53	9	70	父李柄，襲封唐國公，隋柱國大將軍	七歲襲封唐國公。大業中任岐州辭史，滎陽與樓煩二郡太守、殿內少監、衛尉少卿，大業十三年（六一七年）任太原留守，同年五月起兵反隋，十一月攻入長安，立楊帝孫代王楊侑為帝（恭帝），恭帝於六一八年禪位於唐。國號唐，改元武德。
武德、貞觀	太宗	李世民	626年	28	24	51	高祖次子	武德九年（六二六年）六月，在宮城玄武門發動兵變，殺太子建成、齊王元吉及其諸子，遂被立為太子，同年八月即皇帝位，尊高祖為太上皇。

貞觀、永徽、顯慶、龍朔、麟德、乾封、總章、咸亨、上元、儀鳳、調露、永隆、開耀、永淳、弘道	高宗	李治	649年	22	35	56	太宗第九子	即位前封晉王，貞觀十七年（六四三年）以其長兄太子承乾被廢而被立為太子，太宗死，嗣位。
光宅、垂拱、永昌、載初、天授、如意、長壽、延載、證聖、天冊萬歲、萬歲登封、萬歲通天、神功、聖曆、久視、大足、長安	則天順聖皇后	武則天	690年	67	16	82	并州文水人，父武士彠，貞觀中官至工部尚書、荊州都督，封應國公	高宗皇后，與高宗並稱「二聖」，參與朝政，弘道元年（六八三年）高宗死，中宗李顯即位，武則天臨朝稱制，次年廢中宗，立四子李旦，載初元年（六九〇年）廢李旦，自稱聖神皇帝，改國號為周，都洛陽，史稱「武周」。
嗣聖、神龍、景龍	中宗	李顯	683年 705年	28	2，6	55	高宗第七子	以皇太子嗣位，則天皇后臨朝稱制。嗣聖元年（六八四年）武氏廢帝為廬陵王，遷房州。聖曆元年（六九八年）召還東都，復位為皇太子，神龍元年（七〇五年）正月，張柬之乘武則天病危，擁中宗復位，復國號為唐。

文明、景雲、太極、延和	睿宗	李旦	684年 710年	23	7，3	55	高宗第八子	六八四年，武后廢中宗，立李旦為帝，武后稱帝，降李旦為皇嗣。中宗復位後，封旦為相王。景龍四年（七一〇年）韋后毒死中宗，臨朝攝政，臨淄王李隆基（李旦之子）誅韋后，擁李旦為帝。七一二年，旦讓位於太子隆基，自稱太上皇。
先天、開元、天寶	玄宗	李隆基	712年	28	45	78	睿宗第三子	即位前封楚王，後封臨淄王，景龍四年（七一〇年）韋后毒死中宗，李隆基等誅韋后，擁李旦為帝，隆基被立為皇太子，七一二年，受禪即位。
至德、乾元、上元	肅宗	李亨	756年	46	7	52	玄宗第三子	初封陝王，徙封忠王，開元二十五年太子李瑛被廢，李亨被立為皇太子，七五五年，安祿山叛亂，次年六月陷潼關，亨隨玄宗出逃，至馬嵬驛，與玄宗分道，北上靈武，七月，即帝位於靈武，遙尊玄宗為太上皇。

寶應、廣德、永泰、大曆	代宗	李豫	762年	37	18	54	肅宗長子	初封廣平郡王，後封楚王，蓰封成王，七五八年被立為皇太子，七六二年以太子嗣位。
建中、興元、貞元	德宗	李适	779年	38	27	64	代宗長子	初封奉節郡王，進封魯王、雍王、七六四年被立為皇太子，代宗死，以太子即位。
永貞	順宗	李誦	805年	45		46	德宗長子	初封宣城郡王，進封宣王，德宗即位後立為皇太子，以太子即位，改元永貞，實行革新，同年八月，宦官俱文珍等逼帝退位，稱太上皇，在位實八個月。
元和	憲宗	李純	805年	28	16	43	順宗長子	初封廣平郡王，順宗時被立為皇太子，永貞元年（八〇五年）八月，宦官逼順宗退位，擁立太子。
元和、長慶	穆宗	李恆	820年	26	5	30	憲宗第三子	初封建安郡王，進封遂王，元和七年被立為皇太子，憲宗死，以皇太子即位。

長慶、寶曆	敬宗	李湛	824年	16	3	18	穆宗長子	初封鄂王，長慶二年被立為太子，穆宗死，以太子嗣位，後被宦官劉克明殺死。
寶曆、大和、開成	文宗	李昂	827年	19	14	32	穆宗第二子	即位前封江王，宦官劉克明等殺敬宗，擁其弟李昂即帝位。
開成、會昌	武宗	李炎	840年	27	7	33	穆宗第五子	即位前封穎王，開成五年（八四〇年）正月，文宗病重，宦官仇士良等擁立李炎為皇太弟，廢太子成美為陳王，文宗死，炎以皇太弟嗣位，後以服用金丹病死。
會昌、大中	宣宗	李忱	846年	37	14	50	憲宗第十三子，穆宗弟	穆宗時封光王，武宗時立為皇太子叔，武宗死，由宦官擁立為帝，後服用長生藥中毒而死。
大中、咸通	懿宗	李漼	859年	27	15	41	宣宗長子	武宗時封鄆王，宣宗死，宦官王實等矯詔，立以為皇太子，旋即位。

咸通、乾符、廣明、中和、光啟、文德	僖宗	李儇	873年	12	16	37	懿宗第五子	即位前封晉王，懿宗病死，宦官劉行深等殺懿宗年長諸子，立為皇太子，懿宗死，嗣位。
文德、龍紀、大順、景福、乾寧、光化、天復、天祐	昭宗	李曄	888年	21	17	38	懿宗第七子	懿宗時封壽王，僖宗病死，宦官楊復恭立曄為皇太弟，僖宗死，曄即位，天復四年（九〇四年）朱全忠逼帝遷都洛陽，同年八月殺之。
天祐	哀帝	李柷	904年	13	4	17	昭宗第九子	乾寧時封輝王，天復四年（九〇四年）八月，朱全忠殺昭宗，立柷為皇帝，天祐四年（九〇七年）帝禪位於朱全忠，唐亡，帝被封為濟陰王，次年被鴆殺。

後梁年號

年號	廟號	名字	即位時間	即位年齡	在位年數	死時年齡	世系	備註
開平、乾化	太祖	朱溫	907年	56	6	61	宋州碭山人，父朱誠，鄉儒	黃巢起義軍將領，八八二年叛變投唐，賜名全忠。九〇三年封為梁王。次年，遷昭宗於洛陽，尋殺之，立其子李柷為帝（哀帝），九〇七年廢哀帝自立，國號梁。
鳳曆		朱友珪	912年		2		太祖第三子	乾化二年（九一二）年六月，朱溫擬立養子友文為太子，友珪即殺父自立，次年二月，為其弟朱友貞所殺。
乾化、貞明、龍德	末帝	朱友貞	913年	26	11	36	太祖第四子	太祖時封均王，朱友珪殺父自立，友貞以討逆之名殺兄自立，龍德三年（九二三年），李存勖建唐，同年攻入開封，滅後梁，梁末帝命部將殺己。

後唐年號

年號	廟號	名字	即位時間	即位年齡	在位年數	死時年齡	世系	備註
同光	莊宗	李存勗	923年	39	4	42	沙陀部人，先世姓朱邪，祖朱邪赤心，被唐帝賜姓李，父李克用，被唐昭宗封為晉王	九〇八年其父李克用死，存勗繼任河東節度使，襲封晉王，攻破幽州，盡併盧龍之地，連年攻梁，盡佔河北之地，九二三年稱帝，同年十月攻佔開封，滅後梁，定都洛陽，九二六年被部下所殺。
天成、長興	明宗	李嗣源	926年	60	8	67	太祖李克用養子，父李霓	隨李克用、李存勗父子征戰，屢立戰功，莊宗立，拜中書令，又拜太尉兼蕃漢內外馬步軍總管，九二六年後唐魏州發生兵變，莊宗被亂兵所殺，嗣源遂入洛陽，稱監國，尋稱皇帝。
應順	湣帝	李從厚	933年	20	2	21	明宗第三子	即位前封宋王，明宗死，嗣位，後為李從珂部下所殺。
清泰	末帝	李從珂	934年	50	3	52	鎮州人，本姓李，明宗養子	即位前封潞王，兼侍中，湣帝被殺，乃即位。大將石敬瑭叛後唐，引契丹兵敗唐軍，攻洛陽，李從珂自焚身亡。

後晉年號表

年號	廟號	名字	即位時間	即位年齡	在位年數	死時年齡	世系	備註
天福	高祖	石敬瑭	936年	45	7	51	沙陀部人，家太原，父臬捩雞，李克用部將	仕後唐北京留守，後反唐，九三六年借契丹兵攻入洛陽，滅後唐稱帝，國號晉，割燕雲十六州與遼，對遼主自稱子。
天福、天運	出帝	石重貴	942年	29	5	51	父石敬儒	天福六年（九四一年）封齊王，次年石敬瑭卒，其子幼沖，遂由齊王嗣位，九四六年，遼兵攻入汴，出帝被擄至遼建州，後晉亡。

後漢年號表

年號	廟號	名字	即位時間	即位年齡	在位年數	死時年齡	世系	備註
天福、乾佑	高祖	劉知遠	947年	53	2	54	沙陀部人，世居太原，父劉琠	與石敬瑭俱事後唐，後合謀反唐，後唐滅亡後，事後晉，為河東節度使，北京留守，封北平王，九四七年出帝被遼所擄，知遠在太原稱帝，國號漢，後定都於汴。
乾佑	隱帝	劉承佑	948年	18	3	20	高祖第二子	乾佑元年（948年）二月，封周王，同年嗣位，950年。李守貞等藩鎮叛亂，帝命郭威平之，帝忌郭威，欲殺之，郭威反，兵臨汴城，帝為叛軍所殺，後漢亡。

後周年號

年號	廟號	名字	即位時間	即位年齡	在位年數	死時年齡	世系	備註
文順、顯德	太祖	郭威	951年	48	4	51	邢州堯山人，本姓常，因父死，母適郭氏，乃隨姓郭	後漢重臣，九五〇年以鄴都留守起兵入汴，次年，滅後漢，即帝位，建後周。
顯德	世宗	柴榮	954年	34	6	39	荊州龍岡人，父柴守禮，郭威收為養子	太祖卒，柴榮以太祖養子嗣位。
顯德	恭帝	柴宗訓	959年	7	2	21	世宗子	顯德六年（九五九年）封梁王，同年世宗病死，嗣位，九六〇年正月，遼兵南侵，殿前都點檢趙匡胤率軍出禦，在陳橋策動兵變，建宋代周，恭帝在位實六個月。

吳年號

年號	廟號	名字	即位時間	即位年齡	在位年數	死時年齡	世系	備註
天復	太祖	楊行密	902年	51	4	54	廬州合肥人	初應募為州長，遷隊長，唐禧宗時，逐廬州刺史，後攻取揚州，唐又詔拜為淮南節度使，佔有淮南江東之地，天復二年（九〇二年）受唐王封為吳王，都揚州，使用唐昭宗年號。
天祐	烈祖	楊渥	905年	20	4	23	太祖長子	太祖死，以世子即位，使用唐昭宗年號，九〇八年，被太祖舊臣徐溫、張顥之牙兵殺。
天祐、武義	高祖	楊隆演	908年	12	13	24	太祖次子	烈祖死，嗣位，使用唐昭宗天祐年號，天祐十六年（九一九年）四月，稱吳國王，建元武義，以示不復為唐朝之藩鎮。
武義、順義、乾貞、大和、天祚	睿帝	楊溥	920年	21	18	38	太祖第四子	繼隆演而立，九二七年稱帝，國號吳，由徐溫養子徐知誥秉政，九三七年禪位於徐知誥，吳亡。

南唐年號

年號	廟號	名字	即位時間	即位年齡	在位年數	死時年齡	世系	備註
升元	烈祖	李昪	937年	50	7	56	徐州人，父李榮，吳國重臣徐溫收以為養子，故改名徐知誥	吳國大丞相徐溫死，其養子徐知誥執掌吳政，受封為齊王，吳天祚三年（九三七年），廢吳帝自立，改元升元，國號大齊，升元三年復姓李，改名昪，改國號為唐，史稱南唐，都金陵，升元七年因服丹藥，中毒而死。
保大、中興、交泰、顯德	元宗	李璟	943年	28	19	46	烈祖長子	以皇太子即位。
乾德、開寶	後主	李煜	961年	25	15	42	李璟第六子	因自太子以上李璟五子皆早死，故煜得立為太子，中主李璟死，煜以皇太子嗣位，九七五年，宋將曹彬攻破金陵，煜投降，遷至汴京，宋太祖封以為違命侯，後為宋太祖毒死。

吳越年號

年號	廟號	名字	即位時間	即位年齡	在位年數	死時年齡	世系	備註
天祐、天寶、鳳曆、乾化、貞明、龍德、寶大、寶正	武肅王	錢鏐	907年	46	26	81	杭州臨安人，出身寒門	始為地方武裝董昌部下偏將，擊黃巢有功升都將，在唐末年軍閥混戰中實力漸強，光啟三年（八八七），唐禧宗命以為杭州刺史，尋升鎮海節度使，昭宗乾寧二年（八九五年）董昌據越州稱大越羅平國王，錢鏐討平之，盡有兩浙及蘇南十三州之地，後梁太祖即位，於開平元年（九〇七年）封以為吳越王。
長興、應順、清泰、天福	文穆王	錢元瓘	932年	46	10	55	錢鏐第五子	寶正元年（九二六年），錢鏐以老病命元瓘監國，鏐死，瓘即位，襲封吳越王。
天福、開運	忠獻王	錢弘佐	941年	14	7	20	錢元瓘第六子	

天福	忠遜王	錢弘倧	947年	19	1	45	錢元瓘第七子	九四七年六月即位，十二月，為胡進思等所廢，在位實際才半年。
乾佑、廣順、顯德、建隆、乾德、開寶	忠懿王	錢弘俶	948年	20	31	60	錢元瓘第九子	胡進思廢弘倧，於乾佑元年（九四八年）正月迎弘俶嗣位，襲封吳越王，嗣位後，先後接受後漢、後周、北宋封號，使用三朝年號，太平興國三年（九七八年）獻其地十三州與宋，舉家遷汴京，吳越亡。

楚年號

年號	廟號	名字	即位時間	即位年齡	在位年數	死時年齡	世系	備註
天成（用後唐昭宗年號）	武穆王	馬殷	907年	56	24	79	許州鄢陵人	在唐末軍閥混戰中，初為孫儒裨將，孫儒敗死，與馬殷等推劉建峰為主，唐昭宗乾寧三年（八九六年），建峰被部下所殺，馬殷被推為主，遂佔有潭、衡等七州之地，被昭宗任為潭州刺史，後升武安節度使，後梁開平元年（九〇七年），朱溫封殷為楚王。
長興	衡陽王	馬希聲	930年	33	3	35	馬殷次子	馬殷死，嗣位，使用後唐明宗年號。
長興、應順、清泰、天福、開運	文昭王	馬希範	932年	35	15	50	馬殷子	希聲死，嗣位，使用後唐、後晉年號。
天福、乾佑	廢王	馬希廣	947年		4		希範同母弟	希範死，嗣位，為其兄希萼所攻，兵敗，縊死。
保大		馬希萼	950年		2		希廣之兄	九五〇年十二月，希萼爭位攻長沙，殺希廣，自立為楚王，九五一年十一月，為南唐所滅，楚亡。

北漢年號

年號	廟號	名字	即位時間	即位年齡	在位年數	死時年齡	世系	備註
乾佑	世祖	劉旻	951年	57	4	60	沙陀人，後漢高祖劉知遠同母弟	劉知遠建後漢，以劉崇為太原尹，北京留守，九五一年，郭威滅漢建周，劉崇佔據河東十餘州在太原稱帝，國號漢，史稱北漢。
乾佑、天會	睿宗	劉鈞	954年	29	15	43	劉崇次子	劉崇卒，嗣立，稱遼主為父皇帝，遼主則稱之為二皇帝。
天會	少主	劉繼恩	968年	1	2		劉鈞養子	劉鈞卒，無子故養子嗣位，居位六十餘日，為供奉官侯霸榮所殺。
天會、廣運	英武帝	劉繼元	968年		11		劉鈞養子，劉繼恩同母異父弟	繼恩被害，宰相郭無為擁繼元為帝，宋太平興國四年（九七九年），宋太宗親征北漢，攻太原，劉繼元降，北漢亡，宋封繼元為彭城公。

南漢年號

年號	廟號	名字	即位時間	即位年齡	在位年數	死時年齡	世系	備註
乾亨、白龍、大有	高祖	劉龑	911年	23	32	54	祖籍上蔡，遷居泉州，父劉謙，廣州牙將，兄劉隱，唐末青海軍節度使	唐天祐元年（九〇四年）其兄劉隱任唐青海軍節度使，據今廣東、廣西之地，九一一年，劉隱死，劉岩繼位，於後梁貞明三年(九一七年）稱帝，國號越，次年改為漢，都廣州。
天光	殤帝	劉玢	942年	23	2	24	劉岩第三子	父死嗣位，後為其弟晉王劉晟所殺。
應乾、乾和	中宗	劉晟	943年	24	16	39	劉岩子，劉玢弟	殺其兄而自立。
太寶	後主	劉繼興	958年	16	14	38	劉晟長子	劉晟卒，以長子即位，北宋開寶四年（九七一年）降於宋軍，南漢亡。

前蜀年號

年號	廟號	名字	即位時間	即位年齡	在位年數	死時年齡	世系	備註
天復、武成、永平、通正、天漢、光天	高祖	王建	903年	57	16	72	許州舞陽人，出身寒門，後被宦官田令孜收養	幼以宰牛，販鹽為業，後投軍，黃巢陷長安，唐僖宗幸蜀，建隨駕扈從，被宦官田令孜收養，授刺史，八九一年佔四川，九〇三年受唐封為蜀主，九〇七年稱帝，國號蜀。
光天、乾德、咸康	後主	王衍	918年	30	8	38	王建第十一子	以皇太子即位，九二五年降於後唐，次年被殺，前蜀亡。

後蜀年號

年號	廟號	名字	即位時間	即位年齡	在位年數	死時年齡	世系	備註
明德	高祖	孟知祥	934年	61	1	61	邢州龍崗人	九三四年，即位。
明德、廣政	後主	孟昶	934年	16	32	47	高祖第三子	以皇太子嗣位，北宋乾德三年，宋兵攻入成都，孟昶降，徙開封，封秦國公，七日死，追贈楚王。

南平（荊南）年號

年號	廟號	名字	即位時間	即位年齡	在位年數	死時年齡	世系	備註
順義、天成、乾貞	武信王	高季興	924年		5	71	陝州陝石人，本名季昌	梁太祖開平元年（九〇七年）任季興為荊南節度使，梁末帝封以為渤海郡王，梁亡臣於後唐，九二四年受封為南平王，後因與後唐爭奪四川等州失敗，轉臣於吳，受封為秦王，先後使用後唐和吳年號。
乾貞、大和、天成、長興、應順、清泰、天福、開運、天福、乾佑	文獻王	高從海	928年	38	21	58	高季興長子	以皇太子嗣位，復臣於後唐，封南平王，從海還向中原王朝和吳等國稱臣，以博取歲賜，被諸國稱為「高賴子」。
乾佑、廣順、顯德	貞懿王	高保融	948年	29	13	41	高從海第三子	後周時，封以為南平王。
建隆	贈侍中	高保勖	960年	37	3	39	高從海第十子	保融卒，宋太祖封以為節度使，死後，宋贈官侍中。
建隆	贈侍中	高繼沖	962年	20	2	31	高保融長子	

閩年號

年號	廟號	名字	即位時間	即位年齡	在位年數	死時年齡	世系	備註
開平、乾化、鳳曆、乾化、貞明、龍德、同光	太祖	王審知	909年	48	17	64	光州固始人，父王憑	
天成	嗣王	王延翰	925年		2		太祖王審知長子	九二六年，被後唐拜為威武大將軍節度使，同年十月，自稱大閩國王，十二月，為其弟王延鈞攻殺。
天成、長興、龍啟、永和	太宗	王延鈞	926年		10		王審知次子	後唐明宗長興四年正月稱帝，改元龍啟，國號閩，九三五年被其長子王繼鵬所殺。
永和、通文	康宗	王繼鵬	935年		5		王延均長子	殺父自立，九三九年七月為閩人所殺。
永隆	景宗	王曦	939年		6		王審知少子	永隆六年為其部將朱文進所殺。
天德	福王	王延政	943年		3		王審知子，王曦弟	九四三年延政在建州稱帝。

滿城盡帶黃金甲／吳蔚著. -- 一版. -- 臺北
市：大地, 2007〔民96〕
面： 公分. --（History：23）

ISBN 978-986-7480-69-9（平裝）

857.7 95024240

滿城盡帶黃金甲

HISTORY 023

作　　者：吳　蔚
發 行 人：吳錫清
主　　編：陳玟玟
出 版 者：大地出版社
社　　址：114台北市內湖區內湖路二段103巷104號 1F
劃撥帳號：0019252-9（戶名　大地出版社）
電　　話：02-26277749
傳　　眞：02-26270895
E-mail：vastplai@ms45.hinet.net
美術設計：普林特斯資訊有限公司
印 刷 者：普林特斯資訊有限公司
一版一刷：2007年1月

大地

定　　價：280元